In Liebe
Andrea [illegible]

Bibliografische Information der Deutschen Bibliothek:
Die Deutsche Bibliothek verzeichnet diese Publikation in der Deutschen Nationalbiografie; detaillierte bibliografische Daten sind im Internet über http://www.dnb.dbb.de abrufbar.

Andrea Schilles – Raphaela und der Falke
ISBN 978-3-940868-37-4

Grafik und Satz: BP-Werbeagentur Heppenheim
Druck: DIP Witten

1. Auflage September 2008

Hierophant-Verlag
Im Bollerts 4 - 64646 Heppenheim
http://www.hierophant-verlag.de

Andrea Schilles

Raphaela und der Falke

Gewidmet

Melanie und Manuel, meinen wundervollen Kindern, die ich über alles liebe.
„Ich bin stolz auf euch, ihr seid das Beste in meinem Leben, danke dass es euch gibt."

„Ich liebe euch von hier bis zum Mond und zur Sonne, zu den Sternen, rund um das Universum und wieder zurück um die ganze Welt."

Alexander, dem Mann, der meine Seele tief berührte und mich zu diesem Roman inspirierte. Ich bin dankbar, dass es dich in meinem Leben gibt, dankbar für alles, was wir gemeinsam durchgestanden und gelöst haben.

Ich liebe dich.

Zusammenfassung

Im Jahr 2006 sucht Raphaela Hilfe bei einer Schamanin, um herauszufinden, was ein immer wiederkehrender Traum zu bedeuten hat. Innerhalb einer Rückführung in eine alte Zeit erhält sie eine klare Botschaft. Sie muss sich um die Erkenntnis alten Wissens bemühen, dessen Ursprung sie in sich trägt.
Sich voller Mut und Neugier auf den Weg begebend, muss sie viele Prüfungen bestehen, die sie an den Rand der Verzweiflung treiben, um schließlich die Prophezeiung zu erfüllen und den Bann eines alten Zaubers zu brechen. Doch Raphaela zahlt manch hohen Preis, bevor sie erkennt, wer sie wirklich ist und welche große Aufgabe sie zu erfüllen hat.

Mit ihrem Roman, angesiedelt zwischen Realität und visionären Erzählungen, gelingt es der Autorin, die Leserschaft in den Bann des Geheimnisvollen zu ziehen. Ihre Protagonistin Raphaela ist eine moderne Frau des 21. Jahrhunderts. Ihre Suche nach dem Schlüssel der Erkenntnis spiegelt die Sehnsucht der heutigen Menschen nach einer Spiritualität wieder, die Bodenständigkeit beinhaltet. Raphaelas Kampf gegen die Herrschsucht und Ungläubigkeit fesselt und fasziniert. Die unglaubliche Liebesbeziehung zwischen zwei Menschen, die den Bann eines tausendjährigen Fluches erkennen und auflösen müssen, um ihre Herzen zu heilen, berührt und fesselt. Doch nicht nur das. Raphaelas Geschichte verhilft den Lesern, uraltes Wissen in sich selber zu finden.

Gleich einem märchenhaften Bilde lag St. Anna im Schoße hügeliger Landschaften. Die Nacht lag still über dem alten abgelegenen Kloster, dessen Bewohner längst friedlich schliefen. Die Sterne funkelten am Firmament, das silbern helle Licht des Mondes blitzte durch die Wipfel des nahen Waldes, dessen feuchtes Blätterwerk den typischen Duft nahenden Herbstes wittern ließ.

Das Rascheln niedergetretenen Laubes durchbrach die Ruhe. Das Reißen fein gewebten Stoffes war zu hören, als dieser an einem Dornenbusch hängen blieb. Sie zerrte an ihrem langen Kleid, gleichgültig, es dabei zu zerstören. Sie musste weiter laufen, so schnell ihre Beine sie trugen. Ihr edel beschuhter Fuß verfing sich an einer Baumwurzel; strauchelnd fiel sie mit einem leisen Aufschrei zu Boden. Weiche feuchte Erde unter nassem Laub grub sich unter ihre gepflegten Fingernägel; deren fast zu robuste Hände im Vergleich zu ihrer kleinen Gestalt versuchten, sich abzustützen.
Ihr Herz raste, das enge Mieder erlaubte ihr kaum, Luft zu holen. In Panik versuchte sie, ihr Bein zu befreien… er war ihr nahe, sie spürte ihn, roch seine widerlich modrige Ausdünstung, vermischt mit dem Geruch zuviel Alkohols …sie durfte keine Zeit verlieren… er würde sie…

Plötzlich erhob sich ein Schatten hinter ihrem Rücken, packte sie grob am Nacken, ein Arm holte weit aus, mit einem langen scharfen Dolch in der Hand…

Gellend hallte ihr Schrei durch den Wald, vermischte sich mit dem schrillen Pfeifton eines Falken, der unter mächtigem Flügelschlag auf den Angreifer herabstürzte. Seine kräftigen Greiffüße bohrten sich tief in dessen Schultern. Wuchtige Schnabelhiebe attackierten den korpulenten Körper. Zerfetzten das nach Moder riechende Hemd, rissen dabei Stücke von Fleisch aus dem Leib.
Von Schmerzen erfasst, schrie er auf, zornig um des erneut, vereitelten Planes wegen, ließ er ab von der Hexe. Fluchend versuchte er, den todbringenden Attacken des Falken zu entkommen, lief dabei tiefer in den Wald hinein, verfolgt von ihm… dem Falken, ihrem ständigen treuen Begleiter.

***

Die Flügel der Terrassentür schlugen mit unglaublicher Wucht auf, der weiße Organzavorhang wehte, als wollte ein Orkan durch das Zimmer fegen. Die kleine Tiffany- Lampe am Nachtkästchen fiel um, das Glas zerbrach. Der Schrei einer Katze war zu hören.

Sie schreckte hoch, ihr Herz raste, Schweißperlen standen an ihrer Stirne. Sie fasste sich an ihren Hals, versuchte dabei, den Schalter der Lampe zu erreichen, dabei zerschnitten die Splitter ihre feine Haut.
Fluchend sprang sie auf weichen Knien aus dem Bett, tastete sich zum Lichtschalter vor, der sich am Eingang auf der anderen Seite des Zimmers befand. Das grelle Licht schmerzte in ihren Augen, die versuchten, sich an die plötzliche Helligkeit zu gewöhnen, sie blinzelte.
Langsam sank sie den Türrahmen hinunter in die Knie, spürte den hochflorigen weichen Teppich unter ihren nackten Beinen, zwang sich dazu, sich zu beruhigen, indem sie ein paar Mal tief ein und ausatmete. Ihre kleine weiße Katze lugte mit Schreck geweiteten Augen unter dem Bett hervor. Sie musste wohl den Schrei ausgestoßen haben, den Raphaela zwischen träumen und wachen hörte. Arme kleine Katze.

Jede Nacht suchte dieser Traum sie auf - so real, so echt, so unheimlich. Jede Nacht wachte sie in Todesangst auf.

Dennoch blieben ihre Emotionen eher an dem Raubtier der Lüfte hängen anstelle der grobschlächtigen Gestalt.
Dieses Raubtier, dessen stechende klare Augen sie immerzu und überall zu beobachten schienen, bis hinein in die Realität des Alltages.

Sie wusste, es hatte eine Bedeutung. Aber welche? Was genau hatte dieser Traum zu bedeuten? Wovor wollte sie der Falke schützen?
„Der Falke!“
Alleine dessen Bezeichnung ließ sie erschauern... *Der Falke*! Als stünde die Art dieses Tieres für seinen Namen. „Seinen Namen?“
Wie kam sie auf den Gedanken „seinen“ Namen?
Sehnsüchte, Emotionen, Angst, Verwirrung, alles vermischte sich in ein einziges inneres Chaos, voller Unruhe, und leider auch noch daraus resultierende, ständig anwachsende Kopfschmerzen.
Seufzend stand sie auf, verschloss die Türen wieder, dachte dabei, sie müsse endlich die Schlösser reparieren lassen, ging ins Bad, um sich auf die Suche nach einer Kopfschmerztablette zu machen, währenddessen sie weiter sinnierte. Ihre kleine Katze, lief ihr nach, schmiegte sich an ihre Beine. Sie hob sie hoch.
„Tut mir leid, Kleines, ich wollte dich nicht erschrecken, was ist hier bloß los? Kannst du mir das sagen?
Die Katze sah sie mit großen grünen Augen an; als läge die Antwort tief in ihrem eindringlichen Blick, fixierte sie Raphaela.
„Ich weiß, dass du es weißt, und ich wünschte, ich könnte dich verstehen.“
Sie herzte ihren Liebling, ließ sie dann aber wieder zu Boden.

Tief in ihr war eine Sehnsucht, ein Ahnen, als würde etwas auf sie warten. Als würde „Er“ auf sie warten.
„Er“, sie schüttelte den Kopf, fast ärgerlich über sich selbst. Ihre Gedanken spielten ihr vermutlich wieder einen Streich. Sie war einfach schon zu lange alleine, deshalb ihre eigenartigen Träume und doch...
Der Falke, er war nicht einfach nur ein Tier! Nein... er war? Sie wusste es nicht.
Seine Aura wirkte so eigenartig geheimnisvoll und erschreckend stark. Ein Tier, gesegnet oder verflucht mit der Kraft eines Riesen; es war, als läge ein Zauber über ihm, sie konnte es fühlen, und doch... da war noch etwas; etwas, das in ihr eine eigenartige Emotion hervorrief, die sie nicht zuordnen konnte...
Eine Warnung vielleicht, etwas Unerklärliches, Geheimnisvolles, Bedrohliches, irgendwie Unrealistisches, ein Rätsel... das sie zu lösen sich vornahm...
bevor sie noch durchdrehte, aus Ermangelung erholsamer Nächte. Und, wie sie kaum vor sich selbst zugeben wollte, aus unruhiger Erwartung... denn sie ahnte, etwas in ihrem Leben würde eine drastische Wendung einleiten. Etwas oder jemand?

Sie schüttelte sich, ihr war kalt in ihrem leichtem T-Shirt und der kurzen Shorts. Eine Tasse heißer Tee würde ihr jetzt gut tun. An Schlaf war ohnehin nicht gleich zu denken.
Sie öffnete die große weiße Schranktüre, in der sie ihre kargen, dafür aber qualitativ hochwertigen Lebensmittel aufbewahrte. Nahm sich eine Edelmischung Kräutertee heraus, setzte Wasser auf, hüpfte mit Schwung rittlings auf die Holzarbeitsplatte ihrer kleinen Küche, und wünschte sich insgeheim, sie gehörte zu jemandem, in dessen Arme sie sich jetzt kuscheln könnte.
Mit einem tiefen Seufzer schluckte sie die Tablette mit etwas Wasser, nippte an dem heißen Tee, der nach Zitronenmelisse schmeckte, und verbrannte sich fast die Lippen dabei.

Morgen würde sie zu der alten Frau gehen, die man als Schamanin bezeichnete, und sie um Rat bitten, das ein oder andere erfragen. Ja genau, sie könnte ihr vielleicht zu des Rätsels Lösung verhelfen. Diese alte, tatsächlich weise Frau, die sie aus Zufall kennen lernte. „Zufall“, was war schon Zufall!
Für Raphaela gab es keine Zufälle, alles hatte einen Sinn, wenngleich man vieles auch nicht gleich erkannte oder vielleicht sogar nie. Es wurde Zeit, diesem geheimnisvollen Traum auf die Spur zu kommen.
Sie wusste, dass sie alleine nicht darauf kam, was er ihr sagen sollte.

Einem Nebelschleier gleich wollten die Erkenntnisse nicht zu ihrem Bewusstsein durchdringen. Nun hatte sie genug, sie wollte endlich wieder die Nächte durchschlafen. Vor allem das Gedankenchaos in ihrem Kopf entfernt wissen.
In sich versunken, trank sie das heiße Gebräu, versuchte, die Verwirrung und das Sehnen in ihr zu beruhigen...

***

Büro...

Rrrrrring.... „verdammt, das Telefon steht heute wieder unter Strom", genervt hob sie ab.
„Zeitaspekt, Redaktion, Raphaela Berger, was kann ich für Sie tun?"
Ihr kleines Büro war voller Qualm ihres Kollegen, dem es gleich war, dass Raphaela Zigarettenrauch nicht ausstehen konnte. Sie war genervt und konnte ihre Stimme kaum freundlich erklingen lassen.
„Hey, hier ist Sabrina, wie geht's dir?", hallte es fröhlich von der anderen Seite des Hörers.
„Ach du bist es, ja danke geht so...!"
„Schlecht geschlafen?"
„Ja, wie die letzten sechs Monate auch, langsam bin ich am Durchdrehen", brummte Raphaela durch die Leitung.
„Sag mal, wie lange willst du das durchmachen? Geh doch endlich mal zum Arzt, so kann das doch nicht weiter gehen, ein paar Schlaftabletten sind da ganz hilfreich!"
„Danke für den Tipp, aber das ist sicher nicht das Richtige." Sie verdrehte die Augen und war froh, dass ihre Freundin sie nicht durchs Telefon sehen konnte, deren Ratschläge zwar gut gemeint, aber meist eher ungeeignet für Raphaela waren.
„Schon gut, ich mach mir nur Sorgen um dich, gehen wir heute was essen? Zur Pizzeria ums Eck!"
„Nein, Sabrina, ich hab heute noch etwas vor, nebenbei echt Nachholbedarf an Schlaf. Einen Artikel muss ich auch noch fertig stellen. Sei nicht böse, ich schaffe es diese Woche nicht, auszugehen. Rufen wir uns nächste Woche zusammen, einverstanden?"
„Na ja, was bleibt mir übrig, liebste Freundin, wenn du wieder mal harte Arbeit den Genüssen des Lebens vorziehst, dann bitte sehr, will ich dich nicht abhalten; ist ohnehin sinnlos, wie ich dich kenne, salü, wir hören uns."
Und weg war sie, legte einfach auf.

Unter anderen Umständen wäre Raphaela eigentlich gerne mit ihrer etwas quirligen Freundin essen gegangen, doch diesmal war es ihr wichtiger, nach Dienstschluss ihr Vorhaben umzusetzen.

Da die alte Dame kein Telefon hatte, konnte Raphaela nur anhand der Adresse spontan vorbeisehen, in der Hoffnung, eingelassen zu werden. Wenn nicht, würde sie sich wohl oder übel gedulden müssen, bis sie einen Termin bekam. Wenigstens musste sie nur ein paar Häuser weiter laufen und nicht durch die halbe Stadt fahren. Die alte Frau wohnte in einem kleinen Blockhäuschen inmitten blühender Schrebergärten.
Es war schon eigenartig, welche Zufälle immer wieder in ihr Leben fanden. Die alte Dame überhaupt kennen gelernt zu haben, hatte Raphaela einer Zufallsbekanntschaft zu verdanken, aus der langsam, aber stetig, eine tiefe Verbundenheit wuchs.
Er, Nicolas, erzählte ihr damals, er hätte eine merkwürdige Frau kennen gelernt, nachdem diese ihm sprichwörtlich vor seinen schnittigen Sportwagen gesprungen war. Als dies passierte, ahnte er damals nicht, dass der erschreckende Vorfall sich wiederholen würde, allerdings unter Beteiligung anderer Figuren.
Die Hauptrolle im neuen Akt, gleiches Spiel, ging an Raphaela, die eine unsanfte Begegnung mit Nicolas Kühlhaube machen musste. In seine Erleichterung, dass ihr nichts passierte, lud er sie damals zu einer Tasse Kaffee ein, dabei sprudelte es an Erzählungen nur so aus ihm hervor, als hätte er unabsichtlich einen Schalter betätigt, den er nicht abstellen konnte.
Seine Geschichte beeindruckte sie damals sehr. Durch ihr Interesse an individuellem Glauben, der Esoterik sowie den verschiedensten Praktiken der Naturheilkunde, wollte sie die alte Frau kennen lernen und so ganz nebenbei auch Nicolas, zu dem sie sich eigenartig hingezogen fühlte. Von der alten Frau hoffte sie zu lernen, um ihre Wissbegierde zu stillen. Leider kam aus Raphaelas Zeitmangel bisher nur ein einziges kurzes Gespräch zustande.
Ab sofort würde sie Zeit finden, das nahm sie sich fest vor.
Also machte sie sich nach Redaktionsschluss auf den Weg.

Es herrschte ein lauwarmes Sommerwetter. Ihre Haut, die nur leicht bräunte, dafür aber Sommersprossen im Überfluss aufweisen konnte, genoss die Sonnenstrahlen. Sie atmete den süßen Duft der verschiedenen Blumen ein, die in bunter Pracht überall in Beeten wuchsen und freute sich jedes Mal wie ein kleines Kind über das farbenfrohe Bild, das sich jedem bot, der aufmerksam zu beobachten wusste.

Das Stadtgartenamt bemühte sich vom Frühling bis zum späten Herbst, ein freundliches Bild in die ansonst karge Mauerlandschaft zu zaubern - was auch immer wieder auf das neue gelang.
Mit ihren knapp vierzig Jahren, die ihr kein Mensch auch nur annähernd ansah, hatte Raphaela eine gute, wenn auch nicht übermäßig schlanke Figur. Die meisten schätzten sie auf fünfunddreißig, was ihrem Selbstbewusstsein erst recht Ausstrahlungskraft gab.
Sie fühlte sich nicht schön, aber zumindest doch hübsch für ihr Alter und wusste sich zu kleiden, so dass ihr Wesen in ihrem ganzen Auftreten erfassbar war. Am liebsten trug sie Jeans und leichte Oberteile, Schuhe mit etwas höherem Absatz und dezentes Make Up, das hauptsächlich ihre dunklen Augen betonte, aber nicht gekleistert wirkte. Von Schmuck hatte sie sich schon lange wunschmäßig getrennt; erstens, weil sie nie welchen von ihren früheren Verehrern bekam; zweitens, weil sie sich selbst keinen leisten konnte; und drittens, weil sie es ohnehin schon lange nicht mehr für wichtig befand. Ihr Schmuck waren ihre Augen, das genügte ihr.
Somit wirkte sie schlicht, trotzdem dezent elegant und irgendwie frech und sexy, zumindest behauptete das Nicolas hartnäckig. Als sie an ihn dachte, musste sie lächeln.

Nicolas, charismatisch, hoch gewachsen, mit schwarzen modisch kurz geschnittenen Haaren und diesem unglaublich süßem Grübchen, wenn er lächelte, das ihn frech und verschmitzt wirken ließ und ihr zeitweise die innere Ruhe stahl.
Sie konnte sich nicht vorstellen, ohne ihn zu sein. Sie waren füreinander da, wenn einer von ihnen jemanden brauchte. Er war ihr bester Freund geworden, an den sie sich ab und zu gerne anlehnen würde, wäre da nicht ein verwirrendes Gefühl, das bei diesem Gedanken jedes Mal in ihr aufstieg. Entschieden schüttelte sie den Kopf, um die aufkommenden Sehnsüchte zu verwerfen... mittlerweile war sie an der Blockhütte angekommen...

***

Nicolas...

Zur selben Zeit blickte Nicolas aus dem Fenster seines Büros, das im zweiten Stock eines modernen Bürogebäudes mit Blick in die noblen Gärten einiger Einfamilienhäuser lag.
Sein Büro spiegelte seinen Hang zur Exklusivität.
Die Farben der Wände und einiger Bilder zeigten Creme bis alle möglichen Gelb-Schattierungen mit einem Hauch Aprikose. Die Einrichtung war

spartanisch, jedoch umso raffinierter. Den Blickfang bildete der wuchtige Schreibtisch aus Vulkanholz. Der Fußboden, eine Mischung aus Marmor und Kieselsteinen, zeigte die kundige Hand des Bodenlegermeisters, der unter gut situiertem Klientel bekannt war für seine Perfektionsarbeiten.
Die Fenster waren großzügig angelegt, so dass der geschmackvolle Raum mit reichlich Licht durchflutet wurde. Ein herrliches Panorama über die Dächer der verschiedenen, doch allesamt schönen Häuser sowie bunte Pracht der traumhaft angelegten Gärten breitete sich vor dem Blick des Betrachters aus.

Seine Gedanken wanderten zurück an vergangene Tage. An das Zerbrechen seiner relativ langen Beziehung, den sogenannten Rosenkrieg, in dem er um ein Haar Bankrott ging. Die plötzliche Krankheit, mit vernichtender Diagnose, darauf folgende ständige Arztbesuche, die Machtlosigkeit, sich ausgeliefert zu fühlen, seine verzweifelten Trinkgelage, die durchvögelten Nächte mit verschiedenen Gespielinnen, und dann die Begegnung mit der Alten, die ihm vor sein Auto lief.
Die Eingabe, diese alte Geheimnis umwitterte Frau aufzusuchen, nachdem ihm klar wurde, dass es tatsächlich eine Bedeutung haben musste, ihr zwangsläufig begegnet zu sein.
Seine spontane Heilung, die plötzlich geschah, nachdem er bei dieser alten Frau Rat suchte und von ihr unter für ihn, mysteriösen Praktiken, in andere Welten tauchte, um geheilt daraus hervor zu gehen. Nun fast geheilt, die Hälfte davon hatte er der Schulmedizin zu verdanken.

Raphaelas Bekanntschaft, die kurz darauf folgte, und eine besondere Wende bewirkte, für die er dem Kosmos auf ewig dankbar sein würde.
Unter all den eigenartigen Begebenheiten, der Wiederaufbau seiner Firma, der ihm beinahe unerklärlich vorkam, wohl aber seinem beinahe ungesunden Ergeiz zu verdanken war. „Ungesund“, sein ganzes Leben war ungesund, bevor er die alte Frau und Raphaela kennen lernte, letztere mittlerweile mehr als schätzte, die aber deutlich kein Interesse an ihm als Mann hatte. Zumindest behauptete sie das stoisch, sobald er sie in dieser Richtung neckte. Obwohl er sich nicht sicher war, in Raphaelas Verhalten ihm gegenüber, doch manchmal einen Funken mehr als nur Freundschaft zu erkennen.
Sie war die erste Frau, die ihn hartnäckig auf Abstand hielt, sobald er einen winzig kleinen Schritt zu nahe an sie heran trat.
Was ihn einerseits extrem ärgerte, andrerseits auf besondere Weise reizte, aber auch schier amüsierte.

Sie war die Sonne in seinem Leben geworden. Wenn es ihm schlecht ging und er dachte an sie oder betrachtete ihr Bild, das er auf seinem Laptop gespeichert hatte, dann ging es ihm augenblicklich besser. Wenn es ihm gut ging, ging es ihm noch besser.
Ein Leben ohne sie mochte er sich nicht mehr vorstellen. Sie war immer für ihn da, egal zu welcher Zeit und unter welchen Umständen, einen treueren Freund als sie hatte er nie zuvor besessen.

Alles in seinem Leben änderte sich mit diesem Zusammenstoß, den er durch Unvorsichtigkeit verschuldet hatte.

Als die alte Frau damals vor seiner Kühlhaube auftauchte, blieb ihm beinahe das Herz stehen vor Schreck. Er hatte eine einzige Sekunde nicht acht gegeben, sie fast überfahren. Selbst, wenn er der Meinung war, es hatte ausgesehen, als sprang sie mit Absicht buchstäblich vor das anfahrende Auto.
Als er die Autotüre aufschlug, auf die Strasse hechtete um nach ihr zu sehen, stand sie schon hoch aufgerichtet vor ihm, fixierte ihn aus stechenden blaugrünen Augen so, dass ihm ein Kälteschauer über den Rücken jagte.
Dann sprach sie plötzlich: „Nutze den Zufall, der dir Heilung bringt.“ Er hatte sie nach diesem Satz angesehen, als wäre sie von einem anderen Stern oder musste eine massive Gehirnerschütterung erlitten haben. Er hatte nicht die geringste Ahnung, was die scheinbar verwirrte Frau damit meinte. Kaum, dass er sie fragen konnte, ob sie verletzt sei, war sie in der sich bildenden Menschenmenge verschwunden.
Es dauerte eine Weile, bis er sich wieder aus der Sprachlosigkeit fing und gedankenverloren weiter fuhr. Nicht, ohne einen Zeugen um Namen und Adresse zu bitten, ihm falls notwendig vor Gericht zu beeiden, dass die Frau verschwunden war, ohne Hilfe anzunehmen oder auf einer Anzeige zu bestehen. Den Vorfall vergaß er jedoch relativ schnell im Angesicht der harten Arbeit, seine Baufirma in Schwung zu bringen.

Als die Ärzte ihm Monate später kaum Chancen gaben, das nächste Jahr zu überleben, da sich in seinem Darm Tumore befanden, musste er sich nun auch noch mit Therapien und Schmerzen herumschlagen. In einer besonders heftigen Phase der Depression kam ihm die Begegnung mit der alten Frau wieder in den Sinn. Der Zufall ließ ihn einige Monate nach dem Zwischenfall von einer alten Frau hören, die Heilkräfte zu besitzen schien. In einigen Kreisen als Schamanin bekannt war. Er hielt nichts von solch einem Quatsch, doch aus undefinierbaren Gründen konnte er den Gedanken nicht abschütteln, diese Frau aufsuchen zu müssen.

Aus einer seltsamen inneren Aufregung heraus begann er, nun zu recherchieren, bekam tatsächlich etwas über diese alte Frau und deren Tätigkeitsfeld heraus.
Eigenartig, wie viele die Frau kannten. Immer wieder stieß er auf Menschen, die ihm bereitwillig erzählten, welch große Heilerin sie war. So, wie es sich anhörte, musste sie eine große Begabung besitzen.
Nicolas beschloss, auf gut Glück einfach hinzufahren. Er könnte sich immer noch am Absatz umdrehen und sich auf ein Missverständnis ausreden. Als er das Blockhaus fand, in dem sie wohnte, war er erstaunt über die Vielfalt an duftenden Kräutern, die in ihrem großen Vorgarten wuchsen. Sein Herz klopfte nervös bis zum Hals, als er die Hand hob, um an ihre Türe zu pochen.
Die Tür öffnete sich mit einem lauten Knarren, sie sah ihn mit leicht hoch gezogenen Brauen an, bat ihn aber wie selbstverständlich ins Innere des Hauses. Er wollte anfragen ob… aber dazu kam er erst gar nicht.
„Das war doch dieselbe Frau die er angefahren hatte!“, schoss es ihm in den Sinn. Er blieb wie angewurzelt an der Türe stehen und versuchte, seine Gedanken zu ordnen, die eben ziemlich durcheinander gerieten.

„Schließe die Türe bitte von innen“, hörte er sie rufen. Da erst fiel ihm auf, dass er immer noch draußen stand, gab sich einen Ruck und marschierte ins Innere des Hauses.
Das Vorzimmer war hellgrün ausgemalt. An der linken Seite stand eine alte Kommode mit vielen kleinen Schubladen und gusseisernen Griffen, auf der Kommode stand eine kleine Duftlampe und verschiedene bunte Kerzenstumpen.
An der rechten Wand war eine kleine Garderobe mit drei Haken, an der achtlos eine blaue Jacke darüber geworfen war. Darunter standen ein Paar Schuhe sowie ein alter Einkaufskorb. Ein bunter Teppich lag auf dem hellen Holzboden und gab dem Raum etwas Einladendes, obwohl er karg war. Geradeaus musste das Wohnzimmer sein, aus der die Stimme der alten Frau ertönte.
„Komm nur weiter…“
Er ging durch die niedere Türöffnung in ein kleines, aber gemütlich wirkendes Zimmer, das mit warmen Farben an den Wänden und alten Möbeln ausgestattet war. Sie bat ihn, sich auf das Sofa zu setzen.
Nach einem kurzen, für ihn fast peinlichem Schweigen, in dem sie kein Wort sagte, sondern ihn nur unverwandt ansah, begann er, einfach zu sprechen. Es sprudelte plötzlich ungehindert aus ihm hervor, chaotisch, aufgeregt und nervös. Sie ließ ihn reden, unterbrach mit keinem Wort seinen Redeschwall. Beobachtete ihn jedoch mit demselben durchdringenden Blick, mit dem sie ihn damals, nach dem Zusammenstoß, bedachte.

Als er geendet hatte stand sie, noch immer wortlos, auf, ging in das Nebenzimmer, den ein Vorhang anstelle einer Türe von diesem Zimmer trennte. Er vernahm Geräusche und leise Musik, die zu erklingen begann. Er blieb einfach sitzen und harrte der Dinge. Eine entspannende Ruhe begann sich in ihm breit zu machen, ließ ihn einfach abwarten, was nun weiter passieren würde. Im diesem Moment nahm er die Umgebung kaum wahr, als sie auch schon wieder zurückkam und ihm mit einer Handbewegung zu verstehen gab, er solle ihr folgen. Der schwere Stoff des hellen Vorhangs wurde von ihr mit einem Handgriff auf die Seite gehoben, so dass er ebenfalls durch gehen konnte.
Ein dezenter Duft von frischem Lavendel lag in der Luft. Als er sich umblickte, entdeckte er eine silberne Schale, aus der Rauch aufstieg und dieser Duft zu kommen schien. Sein Blick schweifte durch den Raum, in dem ein Massagebett, überzogen mit einem weißen Leinentuch stand sowie einer kleinen darauf befindlichen Nackenrolle.
Weiterhin beherbergte der Raum noch eine kleine wurmstichige Kommode, auf dem getrocknete Kräuter, eine Porzellanschale, einige abgebrannte Kerzen und ein Bergkristall lagen. Im hinteren Teil des Zimmers bogen sich Regale unter der Schwere vieler Bücher, die sie trugen. Ein alter, dunkelblau gemusterter Ohrensessel, der auf einem grasgrünen hochflorigen Teppich stand, lud zum Sitzen ein, wie die kleine schwarze Katze sichtlich ebenfalls befand, die eingerollt zwischen Lehne und bunter flauschiger Decke fest schlief, ohne sich im geringsten stören zu lassen.
Die Wände waren in einem hellen Fliederton ausgemalt und wirkten sehr kühl, aber dennoch beruhigend. Ein Busch frischer Lavendel, fest zusammengebunden, hing mit den Blüten nach unten über dem Fenster, dessen Lackierung am Rahmen deutlich absplitterte. Sein Blick schweifte in den Garten, den das Fenster frei gab. Die Trauerweide, die zu sehen war, wiegte ihre langen Äste sanft im Wind. Sonnenstrahlen tauchten das idyllische Bild in ein warmes Licht.

In seinen italienischen Designerklamotten passte er so ganz und gar nicht hierher. Bevor er sich weiter umsehen konnte, bat die alte Frau Nicolas, die Schuhe auszuziehen und sich hinzulegen. Er schlüpfte aus seinen teuren Lederschuhen, schwang seine langen muskulösen Beine auf das Bett und harrte skeptisch der Dinge.
Sie hielt eine Hand knapp über seine Augen, so dass er sie automatisch schließen musste
Irgendetwas murmelte sie vor sich hin, das sich mit leisen beruhigenden Klängen der Meditations-Musik vermischte. Er spürte, wie sie eine Decke über ihn breitetet und ließ es zu, ohne sich zu bewegen. Nicolas hatte das

Gefühl, eine vertraute Situation zu erkennen. In ihm tauchte das Bild seiner Großmutter auf, die ihn, als er noch ein kleiner Junge war, oft zudeckte, wenn er schon fast schlief. Selbst der Lavendelduft kam in seiner Erinnerung vor. Ein Lächeln huschte über sein Gesicht, er war mit seinen Gedanken weit fort in der Vergangenheit. Seine Großmutter, wie lange hatte er an seine schon längst verstorbene Großmutter nicht mehr gedacht. Wehmut ließ sein Herz schwer werden, als er plötzlich Worte hörte, die von der alten Frau kamen.
Eine tiefe Müdigkeit überfiel Nicolas, die es ihm nicht ermöglichte, sich auch nur einen Millimeter zu rühren oder gar die Augen zu öffnen. Er ließ es einfach geschehen, zu schwach, sich auch nur zu wundern.
Was dann folgte, war ein Erlebnis, von dem er im nachhinein nicht wusste, ob er es geträumt oder tatsächlich erlebt hatte. Letzteres konnte verstandesmäßig schon nicht real sein.

Der Duft von Lavendel vermischte sich mit dem Duft von Weihrauch, der durch seine Sinne strömte und in ihm eine beruhigende Wirkung zu verbreiten vermochte. Als er versuchte, kurz die Augen zu öffnen, stand die alte Frau direkt vor ihm und hielt ihre runzeligen Hände über seinen Körper. Bat ihn, die Augen geschlossen zu halten und ruhig liegen zu bleiben. Er hatte ohnehin keine Kraft und auch nichts zu verlieren, also tat er, wie ihm geheißen wurde. Tief atmete er ein und aus, gewillt, sich weiter zu entspannen. Einer ihrer Hände legte sich nun flach auf seinen Magen, die andere auf sein rechtes Knie. Dabei murmelte sie leise unverständliche Worte vor sich hin, die er nicht verstand. Sein Körper begann, sich noch schwerer anzufühlen; seine Augenlider waren, als würde Beton darauf liegen; der Duft des Räucherwerks vernebelte seine Sinne; er begann, in einen merkwürdigen Zustand der Schwerelosigkeit zu fallen, dabei gleichzeitig in tiefe Dunkelheit eintauchend.
Er ließ es zu, genoss die Wärme, die ihn durchströmte und erlaubte sich, seine Gedanken ziehen zu lassen, ohne sie anhalten zu wollen.

***

Vision...

Er konnte nichts als Dunkelheit erkennen, bevor sich plötzlich, wie von weit her, ein wolkenartiges Gebilde zu formen begann, in allen Regenbogenfarben in sich schillernd. Schemenhaft zeichnete sich darin eine Gestalt ab, wurde vor seinem inneren Auge deutlich. Wildindianisch wirkte die Frau mit langen, pechschwarzen Haaren und glühenden Augen, die sinnlich, ja fast in Extase, rund um hoch züngelnde Flammen tanzte.

Ein Hauch von Nichts, der aussah wie dünnes gegerbtes Leder, umhüllte notdürftig ihre Gestallt, ließ Blicke auf braune nackte Beine und Arme frei. Dabei wiegten Ihre Arme sich weit ausgestreckt im Takt ihrer schlangenartigen Bewegungen. Das Feuer loderte, Funken sprühten, er meinte, die Hitze zu spüren.
Plötzlich war es ihm, als stünde er genau neben ihr, atmete den Duft ihrer Haut ein, die dezent nach Schweiß und Moschus roch. Konnte den Blick nicht von ihren Augen wenden, die ihn zu hypnotisieren schienen. Er versuchte, die Umgebung zu erkennen, fühlte aber mehr als er sah, trockene Steppe, roch den strengen Duft von Pferden sowie gegerbter Büffelhaut. Hörte das Knistern von Holz unter Feuer.
Es war, als dröhnten in seinem Kopf Trommelschläge, die beinahe aggressiv rhythmisch den Takt angaben. Sein Herz klopfte schneller, als er atmen konnte, beißender Rauch vernebelte immer wieder seine Sicht. Plötzlich verstummten die Trommeln, angespannte Stille war Sekunden zu hören, als gleich der Pranke eines Raubtieres ihr Arm nach vorne in seine Richtung schnellte, durch seinen Körper griff, als wäre er unsichtbar, nach etwas Undefinierbaren fasste, daran zog. Er spürte einen scharfen Schmerz, als würde ein Messer ihn aushöhlen, sah sich selbst zusammenbrechen, lag benommen auf ausgetrocknetem Boden. Spürte den Luftzug, den ihr Tanz unter Johlen und erneuten Trommelschlägen verursachte, meinte die Hitze des Feuers in sich zu verspüren und verlor dabei die Besinnung.

***

Als er wieder zu sich kam, war es draußen dunkel.
Sein Zeitgefühl war ihm völlig abhanden gekommen. Er musste eine ganze Weile hier gelegen sein. Benommen und verwirrt setzte er sich langsam auf. Ihm fröstelte, obwohl es warm war.
Die alte Frau stand am Fenster, beobachtete ihn schweigend, erwähnte nur kurz, er müsse sich einige Tage schonen. Sein Kopf brummte, als wäre er drei Nächte um die Häuser gezogen. Sein Körper fühlte sich eigenartig leer, aber auch unendlich frei an. Mehr als kurz nicken konnte er im Moment nicht. Schwerfällig erhob er sich, versuchte zu erfragen, was hier eben vorgegangen war. Sein Kopf war wie benebelt.
„Jegliche Erklärung werde ich dir zu einem späteren Zeitpunkt geben, jetzt ist es sinnlos, du solltest dich im Moment einfach nur ausruhen, alles Weitere später“, sprach sie, ohne Widerspruch zu dulden.
Abermals nickte er nur mit dem Kopf, zu mehr war er scheinbar nicht mehr fähig, dachte er zwischen Erstaunen und Gleichgültigkeit. Er musste Drogen in sich haben, anders konnte es wohl nicht sein, dass er den

Mund nicht aufbrachte, ohne zu lallen. Trotzdem strengte er sich an, wenigstens den Satz mit der Frage welches Honorar er ihr schuldete, zu stellen, währenddessen er in seine Hosentasche griff, um einen Geldschein hervor zu holen.
„Es ist gut, darüber sprechen wir ein anderes Mal, wenn deine Fragen dich drängen. Und bring die Frau zu mir."
„Welche Frau?", presste er mühsam hervor. Seine Zunge fühlte sich pelzig an und schwer, genau wie auch seine Augen, die er nur mühsam aufhalten konnte.
Sie gab ihm keine nähere Auskunft, drehte sich um und verschwand wieder hinter diesem schweren Vorhang. Nun wusste er nicht, ob er warten sollte bis sie zurück kam oder einfach gehen.... nachdem sie nicht zurück kam, entschloss er sich für letzteres. Er legte den Geldschein, trotzdem sie keine genaue Angabe über ihr Honorar machte, einfach auf das Massagebett.
Eigentlich hätte er gerne eine Erklärung gehabt für das eben Erlebte. Doch in dem Zustand, in dem er sich eben befand, wollte er jetzt tatsächlich nur nach Hause und schlafen.
Autofahren fiel ihm nicht eben leicht, er hatte Mühe, sich zu konzentrieren, allerdings das seltene Glück leerer Strassen, eigenartig leer eigentlich. Totenstill, wunderte er sich, hielt jedoch nicht an dem Gedanken fest. Trotz der bleiernen Müdigkeit manövrierte er seinen Wagen sicher, wenngleich auch im Schneckentempo, für seine Verhältnisse, heimwärts.
Nachdem er in seiner Garage eingeparkt hatte, stieg er müde, sich wie ein Greis schleppend, die Treppen hoch und fiel mitsamt seiner Kleidung auf das übergroße breite Wasserbett, das mitten im Raum seines Schlafzimmer stand.

So wie er einschlief, wachte er gegen Mittag auf. Total fertig, wie gerädert. Man könnte meinen er hatte Nächtelang nicht geschlafen.
Ausnahmsweise erlaubte er sich einen freien Tag, er hatte heute Nachmittag nur einen, nicht sonderlich wichtigen Termin, den er noch schnell auf einen anderen Tag verschob. Ging, während er mit dem Kunden telefonierte, ins Bad, das vor kurzem renoviert worden war, um sich heißes Wasser in die Wanne laufen zu lassen.
Die extragroße Eckbadewanne war im Fußboden eingelassen, worüber er jetzt dankbar war. Sogar die Beine zu heben kostete ihn Überwindung. Völlig kraftlos legte er sich ein großes Badetuch und den Bademantel bereit und entkleidetet sich. Achtlos ließ er alles am Boden liegen. Darum würde sich seine Hausperle Anna kümmern, die vier Mal die Woche vorbei kam, um ihm den Haushalt zu führen.

Der heiße Dampf, der ihm entgegen schlug, tat ihm gut, er schüttete etwas von der teuren Ölessenz, die er sich vorige Woche kaufte, in das einlaufende heiße Wasser und genoss den beruhigenden, holzigen Duft. Langsam sank er in die Wanne, lehnte sich mit dem Kopf nach hinten, an den Rand der Wanne.
Seine Augen schweiften müde über die Einrichtung, die aus edlen Materialien gefertigt wurde. Marmorfliesen extra aus Italien importiert, farblich abgestimmt auf jedes Detail des Badezimmers. Kombiniert mit modernen wenigen Möbeln, ohne unnötigen Schnickschnack. Eine große Palme und das gedämpfte Licht gaben dem Raum den Flair von südlichem Charme, vermischt mir der Nüchternheit klassischer Linien.
Normalerweise genoss er seinen Luxus, aber heute war es ihm gleichgültig, völlig gleichgültig. Er hätte ebenso in einem Waschtrog mitten in einem Schweinestall sitzen können; Hauptsache, er musste sich nicht unnötig bewegen.
Er fühlte sich unglaublich müde, ausgezerrt, als hätte er den Mount Everest bestiegen. Und doch, irgendwo ganz tief in sich drinnen, fühlte er sich, als würde sonnengleiche Kraft in ihm keimen. Heiß durchfuhr ihn ein Gedanke: Würde es zu Ende gehen mit ihm? Hatte dieses Erlebnis gestern den Funken entzündet, seine Seele aus seinem Körper zu verabschieden? Waren das die Anzeichen, langsam zu sterben, während sich die Seele aufmachte zu gehen?
Was dachte er bloß für einen Schwachsinn? Er glaubte doch sonst nicht an solches Zeug, er schüttelte den Kopf und ließ gleichzeitig heißes Wasser nachlaufen. Die starken Medikamente und diese Behandlung gestern Abend mussten ihn komplett verwirrt haben!
Bis vor ein paar Tagen konnte er durch die Tabletten seine Schmerzen ganz gut unterdrücken. Er versuchte, die ganze Zeit seine Krankheit zu ignorieren, wusste aber, dass es schnell gehen konnte. Zumindest redete er sich dies erfolgreich ein. In ihm tickte eine Zeitbombe, wie sich sein Arzt unsensibel ausdrückte.
Was Nicolas nicht wusste war, dass sein Arzt etwas übertrieb, um seinen Patienten dazu zu bewegen, achtsamer mit sich umzugehen; denn mit dessen Lebenseinstellung konnte die Krankheit tatsächlich sehr gefährlich werden, wenn man sich nicht rechtzeitig um eine drastische Veränderung seines ungesunden Verhaltens kümmerte.
Davon wusste Nicolas nichts, und doch waren manche Momente derart schmerzhaft, so dass sich auch die Ärzte nicht erklären konnten, woher dies kam, da das Ausmaß an Schmerz sich nicht mit den üblichen Erfahrungen in diesem Stadium der Krankheit samt der doch üblich greifenden Therapie deckten. Es schien, als wären die Schmerzen, die Nicolas an den Rand des Wahnsinns trieben und ihn verzweifeln ließen,

psychosomatischer Natur, würde er sich nicht mit Tabletten voll stopfen. Trotzdem konnten Außenstehende nichts davon ahnen, da Nicolas sich zwang, ganz normal seiner Arbeit nachzugehen, darüber hinaus immer gepflegt war und sich kein Gejammer gestattete. Von den Stunden, n denen er sich zu Hause vor Schmerzen krümmte, einmal abgesehen. Die Dosierung seiner Schmerzstiller war genau berechnet, wobei er sich selbst etwas mehr davon gönnte, als der Arzt es empfahl. Vernünftig war das sicher nicht. Was war schon vernünftig im Angesicht seines nahen Todes. Hauptsache, er konnte das Leben noch so intensiv und gut wie möglich genießen. Dafür nahm er in Kauf, dass seine Nieren durch die Überdosierung geschädigt wurden.
Mit all diesen Gedanken schlief er ein, bis ihm durch das kalt gewordene Wasser ein Schüttelfrost heimsuchte. Er duschte sich ab, benutzte das Badetuch, das achtlos am Boden lag, schlüpfte in seinen weichen Bademantel und ging so, warm eingehüllt, wieder ins Bett.

Als er aufwachte, war es elf Uhr am nächsten Vormittag.
Er hatte sage und schreibe zwölf Stunden durchgeschlafen. Er war fassungslos... und erschrocken, weil er den gestern verschobenen Termin erneut verpasst hatte. Ausgerechnet, wo seine Sekretärin in Urlaub war, die ihn ansonst mit Sicherheit geweckt und erinnert hätte. Nun ja, konnte er jetzt nicht mehr ändern. Er beschloss, sich ein feudales Frühstück zu gönnen, und dazwischen den versetzten Kunden zu kontaktieren. Bis er mit essen und rasieren fertig wäre, würde Anna, seine Hausperle, vorbei kommen, und sich dem Chaos, das er jedes Mal in der Küche hinterließ, zuwenden.
Nicolas öffnete das große Fenster in seiner Designerküche, die mit roten Möbelstücken ausgestattet war und atmete die frische Luft ein, die ihm entgegen schlug. Zum ersten Mal nach langer Zeit registrierte er das fröhliche Vogelgezwitscher. Die Sonnenstrahlen tauchten die vor ihm liegenden Dächer und Gartenanlagen in ein glänzendes Licht. Tief seufzend, genoss er diesen Anblick und fragte sich, wann er sich eigentlich das letzte Mal auch nur eine Minute nahm, um diesen herrlichen Anblick aus seinem Fenster zu genießen, geschweige denn, das Gezwitscher der Vögel zu hören. Am Rande seiner Gedanken registrierte er den älteren Mann, der sich hingebungsvoll um seinen Baumschnitt kümmerte und die junge Frau nebenan, die mit ihrem kleinen Kind vor ihrem Haus spielte. Dazwischen vernahm er das wütende Fauchen sich bekämpfender Katzen.
Seltsam, was in ihm vorging, er verspürte eine tiefe innere Befriedigung. Er schüttelte den Kopf, während er sich umdrehte, um verschiedene Delikatessen aus dem Kühlschrank zu nehmen, sich starkem Kaffe aus

der Maschine drückte und das Ganze mit frisch gepresstem Orangensaft bereicherte.

In den folgenden Tagen fühlte er sich zunehmend ausgeglichener. Spürte vor allem keine Schmerzen, dachte aber vorerst an allgemein bekannte Prognosen, dass meist vor dem tatsächlichen Ende ein gesundheitlicher Aufschwung zu verzeichnen war, bevor das totale Versagen der lebenswichtigen Organe eintrat. Er ließ seinen beinahe hypochondrischen Gedankengängen ein wenig Raum.
Etwa vier Wochen nach dem Besuch bei der alten Frau hatte er einen Kontroll- Termin, um seine Krankheitsgeschichte zu verfolgen, auch, wenn es laut Spezialisten kaum absolute Besserung geben würde, wäre Nicolas nicht bereit, seinen Lebenswandel drastisch zu verändern und sich genau an die Therapien der Ärzte zu halten. Demnach sollten die Blutwerte weiterhin beobachtet werden. Überaschenderweise war das Bild extrem verbessert, als noch einen Monat zuvor. Weder er, noch die dazu kommenden Ärzte konnten sich darauf einen Reim machen. Sie entließen ihn mit der Bitte, zu weiteren Kontrollterminen zu erscheinen und sich verstärkt seinem scheinbar besseren Lebensstil zu widmen, den sie für seine merkliche Gesundung erfreut verantwortlich machten.

In Gedanken versunken fuhr er nach Hause um in der Nacht darauf die Szenen bei der Alten noch einmal in seinen Träumen zu erleben. Sie mussten mit seinem verbesserten Allgemeinzustand zu tun haben.
Entschlossen nahm er sich vor, seinen Wissensdurst zu stillen und endlich die Fragen zu stellen, denen er seit der Behandlung noch nicht nachgegangen war. Zudem würde er die Alte um eine erneute Behandlung bitten, da diese ihm nachhaltig enorme Besserung brachten. All die Eindrücke, die er gewonnen hatte, bedurften eines Gesprächs; nun wurde es Zeit, die er sich auch zu nehmen gedachte. Nicolas machte sich auf den Weg...

***

Aufmerksam hörte die alte Frau Nicolas zu.
Als er geendet hatte mit seiner Erzählung, antwortete sie nach kurzem Schweigen, das er nicht zu unterbrechen wagte.
„Deine Krankheit war ein Hilfeschrei deiner Seele, kam aus tiefen Verletzungen, die du nicht genau ansehen und verarbeiten wolltest, oder konntest. Dein Körper kämpfte zusätzlich mit Giften, die du ihm zuführtest. Dein Verstand bemerkte sehr wohl, dass vieles zu unterlassen gewesen wäre, du vieles anders machen hättest sollten, doch hast du nicht danach

gehandelt. Der Stress, dem du zusätzlich sowohl emotional als auch existenziell beikommen musstest, und das unausgeglichene Leben, zu dem du dich entschieden hast, taten ihr übriges. Also versuchte deine Seele, eine Möglichkeit zu finden, dich deutlich darauf aufmerksam zu machen, dass du auf dem falschen Weg bist.

Da du aber nicht auf deine innere Stimme hörtest, gab es für deine Seele nur einen Weg. Somit wurdest du durch eine Krankheit auf dich selbst zurück geworfen. Deine Seele klopfte da an, wo das Unverarbeitete saß, und ich warne dich, immer noch schlummert.

In deinem Fall der Darm. Du müsstest eigentlich lange vorher immer wieder Durchfall oder Verstopfung gehabt haben, und hast die Warnung nicht bemerkt. Es hatte dir sagen wollen, du bist nicht auf dem Weg und/ oder du hast mit Themen zu tun, die du kennst, aber nicht sehen willst.

Der Darm spiegelt das Emotionale. Verletzungen, Angst, Wut, Zorn, Unruhe, also jede Menge Gefühle, die du zu unterdrücken oder zu vergessen versuchst, landen in diesem Bereich, in diesem Energiefeld auch Sakralchakra genannt. Unsere Seele vergisst niemals; alles, was man je erlebt, ist wie auf einer Festplatte auf ewig gespeichert.

Verletzte Gefühle, Ängste, Unsicherheiten, zeigen sich körperlich zuerst in Kopfschmerzen, Herzschmerzen, Verspannungen, Unruhe, Herzklopfen; es sticht, es zieht, es tut weh, man bekommt kaum Luft, es ist kaum auszuhalten. Jedes Baby kennt diese schmerzenden Gefühle von Verletzung, Verlust und Verlassenheit. Das beginnt weit vor der Geburt, aber rein verstandesorientiert, sobald der Geburtskanal durchquert und die Nabelschnur getrennt wird.

Diesen Schmerz, vermischt mit Todesangst und Verlust, möchte jeder seit der Geburt entgehen, jeder auf seine Art und Weise. Schmerz, Abtrennung, Verlustangst... begleiten einem immer wieder. Jeder reagiert auf Emotionen anders und doch sehr ähnlich...

Ein Baby wird noch mehr schreien, ein Kind wird bockig oder reagiert mit unverständlichem Verhalten, ein Erwachsener findet enorme Möglichkeiten, von sich selbst abzulenken, oder völlig irrational zu handeln.

Damit rutschen emotionale Schmerzen langsam aber sicher weg vom Herzen, aber immer tiefer in den körperlichen Bereich. Magenschmerzen folgen, die meist mit Medikamenten stillgelegt werden; das Thema, damit erneut nicht verarbeitet, es rutscht wieder tiefer. Diesmal heftiger, da, wo das Problem lag, in dem Fühlen... also Darm. Der Darm reagiert empfindlich auf jede Aufregung, usw. Das hast du ebenfalls unterdrückt, in Form von rennen, hetzen und Suchttendenzen.

Nun blieb deiner Seele nichts anderes übrig, als deutlicher zu werden, im Darm, auch Gefühlschakra-/ Sakralchakra genannt, und dich genau hier

krank werden zu lassen - in der Hoffnung, dass dein Geist hinterfragt, was dies zu bedeuten hat. Damit du endlich einen Weg findest, zu erkennen, was zu erledigen ist.
Die Aufgabe, Altes noch mal anzusehen, nochmal durch den Verlust und die Demütigung zu gehen, und zwar bis zur Erinnerung der Kindheit - denn es gibt kaum eine perfekte Kindheit - irgendwann und irgendwo schlummern sogar in der liebevollsten elterlichen Zuwendung Fehler die Kinder prägen.
Beziehungen und die Verletzungen und Extremen hinterfragen ist das weitere Hauptthema; welche Situationen, welche Handlungen sind darin ähnlich wie in der Kindheit erlebt, gefühlt; welche Muster wiederholen sich, nur dass man selbst vielleicht nicht mehr das Opfer sondern Täter ist; weshalb scheitert man in Beziehungen? Also geht es um erinnern, verstehen, Muster in sich selbst erkennen, verzeihen, loslösen, in sich selbst hören, sich selbst erneuern, anders zu denken und zu handeln, als man es bisher erlernte und selbst tat.
Denn abgesehen von der Kindheit, erschafft ihr euch eure Probleme und Verletzungen selbst, weil ihr sie aus einem erlernten Verhalten in der Kindheit in euch gespeichert habt. Jede Handlung im Erwachsenenalter trägt den Ursprung in Erlebnissen und Erfahrungen in eurer Kindheit, sie prägen sich in eure Geist – Seele und in eurem Herzen ein. Also werdet ihr im Laufe des Lebens mit Themen konfrontiert, die euch genau in diese Schocks, Verletzungen, Ängste, Verluste, Einsamkeit etc. hineinwerfen.
„Aber weshalb?"
„Weil ihr diese nur als Erwachsene lösen könnt."
„Aber warum müssen wir so etwas überhaupt lösen oder erfahren?"
„Dazu kommen wir später sehr viel später, als Stichwort nur so viel, ihr Menschen seid eine Art Forscher, die Emotionen und die daraus folgenden Reaktionen testen wollt..."
„Das verstehe ich jetzt gar nicht."
„Ich sagte doch: dazu kommen wir später.
Also weiter, du willst also ein schöneres Leben und gesund sein - dann musst du dich erstmal von deinen eigenen immer wiederkehrenden Verhaltens- und Glaubensmustern lösen, die dich in solche Desaster brachten."
„Und wie kommen Sie nun darauf, dass es mit Beziehung zu tun hat?"
„Weil es immer um Beziehung geht, und das spiegelt eben auch der Darm. Wie ist es denn, wenn man aufgeregt ist, freudig oder angstvoll, dann spürt man den Darm. Oder ein Rumoren er meldet sich einfach. Der Darm ist das einzige Organ, das NICHT vom Gehirn gesteuert wird, wissenschaftlich bewiesen übrigens.

Darum heißt es auch, mein Verstand sagt mir dies, aber mein Gefühl sagt mir das. Ein ewiger Kampf zwischen zwei Welten so zusagen."
„Und was ist jetzt richtig? Auf den Verstand hören oder auf das Gefühl?"
„Auf beides mit der richtigen Mischung, dafür gibt es kein Rezept, das ist einfach Individuell. Einzige Hilfe zu erkennen, ob etwas der richtige Weg ist, ist wenn man sich rundum wohlfühlt, sprich sagen kann: alles passt, es ist schön und fühlt sich ehrlich, weich, warm, geborgen, und voller Ruhe an. Dann ist es meist der richtige Weg. Was nicht bedeutet, es bleibt ewig so, weil die Lernthemen nicht abreißen, das ganze Leben nicht. Nur hast du eines abgeschlossen, indem du es erkannt hast, dann kommt es auch nicht wieder."
„Inwiefern jetzt?"
„Zum Beispiel in Beziehungen. Du wirst so lange und so oft immer wieder die gleichen Diskussionen haben, die gleichen Zweifel und Unsicherheiten, die gleichen Streitthemen, die gleichen Verletzungen, bis du verstehst, das DU selbst nichts im Verhalten, Denken, Handeln verändert hast. Wenn du nur durch eine enge Perspektive siehst, wirst du kaum die Vielfalt an Möglichkeiten sehen, die du innerhalb einer Beziehung hättest haben können."
„Und was hat das jetzt damit zu tun, dass meine Ex-Partnerin und jeweiligen Partnerinnen mir den letzten Nerv rauben?"
„Kann es sein, dass du eben deinen Partnerinnen die Schuld gibst? Bist du so perfekt in einer Beziehung, dass du tatsächlich behaupten kannst, sie rauben DIR den letzten Nerv?"
„Na, ich werde ja immer ausgenutzt!"
„Tatsächlich und du? Wo nutzt du aus, ohne nachzudenken, ob es eventuell egoistisch ist?"
Nun sagte Nicolas nichts mehr, saß grübelnd da, während die Schamanin weiter sprach...
„Das Neue kann nicht in dein Leben kommen, wen du keinen sauberen Platz hast... Dein inneres wie äußeres Leben waren, oder sind teilweise noch, eine einzige Baustelle. Du erschaffst dir viel, bist aber immer am Hetzen und Rennen, du läufst vor dir selbst davon."
„Woher wissen Sie das eigentlich alles, ich hab davon doch gar nicht gesprochen...?", dämmerte es Nicolas mittlerweile.
„Was denkst du, was ich hier mache? Hokuspokus, ich heile dich? Das ist ein breites Spektrum an Erfahrung, Wissen, und einiges mehr, das dich nicht interessieren muss. Das wichtigste für dich zu deiner Heilung und rundum Erneuerung ist, verstehen zu können, dass alles im Leben seine Zeit hat und mit unserem jeweiligen Lebensplan verbunden und verknüpft ist. Würdest du, bleibst du stur im Alten verhaftet, alles verschieben. Auch die Lebensplanung anderer Menschen. Wenn du eine neue Partnerin

haben sollst, so wie es geplant ist, kann sie unmöglich bei dir ankommen geschweige denn Platz finden wenn du ...?"
„Hmm, wenn ich noch nichts verarbeitet und gelöst, geschweige denn, vergessen habe und keinen rein lassen möchte oder kann, weil ich nicht bereit bin, bzw. lieber von einer zur anderen hüpfe anstatt an Beziehung zu arbeiten und sie nicht als Tankstelle zu benutzen, also nicht ausschließlich."
„Du lernst schnell, sehr richtig.
Es gibt eine Ordnung; so wie du sie auch in deinem Büro für wichtig hältst, muss es auch im Ganzen eine Ordnung geben. Gibt es das nicht, kommt es zu einem drastischen Einbruch. Also ein drastisches Einschreiten der göttlichen Ordnung."
„Und was wäre, würde ich den Lebensplan nicht erfüllen, so wie ich das verstehe, das große Puzzle nicht mit erfülle?"
„Dann wirst du entfernt und jemand neuer kommt nach, der dieser Aufgabe gewachsen ist oder sie erfüllen möchte!"
„Autsch, das ist hart."
„Ja, aber so ist es. Wir leben hier auf einem Planeten, der vieles zu bieten hat, aber durch Unbewusstheit, Ignoranz sowie Gleichgültigkeit missachtet und zerstört wird. Das beginnt im Kleinen, bei uns selbst, in uns selbst. Wenn wir gegen die göttliche Ordnung arbeiten, wird die Ordnung wieder hergestellt. Das Universum hat seine Ordnungshüter, du kannst sie nennen, wie du willst. Engel, kosmische Helfer, *aufgestiegene Meister*, wie auch immer es sich für dich gut anfühlt.
Ihr haltet oft an Dingen fest, die längst nicht mehr zu euch gehören, und haltet alles andere damit auf. Ihr leidet, anstatt das Schöne in allem zu sehen oder es zumindest als das hinzunehmen, was es sein muss. Erkennen, annehmen, zulassen, loslassen, weiter gehen.
Ihr kommt auf die Welt, um sie zu feiern, zu genießen, zu achten und respektieren zu lernen.
Zu lernen, dass Verlust auch Gutes ergeben kann; dass Schmerz der Wehmut weicht, die wiederum ein Zeichen ist, geliebt zu haben, und die Erinnerung mit einem Lächeln mitzunehmen. Auch zu lernen, dass Angst und Zweifel euere größten Feinde sind.
Du hast viel zu lernen, viel zu erkennen, du hast hier eine besondere Aufgabe, wie alle Menschen auch, einige werden es nutzen und einen wichtigen Beitrag hinterlassen; einige werden eher Kompost sein, der ebenfalls benötigt wird."
„Netter Vergleich." Nicolas musste schallend lachen. Kompost, so hatte er es noch nie gesehen.
„Du und die meisten seht vieles nicht aus anderen Perspektiven, aber ihr werdet das Geheimnis erkennen, die Zeit ist gekommen."

„Welches Geheimnis?“
„Geduld, der Zufall wollte es, dass wir uns begegneten; ich konnte in deinem Energiefeld sehen, wie es um dich bestellt war. Der Zufall sollte dir helfen, eine Chance zu ergreifen, die Richtung drastisch zu ändern.
Du hast eine Aufgabe, die dir jetzt noch nicht bewusst ist. Finde die Antworten, nach denen du suchst, in dir selbst, es wird dir gelingen, sofern du Mut hast.“
Die Alte lächelte, sie wusste, dass Nicolas Mut hatte, mehr, als er selbst ahnte, allerdings würde er noch mit seinen eigenen Schatten kämpfen müssen, die ihn, wenn er am wenigsten damit rechnen würde, in den Abgrund stürzen wollten.
„Woher wollen Sie das alles eigentlich wissen? Können Sie hellsehen?“
„Das tut nichts zur Sache, nimm dies als Geschenk an, eine Chance bekommen zu haben, dein Leben wieder in geordnete Bahnen zu lenken.“
„Aber woher konnten Sie sehen, wie es um mich bestellt war?“
„Das ist unwichtig, nicht alles kannst du jetzt mit dem Verstand erfassen. Vertraue und beginne, dein Leben zu ordnen. Dir wird in Kürze eine Frau begegnen, die den Schlüssel deiner Lebensaufgabe mit sich trägt. Wenn es soweit ist, wirst du sie finden, du wirst sie ebenfalls zu mir bringen.“
„Aber wenn sie das wissen, warum findet die Frau nicht selbst zu ihnen?“
„Weil das Schicksal es so verlangt, das ihr beide euch über den Weg lauft, alles andere kommt zu seiner Zeit.“
Damit stand sie auf und verabschiedete ihn ohne weiteren Kommentar. Kaum, dass er das Gehörte annähernd in seinem Kopf ordnen konnte, stand er auch schon wieder auf der Strasse. Sie hatte ihn schlichtweg vor die Tür gesetzt.
Sein Verstand rebellierte, was er in letzter Zeit erlebte, haute ihn fast um, begreifen konnte er das alles überhaupt nicht, absolut nicht. Unwirsch fegte er mit der rechten Hand über seine Stirn, fast so, als könnte er damit jegliche Gedanken auslöschen.
Bis zu diesem Tag...

***

Begegnung mit Raphaela...

Die ersten Sonnenstrahlen drangen schon durch die weichende Nacht. Völlig übermüdet fuhr Nicolas nach Hause. Der vorangegangene Abend hatte es in sich. Die letzten Wochen hatte er es wieder gewaltig übertrieben. Seine Art zu leben war das Gegenteil von dem, was ihm eindringlich geraten wurde. Er fiel wieder zurück in seine alten Gewohnheiten, doch fand er, dass es besser wäre, sich dem Leben in vollen Zügen zu widmen.

Wer konnte schon sicher sein, dass die Krankheit nicht wieder kam und außerdem, besser als abends ständig alleine und einsam vor der Glotze zu sitzen. Er hatte auch keine Lust, sich den aufkeimenden Gefühlen zu stellen, obwohl er tief in sich ahnte, er konnte nicht ständig davor davon laufen. Die alte Frau hatte Recht, aber er war einfach noch nicht fähig, sich seinem Innersten zu stellen.
Er lechzte nach Nähe und Berührungen, die er sich nach wie vor von Frauen holte, danach die Nähe wiederum nicht mehr aushielt. Es war ein Teufelskreis. Einerseits sehnte er sich nach Ruhe und einer festen Beziehung, die seinen Vorstellungen von Respekt und Treue sowie tiefe Liebe den Sinn gab, andererseits waren ihm, seit seiner Trennung von Mariana, konventionelle Lebensweisen ein Gräuel. Genauso benahm er sich auch. Kein Abend, an dem er nicht mit irgendeiner Frau die Nacht verbrachte, um sie am nächsten Morgen kühl zu verabschieden.
Allerdings ließ er auch keine der recht passablen Schönheiten in der Ungewissheit, dass er weder Bock auf Romantik noch auf Liebesgeflüster hatte. Wie auch immer, sein Schädel brummte von den vielen Zigaretten und dem Alkohol. Seitdem er dem Tod von der Schaufel gesprungen war, genoss er das Leben noch extremer, fegte jeden vernünftigen Gedanken aus seinem Kopf. Hauptsache, die Abende gingen vorbei, ohne dass ein Aufkeimen an Verzweiflung und Trauer ihm den schalen Geschmack des Betrogenen und Einsamen bescherte.
Mariana, niemals hätte er gedacht, das sie ihn dermaßen ausnutzen würde und ihn betrog, was er zwar immer ahnte aber nicht wahr haben wollte. Er war Spielzeug für sie und eine offene Geldtasche für ihre Kinder aus erster Ehe. Sie hatte ständig versucht, ihn zu gängeln und ihn nach ihren Wünschen zu „erziehen“, er hasste das. Sie wollte ihn biegen wie es ihr gefiel und dazu war ihr jedes Mittel Recht. Sogar über Energetiker versuchte sie ihn „herzurichten“ wie sie es sich vorstellte, was er sehr viel später erfuhr. Sie hatte also tatsächlich keine Skrupel, sich Mächten zu bedienen, die ihn „verzaubern“ sollten. Davon abgesehen, dass er dies für einen Schwachsinn hielt - so etwas gab es für ihn nicht - Hokuspokus einer Verrückten. Allerdings musste er tief drinnen in sich zugeben, dass er sich oft nicht wohl fühlte und Kopfschmerzen bekam, wenn er in ihrer Nähe war. Kaum ging er in ihre Wohnung, wurde sein Atem immer mehr abgedrückt, je höher er Stufen erklomm.
„Ach Blödsinn, es gibt keine Zauberei!“, sprach er bei sich und schüttelte den Kopf dabei, um sich von einer dunklen, nicht wahr haben wollenden, Ahnung zu befreien.
Während er so in sich versunken sinnierte... übersah er die Fußgängerin, die eben über die Strasse gehen wollte...

Brutal stieg er auf die Bremse, sein Wagen verzog sich nach links, ein dumpfer Knall war zu hören. Sekunden saß er erstarrt da. „Das gibt es nicht", entfuhr es ihm, bevor er kreidebleich aus dem Auto sprang und vor die Kühlerhaube lief.
Vor ihm lag eine Frau mit rotbraunen, kurz geschnittenen Haaren. Sie musste ohnmächtig sein, der Schock schnürte ihm die Kehle zu...
Vorsichtig berührte er sie. Aus der Menschenmenge, die sich sofort zu einer großen Traube um sie beide formte, hörte er ein Wirrwarr von wüsten Beschimpfungen, aber auch mitleidige Worte. Irgendjemand rief die Rettung und die Polizei.
Er war plötzlich stocknüchtern... umfasste das Gesicht des Unfallopfers, nahm die ihm dargebotene Mineralwasserflasche, öffnete sie und träufelte Wasser auf die blasen Lippen der Ohnmächtigen. Blutspuren waren keine zu sehen, er konnte nur hoffen, sie hatte auch sonst keine Verletzungen.
Irgendwo hörte man Sirenen, im selben Moment begannen ihre Lider zu flattern. Das Raunen der Menge wich einer angespannten Stille.
Als sie die Augen öffnete, schoss durch seinen Körper eine unerklärbare Kraft, ließ seinen Atem stocken.
Noch nie hatte er in so schöne Augen gesehen, unergründliche Tiefe, unwirklich, rätselhaft wirkte das dunkle Braun, umsäumt von einem Kranz langer, dichter, schwarzer Wimpern. Sein Herz zog sich zusammen, um gleich darauf wild in seiner Brust zu schlagen.
Ungläubig sah sie zu ihm auf. Wollte sich aufrichten, sank aber wieder hin.
„Vorsichtig, bleiben Sie liegen."
„Nein, nein es geht schon, es ist nur... ich habe... es ist alles in Ordnung."
Damit nahm sie Nicolas dargebotenen Arm und stand wackelig auf.
„Sind sie sicher?"
„Ja", flüsterte sie und dachte im selben Augenblick, warum habe ich mich heute nicht geschminkt? Weshalb habe ich heute Morgen kurz gedacht, egal, entweder ich gefalle ihm wie ich bin oder gar nicht? Ich hatte doch keine Ahnung...?"
All das schoss Raphaela in Sekunden durch den Kopf und auch, dass dieser Mann unglaublich schön ist.
Sie lächelte, blickte um sich wie ein kleines scheues Reh.
Erneut ging ein Raunen durch die Menge. „Alles in Ordnung? Tut ihnen etwas weh? Bleiben Sie liegen, die Rettung kommt gleich", hörte er irgend jemanden sagen.
„Es geht schon, alles in Ordnung." Leicht wankend lehnte sie sich an Nicolas. Sie war wie durch ein Wunder nicht ernsthaft verletzt, nur ihre Jeans war etwas beschmutzt. Sie strich mit ihren Händen den Schmutz fort, bevor sie Nicolas fragte, ob er in Ordnung sei.

„Ja, ja, schon, nur etwas geschockt. Ich habe Sie nicht gesehen, es tut mir unendlich leid. Sind Sie sicher, nicht verletzt zu sein?"
„Nein, ich glaube nicht, zumindest fühlt sich alles noch ganz an." Sie brachte es tatsächlich fertig zu lachen, unglaublich!
In diesem Moment hörte man quietschende Reifen, Polizei und Rettung kamen gleichzeitig vor dem Unfallort zu stehen.
Die umstehende Menschenmenge lockerte sich etwas auf, einige gingen wieder ihres Weges, nicht, ohne sich noch einmal umzudrehen. Einige beobachteten neugierig die kommende Szene. Die heraneilenden Sanitäter kümmerten sich um Raphaela, die versicherte, es ginge ihr gut. Die beiden Polizisten stiegen etwas schwerfällig aus dem Streifenwagen, kamen ebenfalls näher.
Der jüngere der beiden nahm einen Block samt Stift zur Hand, sah Nicolas an und fragte: „Sind sie der Fahrer?"
„Ja. Ja, der bin ich. Nicolas la Mare, ist mein Name."
Mit hochgezogener Augenbraue musterte der ältere, ziemlich korpulente Kollege Nicolas, dabei stellte er fest...
„Sie haben getrunken, kommen sie bitte mit."
Das fehlte ihm noch! Wenn er Pech hatte, würde er seinen Führerschein verlieren!
Während Nicolas Stellung nehmen musste, wurden Zeugen befragt. Der Polizist drohte, ihn mit auf das Revier zu nehmen, da seine Alkoholfahne eindeutige Schlüsse zuließ.
In diesem Moment kam „Sie" dazu und mischte sich in das Gespräch.
„Es war meine Schuld, ich habe... ich bin einfach über die Strasse gelaufen, ich war in Gedanken, es geht mir gut... es ist nichts weiter passiert, nur ein Schock."
„Lady, schön und gut, aber so einfach können wir die Sache nun nicht schließen, dieser Mann hat sie angefahren und riecht überdies nach Alkohol, das können wir nicht auf die leichte Schulter nehmen!"
Nicolas sah von einem zum anderen und verstand die Welt nicht mehr. Sein Unfallopfer nahm ihn in Schutz. Völlig perplex und ausnahmsweise mal sprachlos, sah er sie völlig entgeistert an, unfähig, in ihrer Gegenwart auch nur ein Wort heraus zu bekommen.
„Nein, nein, Sie verstehen nicht, er ist ein Freund, ich war in Eile. Als ich ihn an der Kreuzung stehen sah, wollte ich schnell zu ihm laufen, bevor die Ampel umschaltet und ihn bitten, mich mitzunehmen. Er konnte mich nicht sehen, es war meine Schuld."
Nun kippte Nicolas beinnahe die Kinnlade herunter, er verstand gar nichts mehr, rein gar nichts. Er stand da und starrte sie nur an, allein ihr strenger Blick ließ ihn aus dem Verharren lösen und ihre Aussage bestätigen. Nicht ganz überzeugt, sah der Polizist von ihr zu ihm, machte sich seine

Notizen, um mit einem Seufzen festzustellen: „Gut, wie Sie meinen, aber ohne Alkoholtest und einer Anzeige kommt mir ihr Freund hier nicht weg“, damit schnappte er Nicolas am Arm und ließ ihn kräftig in das Röhrchen pusten.
Gerade noch am Limit der Akzeptanz, war der Test beendet. Nicht, ohne noch einmal eine Standpauke zu hören, wurde Nicolas entlassen samt Strafzettel und der Gewissheit, dass eine Anzeige noch folgen würde.
Die Menschenmenge hatte sich in der Zwischenzeit komplett aufgelöst, er nahm Raphaelas Hand und bat darum, mit ihr auf eine Tasse Kaffee gehen zu können. Als Entschuldigung quasi und um sich zu versichern, dass es ihr tatsächlich gut ging.
Im Stillen, vor allem aus dem Gefühl heraus, diese Frau unmöglich gehen lassen zu können. Irgendetwas war mit ihm geschehen; er musste sie näher kennen lernen, komme, was da komme, er musste!
Ein Blick auf ihre Armband Uhr sagte, dass sie eigentlich keine Zeit mehr verlieren sollte, doch hatte sie heute ohnehin keine Lust, zur Arbeit zu gehen, also war es ihr egal, wenn sie zu späte kommen würde. Sie hatte ja einen triftigen Grund als Entschuldigung. Nebenbei hegte sie seit geraumer Zeit den Gedanken, alles hinzuschmeißen, wenn sie es sich nur leisten könnte.
Mit einem Seufzen sagte sie lächelnd zu.
„Warum haben Sie mich in Schutz genommen, ich verstehe das nicht?“
„Ich auch nicht, es war einfach ein Gefühl, mein Name ist Raphaela“, damit reichte sie ihm lächelnd ihre Hand, blickte Nicolas dabei mit einem liebevollem Ausdruck in ihren Augen an, der ihm durch Mark und Bein fuhr.
„Äh ja ,ich heiße Nicolas, Nicolas... Nicolas la Mare, also ich... ja... wollen wir gehen?“, er kam sich völlig dämlich vor, wie er so stotterte, aber in ihrer Gegenwart schaltete sich sein Verstand völlig aus.
„Na ja, wenn sie das Auto weiterhin mitten auf der Straße parken wollen, dann müssen wie zu Fuß gehen“, kicherte sie.
Da erst fiel ihm auf, dass er den Verkehr behinderte. Das Hupen der vorbeifahrenden Autos hatte er nicht registriert; er war noch immer etwas geschockt, was man von ihr scheinbar nicht sagen konnte.
Leichte Röte zog sich über sein Gesicht. Er brauchte einen starken Kaffee und zwar gleich. Gott, war ihm das Ganze peinlich, sie hingegen ging einfach locker darüber hinweg.
Als er ihr die Beifahrertüre aufhielt, bemerkte er... es war dieselbe Stelle, an der damals die alte Frau vor sein Auto sprang... ein eiskalter Schauer lief über seinen Rücken. Schnell setzte er sich hinter das Lenkrad und startete den Wagen. Wesentlich aufmerksamer bog er in die nächste Querstraße ein, um die neu eröffnete Cafeteria anzupeilen.

An diesem Tag änderte sich sein Leben schlagartig. Wie unter Zwang sprudelten all die Erlebnisse der letzten Monate aus ihm heraus, vor allem erzählte er von seiner Begegnung mit der geheimnisvollen alten Frau und deren Prophezeiung, dass er, Nicolas, eine Frau kennen lernen würde, die er ebenfalls mit der Schamanin bekannt machen sollte. Raphaela hörte ihm aufmerksam zu. Als sie nach Ende seiner Erzählungen erwähnte, das sie ebenfalls einige „Erlebnisse" in Form von Träumen und Visionen hatte, sie selbst hellfühlend war, und die interessante alte Frau gerne kennen lernen würde, war er restlos fertig. War sie das? War diese fröhliche hübsche Frau die erwähnte?
Raphaela wiederum fragte sich innerlich ständig, ob das der Mann war, den sie seit Jahren erwartete, der Mann den sie immer sah. Groß, dunkles Haar, Brille, sportlich, sinnlich. Liebevoll und zärtlich zu ihr, ein Mann, den man sich nur wünschen konnte. Ein Ziehen in ihrem Herzen machte sich breit und eine dunkle Ahnung stieg in ihr hoch, dass er ihr viele Schmerzen bereiten würde. Doch schnell verscheuchte sie den Gedanken wieder und hörte ihm aufmerksam zu. Unverwandt blickte er sie an, ohne dabei aufzuhören, in seiner Kaffee Tasse zu rühren.
Lachend sagte sie: „wenn Sie weiter so in der Tasse rühren, hat sie bald ein Loch am Boden."
Verdutzt hielt er inne und sah auf seine Tasse. Ein befreiendes schallendes Lachen ließ einige Gäste aufsehen.
„Sie machen mich nervös, irgendwie...", grinste er von einem Ohr zu anderen, wobei sich in seinem Gesicht ein Grübchen zeigte, das sie als ausgesprochen süß empfand.

Sie war die Ruhe selbst, äußerlich zumindest, beruhigte ihn unter herzlichem Lachen, nicht ohne zu bemerken, dass ihr Herzschlag sich bei seinem Anblick ziemlich ungeniert erhöhte, machte ihm den Vorschlag, erst einmal den Tag ausklingen zu lassen und sich für das nächste Wochenende zu verabreden. Sie würde gerne mehr von ihm erfahren. Mehr sagte sie nicht, denn ihre Zeit war strapaziert genug; sie musste in die Redaktion, verabschiedete sich von ihm und verschwand so schnell, als wäre sie nur eine Seifenblase gewesen. Als er sich halbwegs wieder in der Realität befand, war sein Kaffee kalt geworden. Sein Blick fiel auf die Visitenkarte die sie liegen ließ...
Raphaela Berger

***

Er lächelte, als er in seiner Erinnerung zu diesem Tag zurückging, an dem er Raphaela kennen gelernt hatte.

Irgendwie überkam ihm immer, wenn er an sie dachte, ein Gefühl tiefer Zufriedenheit und Harmonie, als hätte er einen längst verlorenen Schatz gefunden...
Mit der Zeit hatte Nicolas in Raphaela eine wundervolle Freundin gefunden, zu der er gerne kam, die ihm mehr Wert war als nur eine schnelle Errungenschaft. Durch die er Zusammenhänge zwischen Glaubensmustern und Realitätsgestaltung erfasste, über die er einst nur gelacht hätte. Die ihm spielerisch half, seine Verletzungen aus der vergangenen Beziehung anzunehmen und daraus resultierend zu heilen. Die ihm aber auch durchaus hart und unbeugsam den Kopf zurecht rückte. Speziell, wenn er mal wieder völlig irrational handelte oder Krisen bekam, in die er sie zwangsläufig mit hineinzog.
Er verließ nicht nur einmal Wut schnaubend ihre Wohnung, um sich dann Tage schlaflos im Bett zu wälzen, bis er zugeben musste, das es Sinn machte, was sie sagte. Egal, wie wütend er auf sie war, er musste tatsächlich mehr als einmal klein beigeben. Sie wusste einfach auf alles eine Antwort, die, wenn er es genauer betrachtete, Sinn machte oder zumindest halbwegs verständlich war. Wenn er auch mehr als oft ihrer überbordenden Fantasie, mit der sie Situationen zu erklären versuchte, absolut nicht folgen konnte. Genau genommen kam er sich des Öfteren wie ein kleiner, unreifer Schuljunge vor, der mit einer sowohl anstrengenden, chaotischen, bodenständigen, wie auch alten Weisen in einem zu tun hatte. Sie war, als wäre sie alles. Kind, Frau, Freundin, Gelehrte, Zigeunerin, die sogar des öfteren anfing, ihre Karten zu legen, was er mehr oder weniger, leicht spöttisch ernst nahm, wenn auch nicht aussprach.
Durch sie wurde sein Horizont erweitert, lernte er das Leben aus einem neuem Blickwinkel zu betrachten und auch übergeordnete Zusammenhänge zu begreifen. Er mochte sie einfach, nein er liebte sie, irgendwie, aber anders, als er das Gefühl von Liebe kannte oder erwartete. Ja, sicher, manchmal hatte er jede Menge erotische Träume, was sie betraf, doch unterdrückte er diese. Bei einigen Versuchen seinerseits, sie zu verführen, hatte sie ihm jedes Mal sehr temperamentvoll und unmissverständlich klar gemacht, dass sie keine Frau wäre, die eine sexuelle Beziehung mit ihm zu führen gedachte. Er wäre ihr Freund, den sie schätzte und auch in gewisser Weise liebte, aber niemals würde sie sich unter seine Trophäen einreihen.
Er musste lächeln, wenn er an ihre hitzige Ausdrucksweise und ihre blitzenden dunkelbraunen Augen dachte, die sich im Zorn fast schwarz färbten, sobald er dieses Thema neckisch anschnitt. Er versuchte oft, sich vorzustellen, wie sie sein würde, gäbe sie sich ihm hin. Diesen Gedanken abzuschütteln fiel ihm zunehmend schwerer.

Jedoch schätzte er ihre Anständigkeit, ihre Ehrlichkeit, ihre Geradlinigkeit und ihr Temperament, wenn sie für etwas einstand - vor allem für sich selbst. Wenn jemand authentisch lebte, dann sie, soweit es ihr möglich war.
Nie zuvor hatte er eine Frau kennen gelernt, deren Charisma eine Mischung aus Sanftheit, Sensibilität, Unschuldigkeit, sinnlicher Erotik, frecher Kindlichkeit, gleichzeitig bodenständige Weisheit und Intelligenz ausmachte, die aber ebenso knallharte Grenzen mit unglaublicher Schlagfertigkeit vermischte und ihm, Nicolas, diese wie den Ausbruch eines Vulkans um die Ohren hauen konnte. Und zwar in stundenlangen Diskussionen, in denen er das Gefühl hatte, sein Kopf war voller Informationen, die ihn völlig überforderten, ihm aber letztendlich, doch immer wieder einen sehr großen Schritt weiter brachten, vor allem zu sich selbst.
Dann waren da noch diese Aussagen, die ein Wissen beherbergten, das nicht von dieser Welt sein konnte.
Mystisch, rätselhaft und geheimnisvoll bereitete sie ihm nur all zu oft schlaflose Nächte. Jedoch war seine Achtung und sein Respekt vor ihr groß genug, ihrer beider Freundschaft nicht wegen triebhafter Genüsse aufs Spiel zu setzen.
Mit einem Ruck zwang er sich wieder in die Realität, seine Firma erwartete vollen Einsatz, zum Träumen hatte er jetzt keine Zeit mehr...

***

Die Schamanin... Raphaelas Suche nach Antwort

Raphaela hatte Glück. Als sie entschlossen an die Tür der Schamanin klopfte, öffnete diese mit einer Herzlichkeit, als hätte sie den Gast bereits erwartet. Freundlich wurde Raphaela herein gebeten. Durch ein kleines Vorzimmer hindurch, ging die alte Dame voraus, in das Wohnzimmer. Mit einer geschmeidigen Handbewegung veranlasste sie Raphaela, sich auf dem alten Sofa nieder zu lassen.
Als diese ihren Blick zu dem kleinen Mahagoni- Tischchen richtete, das schräg vor ihr stand, sah sie zwei Tassen und eine Kanne mit siedend heißem Tee. Ihre linke Augenbraue hob sich etwas und zeigte ihr Erstaunen.
„Ich hatte das Gefühl, gleich Besuch zu bekommen", lächelnd füllte die alte Dame beide Tassen mit dem nach Rosenblüten duftenden Gebräu.
„Woher wussten sie...?" Raphaela lächelte ebenfalls und ersparte sich, weiter zu fragen. Natürlich, sie wusste um die Hellfühligkeit der Schamanin, diese hatte ja überdies prophezeit dass sie, Raphaela, den

Weg zu ihr erneut finden würde, wenn die Zeit reif wäre. Und sie schien reif zu sein, wofür auch immer.
„Ich freue mich, dass du den Weg wieder gefunden hast Raphaela, bedauerlicher Weise kommst du viel zu selten“, sprach die alte Frau, wobei ein Lächeln über ihr Antlitz huschte.
Seufzend antwortete Raphaela: „Ja, ich weiß, ich wollte Sie schon längst wieder besuchen, aber irgendwie kommt immer etwas dazwischen.“
„Nun dürfte es sich um ein Problem handeln, das dir nicht erlaubt, andere Dinge als wichtiger einzustufen.“

Raphaela war etwas erstaunt, wie genau die Schamanin dies auf den Punkt brachte und bejahte deren Feststellung. Ohne um den heißen Brei zu reden, erzählte sie vertrauensvoll, was sich in den letzten Monaten zugetragen hatte. Die Freundschaft, die sich mit Nicolas vertiefte, die gemeinsame Arbeit an dessen verletzter Seele. Vor allem aber ihre seit Monaten andauernden Träume, in dem „der Falke“ immer wieder das Leben einer Frau, die sie selbst zu sein schien, rettete.
Sie keine Nacht mehr durchschlafen konnte, weil dieser Traum, bis auf die wechselnde Kulisse, sich immer und immer wieder wiederholte. Die Quintessenz aber der Falke sein musste, weil sie sein Abbild, vor allem seine Augen, nicht aus dem Kopf bekam. Die Sehnsüchte, die sie dabei überfielen, sowie diese unerklärliche Unruhe in ihr, die kaum einen klaren Gedanken zuließen und Raphaelas Leben täglich erschwerten.
Sie wusste, dass der Traum eine für sie wichtige Botschaft enthält, aber welche? Dass sie, Raphaela, nun zu allem bereit wäre, wenn nur endlich Ruhe in ihr Leben kam und endlich, endlich, dieser ewige Existenzkampf aufhören würde.

Aufmerksam hörte die Schamanin zu, bis die Erzählungen endeten. Raphaela saß angespannt auf dem Sofa, wagte es nicht, auch nur eine Frage zu stellen. Die alte Frau rührte in ihrer Tasse heißen Tee, schien weit weg in ihren Gedanken, um plötzlich das Schweigen zu brechen.
„Der Falke ist eines, die Handlung des Traumes das andere. Du hast ein uraltes Wissen in dir. Als dein Volk zerstört wurde, wurdest auch du umgebracht, um das alte Wissen zu schützen, und es zu gegebener Zeit wieder zu gebären!“
Nun war Raphaela sprachlos, einen Moment lang wusste sie nicht, was sie antworten sollte.

Die Schamanin sprach weiter: „Du bist sehr weit in deiner Entwicklung, doch um deine wahre Aufgabe zu erkennen und diese anzunehmen, musst du erst begreifen, wer du warst und wer du immer noch bist. Weiter

ist es dringend notwendig, deine alten Muster zu erkennen, die dich blokkieren, obwohl du längst noch viel weiter sein könntest."
„Aha und wer oder was bin ich oder soll ich sein? Altes Wissen? Haben wir doch alle, einer macht etwas daraus der andere nicht, was ist daran besonders? Ich fühle zwar, dass da mehr in mir sein muss, aber was genau, habe ich bis jetzt noch nicht herausgefunden. Mit dieser Frage schlagen sich doch aber die meisten Menschen herum. Wüsste ich es, müsste ich nicht mehr bei der Zeitung arbeiten, wenn ich von dem, was ich gerne tun würde, leben könnte."
„Was würdest du gerne tun, Raphaela?"
Spontan sagte sie... „Etwas bewirken in dieser Welt, aufrütteln, erkenntlich machen, die Menschheit an die Hand nehmen, sie ein Stück begleiten, bis sie wieder selbst laufen können."
„Das ist aber doch, was du tust oder irre ich mich? Weshalb spüre ich dann eine so tiefe Unzufriedenheit in dir?"
„Weil ich arbeite, was mir in dieser Form nicht liegt und für das, was ich tun will, kaum Kunden habe. Ich aber doch so gerne mit meinen Fähigkeiten arbeiten würde, und weil die paar wenigen, die den Weg zu mir finden, meine Hand zwar dankbar nehmen, aber glauben, damit sei es schon getan. Sie hören nach einer Zeit plötzlich auf, an sich zu arbeiten, sobald sie bemerken, da setzt sich jemand für sie ein, da ist man jemandem wichtig. Schon werden sie zu einem unmündigen Kind, das nicht fähig ist, eigene Entscheidungen zu treffen. Lehnen sich zurück, denken, nun geht alles von ganz alleine, jetzt brauchen sie nur noch abwarten. Ändern sich ihre Probleme nicht, wie auch, bleibt ja alles beim Alten an Verhalten und Glaubenssätzen, wird alles natürlich noch schlimmer.
Dann muss ich des Öfteren hören, ich hätte keine Ahnung, dass alles wäre schade um die Zeit gewesen, die sie bei mir verbrachten, von dem Honorar ganz abgesehen. Letzteres finde ich ohnehin eine Frechheit, weil jeder Arzt, jeder Psychologe, mehr als ich verlangt. Es ist ein ständiges Diskutieren um mein Honorar, was verärgert, denn keiner von ihnen würde einen Arzt oder diplomierten Psychiater anzweifeln.
Ich wäre aber doch keine staatlich geprüfte Psychologin... kommt dann schon mal rüber... als hätten sie das zuvor nicht gewusst!
Diese Aussagen verletzen mich zutiefst, aber mehr noch, wenn ich zu sehen muss, wie Menschen wieder in ihr Schlammloch zurück sinken, in dem sie hilflos treiben, ohne Kraft, sich daraus zu befreien."
„Was tust du, wenn das passiert?"
„Hmm, ich versuche, sie aufzumuntern, bitte sie, nicht aufzugeben und sich mehr einzusetzen."
„Was tun sie dann?"
„Nichts, meistens nichts.

Im Gegenteil, es ist, als würden sie alles anzweifeln und in sich selbst sakken. Es kommt vielleicht vor, dass sie noch ein- bis zweimal den Weg zu mir finden, dann beginnen sie mit Ausreden. Das Kind wäre krank, die Arbeit ist noch nicht getan, das Geld reicht nicht aus, etc. Dann bin ich so dumm und biete ihnen meine Leistung billiger an, Hauptsache, sie arbeiten an sich weiter. Das geht ebenfalls ein- bis zweimal gut, dann springen sie ab und ich bin ehrlich gesagt enttäuscht, manchmal sogar wütend."
„Raphaela, hast du schon einmal erlebt, dass ein Arzt oder Psychologe sein Honorar herunter schraubt, wenn die Klienten klagen, es wäre zu teuer?"
„Hmm, nein Sie haben Recht, von dieser Seite habe ich es noch gar nicht betrachtet. Ich setze mich ein, weil ich meinen Job liebe, nach einer Weile kommt allerdings immer dasselbe Muster.
Klienten versuchen, mich als Freund zu gewinnen, ich versuche, meine Grenzen zu bewahren, so nett sie alle sein mögen. Leider erkenne ich immer wieder, dass die „Freundschaft", die sie suchen, darauf hinaus läuft, zu denken, sie könnten aufkreuzen, wann immer ihnen danach ist, ihren Seelenmüll bei mir abladen und dann gestärkt wieder abzudampfen - natürlich mit erspartem Honorar.
Und ich gebe zu, ich denke oft, lieber wenig Honorar oder ich bekomme es, sobald sie es haben, als gar keines. Und prompt... kommt meist gar keines, weil sich die Klienten nicht mehr melden. Ich aber schon oft erfahren musste, sie gehen woanders hin und zahlen vielleicht sogar das Doppelte, ohne mit der Wimper zu zucken! Dann bin ich wütend auf mich auf sie und vor allem, dass ich deshalb gezwungen bin, einen Job zusätzlich zu machen den ich nicht möchte, um über die Runden zu kommen."
„Woran könnte es liegen dass du nicht von deinem Traumjob leben kannst, Raphaela?"
„Darüber habe ich so oft nachgedacht. Ich komme nicht darauf. Das ist ja, was mich so frustriert, dass ich manchmal am liebsten alles hinschmeißen möchte."
„Raphaela, könnte es sein dass du keine klare feste und souveräne Grenze ziehst, weil du dir selbst nicht sicher bist, auf deinem Gebiet kompetent zu sein?"
„Ich weiß, dass ich etwas kann... hmm, mit dem Grenzen ziehen, tja, wenn ich sie ziehe, sind die Klienten weg, ziehe ich sie nicht, sind sie ebenfalls bald weg."
„Nun, geh davon aus, sie bleiben gleich fern... wo liegt der Unterschied, wenn du gleich darauf verzichtest, als dich ausnutzen zu lassen?"

Seufzend setzte Raphaela einen nachdenklichen Ausdruck in ihrem Gesicht auf, um dann spontan zu sagen: „Indem, dass ich erst gar nicht

ausgelaugt und frustriert bin und maximal noch ein paar Euro weniger habe, die aufgerechnet gar nicht für den Ärger stehen.
Nur ich habe gelernt, dass man zusehen soll, wie man Geld verdient"
„Stimmt, aber nicht um jeden Preis."
„Stimmt auch ...."
„Wie hast du dir denn deine Ausbildung geleistet?"
„Vom Mund abgespart... genau das ärgert mich so oft, weil ich weiß, wie hart es ist, wenig Geld zu haben. Aber ich war auch fähig, mir zu leisten, was für mich wichtig war, eben die Ausbildung. Ich bin verärgert über dieses ständige Gejammer der Leute, und dann schmeißen genau diejenigen, die angeblich kein Geld für eine Therapie aufbringen können, das Geld für Make up, teure Kleidung, Rimsch, Ramsch und Suchtmittel raus. Genau da beginnt dann meine Abneigung, überhaupt weiter zu machen, genau da denke ich mir oft, ich will alle nicht mehr sehen und einfach meine Ruhe haben."
„Damit hast du eine Bestellung ans Universum abgegeben", lächelte die Schamanin.
„Autsch, genau! Das habe ich gar nicht bedacht!"
Mit aufgerissenen Augen, saß Raphaela kerzengerade auf dem Sofa und fasste sich selbst eben nicht.
„Weiter, wie würdest du die Situation beschreiben, mit deinen Klienten zu arbeiten?"
„Manchmal kommt es mir vor, als stünde ich vor dem eben erwähnten Schlammloch, in dem viele feststecken und nicht raus können, ihre Arme weit heraus strecken und um Hilfe schreien. Dann sehe ich vor meinem inneren Auge, wie ich versuche, sie herauszuziehen, aber sie rutschen mir förmlich aus der Hand. Ich sehe mich selbst, wie ich um dieses Loch renne, verzweifelt versucht, einen Weg zu finden, sie herauszuholen. Aber sie sitzen nur fest und bewegen sich nicht. Dann steige ich selbst da hinein, zeige ihnen den Weg, jeden Schritt, den sie machen können, um ganz einfach herauszusteigen. Aber sie sehen nicht genau hin, hören nicht einmal genau zu.
Dann tauche ich unter, versuche, sie herauszuschieben, wobei sie sich nur noch schwerer machen, sich fallen lassen, bis ich nach Luft schnappe, aussteige, mich kurz ausruhe, bis das Spiel von Neuem beginnt."
„Wie würdest du das Schlammloch definieren?"
„Als deren Seele, der ganze Schmutz sind alte Verletzungen, überholte Glaubensmuster, anerzogene Denkmuster, Faulheit, etc."
„Und du, Raphaela, steigst in deren Seele hinein, fühlst dich damit so tief verbunden, dass du die Grenzen nicht mehr ziehen kannst."
„Aber, wenn ich mich nicht ganz hinein lasse, dann ist es, als würde ich nichts tun, und sie schreien und toben noch mehr vor Zorn, wenn ich es

nicht schaffe, ihnen zu helfen. Traurig und enttäuscht gehe ich dann meist weg... mit dem Gefühl, versagt zu haben. All diese Bilder geistern mir immer wieder durch den Kopf, wenn Menschen zu mir kommen, die zuerst begeistert sind, sich wohl fühlen, glücklich und dankbar sind - bis zu dem Augenblick, in dem ich merke, sie wollen nur mehr zum Plaudern kommen, als Freunde sozusagen, und es einen Wohnzimmer-Kaffeeklatsch-Effekt bekommt, ich mich deshalb, dezent zurückhalte, sie etwas loslasse, um meine Grenzen nicht zu verwischen."

„Wann verwischt sich für dich persönlich die Grenze?"

„Wenn ich ständig E-Mails bekomme, mit versteckten Fragen, die ich nur innerhalb einer Sitzung beantworten würde. Oder ständig SMS kommen, Anrufe zu den unmöglichsten Zeiten, dann ist für mich die Grenze verwischt. Sie alle sind liebenswert, jeder will in meiner Nähe sein, aber es nicht honorieren, mir selbst bleibt kaum Zeit, auszuruhen, mal abzuschalten. Ständig klingelt das Telefon, oder endlos E-Mails erreichen mich. Jeder will gleich eine Antwort und fühlt sich immer mehr als mein besonderer Freund.

Ich aber weiß und fühle, es ist meine Energie, meine Kraft, die sie brauchen, nicht mich als Mensch. Ich fühle mich schlicht ausgenutzt.

Darüber hinaus, wären sie meine Freunde, sie würden meine Grenzen, um die ich bitte, respektieren, um mich selbst wieder aufladen zu können. Sobald ich ausgelaugt bin, mich deshalb zurückziehen muss, um nicht völlig kraftlos zu sein, hadern sie mit dem Schicksal und vor allem, mit meiner Bereitschaft und meinen Erfahrungen. Bildlich gesehen, fallen sie wieder in ihr Schlammloch zurück, da ist es schön warm, das kennen sie, wozu sollten sie da raus, wenn ich nicht gewillt bin, ihnen zur Seite zu stehen, möglichst vierundzwanzig Stunden am Tag; dann darf ich auch noch hören, dass alles Quatsch ist, was ich gesagt oder getan habe. Sie vergessen schlicht jedes Erfolgserlebnis, das macht mich wütend und traurig, ich fühle mich erpresst.

Dann geht es meist weiter mit dem Gejammer, sie hätten kein Geld mehr für mein Honorar und alles ist ohnehin immer dasselbe, das Leben wäre ja so ungerecht und hart. Das ist immer das Ende vom Anfang, jeglicher Weiterentwicklung.

Am liebsten würden sich die meisten die Decke über ihren Kopf ziehen, und alles Altgewohnte so lassen, wie es war. Sie wollen ein glückliches liebevolles Leben, aber sobald sie merken, dazu braucht man Eigeninitiative, flüchten sie, so schnell sie können. Das schlimmste, sie beginnen schon auch mal schlecht über mich zu sprechen, anstatt zu sehen, welche Chancen ich sie zu nutzen lehre.

Das ist frustrierend für mich. Ich zweifle dann tatsächlich an meinen Fähigkeiten, irgendwie habe ich das starke Gefühl, das IST mein Weg,

aber ich finde keinen stabilen Zugang zu den Hilfesuchenden. Habe das Gefühl, das sind Ertrinkende, welche die Rettungsanker nicht greifen wollen, geschweige denn, sich daran selbst herauszuziehen.
Ich möchte helfen, aber ich bin nicht gewillt, sie ständig mitzuschleppen, darüber hinaus kann ich davon auch nicht leben. Trotzdem möchte ich die Welt aufrütteln, manchmal. Und dann wieder bin ich am Resignieren, möchte alles aufgeben.
Selbst, wenn ich ein altes Wissen in mir trage, wie soll ich es erkennen, wie soll ich den Zugang zu Menschen finden, die derart blind durchs Leben laufen?"
„Es gibt andere Wege, die Menschheit wachzurütteln, dich auszudrücken ohne dich derart zu verausgaben. Denke darüber nach, was du wirklich willst, oder schreibe dir eine Liste, welche Fähigkeiten du hast, wobei du eine vollkommene innere Ruhe erlangst, die dich dennoch mit einer enormen Kraft erfüllt."
Einen Augenblick dachte Raphaela nach, die alte Frau ließ ihr Zeit.
„Ich kann schreiben, möchte schreiben. Alles, was mir am Herzen liegt, kann ich in Worten verpacken, das bin ich, ich selbst, aber davon kann ich nicht leben, nicht jetzt. Es wäre mein Traum, all meine Erfahrungen in Bücher zu verpacken, so dass die Menschen, die sie finden, solange darin lesen können, bis sie es verstehen und es sie darüber hinaus auch kaum Geld kostet. In Büchern könnte ich alles schreiben, ohne dass ich ausgelaugt werde. Könnte dadurch in meinem Leben die für mich wichtige Zurückgezogenheit leben und genießen, zu was ich sonst nach solchen Fällen gar nicht fähig bin."

Ein Lächeln huschte über das faltige Antlitz der alten Frau, sie senkte ihren Blick und sagte: „Raphaela, was du in Form von Bildern in dir siehst, trägt die Antwort auf deine Probleme in sich. Du bist eine Heilerin, ein Mensch, der die Fähigkeit hat, anderen zu helfen, aber... das bedeutet nicht, dass es im direkten Umgang mit Menschen sein muss. Denn hier verausgabst du dich zu sehr, indem du die Arbeit übernimmst, ihre Antworten zu finden, für die sie selbst in ihre Tiefen steigen müssen. Du verlierst dich dabei selbst, vor allem, wenn es um einen Partner geht. Dann steckst du so weit drinnen, dass du deine Ausstrahlung, dein Licht verlierst. Dann beginnst du zu zweifeln, die Beziehungen zerbrechen, das wiederum befreit dich von Ballast; dann bekommst du wieder Kraft und dein Licht, damit ziehst du erneut Leute an; inzwischen kommt ein neuer Partner und es geht wieder los. Du bemühst dich um die Lösung der Probleme für andere und der deiner Partner und verlierst Kraft und es wiederholt sich immer und immer wieder."

„Ich habe doch... es geht doch jetzt gar nicht um einen Partner, hab ich das erwähnt?"
„Nein, nicht erwähnt, aber da ist der springende Punkt, den du noch begreifen wirst, und der auch mit Nicolas und dem Falken zu tun hat, beziehungsweise deinem Traum. Du selbst unterschätzt deine Fähigkeiten, und zeigst dies unbewusst, indem du erst gar nicht wartest, bis Hilfesuchende Eigeninitiative entwickeln, die dafür notwendigen Schritte zu gehen. Du selbst bist unsicher, und versuchst deshalb, Beweise zu liefern, dass du erkannt hast und den Weg ebnest, was bis zu einem gewissen Grad auch gut ist, sofern du eine klare Grenze ziehen kannst. Du hast Angst, sie könnten dich nicht anerkennen, doch erkennst du dich selbst an? Du steigst in die dunkelsten Irrgärten der Seelen, um jeden noch so kleinen verborgenen Weg auszuleuchten.
Du gehst den Weg voran, den sie selbst gehen müssten. Es ist ihre Seele, ihre Verwirrungen, ihre verschlungenen Pfade, ihre Vergangenheit. Du darfst das Licht sein, aber nicht Beine, sie müssen ihre eigenen benutzen, um zu gehen.
Du gehst ihnen voraus, anstatt hinter ihnen her zu gehen, um sie gegebenenfalls zu stützen oder ihnen zu versichern, sie sind nicht alleine. Du bist diejenige, die vorausgeht, um sich deren inneren Dämonen zu stellen. Jeder hat seine inneren Dämonen, du hast einige deiner aufgespürt, deshalb bist du in einigem weit voraus. Hilfesuchende spüren das, deshalb brauchen sie jemanden, der Mut hat, der Kämpfe hinter sich hat.
Vergleiche es mit Rittern aus vergangenen Zeiten, die mutigsten standen an der Front, wie in jeder anderen Zeit auch. Die mutigsten gingen voran, und mussten damit rechnen, zuerst zu sterben.
Wenn du nun in die Seele der Hilfesuchenden tauchst, indem du, bildlich gesehen, in deren Schlammloch versinkst, dann kannst auch du in deren Schmutz untergehen... was einem Tod ähnelt. Indem du feine Kraft immer mehr und mehr verlierst.
Raphaela, solange du feiner selbst nicht sicher bist, solange du Angst hast, nicht gut genug zu sein, solange du Angst hast zu versagen, solange bist du selbst in einem Mangeldenken und solange kannst du weder auf Sicht helfen, noch deine eigenen Träume verwirklichen. Solange du dir selbst nicht am wichtigsten bist und dir erlaubst, Nein zu sagen, auch wenn es bedeutet, dass Menschen sich von dir abwenden, solange wirst du Menschen um dich haben, die dir deine Kraft und deine Lebenszeit kosten. Und dich fallen lassen, sobald du nicht funktionierst wie sie es wünschen.
Denn nichts anderes tust du. Du funktionierst, wie sie es wollen, es ist ihr Wille, ihr Egoismus, nicht ein sich selbst erkennen, heilen und weiter entwickeln wollen.

Und das ist „nicht“ deine Bestimmung, das ist Vergeudung deiner kostbaren Lebenszeit, die auch für dich nur einen begrenzten Zeitraum beinhaltet.
Mit Hilfe hat das nichts zu tun, sondern mit deiner ungesunden Gutmütigkeit und einer schamlosen Ausbeutung deiner Person, deiner Fähigkeiten.“
„Aber was ist dann mein Weg, wie soll ich meine Bestimmung erkennen, wie sie ausleben und wie generell überleben? Es gab eine Zeit, da war ich voller Elan, voller tiefem Vertrauen, in der mir alles gelang. Nun bin ich so weit nach unten gerutscht, dass ich kaum schlafen kann und dann noch diese Träume. Was hat das alles damit zu tun?“
„Es hat mit deiner eigenen Grundeinstellung zu tun und mit deinen Herzenswünschen, die du selbst nicht genau kennst.“
„Stimmt, na ja, eigentlich möchte ich ganz einfache Dinge wie Liebe, Geborgenheit und Anerkennung sowie Erfolg, also alles, was auch andere sich wünschen. Das meiste, was ich mir wünsche, bekam ich im Grunde auch immer. Und trotzdem ist da etwas in mir, das heraus will - ich ahne es, ich fühle es, und ich weiß, dass diese Träume damit zu tun haben, die ich unbedingt entschlüsseln muss, aber wie?“

„Finde es heraus, Raphaela. Finde heraus, wer du bist und wer du warst, finde den Schatz in dir und die Prophezeiung kann sich erfüllen, schon bald.“
„Prophezeiung? Welche Prophezeiung?“
„Du wirst es erkennen, schon sehr bald“.
„Aber wie, wie soll ich es herausfinden? Ich habe Meditationen hinter mir, Engelkontakte, schamanisches Wirken ist mir nicht fremd, wenn auch nicht hundertprozentig geläufig, ich arbeite mit der Psychologie, ich kann Karten deuten, ich arbeite mit vielem, was es in unserer Zeit gibt. Ich rede mit meiner Seele und meinen geistigen Helfern, wobei ich mich manchmal schon selbst für verrückt halte. Ich weiß um die Kraft der Gedanken, und dennoch scheint all das zu wenig zu sein, um etwas bewegen zu können. Es bewegt sich ja nicht mal in meinem Leben etwas, also zumindest im Moment nicht.
Tatsächlich frage ich mich in letzter Zeit verstärkt, wer ich bin und welche Aufgabe sich meine Seele gestellt hat, weil ich selbst nicht weiter komme! Ständig sagt eine Stimme in mir, es hat etwas mit Beziehungen zu tun, aber was? Irgendetwas ist da, das mich ruft, aber ich kann es nicht verstehen, zu schwach, zu undeutlich ist diese Stimme in mir. Ich fühle, da ist etwas, das der Menschheit weiter hilft, etwas, das so greifbar nahe ist und dennoch, so unendlich fern. Ich kenne die Antwort und kenne sie nicht. Was, ist es? Was trage ich in mir? Wer bin ich, sagen sie es mir, bitte!“

„Du musst es herausfinden, Raphaela. Du musst es selbst herausfinden. Nur so ist gesichert, dass du deine Bestimmung, deine Aufgabe erfüllen und auch unumstößlich danach leben wirst.
Wenn du so weit bist, das Unermessliche zu tragen, wird dich deine Seele dahin führen, wo deine Wurzeln liegen, um die Schleier zu lüften. Ich bin für dich da, wann immer du glaubst, meine Hilfe zu benötigen. Aber herausfinden, erkennen musst du es selbst."
Mit einem tiefen Seufzer ließ sich Raphaela in die weichen Polster des alten Sofas fallen. Ihre Glieder fühlten sich schwer an und eine tiefe Traurigkeit und Mutlosigkeit machte sich in ihr breit. Den Tränen nahe, meinte sie leise... „Im Moment wäre ich einfach nur dankbar, wenn meine Nerven wieder gestärkt wären. Ich bin müde und leer von dem ewigen Kampf. Der Job ist anstrengend, die Existenzerhaltung übersteigt jede Erträglichkeit. Ich bin müde, einfach so unendlich müde. Auch, wenn es scheinbar keiner merkt. Ich brauche nichts weiter, als meine Ruhe und endlich genug Geld, um all die Dinge zu bezahlen die notwendig sind, um zu leben, von Luxus spreche ich gar nicht."
„Streiche das Wort „endlich" aus deinem Sprachschatz."
„Warum?"
„Weil endlich bedeutet, nicht sicher zu sein, ob du etwas tatsächlich willst; endlich ist, als würdest du deinen Wünschen ständig hinter herlaufen - und sie werden immer schneller sein als du."
„Nicht sicher sein, keinen Existenzkampf mehr haben zu wollen? Also, das ist das Einzige, wobei ich mir zurzeit ganz sicher bin! Ich will endlich so viel Geld, dass ich auf keinen mehr angewiesen bin, keine Bank, keinen miesen Chef, keine unverschämten Klienten, etc."
„Tatsächlich? Könnte es nicht sein, das du für Reichtum noch gar nicht bereit bist? Das deine Schuldgefühle dich daran hindern, ein Leben in finanziellem Überfluss zu leben?"
„Schuldgefühle? Wem gegenüber sollte ich denn Schuldgefühle haben?"
„Wenn du keine Schuldgefühle hättest, wärst du schon längst reich, denn dein innerer Reichtum müsste deinen äußeren Reichtum automatisch, in demselben Maße, anziehen. Genau genommen bist du sehr reich, aber es hat sich noch nicht materialisiert."
„Komisch, das Gefühl, dass es da ist, aber im Nebel liegt, habe ich ständig!?"
„Wie war das mit dem Schlammloch, wie würde es sich anfühlen, wenn da Menschen drin stecken, die dir nahe stehen, während du draußen in Fülle und Glück leben würdest?"
„Schrecklich würde es sich anfühlen. Ich hätte ein..."
Ein erstaunter Ausruf kam über Raphaelas Lippen. „Ich hätte ein schlechtes Gewissen, also Schuldgefühle anderen gegenüber."

„Was hättest du getan, wenn du reich wärst, während andere scheinbar arm sind?"
„Ihnen finanziell helfen... und damit genau dasselbe erreichen wie mit den Therapien. Nichts, weil sie auch nichts selber tun würden, sondern genauso erwarten würden, ich wäre ja hier, also, brauchen sie bloß zu jammern."
„Weshalb bist du also noch nicht reich?"
„Weil ich nicht lange reich bliebe, ich würde alles verteilen, so wie ich es gelernt habe. Vor allem an diejenigen die, die Hand aufhalten und es als selbstverständlich sehen."
„Welchen Mangel also lebst du extrem aus?"
„Ich verstehe den Zusammenhang jetzt nicht, in meinem Kopf ist ein einziges Chaos."
„Sollen wir für heute aufhören?", fragte die Schamanin, die Raphaela nicht zuviel zumuten wollte.
„Nein, nein, ich habe das Gefühl, kurz vor einem inneren Knall zu stehen... es ist... was hat meine finanzielle Lage mit dem Schlammloch zu tun?"
„Welchen Mangel lebst du selbst, Raphaela?"
„Hmm, Eigenliebe würde ich spontan sagen, keine eigene Wertschätzung!"
„Sehr richtig."

Raphaela fühlte sich, als würde ihr geistig gleich ein Licht aufgehen, etwas in ihr drängte, geboren zu werden, sie konnte jetzt noch nicht gehen, zusehends aufgeregter, schlug ihr Herz um einige Takte schneller.
„Gut, dann frage dich, wie sehr du Geld schätzt, das zu dir finden will, weil es zu dir gehört, wie gehst du damit um?"
„Das verstehe ich jetzt nicht?"
„Anders herum gefragt, wie gehst du mit einer Liebe um? Wenn du einen Partner liebst, schenkst du ihn dann auch weiter weil andere ihn haben wollen?"
Raphaela schnappte hörbar nach Luft. Diese Aussage versetzte ihr gleich den geistigen Knall, den sie ankommen spürte.
„Nein, natürlich nicht, ich würde ihn eifersüchtig bewachen", sprach sie entrüstet.
Schallend lachte die alte Frau. „Bewachen also, hmm", sie wiegte bei diesen Worten ihren Kopf hin und her, wobei sie mit ihren Fragen tiefer in Raphaelas Unbewusstes drang.
„Weshalb denkst du, eine Liebe bewachen zu müssen?"
„Weil ich Angst habe, dass jemand anderer kommt, mir meine Liebe stiehlt, und ich... oh mein Gott, ich habe ja tatsächlich kein Wertgefühl!

Was rede ich da?“, sprach sie entsetzt.
„Ich würde sagen, du findest eben einige Antworten auf deinen Mangel eigener Wertschätzung.“
„Oh mein Gott“, wiederholte Raphaela fassungslos. „Ich lebe einen Mangel, der mich selbst als nicht wertvoll deklariert, der zeigt, dass ich im Grunde denke, Liebe und Reichtum stünden mir nicht zu. Genau deshalb habe ich bisher weder an ehrliche Liebe glauben können, noch daran, reich sein zu dürfen.
Was Geld anbelangt sehen wir, also ich sehe, nein, die meisten sehen Geld als notwendiges Übel oder als etwas, das sie achtlos ausgeben, um vielleicht gerade mal das zu schätzen, was sie damit kaufen können. Aber man schätzt das Geld, diese Münzen und Scheine, nicht. Für die meisten ist es bloß ein Tauschmittel.“
„Es ist ein Tauschmittel, aber so, wie Menschen generell alles achtlos benutzen, so gehen sie mit sich selbst um. Eure Unbewusstheit setzt euch Grenzen. In der Liebe ist es nicht anders. Ihr sucht ein Leben lang nach der einzigen großen Liebe, doch sobald ihr Liebe durch einen Partner in eurem Leben begrüßen könnt, setzt ihr alles daran, es wieder zu verlieren. Ihr beginnt damit, ihn nicht mehr zu achten, zu respektieren und damit auch nicht zu schätzen. Ihr seid immer am Suchen, anstatt das, was ihr habt, mit der größten Achtung zu pflegen. Entweder, ihr haltet euch an etwas fest, das sind Glaubensmuster und Verhalten, oder aber, ihr geht sorglos damit um. Und das tut ihr mit allem in eurem Leben, das euch wichtig ist, allem voran Liebe und Geld.“
„Sie haben ja Recht, so Recht. Es gibt ein Sprichwort...
„Wenn man ein Glas zu fest hält, zerbricht es. Wenn man es zu locker hält, auch.“
„Stimmt Raphaela. ich wollte dich nur klar erkennen lassen, wie es gefühlsmäßig aussieht, mit Geld umzugehen. Natürlich soll es im Fluss bleiben, jedoch, wenn man es nicht betrachtet, ihm den Respekt und die Aufmerksamkeit nicht zollt, wird es nur irgendetwas am Rande sein. Mit der Liebe steht es nicht anders.
Alles, was ihr in eurem Leben zu besitzen scheint, oder sagen wir, was ihr geschenkt bekommt, schätzt ihr auf Dauer nicht in dem Ausmaß, wie es zu schätzen wäre.
Bleiben wir bei Geld, kannst du mir sagen, welche Prägungen die verschiedenen Scheine und Münzen haben?“
Errötend musste Raphaela zugeben, dass sie keine Ahnung hatte, im Grunde wusste sie gerade noch, welche Farben die verschiedenen Scheine haben, mehr aber schon nicht mehr.
„Und wie genau kennst du dein Make up?“
Räusper.... „ganz genau.“

„Davon hast du vermutlich immer genug zu Hause?“, schmunzelte die Schamanin.
Tief seufzend und spitzbübisch lächelnd, bejahte Raphaela dies.
„Siehst du, was du schätzt, hast du im Überfluss, was nicht, kann in deinem Leben nicht existieren.“
„Aber ich würde das Geld ja schätzen, oder besser: meine Unabhängigkeit, die ich damit erreiche.“
„Bist du denn jetzt nicht unabhängig?“
„Nein, wenn ich Rechnungen habe, die ich nicht bezahlen kann, bin ich gefangen.“
„Wenn du nur das Nötigste bezahlen müsstest, was bleibt über, das wichtigste für dich an Rechnungen?“
„Miete, Telefon, Strom und Essen.“
„Ging sich das bisher aus?“
„Ja, das schon.“
„Wo ist dann dein Vertrauen, dass immer für dich gesorgt ist?“
„Aber die anderen Dinge, wie Kleidung, ausgehen, Luxus - ein bisschen Luxus eben - der geht sich nicht mehr aus.“
„Und wer trifft die Entscheidung, wie viel und was du davon benötigst?“
„Ich.“
„Dann ist das eine unabhängige Entscheidung, oder bestimmt das jemand anderes, was du zum Anziehen und ausgehen zu brauchen glaubst?“
„Nein, natürlich nicht, ich bestimme das, aber es gibt so vieles, das unser Leben schöner oder angenehmer macht und das kostet eben Geld.“
„Brauchst du es, um Freude zu spüren, wenn Sonnenstrahlen dich wärmen?“
„Nein“, sprach Raphaela kleinlaut. „Und doch wünsche ich es mir, weil es mir Spaß macht, diese Dinge kaufen zu können.“
„Das ist etwas anders, dann werden diese Wünsche sich auch erfüllen, solange es mit Freude zu tun hat und nicht mit brauchen. Was du glaubst zu brauchen, ist ein Denkmuster, was du wirklich brauchst, wirst du immer haben.“
„Hmm, das leuchtet mir ein, es ist eigenartig. Zu Anfang meiner Lehrjahre in diesen Bereich, war mir das immer bewusst, aber irgendwann habe ich das wohl selbst vergessen oder einfach nicht mehr gesehen.“
Die alte Frau nickte zustimmend mit ihrem Kopf...
„Verstehst du nun, dass Wertschätzung aus Liebe, weil es Freude macht, etwas anderes ist, als Wertschätzung aus dem Gefühl von Bedürfnis heraus?“
„Ja, ich denke schon, und das bedeutet auch, dass Liebe, die geschenkt wird, weil es Freude bereitet, jemanden mit Liebe zu beschenken, nicht verloren geht, nur weil jemand anderer auftauchen könnte. Sprich, keiner

kann mir einen Partner wegnehmen, der sich freiwillig entschlossen hat, bei mir zu sein.
Ich habe mich also all die Jahre um Antworten für die Hilfesuchenden bemüht und mich dabei selbst im Kreis gedreht", seufzte sie und war doch erleichtert, eine große Belastung verloren zu haben.
„Nun dann sind einige Dinge jetzt klarer, denke ich."

„Ja, aber was hat das alles mit meinem Traum zu tun?"
„Versuche, dir folgende Szene vorzustellen... wir gehen davon aus, dass Reichtum relativ ist, aber... es geht nun um die Erfüllung der Lebensaufgabe, der Bestimmung. Die findet man, indem man genau weiß, welche Herzenswünsche einem inne wohnen."
„Ja, aber der Falke..."
„Warte, und versuche meinen Worten zu folgen. Du stehst, wie du beschrieben hast, vor einem Schlammloch. Die Menschen schreien und jammern, weil sie im Mangel leben. Nimm an, du hast erkannt, wie man Liebe, Erfolg und Reichtum anzieht, lebst im Luxus und willst ihnen zeigen, wie sie selbst ebenfalls glücklich und reich werden. Das finden diese Menschen hervorragend, sie hören dir gebannt zu, wünschen sich ebenfalls ein so glückliches reiches Leben wie du. Sie folgen deinen Worten, den Vorschlägen usw. und erwarten, dass sich ihre Situation sofort positiv verändert.
Sofort, immerhin DU weißt ja, wie es geht, also warum sollten SIE nun warten müssen. Für die Menschen hast DU das Rezept in der Hand. Sie wollen ein stichfestes Konzept, das ihnen Schritt für Schritt die Liebe, den Erfolg und den Reichtum bringt. Eine genaue Bedienungsanleitung, an die sie sich halten können.
Warum denkst du, kann das nicht funktionieren?"
Raphaela nippte an ihrem Tee und dachte eine Weile nach.
„Weil Wünsche nicht nach einer Betriebsanleitung funktionieren, sondern aus unerschütterlichem Glauben und Vertrauen an sich selbst und an das Universum, das diesen unerschütterlichen Glauben als sehr hohe, reine Energie empfängt und damit geballt zurücksendet. Das würde bedeuten, jeder Herzenswunsch steht vor unserem inneren Auge, wir sehen es, wir fühlen uns hinein, denken an das Gewünschte. Dieses Denken ist dann Emotion - und Emotion ist stärker als Verstand, somit senden wir eine enorm starke Energie in den Kosmos, der wiederum als Echo genau das zurück sendet, was wir ausgesandt hatten. Aber es bedeutet trotzdem nicht, tatenlos herum zu sitzen und zu warten, das Gewünschte fällt vom Himmel, man muss offen für Zufälle sein und diese Hilfen, die der Himmel uns schickt, auch nutzen können, indem wir Schritte setzen, seien sie auch noch so klein."

Die Schamanin lachte herzerfrischend laut.
„Ich bin begeistert Kind, du begreifst unglaublich schnell", dabei klatschte sie wie ein Kind in ihre Hände und strahlte, als würde sie vor einem hell beleuchteten Weihnachtsbaum stehen.
Raphaela sah verdutzt zu ihr hinüber und musste erst fassen, was sie da eben von sich gab.
„Und warum funktionieren dann meine Herzenswünsche oft nicht, obwohl ich weiß, wie es geht, obwohl ich tiefes Vertrauen habe?"
Die alte Frau lachte erneut laut...
„Tatsächlich, du hast also tatsächlich tiefes Vertrauen?"
Beinahe beleidigt verzog Raphaela die Lippen zu einem eher kümmerlichen Lächeln.
„Ja schon, das meiste habe ich in meinem Leben ja erhalten. Nur das mit der einzigartigen Liebe und dem Erfolg, das klappte noch gar nicht."
„Hatten wir das nicht eben besprochen?"
„Ich weiß nicht, ich glaube schon, aber irgendwie kommt ich mir vor als wäre in meinem Ohr alles auf Durchzug...", seufzte sie theatralisch.
„Schätzchen, weil alles, was der Verstand sich gerade noch vorstellen kann, als möglich betrachtet wird, damit klappt es auch, was größer ist als das angelernte Denken... klappt nicht."
„Na toll und wie kann man das ändern?"
„Üben...", lachte die Schamanin, „üben mein Kind... so lange, bis man das Einmaleins begriffen hat, um danach die nächste Stufe zu erklimmen."
„Aber ich weiß doch, wie es geht!", rief Raphaela entrüstet aus.
„Ja, deshalb sitzt du auch hier bei mir, mit demselben Problem, das auch deine Klienten haben. Damit bist du für sie nicht glaubwürdig."
Autsch, das traf Raphaela nun doch ziemlich hart, wobei sie der alten Frau wohl oder übel Recht geben musste.

„Nun nehmen wir an, du bist reich, weil du gelernt und erlebt hast, dass alles möglich ist. Weil dein tiefes Vertrauen in den Kosmos unendlich groß ist. Wie kannst du, denkst du, anderen Menschen dies nahe bringen?"
„Im Moment gar nicht, glaube ich, zumindest weiß ich nicht mehr, was ich auf all die Fragen antworten soll. Am liebsten wäre es mir, alles, was ich erfahren habe, nieder zu schreiben."
„Und warum tust du es dann nicht?"
„Davon kann ich nicht leben", seufzte sie erneut.
„Nun, wie war das mit dem Herzenswunsch, wolltest du nicht schreiben?"
„Ja schon, aber wie soll ich überleben?"
„Wie wäre es, wenn du davon ausgehst, das schreiben dein Ziel ist und Arbeit die dir Freude machen könnte, dein Lebensunterhalt wäre."

„Pfff, fragt sich nur, was ich tun soll. Für die Ambitionen, die ich habe, hat sich noch kein Job gefunden."
„Wie wäre es, wenn du nicht finden willst, sondern dich finden lässt."
„Na das ist aber doch das Gleiche, was meine Klienten tun, abwarten und Däumchen drehen", widersprach Raphaela entrüstet.
„Du zweifelst."
„Stimmt."
„Warum, denkst du, fällst du selbst in Zweifel, obwohl du weißt, es ist alles hier, alles machbar?"
„Weil mich andere mit ihren Zweifeln hartnäckig überschütten - und ich es zulasse, anstatt zu sagen... geh und übe; sie alle ständig Beweise wollen, ich dadurch annehme, mich nicht klar ausgedrückt zu haben. Sprich: ich rede mir den Mund fusslig, benehme mich so, als würde ich mir selbst beweisen müssen, dass es funktioniert, damit wechselt der Glaube zum Zweifel.
Man kann aber keinem helfen, der nicht glauben will. Ich muss also solche Menschen loslassen, um nicht selbst meinen Glauben zu verlieren.
Und mein schlechtes Gewissen, wäre ich reich, liegt darin, dass ich denke, dass es mir nicht zusteht, etwas zu haben, was andere wollen, aber nicht erreichen."
„Kann es sein, dass du eben die Schuld bei anderen suchst?"
„Wieso?"
Die alte Frau zog eine Augenbraue hoch und sah sie ihr tief in die Augen.
„Ach so, ja also, verdammt. Oh Verzeihung", kicherte Raphaela. „Stimmt ja, würde ich tatsächlich selbst so fest überzeugt sein in meinem Glauben, würde keiner es fertig bringen, in mir Zweifel aufkommen zu lassen; oder sagen wir, ich würde es schnell erkennen und gegensteuern und nicht selbst in das Loch zurück, fal... gehen."
„Vor allem würdest du das tun, was du tatsächlich tun willst, schreiben und dich nicht darum kümmern, ob du davon leben kannst. Um das geht es ja nun nicht bei diesem Herzenswunsch, oder irre ich?"
„Nein, stimmt. Ja, Sie haben ja Recht. Schreiben ist etwas, das mich selbst bereichert und mir Freude macht, ich sollte es aus Freude tun, nicht aus Berechnung."

„Gut und wenn du nun Geld hättest bis zum Abwinken? Was hättest du bisher getan, wenn dir nahe stehende Menschen nicht alleine weiter kommen?"
„Das habe ich erwähnt, ich hätte ihnen Geld gegeben."
„Das ehrt dein gutes Herz und deine Gutmütigkeit. Doch was denkst du, würde passieren, wenn sie es dann wieder nicht schaffen, deshalb wieder zu dir kommen und dich bitten, ihnen erneut zu helfen?"

Erschüttert schoss aus Raphaela hervor: „ich hätte ihnen wieder und wieder mit Geld und allem, was sie benötigen geholfen, mit ihnen geteilt. Genau genommen ist dies das Gleiche, das ich jetzt mache, ich teile mit Ihnen meine Erkenntnisse, biete ihnen meine Lösungen, ohne, dass sie selbst dafür arbeiten müssen. Ich gebe ihnen so viel, wie es mir selbst möglich ist und verzichte mehr als oft auf Honorar oder Dinge, weil ich es nicht genießen kann, wenn ich weiß, andere haben nichts. Selbst Essen, das ich mir gönne, teile ich, anstatt für mich ein wenig Vorrat zu behalten. Manchmal ahne ich, dass es zu weit geht, dass ich auch Nein sagen darf und auch nicht alles offen legen muss, was ich habe. Ich ertappe mich auch sehr oft, mich wie ein offenes Buch zu verhalten. Jeder, den ich näher kenne, weiß, wie ich lebe, was ich habe und...
Oh mein Gott, ich erkenne jetzt klar und deutlich, dass genau DANN, wenn es mir besser geht, Menschen anrufen oder kommen und mich volljammern, dass sie nichts haben, dass alles so schwer ist, dass diese Rechnungen schlimm sind, das Leben selbst hart und ungerecht, usw.!
Dabei bekomme ich jedes Mal ein schlechtes Gewissen, wenn ich eben dabei bin, mein Leben besser und reicher zu führen. Dann fühle ich mich schlecht; einerseits, weil es mir widerstrebt, ständig zu geben; andererseits, weil ich meinen „Luxus“ nicht genießen kann. Also, teile ich wieder auf, was ich gerade habe, und seien es nur Lebensmittel...“
„Woher, denkst du, kommt dieses Verhalten von dir?“
„Weil ich gelernt habe, dass man teilt, und wenn es sein letztes Hemd ist. Und ich gebe zu, es gibt mir auch teilweise ein tiefes Gefühl von Befriedigung, glückliche Gefühle, wobei dies wohl auch davon kommt, dass mein schlechtes Gewissen beruhigt ist.
Und nur all zu oft bin ich entsetzlich enttäuscht, weil die meisten sich vielleicht gerade noch halbherzig bedanken, es meistens jedoch selbstverständlich ansehen. Genau das ist dann der Punkt, wo ich frustriert bin, ausgelaugt und keine Freude mehr habe, zu arbeiten, anderen etwas weiter zu geben, das sie gar nicht begreifen wollen.“

„Erkennst du nun den Mangel?“
„Noch nicht so genau, irgendetwas fehlt mir jetzt noch zur vollkommenen Klarheit.“
„Geh davon aus, du bist tatsächlich sehr reich, kannst dir alles leisten, was du möchtest... und gibst vorerst keinem etwas ab, bis du genau weißt, wer es verdient, wie würdest du damit umgehen?“
„Zuerst alle offenen Rechnungen mit Freude und Dankbarkeit ausbezahlen... und diese Erleichterung feiern, indem ich mich tagelang erfreue, keine Lasten mehr mitzuschleppen. Dann würde ich mir etwas die Wohnung auffrischen, ein Auto kaufen, es muss nicht teuer sein, aber es

soll Qualität haben, ein wenig Kleidung, ein wenig Luxus, aber ich weiß auch, dass ich vernünftig mit dem Geld umgehen würde, egal, wie reich ich bin.
Dann würde ich vielleicht... hmm, ich würde nach den jetzigen Erkenntnissen mein Geld achten und schätzen, es nicht verteilen, bis auf diejenigen, die wirklich Hilfe brauchen, die ich aber sehr gut prüfen würde. Das wären eher Tiere und / oder allein erziehende Mütter und Kinder, die sich nicht selbst helfen können. Sollte ich sehr viel Geld haben, würde ich mir ein Haus kaufen, wobei es mir mehr um die Natur geht, so dass ich in meinem Garten vieles anpflanzen kann, was mir wichtig ist, zum Beispiel eigenes Gemüse... bei diesen Worten strahlte Raphaelas Gesicht in erwartungsvoller Hoffnung.
Ansonsten würde ich meinen Mund halten und nicht jedem erzählen, was ich habe und was ich damit mache. Ach ja und ich würde etwas ins Leben rufen, in der Art Tauschgeschäft, wie es dies hier noch nicht gibt. Lebensmittel gegen Dienstleistung, oder einer hilft dem anderen, ohne dass Geldscheine das Tauschmittel sein müssten... ich hab so einiges an Ideen, aber noch sind sie im Nebel."
„Weshalb denkst du plötzlich anders über das Geld verteilen?"
„Weil genau diejenigen, denen ich Geld gegeben hätte, diejenigen sind, die bis jetzt nichts in ihrem Leben von selbst geändert haben. Es wären genau diejenigen, die bisher weiterhin aus Frust Schulden über Schulden machen, aber kein Honorar für mich bezahlen wollten, weil sie angeblich nicht konnten, aber in Boutiquen Stammkunden sind, auch unter Schulden.
Ich hätte es denen gegeben, die ihren Kindern viel zu teure Geschenke machen, anstatt mit ihnen Zeit zu verbringen, und ihnen andere Wertigkeiten beibringen.
Mit einem Wort: ich hätte sonst genau die unterstützt, die unbewusst leben und nicht bereit sind, etwas ändern zu wollen.
Damit hätte ich weder mir noch meinem Geld den nötigen Wert sowie Respekt gegeben, also ist es erst gar nicht in meinem Leben aufgetaucht, weil ich zu Reichtum noch gar nicht bereit war. Eben, weil ich noch gar nicht reif war, ihn zu achten, zu schätzen, zu lieben und selbst sorgsam damit umzugehen."
„Du hast es verstanden, nun solltest du noch danach leben. Ich setze uns frischen Tee auf, ruhe dich einstweilen ein wenig aus."

Raphaelas Gedanken wanderten in ihre Kindheit, während die alte Frau sie kurz alleine ließ, um frischen Tee zu bereiten. Sie versuchte, die immer klarer werdenden Gedanken der Reihe nach zu ordnen. Sie war erschüttert, wie einfach die Sache im Grunde war. All ihre eigenen Verstrickungen

kamen aus Erziehung und Glaubensmustern, die ihr angelernt wurden. Nun sah sie vieles klarer: Warum ihre Mutter Schulden machte; den Hass und den Neid, mit dem sie immer wieder um sich schlug und letztendlich, daran zu Grunde ging.
Sie erkannte, dass sie, Raphaela, von Kindesbeinen an dazu angehalten wurde, alles zu teilen, selbst Dinge, die ihr heilig waren. Ihre Mutter kannte keine Grenze, die ihrer Tochter erlaubte, einen besonderen Schatz und war es nur ihr geliebter Puppenwagen, für sich alleine zu beanspruchen. Sobald ihre Cousinen kamen oder Besuch mit Kindern, musste sie jedes ihrer Spielzeuge abgeben.
Ihrer Mutter war es Zeit ihres Lebens das Wichtigste, was andere Leute von ihrer Familie halten würden, in der sie das Zepter fest in der Hand hielt. Auch, wenn sie oft zu Raphaela sagte, es wäre ihr gleichgültig, was andere über sie sprachen, aber sie Raphaela, hätte dies und das zu tun oder zu unterlassen.
Sie war im Grunde nur eine lebendige Puppe. Ihre Mutter stand nicht zu ihr, gab ihr nie das Gefühl, ihre Bedürfnisse zu achten und zu schützen. Von Liebe oder gar herzlichen Umarmungen keine Spur. Sie war Mittel zum Zweck, sonst nichts. Nämlich den, ihrer Mutter die Lorbeeren einzufahren, welch gut erzogene Tochter sie hatte. So still, so anständig, so brav.
Nun fiel es ihr wie Schuppen von den Augen. „Brav", alleine das Wort konnte Raphaela nicht ausstehen, dieses immer wieder kehrende „wohlerzogen". Mit welchem Wohl erzieht man ein Kind zu einer Marionette, in der sie sich jetzt unmissverständlich als solche erkannte.
Dieses alles teilen zu müssen, alles offen legen müssen, nichts für sich alleine genießen dürfen... all das zog sich wie ein roter Faden bis in ihr jetziges Leben. Anderen zu helfen ja, auch teilen ja, aber nicht bis zur Selbstaufgabe... das erkannte sie nun, durfte keinem passieren. Sich selbst in gesundem Masse wichtig zu sein, bedeutete, sich selbst wertvoll zu sein.

Raphaela hatte das Gefühl, Tonnen von Steinen wären nun von ihr gefallen. Sie sprang auf, um sich diese imaginären Belastung endgültig abzuschütteln, als in diesem Moment die Schamanin wieder zurück kam, mit frischem Tee und einigen kleinen Brotschnittchen, mit Butter bestrichen und mit frischer Gartenkresse bestreut.
„Nun, wie ich sehe, haben sich einige Schleier gelüftet."
„Woher...?"
Die alte Frau lächelte: „Ich sehe es an Deiner Aura, Kind."
Lachend umarmte Raphaela die alte Frau spontan. „Danke, tausend Dank. Ich habe einiges erkannt, darf ich es erzählen?"

Damit schwang sich Raphaela wieder auf das gemütliche Sofa, bat ungeniert, ob sie ihre Schuhe ausziehen durfte und die Beine hochlegen, was die Schamanin lächelnd erlaubte, und erzählte unter einem gesunden Appetit, was sie eben erkannt hatte.

Als sie geendet hatte, lächelte die alte Frau und sagte: „Nun, du bist eine kluge Frau."
„Ja, und weiß immer noch nicht, was der Falke und dieser Traum zu bedeuten haben", seufzte Raphaela.
„Denke darüber nach, welche Aufgabe der Falke im Reich der Schamanen hat. Bevor du einschläfst, nicht heute, ein anders Mal, wenn du nicht so aufgewühlt bist, frage ihn, wobei er dir helfen will."
„Das habe ich schon, aber ich kann die Antwort nicht hören."
„Vielleicht solltest du ihn nicht hören, sondern ihn beobachten. Denk nach Raphaela, welche Emotionen begleiten dich ständig in deinen Träumen?"
„Angst, furchtbare Angst."
„Wovor genau?"
„Vor jeglicher Gewalt, Ungerechtigkeit, ausgeliefert sein, Tod...", sie erschauerte bei diesen Worten.
„Welche Rolle spielt der Falke in Deinen Träumen?"
„Schutz, Hilfe, Treue..."
„Dann frage ich dich, nach was sehnst du dich?"
Sie überlegte kurz, um zu antworten. „Nach genau diesen Dingen, ich sehne mich nach jemandem, der mir Schutz, Hilfe und seine Treue schenkt."
„Dann hast du einen Teil deiner Frage selbst beantwortet."
„Aber diese Sehnsucht, sie ist, als wäre dieser Vogel, ich meine als wäre er..."
„Dein Geliebter?"
„Ja, das ist doch verrückt! Warum träume ich dann nicht von einem Mann als Beschützer, sondern stattdessen von einem Tier?"
„Nein, du bist nicht verrückt. Es ist etwas, das du dir von einem Partner wünschst. Was du im Leben nicht gefunden hast, verschlüsselt deine Seele in deinen Träumen, um dir klar zu machen, dass diese Attribute die wesentlichen Charakterzüge sind, die einen Partner für dich anziehend machen. Aber Vorsicht, der Falke zeigt dir vielleicht auch einen Partner an, der in dir jeden Moder, jede längst verheilt geglaubten Schmerzen herauf holen kann.
Der Falke ist Hüter zwischen Himmel und Erde, er ist Hüter zwischen Verstand und Visionen. Er holt dir alle Ängste hervor, pickt sie schnell und grausam aus deiner Seele, bringt deine schlimmsten Ängste in dein reales Leben, um klar vor sich zu sehen, wovor du dich fürchtest. Er ist

schneller, als du deine Befürchtungen abwehren kannst und zieht dir genau die Situationen ins Leben, die du panisch fürchtest. Er konfrontiert dich mit den grausamsten Schmerzen und ist doch derjenige, der dich dadurch heilt, denn ohne ihn würde dieses Aas weiter in dir modern und du würdest niemals aus dir selbst heraus wachsen, verstehst du?"
„Ja und das macht mir weder Angst noch Zuversicht, sondern verdammt viel Angst!"
Ungehindert sprach die Schamanin weiter...
Weiter frage dich, ob du tatsächlich bereit bist für einen Partner, denn wie mir scheint, sitzt da eine tiefe Angst vor Liebe in dir."
„Ja, aber, ich suche doch aber Liebe", meinte sie verschämt.
„Suche die Liebe nicht, dann wird sie dich finden. Lebe deine Liebe in den alltäglichen Dingen und sei du selbst. Du bist Liebe Raphaela, werde dir dessen bewusst. Der Falke ist dein Freund, dein Krafttier, er ist immer in der größten Not bei dir. Er ist derjenige, der die Dämonen aus dir heraus holt, aber sie auch von dir fern hält. Doch sei achtsam, er kann dir nur einen Teil von dir fern halten, deine schlimmsten eigenen Dämonen wirst du selbst ins Leben rufen!"
„Welche Dämonen?"
„Angst ist ein Dämon, sowie Unzufriedenheit, Neid, Ungeduld, Hass, Kontrolle, Untreue, Selbstgefälligkeit, Überheblichkeit, spiritueller Hochmut, sie tragen viele Namen."
„Ich dachte immer, Dämonen...", sie stockte und runzelte die Stirne, begann nachzudenken. Die Schamanin ließ ihr Zeit, bis Raphaela weiter sprach.
„Die Dämonen sind unsere eigenen Schatten.
Es sind Charaktereigenschaften, Verhaltensweisen, Glaubensmuster, die nur durch unsere Fantasie eine Gestalt bekommen?!"
„Genau erkannt. Was ihr an Fratzen oder dunklen Gestalten sehen könnt, ist eine Vielfalt an verschiedenen Mosaiksteinchen der Erinnerungen, wenn du es so ausdrücken möchtest."
„Sie meinen, jede Kleinigkeit, die uns unbehaglich war oder fremd, vielleicht sogar ekelig vorkam, haben wir gespeichert? Das bedeutet, einen Geruch, den wir nicht angenehm fanden, oder eine dunkle laute Stimme, die uns irgendwann einmal erschreckte, oder etwas Banales wie ein starker Arm, der etwas zerstören kann, ob real erlebt oder in einem Film gesehen oder irgendwo gelesen, wird in uns als Daten gespeichert - inklusive der Emotionen, die wir dabei empfinden, die sich als Bild zusammenfügen, sobald wir in Stress-Situationen ankommen? In Träumen versuchen wir also, all die diffusen Ängste und deren Folgen beizukommen, indem sich Szenen abspielen, wo wir dieser Angst einen Namen geben können?!"

„Genau so ist es. Das, was du träumst, kann aber auch durchaus auf lang vergangene Zeiten hinweisen, in denen dir immer wieder Gewalt angetan wurde. Welche Träume hattest du noch öfters, so dass sie dir nachhaltig in Erinnerung blieben?“

Raphaela atmete tief durch bei den Bildern, die in ihr hoch kamen, und begann mit leiser Stimme zu erzählen.
„Ich habe oft geträumt, oder sogar Visionen gehabt, die immer wieder zeigten, dass ich gefoltert, gedemütigt, gepeinigt, missbraucht und getötet wurde. Immer wieder habe ich dabei Menschenmengen gesehen, die mich mit Steinen bewarfen, die mich beschimpften und niemals war jemand da, der mich geschützt hätte. Ich war alleine, immer alleine, zweimal sah ich sogar, dass ich ein Kind unter dem Herzen trug, das mit mir starb. Bevor man mir all dies antat, sah ich mich aber immer wieder in heilenden Berufen, manchmal im Wald wohnend, aber auch in einer Hütte mit unzähligen Kräutern und Salben. Auch hier war ich meist alleine, nur einmal hatte ich Familie... aber ich wurde immer fortgerissen, musste letztendlich wegen meines Wissens sterben.“
Raphaela endete mit Tränen in den Augen. Sie war blass geworden, als sie dies alles der Schamanin erzählte.
„All deine Erzählungen lassen darauf schließen, dass du Gaben in dir hast, die dir einst viel Negatives einbrachten und du dafür bestraft wurdest. Weshalb glaubst du, gehst du mit deinen heutigen Gaben nicht viel mutiger an die Öffentlichkeit?“
„Ich weiß doch all das gar nicht, ich habe keine Ahnung von Kräutern; oder sagen wir, geringe Ahnung, die reicht nicht einmal für die Zusammenstellung einer einfachen Salbe. Wobei es mich brennend interessieren würde. Sobald ich jedoch ein Buch aufschlage, um zu lernen, lege ich es sofort wieder weg, alles in mir sträubt sich.“
Sie runzelte die Stirn, als sie weiter sprach.
„Natürlich, jetzt verstehe ich, all diese Erfahrungen haben in mir große Angst hinterlassen, denn ich wurde scheinbar jedes Mal dafür umgebracht. Nun kann ich dieses Wissen nicht erneuern, die Angst ist zu groß! Und ich gehe auch nur bedingt mit meinem jetzigen Wissen unter die Leute; einerseits, weil ich mir lächerlich vorkomme; andererseits, weil ich weiß, zu wenig zu wissen, und weil ich keinem anvertraue, was ich wirklich zu wissen glaube, nicht mal mir selbst gegenüber gebe ich zu, dass ich... das klingt jetzt eingebildet. Ich weiß doch gar nichts, was rede ich da für dummes Zeug!“, schalt sie sich selbst.
„Es ist nicht dumm, Raphaela. Du spürst in dir etwas, das heraus will, aber deine Angst hat einen dicken Panzer um deine Fähigkeiten gelegt, um nie wieder in Gefahr zu kommen.“

„Bedeutet das, ich trage wirklich Wissen in mir? Ich meine, ich weiß ja, dass wir alle Daten in uns tragen, aber ehrlich gesagt, habe ich mich nie für etwas gehalten, das auch Wertvolles zu bieten hat.“
„Etwas? So geringschätzig sprichst du über dich?“
„Hmm, im Grund halte ich mich nicht für gut, gar nicht, nur manchmal, wenn ich ein seelisches Hoch habe, bin ich etwas hochmütig und denke einfach, ich bin etwas Besonders. Aber dann schelte ich mich selbst und denke, für diesen Hochmut werde ich noch gestraft.“
„Wer hat dir so etwas eingeredet, Raphael? Du bist weder hochmütig, noch dumm, noch unwissend, vielleicht manchmal unbewusst, das ist jedoch etwas Anderes. Und du bist etwas Besonderes, alle Seelen sind etwas Besonderes.“
„Meine Mutter sagte immer, ich soll nicht so hochmütig sein, aber ich kann mich nicht erinnern, wann ich das hätte sein sollen. Ich kann mich nur erinnern, mich immer still und ruhig verhalten zu haben, weil sie das so wünschte. Ich kann mich nicht erinnern, auch nur einmal laut gelacht zu haben oder wild gewesen zu sein, ich weiß nur, dass ich mich immer so unauffällig wie möglich benahm, andernfalls hätte es Schelte gegeben. Ich glaube, ich habe nie viel gesprochen und später in der Schule, als ich älter wurde, sagten viele, dass ich hochmütig wäre, weil ich nie lachte und so überheblich gerade gehe. Dabei hat meine Mutter immer gesagt „geh gerade.“
Eigenartig, dass mir all das erst jetzt bewusst wird“, lächelte sie nun mehr aus Verzweiflung, denn aus freudiger Erkenntnis.

„Wie war dein Vater, Raphaela?“
„Er war immer zu Scherzen aufgelegt. Ich hab ihn oft lachen gesehen; meine Mutter hat ihn deshalb oft gerügt. Er hat öfters abends seine Freunde mitgenommen, als ich klein war, aber sie hat ständig mit ihm geschimpft, wollte sich deshalb auch scheiden lassen, soweit ich mich erinnere. Das hat mir damals große Angst gemacht, als ich diese Worte hören musste.
Ich glaube, mein Vater war im Grunde ein sehr lieber, fröhlicher Mensch, zumindest, solange ich sehr klein war. Ich kann mich an ein Foto erinnern, wo er mich lachend hochhob, da war viel Liebe in seinem Blick und auch ich habe gelacht. Ich glaube, ich habe ihn damals geliebt.
Irgendwann, als ich in die Pubertät kam, war das alles lange nicht mehr so. Ich kann mich an das Dazwischen nicht erinnern, aber als ich zehn war, da begann... sie erschauerte angeekelt.

„Lass es gut sein, Raphaela. Ich denke, du hast heute viel erkannt. Lass all das auf dich wirken und es setzen - danach sehen wir weiter.“

„Das bedeutet also, dass der Traum nichts Besonderes zu sagen hatte?", meinte sie fast enttäuscht.
„Ist es denn nichts Besonderes, was du erkennen konntest?"
„Doch, ich dachte nur... Ach, ich bin zu romantisch und oft abgehoben, meine Illusionen und Visionen, Wünsche und Träume, vermischen sich zu oft, und vermutlich, nein, sicher auch noch gemischt mit Ängsten."
„Das ist normal und geht allen so, die Kanal für kosmische Energien sind. Du empfängst nicht nur deine Gedanken sondern auch die deiner Umgebung sowie sämtliche Schwingungen jedes noch so kleinen Teiles, weit über dein Umfeld hinaus."
„Na toll, da soll man nicht verrückt werden", seufzte sie und unterstrich diese Worte mit einem verzweifelten Augenaufschlag gen Himmel. Dabei biss sie herzhaft in ein weiteres Brötchen und ließ es sich sichtlich schmecken.

„Du wirst damit immer besser umgehen lernen, nichts desto Trotz trägst du mehr in dir, als du ahnen kannst. Wissen ist Macht, Raphaela.
„Ja, den Satz musste ich in der Schule ständig hören und genau das hasste ich wie die Pest! Mich interessierte das Lernen von trockenem Material nie, was sich bis heute nicht geändert hat."
„Wissen ist nicht gleich Wissen, denn was dir zu Macht verhilft, hat nichts mit eurem Schulsystem zu tun. Doch Vorsicht: Macht ist ebenso nicht gleich Macht! Achte immer sorgsam darauf und vergiss diese Worte niemals. Macht ist etwas Besonderes, wenn man sie versteht zu nutzen und hat nichts mit dem zu tun, was Menschen meist darunter verstehen und sie deshalb auch benutzen anstatt sie zu nutzen."
„Das versteh ich jetzt nicht ganz?" Raphaela hatte eindeutig keine Aufnahmefähigkeit mehr für heute.
„Macht verleitet oft zur Kontrolle und umgekehrt."
Diesen Satz prägte sich Raphaela gut ein und wusste noch nicht, dass sie selbst, in absehbarer Zeit, in die Fänge der Macht geraten würde, sowohl als Opfer wie auch als Täter.
„Macht! Schlimmer kann keine Zerstörung wirken als aus diesem Ursprung.
Ich schlage dir vor, für heute Schluss zu machen. Um den Traum deuten zu können, musstest du erst einmal einige Türen in dir öffnen. Nun lass gut sein, Ruhe dich aus und komm ein andermal wieder. Für heute gebe ich dir einen Schlaftee mit, den du jeden Abend trinken solltest, ein bis zwei Tassen reichen vollends aus."

Bedauernd seufzend, gab Raphaela sich geschlagen. Sie wäre gerne noch weiter in ihr Innerstes gegangen, musste aber nun, nachdem sie

sich gestärkt hatte zugeben, dass sie tatsächlich müde war. Darüber hinaus war es draußen dunkel geworden und es wurde Zeit, nach Hause zu gehen. Morgen hatte sie einen harten Tag vor sich, wobei... im Grunde war es ihr gleichgültig, sie hatte keine Lust mehr auf diese Arbeit, die nur Stress bedeutete.
Sie war der alten Frau tief verbunden, ihr geholfen zu haben, deshalb bedankte sie sich nun herzlich mit den Worten: „Sie heben Recht, ich bin völlig geschafft und erledigt. Ich werde jetzt nach Hause gehen, mir ein heißes Bad einlassen und einfach nur entspannen, alles wirken lassen, verdauen, um danach alles noch einmal durchzudenken, zu ordnen, und danach wieder kommen, versprochen. Und vielen Dank für die köstliche Bewirtung und ihre Zeit für mich."
„Gern geschehen und nun alles der Reihe nach, nur so kommst du gut ans Ziel. Ich wünsche dir eine gute Nacht, sie wird heute traumfrei sein", lächelte sie und verabschiedete Raphaela ebenfalls sehr herzlich.

***

Morgens nach einem erholsamen Schlaf...

„Schriiil"... verdammt ich habe verschlafen!" Mit einem Satz sprang Raphaela aus dem Bett. „Himmel noch mal, danke für den tiefen Schlaf, von verschlafen habe ich nichts gesagt!"
Fluchend schlüpfte sie in ihre Kleidung, schnappte sich einen Kaugummi und lief auch schon, mit der Haarbürste in der einen und der Handtasche in der anderen Hand, zur Tür heraus.
„Verflucht, ich eigne mich ganz einfach nicht für einen anständigen Job, aber was ist schon anständig. Konservativ würde eher passen. Obwohl, ihr Job war nicht langweilig, dafür umso stressiger. Was sie ebenfalls auf den Tod nicht ausstehen konnte. Und das schlimmste war, jeden Morgen pünktlich erscheinen zu müssen - wie sie das hasste. Es wurde Zeit, sich ernsthaft Gedanken über einen Ausstieg zu machen, wäre da nicht das Problem von den X- Zahlungen, die sie nicht ohne fixes Einkommen bewältigen konnte.
Seufzend schritt sie, so schnell sie konnte, voran und ahnte noch nicht, dass dies ihr letzter Arbeitstag bei der Zeitung war, ganz wie sie unbewusst gewünscht hatte.

***

Ein Tag der Veränderungen...

„Frau Schneider, in mein Büro bitte!"
Der Chef persönlich wollte sie sprechen, das verhieß nach seiner Tonlage nichts Gutes. Seufzend und leicht genervt erhob sie sich vom Stuhl und ging durch den langen, hell getäfelten Korridor in „das Büro des Hades", wie alle Angestellten es hinter vorgehaltener Hand, nannten.
„Sie wollen mich sprechen, Hr. Kretschmer?"
„Setzen sie sich", fuhr er sie unfreundlich an, hielt es dabei nicht für notwendig, seinen Blick von dem Papierkram auf seinem Schreibtisch zu heben.
Geschlagene fünf Minuten ließ er Raphaela ohne Kommentare einfach sitzen, die diese nutzte, um ihn genau zu beobachten, bis er endlich geneigt war, seinen knochigen, spärlich beharrten Kopf zu heben. Aus seinem kantigen, mürrischen Gesicht sahen sie zwei kleine, stechend graue Augen an, die keinerlei Wärme ausstrahlten. Seine Nase glich dem Schnabel eines Habichts, der Mund war kaum zu erkennen, so blass und schmal waren seine Lippen. Innerlich fröstelte ihr bei dem Anblick, seine Gestallt trug ebenfalls nicht zu einer angenehmen Erscheinung bei, er war gut ein Meter fünfundachtzig, hager bis unnatürlich knochig. Für seine knapp 62 Jahre sah er aus wie ein alter Greis kurz vorm Abdanken. Doch konnte man ihm nicht nachsagen, ungepflegt zu sein. Allein sein After Shave war von erlesenem Geschmack, sein Duft betörend - solange man die Person nicht sah, die ihn trug. Seine Kleidung saß perfekt und zeigte die Hand eines exquisiten Maßschneiders. Darüber hinaus war er aber ein Mensch, der anderen Angst und Unbehagen einflößte, indem man sich in seiner Gegenwart fühlte, wie ein Kaninchen vor einer Schlange. Trotz allem hatte er die Macht, Menschen in seinen Bann zu ziehen, von ihm ging eine sonderbare Kraft aus, die es ihm über Jahre hinweg ermöglichte, sein Imperium unvorstellbar zu vergrößern.

Sie mochte ihn nicht, hatte von Anfang an kein gutes Gefühl. Er zeigte sich ihr gegenüber ablehnend bis feindlich. Trotzdem hatte er sie damals angestellt, sie konnte sich bis heute nicht erklären, warum. Hätte sie das Geld nicht so dringend gebraucht, sie wäre auf dem Absatz umgekehrt.

„Frau Schneider, ihr ständiges zu spät Kommen dulde ich nicht mehr! Davon abgesehen kann ich nicht behaupten, dass ihre Artikel in letzter Zeit meinen Anforderungen entsprechen. Deshalb habe ich beschlossen, sie zu versetzen. Ihre schriftstellerischen Fähigkeiten mögen für Frauenromane gut genug sein, nicht aber für Artikel, die Realitätssinn und wissenschaftlich belegte Strukturen aufweisen müssen.

Somit würde ich vorschlagen, sie belegen ab jetzt den Schreibtisch in der Auslieferungsabteilung."
„Was, das ist nicht Ihr Ernst? „Ich soll Lieferscheine schreiben, ich bin Journalistin und keine Hilfsarbeiterin!"
„Ich würde sagen, dass dies Ihren derzeitigen Ambitionen am ehesten ähnelt, guten Tag."
Raphaela holte tief Luft, schnellte hoch und sagte laut und mit fester Stimme: „Nehmen sie hiermit zur Kenntnis, dass ich fristlos kündige!"
„Wie sie meinen", er hob nicht mal den Kopf, um sie anzusehen und widmete sich seinen Akten.
Das war es, es reichte ihr! So viel Arroganz und... ihr fehlten schlicht die Worte. Sie hatte ohnehin keine Lust mehr, hier zu arbeiten und nun würde sie wieder die Freiheit haben, aufstehen zu können, wann sie wollte. Außerdem konnte sie sich dann wieder mehr ihren Interessen widmen, leider auch wesentlich weniger Geld verdienen, wie sie leicht beunruhigt im Innersten zugeben musste.
Egal, es würde schon irgendwie gehen, sie wusste ja, dass sie geschützt war. Es gab keinen Grund, Überlebensangst zu nähren, es gab genug Stellen und Möglichkeiten, über die Runden zu kommen. Jetzt wollte sie nur mal raus und zwar sofort! Sie pfiff auf jegliche weitere Konsequenz, packte ihre Sachen vom Schreibtisch, grüßte kurz und weg war sie.
Wütend stapfte sie durch die Straßen, tausend Gedanken im Kopf, als sie beinahe über etwas stolperte.
Ein kurzes Jaulen war zu hören und ein kleines, weiß schwarzes, zotteliges Etwas blickte sie aus dunklen ängstlichen Augen an.
„Oh mein Gott, entschuldige du armes Ding, hätte ich dich fast überrannt."
Raphaela beugte sich zu dem kleine Hündchen, das schwanzwedelnd und vorsichtig näher kam. Es hatte kein Halsband und schien keinem zu gehören.
Sie streichelte das zitternde Etwas und sah sich Hilfe suchend um. Aber kein Mensch war zu sehen, dem das Hündchen gehören konnte.
Was sollte sie jetzt tun? Sie ging einige Schritte weiter, den Blick suchend nach einer Person gerichtet, die vielleicht zu dem Hund gehörte. Hmm, keiner zu sehen. Das zottige Etwas tabbste wedelnd neben Raphaela her, sah zu ihr auf und schien beinahe zu lächeln.
Lachend beugte sich Raphaela hinunter, das Hündchen hopste ihr in die Arme, als von weitem eine Stimme zu hören war.
„Lady, wo bist du schon wieder du unmögliches Vieh..."
Eine junge, sehr sportlich wirkende Frau kam hinter einem parkenden Auto, schnellen Schrittes auf die beiden zu und schimpfte vor sich hin. Nicht wirklich ernsthaft, aber doch mit fester Stimme.
„Hach, dieses Tier macht mich wahnsinnig, bückst mir ständig aus, ich

wünschte ich fände nen Platz für sie!“
„Sie?“
„Oh hallo, ja sie heißt Lady. Ich hab sie aus schlimmen Verhältnissen gerettet, aber ich kann sie auch nicht behalten, sie ist ständig am Rennen und ich hinterher, mühsam“, sprudelte es ungefragt aus der sichtlich nervösen Frau heraus.
„Warum hat sie kein Halsband?“
„Weil ich es vergessen habe.“
Raphaela zog eine Augenbraue hoch und dachte sich ihren Teil.
„Sie suchen einen Platz für die Kleine? Wie alt ist sie denn?“
„Etwa sieben Monate.“
„Ich nehme sie!“ Raphaela konnte ihren eigenen Worten nicht glauben, war sie verrückt? Sie hatte eben ihren Job verloren und keine Ahnung, wie sie überleben sollte und dann würde sie einen Hund nehmen?
Sie war verrückt! Und hörte sich weiter sagen…
„Ja, ich nehme sie. Es ist, als kenne ich dieses Hündchen schon ewig; es ist eigenartig, aber ich… ja, ich nehme sie, sind Sie einverstanden?“
„Äh ja... also... ich… pfff, das ist jetzt überraschend.“
„Ich gebe Ihnen eine Visitenkarte, da können Sie mich erreichen, kommen Sie, wann immer Sie wollen. Sie können Lady immer besuchen.“
„Ja, wenn das so ist, ok gut. Wollen sie Lady gleich mitnehmen?“
„Ja klar, ich freue mich, danke.“
„Ja dann“… die junge Frau sah Lady an, nahm sie in den Arm, knuddelte sie mit Tränen in den Augen, verabschiedete sich aber seltsam schnell, eilte wieder zu ihrem Auto, und weg war sie.
„Ich muss verrückt sein“, murmelte Raphaela leise vor sich hin, sah zu dem nun erwartungsvoll zu ihr aufsehendem Hündchen herab, das schwanzwedelnd zu ihr auf sah. Sie musste herzhaft über so ein drolliges Tier lachen.
Als würde es genau verstehen, was in Raphaela vorging, blickten treuherzig runde Kulleraugen unter einer Menge Fell hervor. Das lange, zottige Fell, stand in alle Richtungen ab, die Zeichnung ähnelte Kuhflecken, die Stirnhaare standen wie eine Rosette ab und gaben dem Hündchen einen lustigen Ausdruck. Unglaublich süß, dieses Fellbüschel!
„Wie kann man dich nur so leichtfertig abgeben, einfach so? Nun komm, süßes Wesen, du hast ein neues Zuhause.“ Damit nahm sie den kleinen Hund auf den Arm und ging in die nächste Tierhandlung, eine Gasse weiter, um Halsband, Leine und Futter zu kaufen und auch eine Bürste für das Fell, dessen Pflege wohl eher keiner übernommen hatte.
Wie weggeblasen waren ihre wütenden Gedanken und die aufkommenden Sorgen, noch…

***

Zur selben Zeit als Raphaela kündigte, befiel Nicolas plötzlich eine innere Unruhe, die sich in grundlosen Zorn steigerte. Was war los mit ihm? Er war heute Morgen zwar zu spät, aber doch gelassen aufgewacht, fuhr in sein Büro am Ende der Stadt, hatte einige schwierige Kunden vor sich, jedoch deshalb keinen Grund für diese Stimmung.
Sein Privathandy läutete. Raphaela um diese Zeit?
„Guten morgen, Süße, so früh deine Stimme zu hören hebt meine Laune ins Unermessliche!"
„Nicolas, mein Tag war heute furchtbar und voller Überraschungen, dieser fiese Kretschmer hat mich in die Hilfsarbeiterabteilung versetzt und nun habe ich aus Zorn fristlos gekündigt!", sprudelte es aufgeregt aus ihr heraus.
„Waaas, weshalb, hat er das getan?"
„Weil er mit mir nicht zufrieden ist!"
„Schätzchen, keine Panik. Abgesehen davon, dass ich immer der Meinung war, du passt da nicht hin, beruhige dich. Ich komme heute zu dir und du erzählst mir alles ausführlich, in Ordnung? Jetzt muss ich zu einem Kunden, so leid es mir tut, jetzt keine Zeit für dich zu haben!"
„Schon gut, ich musste nur meinen Zorn wo abladen, entschuldige."
Er lachte: „Nun, dann weiß ich ja jetzt, warum ich vorhin plötzlich grundlos wütend war, hatte ich also deine Stimmung gefühlt, wie immer."
„Oh, das tut mir leid", sagte sie nun auch lachend. „Tja, liebster Freund, das ist die Kehrseite der Verbundenheit, man spürt ziemlich viel vom anderen."
„Ich würde ja gern noch anderes spüren", grinste er. „Alleine das Wort Liebster weckt eine reizende Vorstellung in mir."
„Nicolas, lass das, da gibt's nichts zu spüren."
„Eben, es ist eine Schande, du lebst die schönste Seite der Welt nicht aus."
„Mein Lieber, das Thema hatten wir schon besprochen, nicht wahr, nur aus Ermangelung eines geeigneten Objektes lebe ich es nicht aus."
„Ich stehe dir jederzeit zur Verfügung, ich eigne mich hervorragend. Ich würde dich auf der Stelle heiraten, alleine der Vorfreude wegen."
Nun lachte sie laut heraus. „Sag mir einen Grund, warum ich dich heiraten sollte?"
„Damit wir ständig unanständigen Sex haben können, denn anders bist du ja nicht bereit dazu."
Entrüstet bemerkte sie: „Nicolas, nun reicht es aber, tu nicht so, als hättest du nicht zehn an jedem Finger haben können."
„Was sind zehn gegen die unwahrscheinlich süßeste Traumfrau, wie du eine bist."

„Ok, nun reicht es, wolltest du nicht zu einem Kunden? Wir sehen uns abends und ich hoffe stark, du nimmst einen guten Rotwein mit, heute ist mir danach. Und ich habe eine Überraschung!“
„Mit Vergnügen. Wer weiß, vielleicht löst sich dadurch deine Unnahbarkeit“, bemerkte er einschmeichelnd.
„Tut es nicht, basta.“
„Welche Überraschung kann dann noch übrig bleiben?“
„Abwarten“, lachte Raphaela in die Leitung.
„Ciao Nicolas, bis heute Abend, ich freue mich auf dich, gute Geschäfte noch, bis später.“ Er konnte gerade noch Ciao sagen, schon hängte sie ein.
Seufzend lächelte er vor sich hin. Diese Frau war eine Sünde wert. Sie war einfach alles, was er sich vorstellte. Es gab nichts, was an dieser Frau auszusetzen war, sogar ihre leicht chaotische Art brachte ihn zum Schmunzeln. Nun ja, für Träume hatte er nun keine Zeit mehr. Er stand auf, schnappte sich die Unterlagen, die ihm seine Sekretärin bereit gelegt hatte und eilte zur Türe hinaus. Er hatte gute zwei Stunden Autofahrt vor sich, um zum vereinbarten Treffpunkt mit dem Interessenten zu kommen. Seine Firma hatte sich im letzten Jahr passabel vergrößert. Trotz seines unsteten Lebenswandels war er ein aufmerksamer Geschäftsmann, der anderen immer wieder eine Nasenlänge voraus war. Mit untrüglichem Instinkt zog er finanzkräftiges Klientel an Land. Die Werbebranche war ein hartes Pflaster, die Konkurrenz schlief nicht. Doch mit seinen Ideen, seinem Durchsetzungsvermögen und seinem unwiderstehlichen Charme, dem sogar manche Männer erliegen würden, hätte er daran Interesse, schaffte er es, sich weit oben zu halten. Heute hatte er einen großen Fisch an der Angel und würde diesen mit einem perfekten Vertrag in der Tasche wieder verlassen, dessen war er sicher.
Sobald er die Verträge unterzeichnet in der Hand hielt, würde er sich einige Tage Urlaub gönnen, den er seit Jahren nicht mehr hatte. Urlaub im Sinne von Strand und trockenen Martinis. Wobei es ihn auch reizen würde, Raphaelas Angebot anzunehmen, in die Stille zu fahren und mit ihr Einiges in seinem Inneren aufzuarbeiten. Allerdings zweifelte er daran, dass ihm diese Erholung brachte. Das letzte Mal, als sie ihm Blockaden löste und er sich lediglich entspannen sollte, befand er sich plötzlich in einem anderen Leben und hatte danach Tage lang Kopfschmerzen.
Schaudernd schüttelte er sich. Musste allerdings zugeben, dass es ihm sehr viel gebracht hatte, einige Situationen im Jetzt zu verstehen. Davon abgesehen, war er durchaus willig und ebenso neugierig, was da in ihm schlummerte. Feige war er noch nie, höchstens fassungslos.
Er startete sein Auto, während dessen seine Gedanken zurück wanderten, zu der Vision... die er bei der letzten Behandlung durch Raphaela

gesehen hatte, die sie als karmischen Einblick in vergangenes Leben betitelte. Wobei er skeptisch war, dass es so etwas gab, und doch ahnte er, sie hatte vielleicht Recht. Sofern man dies glauben wollte... dabei war er sich noch nicht ganz sicher.
Und doch es war ein Gefühl als wäre er...

***

Der Gaukler

Lachen tönte aus einem der Zelte, ging aber im Lärm der vorbeiziehenden Händler und Trödler unter. Unweit der Grenze Spaniens lagerten immer wieder die Umherziehenden mit ihren Zelten, blieben so lange, bis sie genug in ihrem Geldbeutel hatten, um sich reichlich Nahrung für die nächsten harten Monate zu kaufen, und wanderten weiter, sobald es ihnen passend schien.
Zu dieser Zeit kamen vielerorts wandernde Gaukler und Händler, um sich ihren Lebensunterhalt zu verdienen.
Gegen Ende des Sommers zogen sie weiter, um sich über den Winter einen geschützten Platz zu suchen.
Die meisten kannten sich, trafen sie doch alle jedes Frühjahr erneut ein, um ihre Künste zu zeigen und ihre Waren feilzubieten.
Ein seltsames buntes Volk, das den grauen harten Alltag so mancher erhellte. Sie waren durchaus gerne gesehen, allen voran „Giacomo“.
Giacomo, der Spieler und Frauenverführer, außergewöhnlich gebildet für seinen Stand, ergaunerte sich so manch dicken Geldbeutel, zum Leidwesen der Betrogenen, die seinen Tricks nicht auf die Schliche kamen. Nebenbei versüßte er sich sein Leben mit den bezauberndsten Frauen. Nicht nur eine ließ er mit gebrochenem Herzen zurück. Er war durch und durch ein Casanova.
Eine hatte es ihm besonders angetan... Penelope, die Zigeunerin. Deren Schönheit kaum ein Mann ertragen konnte, ohne den Verstand zu verlieren. Wo immer sie auftauchte, war sie ihm um eine Nasenlänge voraus, hatte sie die Lüsternheit der Männer mit ihren sinnlichen Tänzen zum Lodern gebracht, und das ihr zugeworfene Geld schnell unter ihren Röcken versteckt.
Die Frauen hassten sie, denn kaum einer der Männer begehrte sie nicht. Abgesehen von den alten Blinden.
Er, Giacomo, hatte sich erdreistet, sie nicht zu beachten bis er ihrer Aufmerksamkeit sicher war. Er wusste, es würde sie anstacheln, sich heftig um ihn zu bemühen. Sie war es nicht gewohnt, dass ein Mann sie übersah, doch da er ihr nichts bieten konnte, was sie sich nicht selbst ergaunern konnte, war es der einzige Weg, sie zu ködern.

Nichts desto Trotz konnte er sein Begehren durchaus von Geschäftlichem trennen. Die beiden lieferten sich einen Streich nach dem anderen, um an das Geld der Reichen zu kommen. Allerdings musste er gestehen, dass sie ihm, mehr als seinem Stolz gut tat, des Öfteren zuvorkam. Sie bekam immer, was sie wollte, er konnte es auf den Tod nicht ausstehen wenn er ihr unterlag.
Penelope wäre keine Frau, würde nicht auch sie, die mit den Herzen anderer spielte, ihr eigenes verlieren. Giacomo war der einzige Mann, den sie kannte, der ihr, nachdem sie ihn endlich um den Daumen gewickelt hatte, unvergleichliche Sinnesfreuden bescherte. Voller Leidenschaft und Hingabe liebte er sie stundenlang, ohne seine Ausdauer zu verlieren. Keine noch so geheime Stelle ihres geschmeidigen Körpers war ihm unbekannt. Er spielte mit ihr, erkundete sie immer wieder aufs Neue, so auch jetzt in dieser lauen Sommernacht…
Lachend versuchte sie, aus dem Zelt zu fliehen, er griff nach ihr, bekam ihren Rock zu fassen, der unter seinen Händen zerriss…
„Giacomo", rief sie entrüstet, du schuldest mir neue Kleidung!"
„Liebste, sei versichert dass du ohne Kleidung noch schöner bist."
Lächelnd zog er sie an sich und begann, sie wild zu küssen. Seine Hände lösten das Mieder, entblößten ihre prallen Brüste, deren Knospen sich vor Erwartung aufrichteten. Langsam und zärtlich glitten seine Lippen an ihrem Hals herab, bis er an ihren Brüsten zu saugen begann. Seufzend legte sie ihren Kopf weit zurück, ihr schwarzes dichtes Haar fiel ihr bis über die rundlichen Hüften. Seine Hände schälten sie aus den vielen Unterröcken, sie trug nichts weiter darunter als ein Band um ihre Oberschenkel an dem sie Geldbeutel zu verstecken pflegte.

Seine Zunge fuhr weiter abwärts bis zu ihrem Nabel, in dem er nun spielte. Seine Finger berührten leicht die heiße Stelle zwischen ihren Beinen, die sich nun voller Hingabe öffneten. Heiß und feucht drängte sie sich ihm entgegen, doch er wusste, sie noch weiter zu reizen, bis sie stöhnend darum bat, er möge sie mit seiner harten Männlichkeit erfüllen. Heute Nacht allerdings hatte er nicht vor, sie nur zu beglücken. Sie hatte ihn getäuscht und einen der reichsten Stoffhändler bestohlen, ohne ihm davon zu erzählen. Schlimmer aber für ihn war, dass sie sich diesem hingab, um an den Schlüssel des Schatzkästchen zu kommen, in dem ein blutroter Rubin sein sollte, der, Gerüchten zufolge, größer war als ein Hühnerei.
Es war Zufall, dass er sie dabei beobachtete. Giacomo war kein Mann, der bei einer Frau blieb und war sie noch so schön, seine Freiheit und seine Gaunereien waren sein Leben. Es gab überall schöne Frauen, warum sollte er bei einer bleiben? Dennoch war Penelope die eine, für

die er sich geändert hätte, bis zu dem Zeitpunkt, als er sie bei diesem Mann sah.
Sie hatte seinen Stolz getroffen, dafür wollte er sie strafen.

Sie bebte unter seinen Küssen, seine Finger drangen tief in sie ein und massierten ihre heißen, empfindlichen Stellen. „Giacomo nimm mich, bitte nimm mich“, flehte sie. Doch er dachte nicht daran, er würde sie heute reizen und die ganze Nacht nehmen, bis sie tief und fest schlief. Danach würde er…
„Giacomo“,… seufzte sie
Ihr Körper bog sich unter seinen kundigen Händen, er nahm das Hüfttuch, das neben ihr lag und band ihre Hände nach oben fest, wickelte die Enden an die Stange des Zeltes und sah ihr tief in die Augen.
„Giacomo, was machst du?“
„Still, sei ganz still“, sein Mund küsste ihre weichen sinnlichen Lippen, wanderte über ihren rundlichen und doch schlank wirkenden Körper bis zu ihrem Venushügel. Er spreizte ihre Beine und begann, sie mit der Zunge zu erforschen. Seine Hände umfassten ihr festes Gesäß, hoben sie dabei etwas zu sich empor. Er ließ sie unter wildem Zucken kommen, bis sie schwer atmend um Einhalt bat.
Er dachte nicht daran, sie zu schonen, drängte sich hoch aufgerichtet und hart in ihren Mund. Sie begann voller Hingabe an ihm zu saugen, bis er beinahe die Besinnung verlor. Bevor er zu explodieren drohte, schwang er sich weiter nach unten, drang tief in sie ein und stieß fast brutal zu, bis sie beide mit einem Aufschrei Entspannung fanden.
Schwer atmend lagen sie nebeneinander. Bevor sie einschlief, lockerte er ihr Band etwas und drehte sie einfach um. Giacomo, ich bin müde…“, seufzte sie wollüstig. Er aber sagte nichts und begann erneut, ihren Körper mit heißen Küssen zu überdecken, nahm sie diesmal wild und hart von hinten, bis sie sich restlos ergab und sofort einschlief.
Ein Blick glitt über ihre schöne Gestallt, dann nahm er ihre Kleider, durchsuchte den Saum ihres Unterrockes und fand, was er wollte. Den Schlüssel zu der kleinen Schatzkiste, die sie in ihrem Zelt unter einem Berg Kleider versteckte.

Leise flüchtete er mitsamt dem roten Rubin in den nahen Wald... er würde sie nie wieder sehen. Den Anflug des Bedauerns mitsamt dem seltsamen Ziehen in seiner Brust, das sich wie Schmerz anfühlte, wischte er einfach weg…
Was er nicht wusste war, dass Penelope in dieser Nacht mehrmals von drei Männern vergewaltigt wurde, als Giacomo davon schlich. Ihre lüsternen Schreie kamen diesen zu Ohren, als sie nahe am Zelt vorbei kamen.

Sie warteten auf einen günstigen Moment, um ihn niederzuschlagen und sich die Frau zu nehmen. Als sie sahen, dass Giacomo aus dem Zelt lief, hielt sie nichts mehr auf.
Sie hatten es leicht, da Giacomo die Fesseln zuvor nicht löste, um der Gefahr zu entgehen, sie würde aufwachen und ihm folgen. Stundenlang demütigten sie Penelope, deren Schreie sie unter Schläge erstickten.
In ihrem Leid und ihrem Zorn verfluchte sie Giacomo, auf dass er in jedem seiner kommenden Leben all ihren Schmerz und ihre Enttäuschung zehnfach zurück bekommen sollte, bis er fähig war, selbstlos zu lieben.
Er war längst schon weit fort, doch was in dieser Nacht mit Penelope geschah sowie den Fluch, mit dem sie ihn belegte, erfuhr er durch Zufall, viele Jahre später...

***

Nicolas beschloss, die nächste Raststätte anzufahren. Seine Gedanken hatten ihn aufgewühlt, er würde noch einen Kaffe trinken, bevor er weiter fuhr, er brauchte bei den Verhandlungen einen klaren Kopf.
In der Rückführung war er Zuschauer, trotzdem konnte Nicolas sich vorstellen, er selbst wäre Giacomo gewesen. Es war eigenartig, seitdem er diese Bilder gesehen hatte, war es ihm, als hätte er einen inneren Schleier zu lüften, würde er Dinge sehen, die wie ein roter Faden durch viele seiner Leben führen und so seine jetzige Situation, vor allem seine innere Unruhe, erklären könnten. Nach seiner Scheidung suchte er eine Frau, die ihn liebte und ihn bewunderte. Die ihm alles das gab, was er sich wünschte. Doch aus für ihn unerklärlichen Gründen konnte er sich nie wirklich einlassen. Irgendwann gab er seine Suche auf und benutzte die Frauen nach seinen Bedürfnissen, danach fertigte er sie kalt ab.
Er litt darunter, nicht die richtige zu finden, und auch, solch einen harten schmutzigen Charakterzug entwickelt zu haben, unterdrückte dies aber, in dem er sich Arbeit aufhalste, ... wenigstens waren seine Geschäfte ertragreich. Das brachte er immerhin zustande. Vielleicht sollte er sich doch mit Raphaela in die Stille und Abgeschiedenheit begeben, mit Ihrer Hilfe in die Tiefe seiner Seele tauchen, um vielleicht die Ursache seines Verhaltens finden zu können. Er wusste, dass der Bruch seiner Ehe auf sein Konto ging. Er wusste auch, dass in ihm etwas schlummerte, vor dem er Angst hatte. Einem wilden Tier ähnlich, das er scheinbar versuchte, zu unterdrücken. Er wusste, dass es Zeit war, seinem Schatten zu begegnen, wenn er nicht irgendwann völlig den Weg verlieren wollte und seine Süchte ihm das Genick brechen würden.
Es war Zeit... JETZT
Er würde sie heute Abend darum bitten...

***

Verwirrung

Erschöpft ließ Raphaela sich in das heiße duftende Badewasser sinken. Es würde ihrem verspannten Körper gut tun. In ihrem Kopf war ein einziges Hämmern zu spüren. Die Ereignisse dieses Tages liefen vor ihrem inneren Auge ab. Es war gut, dass sie den Mut hatte, zu kündigen. Trotzdem hatte sie das Gefühl, ein Panzer würde ihren Brustkorb erdrükken. Sie wusste, sie würde über die Runden kommen. Doch die Schulden, die sie von ihrer Mutter geerbt hatte, waren erdrückend und ließen ihr kaum genug, um ihre Miete zu bezahlen. Sie war nicht eben verwöhnt worden in ihrem Leben. Ein Elternhaus, in dem Liebe und Umarmungen ein Fremdwort waren. Eine Mutter, die nur an sich dachte, an keinem ein gutes Haar ließ. Ein Vater, der im Grunde gut war und den sie lange achtete, aber der sie ab ihrem neunten Lebensjahr auch begann, zu missbrauchen. Die Mutter, die es wusste und nichts unternahm, weil sie die Aufrechthaltung einer Fassade perfekten Familienlebens wichtiger einstufte, als ihrem Kind beizustehen. Beziehungen, innerhalb derer Männer ihr das Herz brachen, sie betrogen oder einfach ignorierten, sobald sie Raphaelas Liebe sicher waren. Seit sie denken konnte, war sie für andere da, setzte sich unermüdlich ein, half wo sie konnte und erntete im Grunde keinen Dank und schon gar keine Liebe.

Nein, so konnte sie es nun auch wieder nicht sehen. Sie hatte wenige, aber treue Freunde, die ihr immer wieder stützend unter die Arme griffen. Mit ihren Eltern hatte sie Jahre keinen Kontakt gepflegt, ihr Vater vegetierte dahin und lag im Sterben, es war ihr gleichgültig. Zu viel hatte er ihr angetan, je älter sie wurde. Daran wollte sie sich nicht erinnern, es war geschehen und sie wusste, dass ihr Vater eine arme Seele war, deren Handlungen aus einem Defizit an Verstand entstanden. Als ihre herrschsüchtige Mutter starb, hatte sie alle Hände voll zu tun, deren Geldgeber zu vertrösten. Mit Hilfe eines Rechtsanwaltes konnte sie einen geringen Teil davon sogar als nichtig erklären lassen. Leider war ihre Mutter hinterhältig genug, Raphaelas Unterschrift zu fälschen und sie in undurchsichtige Geschäfte als Schuldner hineinzuziehen.

Selbst der bekannteste Rechtsanwalt sah keine Möglichkeit, die Dinge zu lösen, da einiges im Graubereich des Gesetzes lag. Um dies alles zu durchforsten, würden Jahre vergehen, die Honorarkosten die tatsächlichen Schulden weit übersteigen. Also blieb ihr nichts anderes übrig, als zu bezahlen.

Ihre Gabe der Hellfühligkeit geschäftlich zu nutzen, widerstrebte ihr im Grunde. Es gab zu viele Scharlatane. Beratungen mit Hilfe psychologischer Kenntnisse konnte sie zwar anbieten, doch um als Psychologin anerkannt zu werden, brauchte sie einige Bildungswege zusätzlich, die

sie sich schlicht nicht leisten konnte und genau genommen auch nicht durchmachen wollte.
Es blieb ihr nur die Möglichkeit, wieder als Beraterin im Esoterikbereich tätig zu werden, und nebenbei Rückführungen anzubieten. Mit diesen kannte sie sich aus. Hatte aber Bedenken, nicht ernst genommen zu werden. Es gab zu viele in diesem Bereich, die schnell Geld verdienen wollten, ungehindert dessen, mehr zu zerbrechen, als wirkliche souveräne Hilfe anzubieten. Aber sie war auch fair genug, sich einzugestehen, dass sie selbst oft unsicher war, ob sie nicht ebenfalls im Grunde ein Scharlatan war. Ja, sie glaubte an vieles, aber das bedeutete noch lange nicht, dass es die einzige Wahrheit war, die es ohnehin nicht gab. Für jeden sah die Wahrheit anders aus und sollte es auch.
Andererseits liebte sie die Esoterik, schöpfte Erkenntnisse daraus, die sie so gerne weiter geben wollte. Doch wie so oft festgestellt, davon alleine konnte sie nicht leben.
Das Erbe ihrer Mutter war dann der Rest. Sie musste, ob sie wollte oder nicht, einen Job annehmen, der ihr nicht lag. Nun, diesen hatte sie jetzt los. Jetzt stand sie erneut vor dem Thema: Job aber welchen?
Seufzend beschloss sie, aus der Wanne zu steigen, angelte nach einem Handtuch, was Lady sofort als Aufforderung zum Spielen auffasste, als draußen an der Tür der Gong zu hören war. Wie ein Wirbelwind sauste das kleine strubbelige Hündchen kläffend zur Türe und brachte Raphaela zum Lachen. Nun, langweilig wurde ihr sicher nicht mehr, ein Wirbelwind auf vier Pfoten, sie hatte die kleine Hundedame in ihr Herz geschlossen.
Der Gong erklang noch einmal.
Wer wollte jetzt zu ihr?
Mit dem Handtuch um ihren Körper gewickelt, eilte sie triefend nass zur Türe und öffnete einen Spalt breit.
„Hallo Süße“, ein großer bunter Blumenstrauß verbarg ihr die Sicht, doch erkante sie Nicolas an der Stimme.
Lady kläffte munter drauf los, worauf Nicolas den Blumenstrauß vor seinem Gesicht senkte und erstaunt auf das zottige, hüpfende Wollknäuel sah.
„Nicolas, du bist es, wolltest du nicht anrufen?“ Ihn hatte sie unter all dem Nachdenken vergessen.
„Was ist das?“, fragte er erstaunt und zeigte verdutzt auf das noch immer springende, kläffende Etwas.
Sie bat ihn herein, vergaß dabei, das sie halb nackt vor ihm stand. „Meine Überraschung“, kicherte sie.
Grinsend ließ dieser seine dunklen braunen Augen an Raphaela herab gleiten, blies etwas Schaum von ihrer Schulter und meinte:, „ Zum Anbeißen schön.“

„Ja, gell das finde ich auch, einfach süß, ich hab sie heute mehr oder weniger gefunden."
„Ich habe eigentlich dich gemeint", dabei beugte er sich zu Lady herunter und streichelte das Tier. das sich endlich beruhigte. Erst da bemerkte sie, dass sie nichts außer dem um sich gewickelten Handtuch trug.
Sie wurde rot. „Oh verdammt, Nicolas lass das, geh ins Wohnzimmer, ich komme gleich", und eilte ins Bad.
„Ich sollte mich abkühlen", war sein Gedanke. Irgendwie fühlte er plötzlich eine ziemlich erotische Empfindung.
Als sie in Jeans und T-Shirt zurückkam, hatte er den mitgebrachten Wein schon geöffnet, damit dieser sein volles Aroma entfalten konnte, die kleinen mitgebrachten Delikatessen bereitgestellt und saß locker auf ihrem kuscheligen Sofa, das Hündchen frech neben ihm, den Kopf an sein Bein gelehnt.
„Aha, also schon wieder eine Frau um den Finger gewickelt." Grinsend bemerkte Nicolas: „Ich kann nichts dafür, sie ist einfach rauf gehopst, bei dem Blick kann man nicht wieder stehen."
Wieso hörte ihr Herz nicht auf, so schnell zu klopfen? Sie musste sich zusammen nehmen, um nicht wieder rot zu werden. Verdammt, was war los mit ihr?
„Oh Nicolas, wie süß von dir", dabei schob sie sich mit spitzen Fingern eines der Lachsröllchen in den Mund.
„Ich liebe Lachs!", brachte sie undeutlich, weil schmatzend, hervor und sah dabei frech und kindlich aus.
„Und ich liebe es, wenn ich dir eine Freude machen kann", lächelte er. Dabei formten sich zwei winzige kleine Grübchen über seinem linken Mundwinkel, die sie so erotisch und anziehend fand. Als sie es sah, zitterten ihre Hände.
Er war ihr keineswegs gleichgültig, doch hatte sie dies bis jetzt erfolgreich unterdrückt.
„Nun Süße, erzähle. Was war heute los bei dir?"
Sie setzte sich neben ihm, und erzählte... ließ nichts aus, auch nicht ihre Ängste und Zweifel.
Er hörte ihr aufmerksam zu, beobachtete sie dabei und konnte nicht umhin, immer wieder festzustellen, dass sie eine Anziehung ausübte, die nicht von dieser Welt zu sein schien. Sie war anders, als die Frauen, die er kannte. Ihre ganze Art, wie sie sprach, lächelte, sich bewegte - ja selbst, wenn sie aufmerksam zuhörte, war sie anders; von einer Aura umgeben, die Sehnsucht erweckte, einfach in ihrer Nähe sein zu wollen.
Als sie mit ihren Erzählungen endete, sah er ihr tief in die Augen. „Mach dir keine Sorgen, ich bin für dich da. Zuerst ruhst du dich aus, wir finden einen Weg."

„Hast du keinen Job für mich?“, frage sie.
Etwas in ihm sträubte sich. „Im Moment nicht, aber mit Geld kann ich dir aushelfen.“
„Danke, noch geht es, wenn alle Stricke reißen, komme ich darauf zurück.“
Sie tranken den Wein aus, plauderten über seine Geschäfte, die er heute wieder zu einem guten Abschluss gebracht hatte und den Urlaub, den er plante. Aber auch die Möglichkeit, lieber gemeinsam ein Wochenende in einer Blockhütte zu verbringen, um gemeinsam an seinem Erkenntnishunger zu arbeiten. Wobei sie kund tat, dass er bis jetzt die Pläne, mit ihr zu verreisen, immer wieder verschoben hatte, was er zerknirscht zugab.
Weit nach Mitternacht stand er plötzlich auf, um zu gehen. Sie brachte ihn zur Türe, als er sie unvermittelt küsste. Völlig erstaunt sahen sie sich an, das war durchaus nicht geplant, war einfach da. Verwirrt blickten sie sich in die Augen, als sähen sie sich zum ersten Mal.
„Gute Nacht, Nicolas“, brachte sie mühsam und feuerrot im Gesicht hervor.
„Gute Nacht, Raphaela, es war schön heute.“ Und weg war er.
Was war das? Ihr Herz klopfte heftig, ihre Knie waren so weich, dass sie sich einen Augenblick an die Türe lehnen musste. Ihm ging es nicht anders. Er wusste nicht, weshalb sie sich küssten, bisher hatte sie ihm deutlich ihre Unnahbarkeit gezeigt und nun war es, als wäre es das Selbstverständlichste der Welt. Versunken in Gedanken fuhr er nach Hause.
Dabei fiel ihm ein, dass er vergessen hatte, einen fixen Termin für Ihren Arbeitsurlaub auszumachen, zu dem er sich nun doch entschlossen hatte.
Nun dann hatte er einen Grund, sie morgen anzurufen.
„Seit wann brauchte er einen Grund?“ Er war verwirrt, völlig verwirrt.

***

Sie schlief unruhig, der Traum war wieder da, aber nicht deutlich genug. Immer wieder sah sie Nicolas Gesicht dazwischen, doch konnte sie sich am nächsten Morgen kaum an etwas erinnern.
Sie stand wie gerädert auf, genoss aber, dass sie heute nicht zur Arbeit musste. Dafür wedelte Lady heftig mit ihrem Schwanz, begleitet von leisem Winseln.
„Süße, du musst ja mal raus, hach, das ist eine Umstellung, warte Kleine, ich zieh mir was an.“ Lady trippelte hinter Raphaela her und erwartete einen anständigen Spaziergang. Sie nahm das Hündchen an die Leine, ging eine Runde um den Block zum nahe liegenden Park, genoss die fri-

sche Luft und freute sich irgendwie. dass sie nun nicht mehr so einsam war. Das Hündchen war ein Glücksfall.
Es war herrlich. den süßen Duft der Blumenbeete einzuatmen; das fröhliche Gezwitscher der Vögel, die in jedem Busch saßen, erfreute Raphaelas Herz. Sie liebte den Klang der Vögel, es war ihr immer, als sängen sie ihr ein Lied. Sie spazierte genussvoll um den Park und beobachtete Lady, die zufrieden vor ihr her tapste, einmal hier und einmal da, etwas schnupperte, um dann mit leicht hüpfendem Gang und locker wedelndem Schwanz, zügig weiter zu gehen, Raphaela im Schlepptau.

Wieder zurück, schnappte sich Lady ihren Kauknochen, den Raphaela für sie gekauft hatte, trippelte in Richtung Decke, die extra in einer Ecke im Wohnzimmer ausgelegt war und ließ sich mit einem halb brummenden, halb knurrendem Ton nieder, um sich genüsslich ihrem Leckerbissen zu widmen. Zufrieden kaute die Kleine daran und erfreute sich am Leben.
Als Raphaela eben den Kaffee aufsetzte, läutete das Telefon.
„Guten Morgen“, es war Nicolas, dessen Stimme heute noch einen Ton dunkler klang.
„Guten Morgen, hast du gut geschlafen?“
„Ja geht so“, ich wollte dich fragen, ob du mir hilfst. Ich möchte mit dir nun endlich in die Berge fahren und an mir arbeiten, ohne Wenn und Aber, und ich verspreche, ich verschiebe es diesmal nicht wieder. Aber zuvor wäre ich dankbar für eine Behandlung; ich brauche etwas Energie, ich fühle mich erledigt, glaube, das würde mir gut tun.“
„Ja klar, wann willst du kommen?“
„Heute Abend?“
„Wenn du willst gerne, ich habe nichts vor, den Rest besprechen wir anschließend.“
„Passt gut, ich danke dir. Dann bis abends, etwa zwanzig Uhr, Ciao.“
„Ok, passt Ciao.“
Das war eigenartig kurz und bündig, nun ja. es war ja auch anders als sonst. Sie würde sich überraschen lassen. wie es weiter ging. Einfach nicht weiter daran denken, dachte sie. aber es fiel ihr schwer; seit geraumer Zeit bemerkte sie ein verstärktes Herzklopfen, wenn sie an Nicolas dachte, das sie lieber nicht gehabt hätte, und doch... sie lächelte vor sich hin. In die Berge, ein verlockender Gedanke, der viel Erholung, Spaß, aber auch Arbeit bedeutete. Nicolas hatte einiges in sich, das selbst für Raphaela manchmal schwer zu fassen war. Jedoch reizte sie die Aufgabe sehr; er hatte etwas an sich und in sich, das sie faszinierte; sie war selbst neugierig, was alles ans Tageslicht kam und freute sich auf Erkenntnisse, die sie selbst, rein arbeitsmäßig, weit bringen würden. Wenn da nur nicht diese Anziehung wäre...

Seufzend schüttelte sie die Gedanken ab, was sollte es, er war nicht der Typ Mann, der zu ihr passte... und wusste genau, ganz tief in ihrem Innersten, dass sie sich selbst belog.

Entspannt lag er auf ihrem Behandlungstisch. Raphaela konzentrierte sich darauf, Nicolas in einen Ruhezustand zu bringen, in dem sie leicht ihre Hände auf seinen Körper legte, ihn dabei sanft wiegte.
Er sog die Luft tief in sich ein, ließ sich unter Raphaelas Hände fallen, im tiefen Vertrauen, dass sie wusste, was sie tat.
Vor seinem inneren Auge entstanden Farben, die wie ein Regenbogen über ihm zu schweben schienen. Kreise, die sich immer schneller drehten, wie ein Feuerwerk zerbarsten.
Plötzlich zogen Bilder in ihm vorüber, zu rasch, um sie halten zu können; sein Herz zog sich zusammen, er musste die Tränen, die hochkamen, energisch bekämpfen. Er wollte aufwachen, aber es ging nicht, sein Herzschlag ging schneller. Ein ums andere Bild verschwand, um anderen Platz zu machen.
Er konnte die Bilder nicht halten, es waren Augenblicke, nicht mehr, er wurde unruhig, akzeptierte es aber, dass Raphaela die Behandlung sanft ausklingen ließ.
Als sie seine Aura wieder mit einer Handbewegung verschloss, blieb er noch eine Weile liegen. Er wusste nicht, warum in ihm so viel Schmerz aufgewühlt war.
Sanft berührte sie seinen Arm.
„Hey, langsam aufwachen", flüsterte sie. Er hatte Mühe, die Augen zu öffnen, tat es aber doch und setzte sich auf. In seinem Kopf rauschte es, sein Herz klopfte wild, er konnte nicht sprechen. Sie ließ ihm Zeit, es war normal, dass Klienten sich erst fangen mussten, bevor sie aus dem zuvor empfundenen Schwebezustand wieder in die Realität kamen.
„Was hast du gesehen", fragte sie.
Er stockte, musste Worte finden.
„Es war, als würde ich dich sehen aber in einer anderen Zeit. Du hast anders ausgesehen, mit langen Haaren, in einem hellblauen, langen Kleid; diese Augen - das warst du! Meine Hände streckten sich dir entgegen, aber ich konnte dich nicht erreichen. Du hast mich traurig angesehen, dich abgewendet und bist ohne mich Stufen empor gegangen, ohne dich noch einmal umzudrehen.
Danach sah ich eine ganz alte Frau am Straßenrand. Sie saß im Staub, ganz in schwarz gehüllt. Als sie aufblickte, waren es wieder deine Augen, die mich angesehen haben, so dunkel und so unwirklich, als würde sie mich mit einem Blick durchschauen. Es war, als kenne sie meine Seele, mein Herz, alles - einfach alles. Da war noch ein Kind, das unter ihrem

Umhang hervorkam; es hat sich erschrocken, als es mich erblickte und versteckte sich sofort wieder. Dann senkte die alte Frau ihren Blick wieder und es wurde dunkel. Diese Augen, sie waren so intensiv, so durchdringend, ich konnte nicht wegsehen, bis das Bild verblasste.
Diese - deine - Augen waren so wissend, so durchdringend, ich konnte mich kaum davon lösen.

Sie schwiegen. Im Moment konnte Raphaela nichts dazu sagen. Eine Ahnung kroch langsam in ihr hoch. Dass er in all den Frauen sie gesehen hatte, bewegte sie. In jeder ihrer eigenen Visionen tauchte sie auf, sah sie sich selbst so, wie er die junge Frau beschrieb.
Irgendetwas hatte dieses Bild zu sagen. Sie fühlte eine warme Welle in Ihr hoch kommen, wusste intuitiv, dass sie beide verbunden waren, mehr, als sie zugeben wollten - ja mehr noch, als sie überhaupt ahnen konnten. Seit dem Kuss, den sie sich gestern überraschend gaben, wusste sie, dass ihre Abwehr ihm gegenüber einfach nur Angst war. Seine Lebensart war nicht die ihre, darüber hinaus hielt sie ihn nicht eben für treu. Trotzdem hatte sie sich schon oft ertappt, an Situationen mit ihm zu denken, die weit über ihre Freundschaft hinausgehen würden.
Er schwieg noch immer, sie empfand es nun eher als unangenehm, schweigend neben ihm zu sitzen und meinte, „es wäre gut, wenn du nun nach Hause fährst und das alles wirken lässt, wir sprechen nächstes Mal darüber."
Irgendwie konnte er sich nicht lösen, wäre am liebsten so sitzen geblieben, doch kam er ihrem Vorschlag nach, stand er auf und verabschiedete sich von ihr mit einem Kuss auf die Wange.

Sie legte sich einen Augenblick hin und dachte über seine Visionen nach. Was hatten diese mit Ihr zu tun? Sie versetzte sich selbst in eine Art Meditation, erhoffte sich eine Antwort...

***

Wie immer sah sich Raphaela in diesem hellblauen Kleid, mit dem dunkelblauen, schweren Samtumhang, dem Mondstein, der an einer zarten goldenen Kette hing und ihr Dekollete schmückte. Ihr Haar fiel dunkel über ihre Schultern. Sie führte eine weiße Stute an der Hand, deren lange, weiße Mähne im Wind wehte, schwang sich auf und ritt im Galopp über weites verdorrtes Land. Begleitet von „dem Falken", der über ihr seine weiten Flügel schwang. Überall fühlte sie den Tod, nichts schien hier noch leben zu können. Der Boden war düster und niedergebrannt, als herrschte vor kurzem ein grauenvoller Krieg. Es waren keine Menschen zu

sehen, nichts außer dunklem, trockenem Land. Der Himmel war düster, sie ritt weiter in sicherem Sattel, weiter ohne Ziel und einsam auf der Suche nach ihm, ihm, nach dem sich ihr Herz sehnte, irgendwann würde sie ihn finden, und irgendwann würde sie den letzten Kampf bestanden haben.
Und dann...dann würde sich die Prophezeiung erfüllen.

Erschauernd erwachte sie.

Ihr war kalt. Diese Frau in all ihren Träumen und Visionen umgab ein trauriges Geheimnis; schien, als würde sie über tausende von Jahren reiten, einsam auf der Suche nach einer Liebe, deren Stärke nie zuvor gelebt werden durfte.
Scheinbar im Auftrag einer höheren Macht, erfüllte sie eine Mission, unwiederbringlich veränderte sich alles, sobald sie erschienen war. Sie setzte ein Zeichen auf all ihren Wegen. Ein Zeichen? Was war das für ein Gedanke? Erschöpft beschloss sie, schlafen zu gehen. Morgen war auch noch ein Tag, an dem sie über die Eindrücke nachdenken konnte.
Zuvor aber musste sie das Hündchen noch Gassi führen, nahm die Leine und lief hinter Lady her, die schon dringend raus musste.
Wieder zu Hause angelangt, ließ sie alles stehen und liegen und legte sich, so wie sie war, ins Bett, dabei fiel sie in einen tiefen, traumlosen Schlaf.

***

Nicolas wusste nicht was, in seinem Inneren vorging. Seit dieser Behandlung, in der so viele Bilder auftauchten, fühlte sich sein Herz an, als würde es auseinander brechen. Schmerzte, als hätte er eine große Liebe gefunden und sie dennoch nicht greifen können. Wenn er an Raphaela dachte, rannen Tränen über sein Gesicht. Er fühlte sich eben, als würde sein Leben in diesem Moment zu Ende gehen und gleichzeitig etwas Neues, Unbekanntes auf ihn zukommen. Etwas, das ihn nervös machte, angespannt, neugierig, und sich irgendwie bedrohlich anfühlte. Es war ein Gefühl, eine Ahnung, dass ein geheimnisvolles, starkes Band zwischen Raphaela und ihm zu wachsen begann.
Noch wehrte er sich gegen all die Gefühle und Emotionen, die in ihm hoch krochen, es zog ihn magisch an und ließ ihn gleichzeitig innerlich flüchten, und dies sollte noch über drei Jahre so anhalten.

***

Er rief sie am nächsten Tag an. Die Bilder, die er sah machten ihm zu schaffen. Er hatte das dringende Bedürfnis, mit Raphaela zu sprechen.
„Hallo Raphaela, ich hoffe du hast gut geschlafen. Diese Bilder gehen mir nicht aus dem Sinn. Machen mir Angst und dennoch fühle ich, dass sie ein Schlüssel für vieles sind, hast du eine Erklärung dafür, was das zu bedeuten hatte?"
„Hallo Nicolas, ehrlich gesagt, ich war todmüde, auch mich hat es aufgewühlt. Ich habe versucht, sie zu deuten, was nun nicht heißt, dass es die einzige Wahrheit ist, wie ich sie empfinde. Ich versuche es mal, in meinen Worten verständlich zu machen. Manchmal sehen wir Bilder in uns, die aus einer vergangenen Zeit zu sein scheinen. Doch sind sie vielleicht nur eine Form, mit der unsere Seele versucht, uns etwas blumig verständlich zu machen! Nichts davon kann je wissenschaftlich belegt werden. Unser Geist nimmt im Laufe des Lebens sehr viele Eindrücke mit, die wir oft vergessen, aber gespeichert haben. Wenn wir mit Situationen nicht klar kommen, die unsere Seele belasten, dann kommen Bilder, manchmal auch Farben oder skurrile Formen zum Vorschein. Sie grenzen an Fantasie oder sagen wir, sie sind eine Art Fantasie.
Je reicher unsere innere Welt ist, desto intensiver versucht unsere Seele, mit unserem Geist zu kommunizieren. Jeder Mensch empfindet, fühlt, sieht Dinge anders als andere. So individuell wie der Mensch ist, so individuell drückt er sich aus. Ich kann nur versuchen, es dir aus meiner Sichtweise heraus zu erklären; das schließt jedoch andere Meinungen keinesfalls aus. Ich möchte es so interpretieren, deine Seele versucht, dir klar zu machen, was du noch nicht verkraftet hast oder wovor du dich erneut fürchtest. Nämlich, im ersten Fall, dass du versuchtest, die Frau zu erreichen, aber es irgendwie nicht konntest. Dein Thema ist vielleicht, wie du jemand, der dir wichtig ist, halten kannst. Du willst sie nicht loslassen, aber sie wendet sich ab. Weshalb kann eine Frau sich abwenden? Vermutlich wird etwas passiert sein oder passieren, dass sie ging oder gehen könnte. Das wiederum lässt deinen Schmerz erklären, die Tränen. Du willst diese Frau halten, weißt aber nicht, was du tun kannst, sie zum Stehen bleiben zu veranlassen, oder zum bei dir bleiben. Sehnst dich danach, sie zu berühren, möchtest sie halten.
Ihre traurigen Augen vermittelten dir, dass sie gehofft hatte, du könntest erahnen, was sie sich wünscht, aber auch, sie zu verstehen. Sie vermitteln Enttäuschung, die Traurigkeit, gehen zu müssen oder es zu wollen. Dass sie sich umdrehte und ging, bedeutet vielleicht, dass sie ihren eigenen Weg gehen muss, oder nicht bleiben kann, aus welchen Gründen auch immer.
Das Ganze spiegelt deine Vergangenheit und kann auch in deiner Zukunft erneut geschehen, wenn du dich nicht selbst erkennst. Deine Sehnsucht,

deine Hoffnung, deine Angst und dein Gefühl der Machtlosigkeit. Verlustangst spiegelt sich in deinen Bildern, die Angst, jemanden zu verlieren. Das hält dich im realen Leben auch davon ab, eine ernst zunehmende Beziehung zu führen.

Die alte Frau ist für mich jemand, den du kennst oder näher kennen lernen wirst, die deine Masken durchschaut.
Diese Frau muss nicht alt sein, es fühlt sich eher so an, als wäre das Bild, das sie darstellte, von innerer Weisheit geprägt. Es kann auch sein, dass die junge Frau und die alte Frau eine Person sind. Jugendlichkeit beherbergt oft eine alte Weisheit, die man nicht vermuten würde. Alt sieht sie in der Vision nur für dich aus, weil dein Verstand eben Weisheit mit Alter gleichsetzt. Dass du in beiden Personen mich gesehen hast, hat eine Bedeutung, aber ich gestehe, ich kann es selbst noch nicht erkennen, nur dass ich vielleicht, also... und die alte Frau vermittelt eben, dass ich viele Dinge „sehe", eine Weisheit trage, die mir allerdings etwas weit hergeholt scheint und hochmütig. Raphaela schweifte ab; sie ahnte, ja wusste, was es bedeutete, aber noch wehrte auch sie sich dagegen.
Das Kind ...
Das Kind, das sich unter ihrem Umhang versteckt, kann sie selbst sein, ihre Kindliche Unschuld, ihre kindliche Neugierde, Ihre kindliche Offenheit, ihr Vertrauen, dass immer wieder erschrickt und sich versteckt, wenn es dich sieht.
Vielleicht ist diese Frau deine zukünftige Partnerin, dann drückt das Bild tiefe Weisheit, aber auch kindliche Unschuld und Vertrauen aus, wobei du ihr vielleicht auch Angst machst, sie ihre Offenheit, wie Kinder sie noch haben, zurück nimmt und sie versteckt.
Wie sich Kinder in einem Traum oder Vision verhalten, zeigt aber auch unser inneres Kind. Es hatte Angst, also frage dich, wovor hat der kleine Nicolas Angst? Wovor könnte er sich verstecken wollen? Was drückt dich in der Vision aus? Wie siehst du dich? Im Traum?"
„Hmm, ich habe mich als groß und stark empfunden."
„Und wie fühlst du dich, wenn du mit Situationen nicht klar kommst, über die du keinem erzählen willst?"
„Klein und ängstlich, dann würde ich mir am liebsten die Decke über den Kopf ziehen und nichts hören und sehen und auch nicht, dass mich wer sieht!"
„Siehst du, das Kind könntest du gewesen sein, oder aber, es hat mit der Frau direkt zu tun, das kann ich dir nicht sagen!"
„Immerhin wären das plausible Erklärungen."
„Es ist der Versuch, es zu erklären; wie gesagt, deuten kann man viel, die Antwort musst du selbst in dir finden."

„Und als ich diese Zigeunerin sah und die Vergewaltigung; obwohl ich eigentlich nur Zuseher war und irgendwie doch integriert?"
„Sieh mal, welche Parallelen gibt es zwischen diesem Giacomo und dir? Wie verhältst du dich Frauen gegenüber? Welche Gefühle bringst du ihnen entgegen und welche Zweifel nährst du immer? Welche Schmerzen ziehen durch dein Herz? Kannst du dich einlassen? Kannst du bedingungslos lieben?
Welchen Kampf lieferst du tatsächlich, wenn es um Existenzfragen geht? Kannst du es einer Frau zugestehen, ähnliche Fähigkeiten im Geschäftsleben zu haben wie du auch? Oder hast du Angst, sie könnte dich betrügen oder dir etwas wegnehmen, das du für dich beanspruchst?"
„Na ja, nach meiner Trennung fühlte ich mich hintergangen, meine Ex Beziehung hat sich ja einiges geleistet. Ich hatte das Gefühl, sie war mir um eine Nasenlänge voraus und hat mich übers Ohr gehauen. Und das, nachdem ich ihr alles geboten hatte, das weißt du ja, ich hab es dir erzählt und immer wieder kommt mir das hoch."
„Siehst du den Zusammenhang? Die Vision zeigt dir nur verschlüsselt, was in dir nagt."
„Hmm, das ist alles etwas viel im Moment."
„Ich weiß, es zwingt zum Nachdenken. Die Vergewaltigung, wie glaubst du, lässt sich das erklären?"
„Ich weiß nicht, manchmal habe ich ein Gefühl, als würde ich Frauen… nein, wenn ich ehrlich bin… ich benutze sie, es ist wie... ich weiß nicht, das ist alles so verwirrend."
„Nicolas, lass dir Zeit, verarbeite die Bilder und wenn ich dir einen Tipp geben darf, schreib dir Notizen, wenn ein Gedanke dazu spontan kommt. Egal, wo du gerade bist oder was du tust. Aber die Vergewaltigung sehe ich eher so, dass du die Frau im Stich gelassen hast oder du hast sie gefesselt liegen lassen, das steht für „ihr sind die Hände gebunden gewesen, sich zu wehren". Vielleicht verschlüsselt, es kann eine Frau in diesem Leben etwas sehr tief treffen und zwar eine Frau, die dich liebt. Du fesselst sie, anstatt sie zu befreien; du flüchtest, anstatt zu bleiben und du wirst erleben, welche Schmerzen und Schmach sie dadurch erleiden kann. Auf der Gefühlsebene aber auch was Sexuelles betrifft. Vielleicht fühlt sie sich nur sexuell benutzt von dir und leidet."
„Das ist kein schöner Gedanke."
„Nein, aber scheinbar kommen da Träume oder Visionen hoch, die eine Warnung sind, oder eben aus einem anderen Leben Parallelen aufweisen zu deinem jetzigen tun."
„Eine Frage noch, diesen Fluch, den die Zigeunerin in der letzten Vision aussprach, oder sagen wir diese Penelope, das lässt mir auch keine Ruhe. Meinst du, ist war wirklich geschehen?"

„Nicolas, dafür wird es niemals Beweise geben. Es kann sein ja, dass es die Erinnerung war an ein anderes Leben. Wobei es genauso sein könnte, dass es eine verschlüsselte Botschaft war. Nehmen wir, egal wie, nur den Fluch heraus. Was denkst du, wäre eein Fluch?"
„Keine Frau zu finden, die mich ehrlich liebt, weil ich mich nicht wirklich einlasse."
„Und bist du den bereit, eine Frau wirklich zu lieben?"
„Autsch, ja und nein."
Hast du nicht unbewusst vor der undurchsichtigen Macht der Frauen Angst? Sagt diese Vision nicht aus, dass du in der oder einen Frau geheime Kräfte fürchtest? Ist das nicht im Grunde ein tief inne wohnender Glaube, dass Frauen die Macht haben, zu verfluchen, zu hexen und zu zaubern? Ist es nicht so, dass Frauen seit jeher als geheimnisvoll galten? Und seid es nicht ihr Männer, die wegen dieser eigenartigen Ausstrahlung Frauen als gefährlich ansehen? Anziehend und mystisch und doch erschreckend?"
„Hmm, wenn ich darüber nachdenke, dann ja; aber Frauen haben doch schon immer mit allerlei Hexerei zu tun gehabt! Da wäre es kein Wunder oder? Noch dazu, wenn sie Flüche aus sprechen!"
Raphaela musste lachen.
„Mein lieber Nicolas, ich sage dir jetzt etwas - höre genau zu... Frauen haben sich mit der Wirksamkeit der Pflanzen und Kräuter schon in der Urzeit beschäftigt, denn sie waren es ja, die euch Jäger und Sammler wieder zusammengeflickt und geheilt haben. Von Anfang an waren Frauen diejenigen, die für das Heim, die Höhle zuständig waren, und war jemand krank suchten sie Linderung.
Alles, was jemals erlernt wurde, ist der heutige Ursprung vieler Salben und Heiltinkturen.
Frauen waren immer in Sorge um ihre Familie, die Männer zu verlieren war ihr Tod oder sie mussten eben einem anderen Mann angehören. Die Kinder waren ihr Ein und Alles, denn ihr wart ja ständig auf Jagd. Nun liegt es doch nahe, das sie versuchten, euch zu heilen und zu stärken, die Gesundheit und Kraft zu erhalten. Ihr wart ihr Schutz und brachtet die Nahrung. Frauen hatten und haben einen Instinkt dafür, was gut für die Gesundheit war und ist. Sie waren unerschöpflich in ihrer Kreativität und sind es bis heute. Natürlich mussten sie auch die Erfahrung machen, dass Pflanzen und Kräuter den Tod bringen.
Nun gehen wir Epochen weiter... Männer behandelten Frauen sehr lange als Ware, als Eigentum, als Magd. Frauen konnten sich gegen die Stärke eines Mannes nur mit Intelligenz und aber auch List helfen. Also, was lag nahe, als einen Mann, der sie nötigte, mit ihren Mitteln stillzulegen? Ja, die Giftmorde wurden den Frauen untergeschoben, doch die Männer,

soweit ich mich geschichtlich erinnere, haben dies durchaus ebenfalls verwendet und zwar mehr, als ihr wahr haben wollt.
Giftanschläge, vergiftete Pfeile etc.
Weiter... Frauen haben, genau so wie ihr Männer, ihre Gruppe gehabt, in der sie sich unterhielten, Spaß hatten und Rituale ausführten. Ihr als Krieger, sie als Frauen, die sich ihrer weiblichen Kraft bewusst waren. Sie wussten um die Gezeiten und ihre Wirkung, also haben sie sich ihre Rituale dementsprechend geformt. Das ist nichts anderes als eure Kriegsgötter Rituale in vielen Generationen und Völkern. Sieh doch verschiedene Sportarten an, auch hier gibt es Rituale.
Was Flüche anbelangt... Medizinmänner, Schamanen, Krieger, alle konnten fluchen. Doch wenn eine Frau es tat, hatten alle und haben alle bis heute Angst.
Warum, denkst du, ist das so?"
Nicolas dachte eine Weile nach, er musste sich erst nach und nach die Szenen vorstellen.
„Hmm, ich würde meinen, weil wenn ich das richtig verstanden habe... also zusammengefasst, Frauen sind Wesen, die von jeher Faszination ausübten. Sie können vieles intuitiv erkennen, wofür Männer etwas Handfestes brauchen, um es zu verstehen. Frauen haben Macht, weil sie wissen, wie man einen Mann halb um den Verstand bringt und ihn aus ihrer Hand fressen lässt, und können doch so kalt sein wie ein Eisberg. Dazu kommt noch, dass sie zwar geschwätziger sind..."
„Hmm, hier widerspreche ich", lachte Raphaela.
... „ja, ja, schon gut gibt's auch bei Männern, also sie sind nun mal geschwätziger", lachte er, als er weiter sprach, „sie zerpflücken und zerreden alles, bis wir Männer einfach keine Chance mehr haben, auch nur irgendein Argument dagegen zu setzen; sie können Geheimnisse nicht für sich behalten und schon gar nicht, wenn es um Beziehungen geht; aber, wenn sie sich in einer Gruppe Frauen befinden, dann ist es kaum möglich, Geheimnisse aus ihnen heraus zu bekommen und schon gar nicht, was ihr Wissen, ihr handeln oder ihr Vorhaben betrifft. Sie schweigen eisern, wenn es um etwas Ernstes, für sie Wichtiges geht, das sie durchsetzen wollen. Und wenn Frauen, die zornig sind, noch Flüche ausstoßen, ist es, als stünde der Teufel persönlich gegenüber. Sie sind ein ewiges Rätsel."
Raphaela brach in ein schallendes Lachen aus.
„Also, mein Lieber, Frauen sind gar kein Rätsel, sie sind einfacher zu verstehen als ihr Männer „denkt"... Das ist das Problem, ihr denkt, wie Frauen sind, und glaubt eurem „Denken".
Frauen sind ein offenes Buch und ihr könntet so unglaublich leicht bis in die Tiefen ihrer Seele lesen."

„Das bezweifle ich", grinste Nicolas.
„Das ist eben Mann ... lieber zweifeln, als es versuchen; da sind Frauen eben anders; sie zweifeln zwar auch, aber sie versuchen, sie sind neugierig, deshalb sind sie immer am Ausprobieren, und zwar in jedem Bereich. Sie sind Forscher, der Natur, der Heilkräfte, der zwischenmenschlichen Beziehungen, usw.
Frauen sind Forscher, ihr seid Jäger und Sammler...."
„So habe ich das noch nie gesehen", staunte Nicolas.
„Glaubst du, dass ein Fluch, selbst wenn er tatsächlich ausgestoßen würde, dein Leben heute deshalb beeinträchtigen könnte?"
„Hmm, na ja, vermutlich war das ein kindischer Gedanke, nein oder ich weiß nicht."
„Nicolas, ein Fluch soll Angst machen. Wann stößt jemand einen Fluch aus?"
„Wenn er zornig ist oder furchtbar emotional oder körperlich verletzt."
„Siehst du, und selbst, wenn dieser Fluch real war, oder jemand heute einen ausspricht. Dann ist es wohl eher deine Angst vor dem Eintreffen des Gesagten; dann aber eben auch deine sehr tiefe unbewusste Angst, die deshalb, und auch nur deshalb, tatsächlich Wirklichkeit werden könnte, weil dein Fokus darauf liegt, oder aber du ein so schlechtes Gewissen hast, das dazu führt zu denken, und damit zu glauben, du müsstest dafür büßen."
„Hmm, so habe ich auch das nie zuvor gesehen."
„Darauf kommt man im Alleingang auch schwer, außer, man möchte die Antworten finden, dann werden sie auch da sein, sobald man so weit ist, es mit dem Herzen sehen zu können. Übrigens gibt es ein Sprichwort...
„Glaube nicht alles, was du denkst."
Sie lachte still in sich hinein, denn was sie ihm sagte, hatte sie sich selbst auch vor Augen zu halten.
„Glaube nicht alles, was du denkst."
Und sie selbst hatte nur all zu oft geglaubt, was sie gedacht hatte und damit war es eingetroffen. Wie heftig dies noch einmal passieren würde, wusste sie ebenfalls noch nicht.
„So, nun sei nicht böse Nicolas, ich muss jetzt aufhören, ich habe noch zu tun".
„Schon ok, ich danke dir Raffi und melde mich, ist das in Ordnung?"
Sie lachte. „Ja, wenn du mich nicht Raffi nennst, ich wünsche dir einen schönen Tag, na dann, Ciao."
„Ich dir auch und danke, es ist schön das es dich gibt. Ach ja und wir fahren in die Berge. Ich sehe zu, dass ich etwas Nettes auftreiben kann für uns."

„Hach schön, ich freue mich darauf, sag Bescheid, wenn du Näheres weißt, Ciao Nicolas, bis bald.“

Wow, sie hätte nicht gedacht, dass er sich tatsächlich Gedanken machte. Und noch weniger hatte sie nun diese liebevollen Worte erwartet. Irgendwie klopfte ihr Herz schon wieder ein wenig zu schnell.
Ihre Gedanken kreisten um ihn, so sehr sie sich auch bemühte, ihn nicht zu nahe an sich ran zu lassen.
Seine Nähe, sein Duft, sein Lächeln, sein ganzes Wesen berührte sie tief in ihrer Seele. Nicolas war nicht der, für den er sich ausgab, der er selbst zu sein glaubte. Sie sah in seine Seele, in sein Herz und sie sah ihn... und ein verschwommenes Bild von ihnen beiden...

Um sich zu entspannen, nahm Raphaela eine Bürste und pflegte das ständig zerrupft wirkende Fell ihrer kleinen Freundin, die es sichtlich genoss, dass Raphaela sich hingebungsvoll um sie kümmerte.
Das Hündchen war eine Bereicherung in Raphaelas Leben, wohl etwas anstrengend, weil sie ständig und jeden anbellte, jedoch dass jemand hier war, und sie sich nicht mehr einsam fühlte, das war ein Geschenk. Manchmal hatte Raphaela das Gefühl, das kleine Fellbündel hatte mehr Wissen in sich, als der menschliche Verstand dies wahr haben wollte. Ihre dunklen sanften Kulleraugen waren von einer treuen und zärtlichen Ausdrucksweise, wie es nur Tiere vermitteln können. Es war schön, die Kleine bei sich zu haben und vor allem zwang es Raphaela, mehr an die frische Luft zu gehen. Im Grunde war sie ein fauler Mensch, der nur bei Schönwetter in Bewegung kam. So musste sie bei jedem Wetter raus, was auch seine Vorzüge hatte.
Nach dem Fell pflegen, öffnete sie die Terrassentüre und setzte sich auf die kleine, alte Holzbank die sie vom Trödler um die Ecke erstanden und liebevoll selbst restauriert hatte. Es war still, keine Menschenseele störte das Gezwitscher der Vögel. Die Sonne wärmte Raphaelas Gesicht und auch Ladys Fell wurde angenehm warm. Die Kleine lag rücklings mit allen Vieren von sich gestreckt zu Raphaelas Füßen und schlief sofort ein. Raphaela lächelte sie zärtlich an. Sie lehnte sich zurück, streckte ihr Gesicht zur Sonne, atmete den Duft ihrer bunten Sommerblumen ein, die sie in Tontöpfen aufgestellt hatte und begann, ihren Gedanken nachzuhängen.

Es fröstelte sie, als sie ihre Augen wieder öffnete, mittlerweile zogen dunkle Wolken auf und kündigten ein Gewitter an. Lady erschrak durch Raphaelas Bewegung und sah sie fragend aus Kulleraugen an.
„Schon gut Kleine, nichts passiert“, noch nichts, dachte sie bei sich.

„Komm, lass uns hinein gehen, wir werden uns jetzt etwas Feines zu essen machen, einverstanden?“
So, als würde Lady sie verstehen, sprang sie übermütig an Raphaela hoch, um sogleich erwartungsvoll neben ihr in die Küche zu trippeln.

Raphaela beschloss, das Handy heute abzustellen und es sich einfach nur gemütlich zu machen. Als sie sich in ihr kuscheliges Sofa schmiegte, Lady nah an sich gelehnt, überfiel sie eine eigenartige Müdigkeit, die sie bereits kannte. Es war ein Vorzeichen, in Trance zu fallen, um eine Vision zu erhalten. Sie lies sich fallen, gab sich hin, um zu „sehen“.

***

Sie sah sich selbst als Magd. Verjagt von ihrem Herrn, der sie wegen eines Fehlers, den sie machte, aus dem Haus trieb. Inmitten von Olivenhainen lebte sie alleine, ohne Hab und Gut, unter dem klaren Sternenhimmel. Ihre Kleidung war einfach, bestand aus einem Leinenhemdchen, das ihr bis zu den Knöcheln reichte, einem Tuch, das sie um die Hüften gewickelt trug, um es notfalls als Umhang zu nutzen. Mehr hatte sie nicht bei sich. Sie hatte keine Angehörigen und musste zusehen, wie sie sich ernähren konnte. Rund um sie standen einige Häuser aus Lehm, bedeckt mit Strohdächern. Die Menschen waren armselig gekleidet. Weiter außen war die Landschaft karg und wüstenähnlich. Ein junger Mann kam vorbei und beschloss, sie einfach mitzunehmen. Sie hätte nein sagen können, doch irgendetwas zog sie an. Er hatte ein Kamel, das voll bepackt mit seinen Habseligkeiten war. Und er führte einen Falken mit, der sich frei bewegen konnte, sich jedoch immer wieder in die Nähe seines Herrn begab.
Sie ging mit ihm, bis sie an einen Platz kamen, der etwas außerhalb der kleinen Stadt lag. Hier stellte er sein Zelt auf, wo sie auf unbestimmte Zeit leben sollten. Er bemühte sich, ihr etwas zu bieten, achtete auf sie, ernährte sie, kaufte ihr Kleidung und brachte von seinen Reisen, die manchmal eine ganze Woche dauerten, Geschenke mit, die ihr das Leben erleichterten, wie Seife, Töpfe und hin und wieder auch einen Armreifen oder eine schöne Kette. Versuchte, ihr hin und wieder ein wenig näher zu kommen, jedoch ohne sie zu bedrängen. Irgendetwas in ihr weigerte sich, ihm Nähe zu gestatten. Sie hatte Respekt vor ihm und auch Achtung. Mehr wollte sie nicht. Meist ging sie mit gesenktem Blick ihren Aufgaben nach, verrichtete ihre Arbeit, die Frauen allgemein üblich zu verrichten hatten. Er beobachtet sie, lächelte still in sich hinein und bewunderte sie. Trotzdem versuchte er keine weiteren Annäherungen. Sie schätze es, ahnte aber, dass er mehr für sie empfand, als er sichtbar werden ließ. Und

auch sie empfand ein leises Sehnen, das sie jedoch nicht zu zeigen wagte.
Wenn er mit ihr sprach, antwortete sie nur das Notwendigste. So sehr er auch versuchte, ihre Zurückhaltung zu durchbrechen, so sehr scheiterte er daran. Sie war wie eine Schwester für ihn und wie eine gute, demütige Frau, aber niemals setzte sie Zeichen, sich ihm zu öffnen. So lebten sie sehr lange. Er ließ sie wie sie war, arbeitete fleißig, war manchmal ganze Tage lang fort, und dankbar, dass er sie jedes Mal erneut vorfand, wenn er wieder zurückkam. Der Falke blieb immer in ihrer Nähe, sobald sein Herr fort ging. Als würde er sie beschützen und über sie wachen. Eigenartig, dass er diesen Vogel bei sich hatte. Doch fragte sie niemals weshalb und auch nicht nach seinem Leben. Sie nahm es einfach hin, hatte gelernt, demütig und still zu sein. Für sie war es keine Frage, etwas anders zu tun als das, was sie tat. Sie war eine Magd, wenn auch freiwillig.

Raphaela beobachtete die Szenen, die vor ihrem inneren Auge vorbei liefen. Jahre mussten vergangen sein, sie sah sich etwas weicher und kommunikativer geworden, jedoch immer noch mehr als Schwester und nicht als seine Frau. Sie ahnte in ihrer Vision, dass sie niemals ein Paar wurden, doch fühlte sie eine stille Liebe zwischen ihnen, sie fühlte die Sehnsucht beider Herzen, mit der stillen Übereinkunft, die Dinge zu belassen wie sie waren... dann riss der Film...

Raphaela schoss hoch, ihr Herz klopfte wild in ihrer Brust, sie zitterte am ganzen Körper, atmete schnell....
Sie brauchte eine Weile, bis sie das Gesehene verdauen konnte. Was war das? Welche Zeit und was hatte es zu bedeuten? Weshalb lebte sie mit diesem Mann einsam am Rande der Wüste, und warum sah er aus wie Nicolas?
Fragen über Fragen, jedoch war dies kein Augenblick, um auf des Rätsels Lösung zu kommen, es hatte keinen Zweck. Raphaela wusste aus Erfahrung, dass solche Bilder kamen um sie zu warnen, oder sie auf etwas vorzubereiten, das in absehbarer Zeit den roten Faden von vergangenem Leben zum Jetzt durchzog. Sie musste Geduld haben und warten, was weiter geschehen würde.
Geduld! Wie sie dieses Wort hasste! Alles in ihrem Leben war mit Geduld verbunden, eine zähe, für sie unnötige Vergeudung an Zeit. Nun, es nutzte nichts, sie würde abwarten müssen - ob sie wollte oder nicht.
Sie huschte noch unter die Dusche, um sich auf zu wärmen und die leise Wehmut vorerst zu vergessen. Letzteres gelang ihr nicht, und so begab sie sich in ihr Bett und hoffte, traumlos und fest schlafen zu können. Auf

alle Fälle würde sie wieder zu der alten Frau gehen, es war höchste Zeit, tiefer in ihre Seele zu tauchen, um dem Geheimnis auf die Spur zu kommen

***

Den Träumen auf der Spur...

„Wiederholen wir die letzten Erkenntnisse, wie würdest du den Falken also im Schamanischen betrachten?"
An ihrem Daumen Nagel knabbernd, dachte Raphaela angestrengt nach.
„Als jemanden, der Tore zur Anderswelt öffnet; ein Hüter der Seele, der fähig ist Nebel zu lichten und vor Dämonen zu schützen, oder auch vor Ungeziefer, das nichts in heiligen Räumen zu suchen hat; aber auch meine eigenen Dämonen aus mir zu vertreiben."
„Was sind Dämonen für dich, Raphaela?"
„Gedanken - angstvolle Gedanken wie Verlustangst, Neid, Hass, Eifersucht, Geiz, Manipulation, auch Traurigkeit, die wir nicht durchbrechen können, Gedankenkraft, die wir negativ nutzen."
„Wie viele dieser Gedanken hegst du selbst immer wieder?"
„Ängste in jeder Richtung. Manchmal erfüllt mich ein Glücksgefühl, dann wiederum braucht es nur wenig, um mich in Gedanken zu hüllen, die ich nicht haben will, oder die mir durch andere zugetragen werden, in Form von Klatsch und Tratsch zum Beispiel, oder aber auch dunklen Visionen und negativen Vorhersagen."
„Und wie oft sagst du... Stopp, das möchte ich nicht hören?"
„Kaum, ich versuche, eine Ausrede zu finden, mich abzuwenden oder keine Zeit zu haben, sodass ich das Gespräch beenden kann, wenn ich merke, mein Gegenüber überrollt mich."
„Du flüchtest also, anstelle eines klaren festen NEIN."
„Ja stimmt, ich will auch keinen verletzen oder vor den Kopf stoßen. Und ich ertappe mich manchmal, dass ich eifersüchtig bin auf andere, die es scheinbar leichter haben oder eine Beziehung führen, die ich mir wünsche."
„Was ist mit Nicolas?"
„Nicolas? Warum fragen Sie ausgerechnet nach Nicolas?", erstaunt blickte Raphaela hoch und sah die alte Frau fragend an.
„Was empfindest du bei Nicolas?"
Etwas unangenehm berührt wand sich Raphaela in dem Sofa, rückte nach vorne und blickte zu Boden, die aufkeimende Unsicherheit verbergen wollend, mitsamt der aufsteigenden Hitze, die ihr Gesicht fühlbar erröten ließ.

„Ich weiß es nicht genau. Ich glaube, ich liebe ihn“, schoss aus ihr hervor… erschrocken blickte sie die alte Frau an, selbst nicht glaubend, was sie da eben sagte, jappte hörbar nach Luft und sah aus, als würde sie einen Geist vor sich sehen.
Die alte Frau lachte leise vor sich hin, bemerkte dann,
“nun, wie mir scheint, wusstest du das bis zu diesem Augenblick selbst nicht.“
„Nein, also ich…“ sie sank völlig überrascht in die weichen Polster des Sofas zurück und brachte kein Wort hervor.
„Mein liebes Kind, du wünscht dir Liebe und lässt sie nicht zu. Aus Angst?“
„Ja“, presste Raphaela mühsam unter zusammengekniffenen Lippen hervor.
„Ja, ich habe Angst, furchtbare Angst. Ich weiß nicht, was mit mir los ist. Er ist mein Freund und ich schätze ihn, ich sehe ihn gerne, aber er ist der Inbegriff von einem Casanova. Ich kann mir nicht vorstellen, mit einem Mann zusammen zu sein, bei dem ich nie sicher bin, ob er mir treu ist!“
„Wobei gibt es Sicherheit, Raphaela?“
„Nirgendwo“, sagte sie kleinlaut.
„So wenig Selbstbewusstsein? So wenig Vertrauen in dich selbst? So wenig Vertrauen in die kosmische Ordnung?“
„Wie könnte ich ihm vertrauen, bei all dem was ich von seinem Lebensstil weiß?“
„Warum denkst du, lebt er so?“
„Weil er die Richtige noch nicht gefunden hat.“
„Und warum, glaubst du nicht, dass du es sein könntest?“
Nach Luft schnappend, fiel Raphaela fast hinten über das Sofa. Daran hatte sie noch nicht mal im Traum gedacht, nun ja heimlich vielleicht!
„Weil, weil ich…i ch bin Jahre älter als er und weil… niemals nicht!“
„Das nenne ich intuitiv“, kicherte die Schamanin vor sich hin. Immer noch mit großen Augen und fassungslos, brach Raphaela in schallendes Gelächter aus.
„Niemals, also nein, der Mann ist nur auf Abenteuer aus.“
„Tatsächlich…“
Wieder in vollem Ernst, versuchte Raphaela, sich zu fassen. „Sie meinen, er wäre, er ist, ich wäre… oh mein Gott, das kann ich nicht auch noch gebrauchen.“
Die Schamanin wiegte ihren Kopf hin und her, lächelte breit, sagte aber kein Wort mehr dazu. Sie hatte Raphaela genug dezent getreten. Nun würde sie etwas mehr über ihre Gefühle nachdenken.
„Ausgerechnet Nicolas? Was hat das alles mit meiner Unruhe, meinen Träumen zu tun?“
„Nun, ich schlage vor, du denkst darüber nach, welche Antwort du dir

eben selbst gegeben hast und wie dies alles zu deinem Leben passt.“
„Oh nein, ich komme schon so nicht mit all dem klar, geschweige den noch mit... das Einzige, nach was mir im Moment ist, wäre Ruhe, Ruhe und nochmals Ruhe. Ich weiß nicht mehr, wohin ich gehöre, wohin ich gehe, was kommt, was wird, geschweige denn was... Himmel, was steht mir noch alles bevor?“
Diese Antwort blieb ihr die Schamanin schuldig. Sie wusste, dass die harten Prüfungen Raphaela noch bevorstanden. Sie an die Grenze ihrer Kraft kommen würde, die sie an den Rand des Wahnsinns brachte, sie in einem Augenblick sterben um im nächsten neu geboren sein würde, wenn die Zeit reif war. Bis dahin hatte sie noch vieles zu verabschieden, das ihren Weg behinderte.
Geheilt und frei, wie ein Phönix aus der Asche steigend, würde sie sich über all ihre inneren Dämonen erheben, um das Erbe ihrer Ahnen anzunehmen, dessen Wahrheit seit Anbeginn der Zeit bestand.

„Wie sieht es mit deinen Träumen aus? Hattest du welche?“
„Nein nicht direkt, es war eher eine Vision.“
„Möchtest du erzählen?“
„Hmm ja, ich träumte, dass ich mit einem Mann am Rande der Wüste lebe, ich fühlte, dass wir uns nacheinander sehnten, aber es kam niemals etwas zustande oder zumindest nicht innerhalb der Vision. Er war mein Beschützer, mein Freund, mein Herr. Ich war still und demütig, verrichtete meine Arbeit, wir sorgten füreinander, aber es war ein einsames Leben. Ich hatte nicht das Gefühl, dass uns etwas fehlen würde, ich ging auch freiwillig mit ihm mit, aber Liebe zwischen Mann und Frau konnte ich nicht sehen. Und der Falke, da war wieder der Falke, er war scheinbar sein Begleiter oder wurde zu unserem; wenn ich alleine war, ließ er ihn immer bei mir zurück. Er hätte fortfliegen können, doch war es, als wache er über mich. Eigenartigerweise hat mich diese Vision sehr berührt.“
„Kannst du Parallelen erkennen?“
„Wobei?“
„Nicolas und du, wie steht ihr zueinander?“
„Nun ja, er ist irgendwie auch mein Beschützer und Freund, aber ich bin nicht demütig und auch nicht schweigsam bei ihm.“
„Und wie sieht es mit der Zurückhaltung aus?“
„Ähem, wie meinen Sie das jetzt?“
„Das weißt du genau“, lächelte die Schamanin.
„Aufmüpfig wie ein trotziges Kind wand sie sich erneut im Sofa. „Ich kann ihm doch nicht um den Hals fallen.“
Ein glucksendes Lachen kam aus der Kehle der alten Frau. „Nein, musst du auch nicht, aber eventuell deine Unnahbarkeit etwas aufgeben?“

„Also ich, doch... nur ein wenig, wenn ich, also ich habe Herzklopfen muss ich zugeben, wenn er in meiner Nähe ist."
„Respektiert er deine Zurückhaltung?"
„Ja schon, er macht manchmal kleine Witze, aber er kommt mir nie unangenehm zu nahe."
„Stell dir vor, er empfindet genauso viel für dich wie in der Vision und du wie du eben zugabst, du für ihn. Willst du die Chance aus Angst verpassen? So wie in deinem Bild?"
„Nein, aber...."
„Kein Aber, Raphaela! Frage dich, was dir wirklich Angst macht. Und versuche, zu erklären, was die Wüste bedeuten könnte und die Umgebung, die Lebensweise."
„Hmm, im Grunde leben wir beide irgendwie am Rand der Wüste. Diese würde ich als Symbol sehen, dass wir uns irgendwie auch im Jetzt abgrenzen, dass es nur ein paar Schritte sind, emotional zu vertrocknen. Wir leben am Rande der Gesellschaft, auch Nicolas, denn er hat keine wahren Freunde und meine sind rar geworden. Wüste ist heiß und gefährlich, wenn man sie nicht kennt, vielleicht haben wir beide ja Angst vor Hitze, also zwischen uns beiden. Vielleicht haben wir Angst, ein paar Schritte zu weit zu gehen und in Leidenschaft zu verglühen, emotional zu vertrocknen, und doch suchen wir die Nähe auf, auch die Gefahr, dass wir uns zu nahe kommen. Besser gesagt, er sucht immer wieder diese Gefahr, wie ja auch in der Vision, in der er derjenige war, den Platz nahe der Wüste zu wählen. Vielleicht bedeutet die nahe Wüste und der trockene Boden auch, dass wir immer wieder Gefahr laufen, das Fruchtbare zu weit entfernt zu suchen oder zu bebauen und dann würde dies nicht fruchtbar sein. In Form von nach neuen Partnern Ausschau zu halten und Versuchungen nur schwer wiederstehen zu können, die aber zum Scheitern/ Vertrocknen verurteilt sind.
Wir sind uns also bewusst oder besser er, denn ich bin ja nur gefolgt, dass er am Rande baut, wo es durchaus auch gefährlich werden kann, ohne die Freiheit anzunehmen, viel näher in grünes Land zu ziehen; sprich, er will gar keine reiche Ernte, auch nicht in der Beziehung damals... wie komme ich denn jetzt darauf? Es ist einfach ein Traum, der einen Schlüssel zur Erkenntnis gibt."
„Das ist eine gute Erklärung und wie fühlt sich diese an?" „Gut."
„Du weißt, dass Träume und Visionen versteckte Botschaften sind."
„Ja, deshalb hat es mich auch aufgewühlt. Aber was hat der Falke hier wieder zu suchen?"
„Was hattest du über den Falken erkannt? Was könnte er für euch beide bedeuten, da er in der Vision ja in eurer beider Nähe zu sehen war?"
„Vielleicht schützt er unser beider Seele und ist ein Wächter über unsere

inneren Welten, also auch die Negativität, beobachtet sie, um diese letztendlich bei Gefahr zu vertreiben. Oder aber die Schleier zu lüften und uns dazu zu bringen, nach versteckten dunklen Seelenanteilen zu suchen."
Lächelnd nickte die alte Frau zustimmend.
„Wenn die Zeit reif ist, wirst du mehr verstehen können."
„Ach, ich bin einfach so müde, ich kann im Moment kaum klar denken. Ich möchte einfach zur Ruhe kommen."
„Ich fürchte, dazu wird es nur bedingt kommen, da du bereit bist, Türen zu öffnen, bist du auch bereit, weiter zu gehen."
„Möchte ich ja, wenn ich nur nicht so aufgewühlt wäre; und ein unruhiges Gefühl in mir sagt, es kommen Dinge auf mich zu, mit denen ich nicht gerechnet habe, vor allem aber, für die ich vielleicht nicht stark genug bin."
Die alte Frau wiegte ihren Kopf hin und her, zog eine Augenbraue hoch, sagte aber nichts dazu; aber sie wollte Raphaela ein wenig zu Harmonie verhelfen, die sie dringend brauchen würde, als Vorbereitung der Ereignisse, die unweigerlich vor der Türe standen.
„Für etwas innere Ruhe und Entspannung kann ich dir jetzt gleich helfen, bist du einverstanden? Und Stärke hast du, vertraue der kosmischen Ordnung. Du bekommst nur so viel, wie du auch tragen kannst."
„Oh ja, sehr, sehr gerne wenn Sie das jetzt noch tun wollen? Es ist schon spät?"
„Es ist gut, komm, folge mir..."
„Und ich soll stark genug sein?", murmelte sie vor sich hin, während sie der alten Frau ins Nebenzimmer folgte.
Die alte Frau auf und ging voran in das Nebenzimmer, wo sie zu behandeln pflegte.
Sie ließ Raphaela auf dem Massagetisch Platz nehmen, um sich zu entspannen, während sie Räucherwerk entzündete und leise Musik einschaltete. Für heute würde sie Raphaela nur in Trance setzen, um all das Gehörte
zu speichern, und ihr die Ruhe zu übermitteln, die sie dringend benötigte.
Benommen doch innerlich vollkommen in sich ruhend, erhob sich Raphaela nach gut einer Stunde, in der sie wie ein Stein zu schlafen glaubte.
„Du bekommst die Order von mir, alle unnötigen Dinge, genauso wie Gäste, Situationen und vermeintliche Freunde aus deinem Leben kurzerhand zu streichen, es kommt viel Neues in dein Leben, dafür solltest du Platz machen. Auch in deinen Räumen!"
„Hach ja, den Rat gebe ich meinen Klienten auch immer", seufzte Raphaela.
„Nun, dann wird es höchste Zeit, dass du es auch für dich anwendest. Es wird immer wieder Zeiten geben, wo du wieder ausmisten musst, auch,

wenn du denkst, es ist nicht nötig. Es ist immer wieder Not-wendend."
„Ja, Sie haben vollkommen Recht, es ist eine Schande, sich selbst immer wieder zu vergessen."
„Nichts ist eine Schande Raphaela, außer, du beschließt es, so zu empfinden. Jede Emotion kommt aus einem Gedanken, niemals umgekehrt."
Nachdenklich nickte Raphaela und hüpfte leichtfüßig von dem Behandlungstisch, um der alten Frau nach draußen zu folgen. Sie musste ihr Recht geben, warum war sie nicht selbst darauf gekommen? Sie musste erschüttert feststellen, dass sie ihren eigenen Weg schon lange verloren hatte, ohne es zu bemerken.
Rückblickend war sie Nicolas unendlich dankbar, ihr von der Schamanin erzählt zu haben; überhaupt war sie dankbar für so vieles in ihrem Leben. Ein Glücksgefühl durchströmte Raphaela. Sie würde ab sofort wieder mehr auf sich achten und ihr Leben in neue Bahnen lenken. Aufatmend lächelte sie vor sich hin, während sie beide schweigend ihren nun schon kalten Tee austranken. Kurz danach ging Raphaela nach Hause, beschloss, ihr Hündchen heute nur noch kurz auszuführen und dann den Tag dankbar zu verabschieden.

***

Erneut träumte sie davon, verfolgt zu werden. Sie lief enge Gassen entlang, stolperte über unebene Pflastersteine, wollte sich verstecken, doch jede Türe, die sie aufzustoßen versuchte, war geschlossen. Sie lief zu einem Tunnel, watete durch mit Unrat verschmutztes Wasser, als ein Schatten sich aus einer Nische erhob. Erschrocken erstarb der Schrei in ihrer Kehle, als plötzlich das schrille Pfeifen des Falken durch die Nacht hallte…

Sie wollte aufwachen, konnte es aber nicht, wälzte sich in ihrem Bett von einer Seite auf die andere, unfähig, die Augen zu öffnen, um dann doch wieder tief in den Schlaf zu fallen.

Mit einem eigenartigen benommenen Gefühl erwachte Raphaela. Sie fühlte sich, als hätte sie einen schweren Kampf ausgestanden, aus dem sie, nach schwerem Fieber, geheilt erwachte.
Irgendetwas musste nachts geschehen sein, an das sie sich nicht erinnern konnte. Sie blieb noch eine Weile im Bett, um sich zu fassen, beschloss dann jedoch, es auf sich bewenden zu lassen, sprang seufzend aus dem Bett, wie immer mit der Hündin an ihren Fersen. Für heute würde sie sich den ganzen Tag zum Ausmisten ihrer Wohnung Zeit nehmen. Doch zuerst raus mit Lady, frisches Gebäck holen, dazu reichte ihr Geld

gerade noch aus, bis sie zur Bank kam, um nachzusehen, ob ihr ausstehender Lohn schon angekommen war. Wenn nicht, musste sie wohl oder über ihre alte Firma anrufen und nachfragen, was ihr sogleich ein mulmiges Gefühl in der Magengegend verpasste. Sie hasste es, sich mit diesen Dingen zu herumzuschlagen, konnte es aber schlimmstenfalls nicht umgehen. Nun, sie würde sehen, erst war Gassi gehen an der Reihe und ihrer beider Frühstück, danach... einige große Müllsäcke zu füllen!
Die quirlige Hündin stand schon vor ihrem Bett und sah sie aus treuen Augen an. „Musst du raus, Kleine? Klar, welche Frage... Na, dann raus aus dem Pyjama und rein in die Turnschuhe."
Freudig wedelnd eilte Ihr Lady voraus und kam mit einem der Turnschuhe zurück, so, als hätte sie die Worte genau verstanden. Lachend nahm Raphaela ihr den Schuh weg und bedankte sich mit einem herzhaften Kuss auf die Hundenase für so viel Spaß, den ihr die kleine Hündin schenkte.
Kaum aus der Türe, klingelte das Handy. „Hach nicht mal... oh es ist Nicolas... Hallo, du so früh am Morgen?"
„Früh?" Nicolas brach in schallendes Gelächter aus.
„Meine Liebe, es ist bereits zehn Uhr!"
Verdutzt sah Raphaela auf ihre Armbanduhr und schämte sich kurz für ihre Verschlafenheit. Seit sie ohne feste Arbeit war, hatte sie irgendwie keinen Zeitbegriff mehr.

„Ok, du hast Recht, ich bin eben erst aufgestanden und das auch nur, weil Lady raus muss", gab sie zu. „Wie geht es dir?"
Seltsamerweise begann ihr Herz schon wieder schneller zu schlagen und eine Welle von Hitze kam in ihr hoch. Was war nur mit ihr los?
„Danke, soweit ok, es geht mir ganz gut, bis auf... ich weiß nicht, irgendwie... können wir uns treffen? Ich möchte dich einfach zum Essen einladen. Sagen wir heute Abend? Oder morgen?"
Raphaela holte tief Luft, bevor sie stotternd heraus brachte: „Äh, ja klar, oh nein, doch also..."
Wieder ertönte ein schallendes Lachen von Nicolas.
„Alles ok? Oder soll ich dich anrufen, wenn du wach bist?"
Nun musste auch Raphaela lachen, konnte damit auch gleich von der aufkommenden Unsicherheit ablenken, die ihr die Sprache hörbar verschlug.
„Nein, schon ok, ich bin ja schon wach", kicherte sie.
„Ok, wie wäre es mit, heute Abend?", fragte er sie erwartungsvoll.
„Was schwebt dir denn vor, nur, damit ich weiß, was ich anziehen muss."
„Gar nichts, wenn es nach mir ginge, weißt du doch."
„Nicolas!", gespielt entrüstet wurde ihr Tonfall härter, was er nicht sah war, dass sie nun endgültig rot wie eine überreife Tomate wurde und bis über

beide Ohren grinste. „Also echt, nun hör doch mal auf, also wohin gehen wir?“
„Hmm, wie wäre es mit dem Griechen, magst du den?“
„Ja, sehr gerne, warum nicht. Bist du pünktlich?“
„Klar, um etwa neunzehn Uhr bei dir, ich hole dich ab, in Ordnung?“
„Fein, ich freue mich und… in etwa ist nicht pünktlich, also Punkt neunzehn Uhr.“
„Ja, ja, schon gut ich werde pünktlich erscheinen, schöne Frau, bis dann Ciao.“
„Ok, bis dann…“
Weg war er, und Raphaelas Herz klopfte wie das eines Teenagers, der sein erstes Rendezvous hatte, selbst Lady spürte die Welle an Freude, die sie sofort mitteilte, indem sie an Raphaela hochsprang, an deren T-Shirt zog, um sie zum Spielen und Spazieren gehen zu animieren.
„Was sagte er? Er würde erscheinen, ja das stimmte wohl, er kam nicht einfach, er „erschien“. Alleine seine Größe und das sichere Auftreten, das er an den Tag legte, umhüllten ihn mit einer natürlichen Autorität. Nun, sie hatte jetzt keinerlei Zeit, nachzudenken, sie musste raus und danach hatte sie vor, ihre Wohnung auf den Kopf zu stellen, wie sie es der alten Frau versprochen hatte. Raus mit dem alten Zeug, damit Neues Platz hatte, jawohl!

Völlig verschwitzt, aber glücklich, kamen die beiden wieder zu Hause an, wo Lady sich erstmals um den Inhalt ihrer Futterschüssel kümmerte und Raphaela sich ein deftiges Frühstück machte, so weit man deftig sagen konnte. Im Moment hatte sie nicht eben ein gutes finanzielles Polster, aber sie hatte die Gabe, aus nichts etwas machen zu können, so fiel das Frühstück ziemlich bunt gemischt, aber desto köstlicher aus.
Im Grunde hätte ihr jetzt alles geschmeckt, sie war ausgeschlafen, hatte einen herrlichen Spaziergang und etwas laufen hinter sich, aber das Beste… Nicolas hatte angerufen und sich mit ihr verabredet.

Mein Gott! Warum brachte sie das nur in ein so großes Hoch? Sie waren schon länger Freunde und auch öfters mal essen, was war nun anders? Ob die alte Frau Recht hatte? Ob ihre eigene Aussage den Tatsachen entsprach? Liebte sie Nicolas tatsächlich? Oder war es nur Sehnsucht nach Liebe und geliebt zu werden?
Keine Ahnung, egal, es war ihr im Moment gleichgültig, sie freute sich auf heute Abend und gedachte, diesen Tag gleich weiter angenehm zu gestalten. Nach dem Frühstück räumte sie ihre Küche auf, nahm sich danach das Wohnzimmer und das Schlafzimmer vor, putzte das Badezimmer, gab den wenigen Pflanzen, die sie besaß, frischen Dünger und gönnte sich

dazwischen einen frisch gepressten Orangensaft.
Im Nu war der Tag fast um und sie angenehm müde. Aber nicht zu müde, um nicht sofort unter die Dusche zu huschen, als sie einen Blick auf die Uhr warf.
„Oh mein Gott, eine Stunde, ich hab nur noch eine Stunde, um mich zu verschönern. Lady, heute Abend muss unsere Nachbarin mit dir gehen, ich schaff das nicht mehr.“ Die Hündin blickte sie verständnislos an, um sich, der ungewohnten Hektik ungerührt, wieder in Schlafstellung zu bringen.
In Windeseile machte sich Raphaela ausgehbereit und zog heute zur Abwechslung ein schwarzes enges Kleid an, das ihre Rundungen hervorhob, ohne ordinär zu wirken. Zog sich halterlose Strümpfe und hochhakkige Schuhe an, ließ ihr Haar so natürlich wie möglich fallen und überprüfte noch schnell ihr Make up, das bis auf die Betonung ihrer dunklen Augen dezent war. Kaum, dass sie einen Blick in den Spiegel warf, erklang auch schon der Gong.
„Meine Herrn, der Mann ist mal pünktlich“, kicherte sie vor sich hin.
Lady bellte, wie immer, so laut sie konnte und sprang Nicolas schon entgegen, sobald Raphaela die Türe öffnete. „Na du kleiner Fellb.... Wow, du siehst umwerfend aus“, sagte er, als Raphaela vor ihm stand.
„Danke du auch“, damit nahm sie Lady beim Halsband und brachte sie schnell zur Nachbarin, die sich immer wieder gerne um die kleine Hündin kümmerte.
Nicolas sah ihr nach und bekam einen trockenen Hals.
Irgendetwas hatte diese Frau an sich, das ihm heiß werden ließ. Er musste sich stark zusammennehmen, um sie nicht in den Arm zu nehmen und zu küssen. Allerdings wäre der Abend damit vermutlich vorbei und er mit einem blauen Auge beschenkt. Zumindest befürchtete er das.
Obwohl, in letzter Zeit bemerkte er eine seltsame Unruhe an Raphaela, sobald er ihr tiefer in die Augen sah oder zu nah bei ihr stand. Ob sie doch? Weiter kam er mit seinen Gedanken nicht, da sie wieder vor ihm erschien und bemerkte, dass er geistesabwesend war.
„Hallo, bist du wieder hier?“...., lachend zwickte sie ihm in den Arm.
„Ja klar, ich war nur in Gedanken“, grinste er dabei schelmisch.
„Hab ich bemerkt.“
Sie nahm ihre kleine Handtasche, hakte sich bei ihm unter und spazierte mit ihm zu seinem Auto.
Nach kurzer Fahrt parkten sie vor dem Griechen, der nicht nur sehr gutes Essen, sondern auch ein romantisches Ambiente aufweisen konnte. Hinter einem kleinen Paravent nahmen sie Platz. Der Kellner eilte leise zu Ihnen, zündete die kleinen Kerzen am Tisch an und reichte ihnen die Speisekarte. Nachdem sie gewählt hatten, unterhielten sie sich über dies

und das, lachten viel und genossen einfach die harmonische Stimmung. Irgendwann bemerkte sie, dass er etwas auf dem Herzen zu haben schien.
„Möchtest du mir nicht sagen, was an dir nagt?"
„An mir? Nichts."
„Ach komm Nicolas, ich kenne dich doch, du kannst mir nichts vormachen, was ist los?"
„Reden wir ein andermal darüber, ich möchte den Abend heute mit dir genießen."
„Mit dir", hatte er in einem eigenartigen Tonfall gesagt, der Raphaela einen seltsamen Schmerz fühlen ließ. Ein leiser Anflug von Sehnsucht, vermischt mit dunkler Ahnung, kroch in ihr hoch, den sie schnell versuchte, aus ihren Gefühle zu verbannen. Sie seufzte und genoss den Wein, den der Kellner eben servierte. Sie genossen beide die herrlich zart gegrillten Fischstückchen mit den bunten Gemüsebeilagen und der großen Schüssel frischem knackigen Salat, den sie sich teilten. Nach einem schmackhaften Mahl waren beide herrlich satt.
Sie unterhielten sich noch eine Weile angeregt über verschiedene Themen, bis Raphaela der Meinung war, sie könnten den Abend langsam ausklingen lassen. Vielleicht bei einem Cocktail in einem anderen Lokal. Damit war er einverstanden. Er bezahlte und sie gingen neben einander die Strasse entlang, auf der Suche nach einer netten Bar, jedoch irgendwie beinahe krampfhaft versucht, sich nicht zu berühren.
Irgendetwas bahnte sich zwischen ihnen an, beide waren versunken in ihren Gedanken, beide waren angespannt und unsicher. Selbst Nicolas, der es gewohnt war, dass Frauen ihn begleiteten, kam sich vor wie ein Teenager, der zum ersten Mal mit seiner Freundin ausging.
„Sieh mal, da könnten wir hineingehen, was meinst du?", fragte Nicolas, als er die kleine Cocktailbar entdeckte.
„Ja gerne, sehen wir mal, ob es uns gefällt."
Das Lokal war nicht unbedingt eine Offenbarung, dennoch nahmen sie an einem der kleinen Tische Platz und bestellten jeder ein Getränk. Die Musik war fast zu laut, um sich zu unterhalten, trotzdem sie hier blieben und die aufkeimende Spannung zu unterdrücken versuchten.
Als Nicolas versehentlich ihre Beine streifte, durchfuhr sie beide eine Welle der Erregung.
Sie sahen sich tief in die Augen, bis Nicolas sich über ihre Lippen beugte und sie sanft küsste. Raphaelas Gesicht errötete, sie war völlig unsicher und doch, sie konnte nicht anders und küsste auch ihn, sanft und zärtlich.
„Ich glaube, wir sollten dann gehen", ihre Stimme versagte beinahe ihren Dienst unter ihrer Nervosität.

„Wie du möchtest.“ Er bezahlte, sie hakte sich beim Gehen mutig unter seinen Arm, nicht ohne leicht zu wanken, was er als leicht beschwipst in seinen Gedanken lächelnd feststellte. Sie schwiegen, zu viel an Gefühlen kam in ihnen beiden hoch. Als sie vor Raphaelas Haustüre anhielten, sah er sie fragend an.
„Ich glaube es ist... ich muss... Danke für den schönen Abend.“
In seinem Gesicht spiegelte sich ein Hauch von Enttäuschung, aber auch Erleichterung und Überraschung. „Bitte gerne, ich danke dir auch, es war sehr schön.“ Damit verabschiedete er sich mit einem leichten flüchtigen Kuss auf ihre weichen Lippen.
Auf wackeligen Knien, marschierte Raphaela die Treppen hoch und konnte an nichts denken als an.... „Oh mein Gott, wie lange halte ich diese Anziehungskraft noch durch?“

***

Für Nicolas war der Abend noch nicht zu Ende, in seinem Inneren kochte es förmlich. Eine einzige Geste seitens Raphaela hätte genügt und er wäre über sie hergefallen. Gleichzeitig war er erleichtert, dass sie nichts dergleichen versucht hatte, genau das schätzte er an ihr - dass sie nicht war wie die Frauen, die er kannte. Trotzdem konnte er seinem Begehren kaum Herr werden, was im Moment eher schmerzhaft war denn angenehm. Um seine Erregung wieder in den Griff zu bekommen, fuhr er noch eine Weile durch die Stadt, beschloss einfach, noch irgendwo hinein zu gehen, einen Cognac zu kippen und sich wieder in die Realität zu verfrachten. Die Bar war leer bis auf eine spärlich bekleidete Frau, die an der Theke saß.
Ihr Blick richtete sich auf den ankommenden Gast, den sie sogleich als gut situiert einschätzte. Ein einsamer Geschäftsmann, wie sie im Innersten feststellte. Kundschaft, die sie sich zu krallen gedachte. Sie ließ ihn seinen Drink bestellen, fixierte ihn dabei unauffällig aus den Augenwinkeln. Er sah gut aus, sehr gut sogar. Ganz der Schlag Männer, die sich ihrer selbst bewusst waren. Das konnte sie an seinen Stil genauso erkennen wie an seiner Kleidung. Ein Mann, der nicht knauserig war, wenn er Spaß wollte. Und er würde wollen, dafür sorgte sie schon. Als er den zweiten Cognac bestellte, rutschte sie galant von dem Hocker, ging mit lasziven Schritten zu seinem Tisch, an dem er saß und setzte sich, ohne lange zu fragen, ihm gegenüber.
„So alleine? Darf ich Ihnen Gesellschaft leisten?“
„Ich möchte nicht unhöflich sein, aber mir ist nicht nach Gesellschaft.“ Er sah sie nur kurz an und widmete sich weiter seinem Glas, das er leicht schwenkend in der Hand hielt.

„Das Leben ist zu kurz, um Trübsal zu blasen.“
„Mag sein“, war seine kurze Antwort, die er leicht gereizt von sich gab. Er hatte keine Lust auf die Gesellschaft einer Hure, und nichts anderes hatte er vor sich.
„Nun gut, wie wäre es einfach mit einem Gespräch, mehr nicht, und einem Glas Champagner?“, gurrte sie wobei sie sein Bein mit ihrem hochhackigen Schuh berührte.
Wenn er seine Ruhe haben wollte, würde er sie wohl einladen müssen. Oder aufstehen und gehen, aber irgendwie hatte er das Gefühl Zement anstelle von Blut in seinem Körper zu tragen.
„Ein Glas Champagner für die Dame“, letzteres sprach er fast angewidert aus. Sie zog eine Augenbraue hoch, erwiderte aber außer einem Danke nichts. Sie kannte solche Typen Männer, die versuchten, ihr aus dem Weg zu gehen um letztendlich doch in ihrem Bett zu landen. Das Geschäft ging schlecht und sie hatte nicht vor, heute ohne Honorar nach Hause zu gehen.
„Mein Name ist Ylona“, damit reichte sie ihm ihre Hand, die er nun aus Höfflichkeit drückte, ihr dabei kühl in die Augen sehend. Sie hat schöne Augen stellte er fest. Jedoch abgestumpft, was kein Wunder war, wenn man in dieser Branche arbeitete. Ein sachkundiger Blick fiel über ihre Erscheinung, die er als gut aussehend beurteilen konnte. Eher füllig mit einem ungewöhnlich großen Busen. Dunkles, kurz geschnittenes Haar, feste Oberarme mit zu feingliedrigen langen Fingern, die ein großer Rubinring schmückte. Vermutlich ein Geschenk eines dankbaren Kunden.
„Warum arbeiten sie hier, sie sind nicht unhübsch und sicher nicht unintelligent“, hörte er sich sprechen.
Er wollte nicht mit ihr reden. Er versuchte, sich abzulenken und wusste doch genau, dass der Beginn eines Gespräches ein Fehler war.
Raphaela, dachte er... ich wünschte, du hättest mich nicht weg geschickt.
„Es hat sich so ergeben. „Nicht erwiderte Liebe, nicht wahr?“, fragte sie leise mit einem listigen Blick aus ihren zusammengekniffenen Augen.
„Da sitzen wir wohl in einem Boot nicht wahr“, presste er zynisch hervor, während er den Cognac herunter spülte.
Sie fühlte einen Stich in ihrem Inneren, schwenkte jedoch die Unterhaltung weiter in die von ihr gewünschte Richtung.
„Wie ich merke ein harter Brocken, dann lassen wir das Spiel und sehen die Dinge wie sie sind. Wir sind doch erwachsen, nicht wahr“, gurrte sie weiter. „Lass uns Deinen Frust ausleben, oder willst du es dir heute selber besorgen?“
Die freche, unverblümte Weise, mit der diese Frau mit ihm sprach, ließ in ihm das Tier zum Vorschein kommen. Er sprang auf, zog sie am Handgelenk hoch, griff mit der freien Hand in die Hosentasche, schmiss

einen Geldschein auf den Tisch und zischte leise aber fest:
„Dann komm und zeig mir, was du bieten kannst."
Dass er so schnell anspringen würde, damit hätte sie nun nicht gerechnet, ließ es sich aber nicht anmerken.
Löste sich von ihm, ging an die Bar, holte sich den Zimmerschlüssel und ging ihm voran hoch in den ersten Stock.
Als sie aufsperrte, drang ein süßlicher Geruch zuviel Moschus in seine Nase, der ihm kurz Übelkeit verursachte. Jedoch wischte er diese einfach weg, indem er sie am Arm nahm, sie zu sich umdrehte, während er mit dem rechten Fuß die Türe zuknallte. Drückte sie an die Mauer und schob fast brutal ihr Kleid hoch, unter dem sie einen schwarzen Strumpfbandgürtel trug, der schwarze Seidenstrümpfe hielt. Slip hatte sie keinen an, er hob sie hoch und presste sein Geschlecht wild und hart gegen ihr Schambein, wobei sie laut aufstöhnte.
Der Mann musste ausgehungert sein, dachte sie am Rande, während dessen sie sein Hemd aufknöpfen wollte.
„Lass das", fuhr er sie barsch an.
Seine Stimme verursachte ihr Gänsehaut, aber auch eine eigenartige Erregung. Er war keiner von den Männern, die sie üblicherweise zwischen ihren Schenkeln hatte, der hier wusste genau, was er wollte und nahm es sich, ohne um den heißen Brei zu reden. Gut das konnte er haben, sie war geschult genug, um seinen Wünschen gerecht zu werden.
Sie stieß ihn von sich, nahm seinen nun offenen Gürtel und zog ihn in Richtung Bett, das die neue Putzfrau zuvor frisch bezogen hatte. Sie ließ sich nieder, zog den Reißverschluss seiner Hose langsam runter, schob diese ebenfalls Richtung Boden und begann das Spiel mit ihren Lippen, die ihn heiß und feucht umschlossen.
Aufstöhnend bog sich sein Körper nach hinten. Sie beherrschte ihr Handwerk mehr als gut, so dass ihm die Sinne schwanden, und trotzdem konnte er die Erregung nicht aufrecht halten. Er entzog sich ihr, nahm das Präservativ von der kleinen Anrichte neben dem Bett, zog es sich geschickt über, befahl ihr, sich umzudrehen.
Ein erstaunter Aufschrei entfuhr ihr. Er nahm sie hart, beinahe brutal. Aber er kam nicht, er konnte nicht.
Erneut entzog er sich ihr, drehte sie auf den Rücken, hob ihre Beine hoch und spreizte diese, die er fest im Griff hatte und befahl ihr, selbst an sich Hand an zu legen.
Sie schluckte, versuchte so zu tun, als wäre es ihr ein Leichtes, sich selbst zu befriedigen; sie spielte schon oft genug perfekt etwas vor. Aber das hier war anders, sie weigerte sich plötzlich, wollte aufstehen. Aber er hielt sie fester im Griff.
„Los, dafür bezahle ich dich."

Etwas in ihr begann, Gefallen an dieser Behandlung zu finden. Sie hatte viel erlebt, aber noch nie einen Mann, der sie mit dieser Präsenz herumkommandierte. Ihre Erregung war echt, sie hatte zum ersten Mal nach vielen Jahren innerhalb derer es kein einziger Mann schaffte, sie so weit zu bringen, einer wilde Lust sich zu ergeben.
Langsam strich sie mit ihrer linken Hand über ihre Brüste, fuhr mit der rechten langsam über ihren Venushügel. Streichelte ihre Knospe, bog sich unter heißerem Stöhnen, bis sie es kaum mehr aushielt.
„Geh tiefer..."
Sie tat, was er ihr befahl, war kaum mehr zu halten.
Er ließ den Griff um ihre Fesseln etwas lockerer, drückte sie aber weiter nach hinten, so dass er sie genau beobachten konnte. Er legte selbst Hand an sich, übergoss sie in diesem Moment mit seinen Schätzen, als sie laut aufschreiend ebenfalls kam. Erschöpft lag sie Schweiß überströmt vor ihm, er hatte nur ein mitleidiges Lächeln für sie. Zog sich schnell an, legte ihr einige Geldscheine auf den Bauch, drehte sich grußlos um und verschwand, Tür knallend aus dem Zimmer.
Sie fasste es nicht. Was hatte sie da eben getan? Niemals hätte sie sich so weit zeigen dürfen, niemals. Sich so gehen zu lassen durfte ihr nicht passieren; zu schmerzhaft wurden ungestillte Sehnsüchte wach. Sie drehte sich um und weinte lang zurückgehaltene Tränen.
Sie würde aufhören mit diesem Job, endgültig aufhören. In nur wenigen Minuten wurde ihr schlagartig klar, dass sie ihr Leben für Illusionen verschenkt hatte.

Er schaffte es gerade noch vor die Türe, wo er sich zwischen parkenden Autos übergab. Noch nie war ihm so schlecht gewesen. Sein Magen spielte verrückt, in seinem Kopf hämmerte es, er wollte nach Hause, nur nach Hause und nichts mehr von diesem Vorfall wissen.
Es musste endgültig Schluss sein mit diesem Leben, das er führte. Er hatte genug - genug von Alkohol, Huren und schmutzigem Sex.

Wie er nach Haue kam, wusste er nicht mehr; er duschte sich, so heiß er es aushalten konnte; versuchte, all seine Verzweiflung abzuwaschen und ging dann ins Bett, nicht, ohne zuvor eine Nachricht an seine Sekretärin zu übermitteln, morgen alle Termine für die kommende Woche abzusagen, er müsse dringend geschäftlich ins Ausland.
Diese Lüge gebrauchte er, ohne mit der Wimper zu zucken, um sich morgen die Zeit zu nehmen, die Schamanin auf zu suchen, und danach Raphaela zu bitten, mit ihm fortzufahren, einfach fort, in die Berge. Er wollte, so schnell es ging, mit sich ins Reine kommen, koste es, was es wolle.

Raphaela wachte mit einem seltsamen Schüttelfrost auf, der mehr innerlich zu spüren war, ihr war eiskalt.
Eine Unruhe überfiel sie, die ihr Magen noch mit Rebellion verstärkte. Sie hatte doch nicht etwa etwas Schlechtes gegessen? Nein, so fühlte es sich nicht an. Ob Nicolas?... Kurz dachte sie daran, er hatte eine Frau bei sich, verwarf den Gedanken aber wieder, drehte sich stöhnend um und versuchte, weiter zu schlafen, während das Hündchen zu ihren Füßen im Bett lag. Diese kleine freche Hundedame hatte sich wieder heimlich unter die Bettdecke geschlichen, doch war es Raphaela im Moment gleichgültig, ihr war übel und sie war zu müde, um jetzt streng zu sein und das Hündchen raus zu schmeißen. Tief und fest schlief sie wieder ein...

***

Nicolas sucht Hilfe bei der Schamanin...

„Helfen Sie mir, bitte, ich kann nicht mehr."
„Das wundert mich nicht, doch ist es nicht nötig, dir dazu etwas zu sagen, ich denke, du hast es begriffen. Damit ging die alte Frau in das Zimmer voraus, in dem sie ihn wie beim letzten Mal bat, sich auf den Behandlungstisch hin zu legen. Sie hielt sich heute nicht damit auf, ihm Tee anzubieten.
Für Nicolas war es höchste Zeit, seine Dämonen freizulassen. Sie hatte ihn schon längst erwartet, fast erbost über die Zeit, die er vergeudete. Nun, er war ein Mensch, der sich nicht annähernd bewusst war, mit seinem Verhalten die Fäden des Schicksals zu boykottieren. Es hätte nicht mehr viel gefehlt, um die Hüter der kosmischen Ordnung auf den Plan zu rufen. Ihr Eingreifen hätte einem Krieg geglichen, der sich nicht scheute, alles in Nicolas Leben zu zerstören, was Notwendung gebracht hätte, sich zu besinnen, um die wahren Werte zu begreifen. Ihr Einschreiten wäre einer Katastrophe gleich gekommen, und doch brachten sie immerwährend die Erlösung aller Verstrickungen irdischen Lebens. Die Hüter, seit Anbeginn der Zeit Krieger des Lichts, nicht sichtbar für normal sterbliche Wesen.
Umso spürbarer ihre Gewalt, die alles mühsam Aufgebaute unerschütterlich zerstörte, ungehindert, welchen Namen es trug, sei es Besitz, seien es Werte, selbst Leben konnten sie zerstören, für den Sieg kosmische Ordnung wieder hergestellt zu haben. Allerdings verschwanden sie niemals, ohne neu gesät zu haben. Beinahe wäre Nicolas den Sog der Mächtigen in die Fänge gelangt...
Doch er war hier, im letzten Augenblick. Nun würde sie ihn durchpeitschen, wenn es sein musste, um aus dem Dunkel seines Inneren wieder hervorzuschießen.

„Schließ die Augen und bleib ruhig liegen, ganz gleich, was geschieht."
Er nickte kurz mit dem Kopf, ihm war alles gleich, wenn er nur endlich wieder er selbst sein würde, er selbst, den er nicht einmal kannte.

In dem Moment, in dem er ihre Hände an seinen Füßen spürte, begann etwas an ihm zu ziehen. Gleich eines langen dunklen Tunnels, der senkrecht durch die Erde zu wachsen schien, zog es ihn gleichermaßen in die Tiefe.
Sein Körper wurde schwer, als hätte er Beton an den Beinen.
In seinem Kopf begann sich alles zu drehen, Gedanken, Bilder... ihm wurde schlecht.
Er konnte nicht sprechen, fürchtete, sein Kreislauf würde zusammen brechen, er hatte Todesangst.
Mit einem Mal wurde er ruckartig gestoppt, wurde es ruhig in ihm, er schwebte, fühlte sich, wie in Watte gepackt. Fühlte er sich so leicht an wie eine Feder. Sein Körper existierte nicht, keine Emotion war zu fühlen, nichts - nur unendliche Ruhe, begleitet von einem unglaublich bombastischen Gefühl grenzenloser Liebe... unendliche Weiten umhüllten ihn, bargen ihn in wundervolle weiche Geborgenheit. Er spürte keine Trauer, keine Schmerzen, keine Angst. Nichts, nur unermesslich große Liebe, geboren in einer hellrosa Wärme, die undefinierbar tatsächlich zu beschreiben, kaum möglich war. Gedanken waren hier, zogen wie Nebelschwaden an ihm vorüber.
Bilder formten sich aus seinem Leben doch empfand er nichts als eine Gleichgültigkeit. Alles war gut, nichts hatte Bestand alles war nur ein Bild, das sich veränderte, weiter zog, ohne einen einzigen negativen Gedanken.
Alles war weich und sanft, er ließ es zu, schwebte durch die Zeit, die keine Grenzen hatte.
Aufgehoben und geborgen fühlte er tiefe Dankbarkeit, alles war gut, so wie es war...

Die alte Frau konzentrierte sich auf Nicolas, füllte mental kobaltblaue Farbe in jede Zelle seines Körpers, füllte ihn bis zu seinem Skelett, zog die Farbe bis tief zu seinen Wurzeln und hoch hinauf bis zu seinem Seelenstern, der weit über dem Kronenchakra schwebte.
Sie schnitt die Bänder jeglichen negativen Karmas aus seiner energetischen Datenbank, heilte so weit wie möglich seelische Verletzungen, indem sie eine Art weiße Salbe aus einem Topf darauf tat, umwickelt mit grünen Blättern. Heilte den Geist, indem sie seinem vorhandenen Geistführer dankte und ihn bat, sich zu verabschieden, um einer neuen Seele Beistand zu gewähren; rief einen neuen Geistführer, um ihn wieder-

um zu bitten, seine Aufgabe anzunehmen, Nicolas neue Wege aufzuzeigen.
Umhüllte energetisch den physischen wie psychischen Körper, der an der blauen Farbe hängen blieb, gleich eines Magneten.
Als sie sah, dass sein Körper befreit war von altem Unrat, begann sie, alles Blau wie eine Folie langsam an ihm herabzuziehen. Schicht für Schicht zog sie so alles Dunkel von ihm ab. Dieser Klumpen an Farbe, verklebt mit Schmutz, glich einem dunklen wabbeligen Etwas, das vor ihr lag. Mit der Kraft ihrer Gedanken ließ sie es erheben und davon schweben, weit in das Universum, mit der Bitte, es aufzulösen, zu absorbieren.

Nicolas spürte nichts von alldem, schwebte in einem Zustand der unendlichen Ruhe, als wäre er tot und doch konnte er denken; denken, dass dies hier der Platz nach dem Leben war. Diese unendliche Liebe, die er fühlte, konnte kein Mensch jemals empfinden. In diesem Augenblick sah er eine Frau mit dunklen, langen Haaren an ihm vorbei gehen, die ihn anlächelte. Hier wollte er bleiben, er wollte nicht mehr zurück. All das hier war so unglaublich schön.
Alles fühlte sich warm und sanft und geborgen an. Die Behandlung ließ ihn wieder in sich ruhen; er war dankbar, dass er sich entschlossen hatte, sich erneut unter die Hände der alten weisen Frau zu begeben.

Die alte Frau arbeitete weiter an ihm, indem sie ihn mit strahlenden, kräftigen Farben füllte.
Jeder Seelenanteil von ihm wurde Schicht für Schicht in helles weißes Licht getaucht; danach ließ sie hellviolett einfließen, das Hellung brachte, die langfristig wirkte. Erneuerte von den Wurzeln an, bis weit über seinen Kopf heraus, jedes Chakra mit seiner vorhergesehenen Farbe und deren reinen Energie.
Umhüllte danach seinen Körper mit silbernem Licht, tauchte ihn erneut in Kaskaden von leuchtenden Farben, umschloss seine Zellen, seine Nervenbahnen, seine Muskeln, jede Faser seines Körpers, bedeckte erneut mit der weißen Salbe, umwickelte ihn mit grünen Blättern des Lebensbaumes, zurrte silberne Fäden um ihn. Sie arbeitete präzise, gleich eines irdischen Arztes, der einem Schwerverletzten das Leben erhielt. Sie arbeitet solange, bis sie an seine äußere Hülle gelangte.
Diese umschloss sie mit einer Schutzhülle, die aussah, als wäre er in einer durchsichtigen, gelartigen Säule, die ihm Halt gab, umhüllte sie mit goldenen Stacheln, die ihm fernhalten sollten, was er noch nicht zu bewältigen wusste. Ließ jedoch auch sonnengleiches Gold in seine Mitte fließen, langsam und vorsichtig, um ihm die Kraft des Seins zu schenken.
Diese Behandlung, wusste die alte Frau, würde nun lange genug anhal-

ten, um sein Leben in geordnete Bahnen zu lenken, solange, bis er stark genug war, den Rest von Vergangenheit zu bewältigen, der ihn noch ein letztes Mal aufsuchen würde, dann, wenn die letzte Prüfung bevorstand.
Ihre Hände entfernten sich langsam von seinem Körper, holten ihn langsam in die irische Realität zurück.
„*Laschka al katschar pate el cha*“, flüsterte sie immer wieder bis er die Augen aufschlug....

NEIIIIIIIIIIN, ich will nicht zurück, ich will nicht, schrie er in Gedanken.
Orkanartig wurde er wieder durch Zeit und Raum geschleudert, durchflog unaufhaltsam den Tunnel, doch diese Mal verspürte er einen extremen Sog nach oben.
Wie zuvor drehte sich alles in ihm erneut, jedoch ohne die voran gegangene Übelkeit.
Plötzlich ein Ruck, prallte er förmlich auf etwas Undefinierbares ab, fühlte sich wieder im Hier und Jetzt, Tonnen schwer! Sein Körper schmerzte, jedes seiner Gliedmaßen war wie Zement umhüllt. Er hatte das Gefühl, dass etwas in ihm zu groß war, um in seinem Körper Platz zu finden. Er fühlte sich, als wäre er eben von einer schweren Operation erwacht.
Mühevoll versuchte Nicolas seine Augen aufzuhalten.
„Bleib noch liegen, ich werde dich zudecken, Ruhe aus, ich lasse dir Zeit“, sprach die alte Frau ungewöhnlich sanft.
Er nahm das Angebot dankbar an, konnte sich ohnehin noch nicht bewegen. Ließ sich über den Kopf streichen wie ein kleines Kind, das getröstet wurde und schlief ein...
Sie ließ ihn, es war immer so nach solch massiven Eingriffen, die Körper, Geist und Seele reinigten.
Sie würde ihn schlafen lassen, danach würde er gestärkter sein als je zuvor.

„Was haben Sie mit mir gemacht?“, fragte er, als sie ihn nach gut einer Stunde weckte.
„Das zu erklären würde eine Weile dauern. Nimm einfach an, dass ich dir alles Negative abgezogen habe.“
„Ich fühlte mich, als wäre ich durch einen Reißwolf getrieben, und nun plötzlich so frisch, als wäre ich ein Jahr auf Urlaub gewesen, in mir ist ein Lachen und ein Glücksgefühl, das ich nicht erklären kann.
„Das brauchst du nicht erklären, es ist mir hinreichend bekannt“, lächelte sie wissend.
„Und nun ist alles Schlechte aus mir heraus?“
„Für eine Weile Nicolas, bis du einiges aus deinem Leben entlassen hast und nicht wieder von Neuem beginnst, in alte Muster zu fallen. Hörst du

auf, an dir zu arbeiten, wird eine Zeitlang nichts Ungewöhnliches passieren, jedoch dein Leben langsam und unbemerkt wieder in die alte Schiene laufen. Wobei ich bemerken möchte, dass nichts an dir schlecht ist es war, eher nur unausgewogen."
Verdutzt sah er die alte Frau an.
„Und wie kann ich verhindern, dass ich wieder in alte Schienen laufe?", fragte er mit einem Anflug von Angst.
„Indem du immer und immer wieder hinterfragst bei allem, was du tust, weshalb du es tust und was du wirklich willst – vorzugsweise, bevor du handelst.

„Ich habe eine Frau gesehen", bemerkte er plötzlich eigenartig still.
„Wer war sie?"
„Ich weiß nicht, ich kenne sie nicht, sie hatte lange dunkle Haare und ging an mir vorbei, lächelte."
„Sie hat eine Bedeutung, die dir klar wird, wenn es so weit ist. Achte auf die Zeichen, die dir das Schicksal wiederholt zuführen wird; achte auf Menschen, die deinen Weg kreuzen; achte auf die Gefühle und Gedanken, die sie in dir auslösen und finde den Ursprung der verschiedenen Emotionen.
Dein Leben wird sich langsam, aber sicher wenden, sofern du meinen Rat befolgst und auf deine innere Stimme hörst. Die Stimme, die du bisher verleugnet hast!
Es wird dich an Grenzen stoßen lassen und doch wirst du erkennen können, welcher Weg der deine ist."
„Das hört sich nach harter Arbeit an", seufzte er und sackte dabei gespielt verzweifelt in sich zusammen.
„Du wirst es schon schaffen, mein Guter, du wirst es schaffen", damit setzte sie Nicolas ohne mit der Wimper zu zucken vor die Türe.

Er musste lachen, genauso war sie schon einmal mit ihm verfahren, hatte ihn einfach vor die Türe gestellt. Er mochte die alte Frau; sie gab Geborgenheit, ohne sich aufzudrängen, wusste immer, worum es ging. Sie war klug, sehr klug, mit einem geheimnisvollen Kern, den er gerne erforscht hätte, spielte sein Realitätssinn ihm nicht ständig einen Streich, der ihn dazu veranlasste, erst gar nicht weiter in ihr geheimnisvolles Leben vorzudringen.
Ja, er mochte sie, auch wenn er zuweilen etwas Angst vor ihr hatte. Wäre er nicht ein intelligenter erwachsener Mann, er würde denken... sie wäre eine Zauberin.
Verdutzt hielt er im Schritt inne... hatte er sie eben lachen gehört? Er war doch schon weit von ihrem Haus entfernt?

Das müssen wohl die Nachwehen der Behandlung sein, dachte er kopfschüttelnd und fuhr nach Hause... ohne sich dabei wie sonst am Gaspedal auszutoben.

***

Die alte Frau lachte immer noch, als sie in ihm durchs Fenster nach sah. „Ja mein Lieber, du hast nicht ganz unrecht mit der Zauberin", kicherte sie nun leise vor sich hin.
Nun begann das Rad des Schicksals, sich wieder schneller zu drehen; unaufhaltsam würden die Dinge nun ihren Lauf nehmen. Vieles würde nun in Bewegung geraten, vieles würden Raphaela und Nicolas noch durchmachen müssen; doch ihre Wurzeln konnten sie nun nicht mehr verbergen, sie würden stetig und schnell immer tiefer wachsen und sich miteinander verbinden.
Die Kämpfe jedoch, die beide noch auszustehen hätten, würde sie noch in Dämonenaugen sehen lassen.
Das Lächeln verschwand aus dem alten Gesicht der Schamanin, ihre Augen blitzen zornig, ihre Stirne runzelte sich bei dem Gedanken, an „Sie"... derjenigen, die seit Tausenden von Jahren versuchte, Raphaela zu zerstören.
Die nichts ausließ, um Raphaelas Glück zu zertrampeln, deren Neid und deren Hass in jeder Zeit auf sie herab prasselte.
Doch diesmal würde sie es zu verhindern wissen. Sie war hier, hatte sich bereit erklärt, durch die Zeit zu gehen und einen Körper anzunehmen, der nicht ihrer war.
Ja, sie war hier, in einem alten Körper, der sich zum Sterben bereit gemacht hatte, bevor sich die elfte Priesterin ihn borgte – solange, bis die Aufgabe erledigt war. Dann würde sie dem Körper danken und ihn der Seele folgen lassen, die längst hinüber gegangen war, über den Regenbogen. Ja, sie war hier und diesmal würde Raphaela den Kampf mit ihrer Feindin nicht alleine ausstehen müssen.

Doch nun wurde es Zeit, sich selbst aufzuladen, es gab noch einiges zu tun, wofür sie ihre Kräfte brauchte.
Die alte Frau sperrte die Türen ab, schloss die Fensterläden, ging in das Nebenzimmer, wo sie zu behandeln pflegte, schob ohne Kraftaufwand, den man ihr als scheinbar alte Frau, als die sie sich ausgab, niemals zutrauen würde, das Bücherregal zur Seite.
Ein Griff zwischen die Fugen der abgebröckelten Ziegelwand genügte, um eine zuvor nicht sichtbare Türe zu öffnen, die sich nach innen schwenkte. Stufen führten herab zu einem verstaubten, nach Moder riechenden

Kellerabteil, dessen Wände feucht waren. Kakerlaken suchten das Weite, Spinnweben hingen an jeder noch so kleinen Ecke. Sie brauchte keinen Kerzenhalter, denn bei jedem Schritt, den sie tat, schien ein Leuchten aus ihr selbst den Weg zu erhellen. Als sie unten ankam, durchschritt sie den eher großen Raum, der voll war mit altem Gerümpel aus vergangenen Jahrzehnten, ging zielstrebig zu dem alten verstaubten Gemälde. Das Bildnis zeigte eine Landschaft irgendwo in Irland.

Sie stellte sich genau davor, konzentrierte sich, hielt ihre rechte Hand mit den Fingerspitzen auf die Mitte des Bildes gerichtet, als sich dieses plötzlich aufzulösen schien. Dahinter wurde ein Licht durchfluteter Raum sichtbar.

Sie schritt hinein, hielt nun beide Hände geöffnet in Richtung Raummitte, bis sich eine imaginäre Pyramide formte, die für geübte Augen aussah, als wäre sie aus schillernder, in sich vibrierende Energie.

Sie ließ die Hände wieder fallen, begab sich in das Gebilde, stellte sich genau unter den höchsten Punkt der Pyramide, als ein greller Lichtstrahl in ihr Kronenchakra eintrat. Der Körper, den sie bewohnte, begann langsam, waagrecht zu schweben. Flirrendes Licht in überirdischer Schönheit, ähnlich den Farben des Regenbogens, strömte von allen Seiten in den alten Körper, ließ ihn sich sichtbar verjüngen, gab ihm die Kraft, die er benötigte, weiter zu existieren. Sie überließ sich den kosmischen Kräften, ließ auch ihren Gedanken freien Lauf.

Es war nicht leicht, den Bedenken der zehn ältesten Priesterinnen standzuhalten, die anfangs der Meinung waren, sich Raphaela erst nach weiteren drei Leben ihrer Aufgabe stellen zu lassen, da sie noch lange nicht so weit war, ihr Erbe anzutreten.

Doch sie, ihre von Geburt an zur Seite gestellte Hüterin des alten Wissens... wollte ihren Schützling nicht noch länger suchend sehen. Sie war überzeugt, dass Raphaela weit genug entwickelt war, alles Nötige in diesem Leben geballt zu erfassen, und damit fähig wäre, den dringenden Aufgaben gerecht zu werden. Es war Zeit für vieles, die Menschen brauchten mehr denn je ein Zeichen, eine Hoffnung, aber vor allem den Willen, ihren Geist zu erwecken, den Mut, Altes abzuschütteln und sich ihrer ureigensten Kräfte bewusst zu sein, um einen krassen Richtungswechsel vorzunehmen, bevor sie sich selbst zerstörten, so wie einst.

Und sie benötigten dringend der Führung, jemanden, der den Mut hatte, sich dem Leben zu stellen. Jemanden, der sich nicht scheute, aufzurütteln, selbst mit der verbundenen Gefahr, verleugnet und gedemütigt zu werden, sie brauchten jemanden, der ihnen die Angst nahm und auf spielerische Weise näher brachte, was sie wissen mussten. Die Menschheit

benötigte jemanden, dessen inneres Feuer hell und stark genug leuchtete, um das Licht in anderen zu entzünden.
Und sie, Raphaela, war dieser Mensch, dessen inneres Feuer alles heilen und positiv verändern konnte, was ihren Weg nur annähernd kreuzte. Natürlich schloss dies mit ein, dass Raphaelas Gefährte ebenso bereit sein musste. Er war ein Teil des göttlichen Plans, also lag es nahe, dass sie, die Priesterin, helfend eingreifen musste, um die verworrenen Fäden des Schicksals zu entwirren.
Dies was kein leichtes Unterfangen, denn sein Karma bedingte eigentlich erst viel später ein Zusammentreffen, mit der Frau, die von jeher für ihn bestimmt war.
Das bedeutete jedoch, dass er und einige andere vieles sehr schnell lernen mussten, zu dem sie ansonsten noch einige Leben Zeit gehabt hätten. Dies glich einer Extremsituation, in der ein Kind die Reife eines Erwachsenen leben musste von dessen Erfahrungen es noch keine Ahnung hatte.
Was Nicolas anging, war er um einiges jünger als Raphaela; obwohl es keinem auffiel, wusste man das Geburtsdatum nicht, das immerhin fünfzehn Jahre Unterschied betrug. Für Raphaela und Nicolas war dies kein Thema im Alltag, wenngleich auch mit einer anderen Lebenseinstellung, so war doch das Herz und die Grundstruktur ihrer Wünsche dieselbe. Innerhalb ihrer Beziehung und deren Aufgabe würde allerdings nicht nur der Altersunterschied einige Male heftige Konfrontationen bringen. Welten würden aufeinander prallen, würden Glaubenskrisen hervorrufen, bis zur Selbstaufgabe. Würden alten Schmerz hervor holen, um diesen endlich zu bewältigen. Und sie würden eine Prüfung bestehen müssen, an der sie in vergangenen Leben kläglich gescheitert waren. Doch all dies, war die Priesterin sicher, würden sie beide diesmal gut überstehen, um letztendlich enorme Reife und Weisheit zu erlangen, die nötig waren, um gerecht zu regieren.
Alle anderen, die ihren Weg kreuzten, mussten ebenfalls ihr Schicksal schneller und extremer durchlaufen, um den Plan der Schöpfung wieder in das richtige Lot zu bringen. Andere wiederum wurden aussortiert, es gab dafür keine Prioritäten, es ging lediglich um die Waagschale von Gleichgewicht und Ordnung.
Was soll's, dachte sie, es glich einer Extremsituation, die Menschen in ihrer Realität als unvorhergesehene Naturkatastrophen betiteln würden. Nichts weiter als ein paar Überschwemmungen würde es geben, ein paar Orkane über die Länder fegen, Seelen nach Hause geschickt, fertig. Damit wären energetische Felder des Planetensystems wiederhergestellt. Einige würden denken, es wäre die Strafe Gottes. Doch war es keine Strafe, es gab keine, es war eine einfache natürliche Aussaat, nichts wei-

ter. Etwas Neues kam auf sie alle zu, das bedurfte einiger heftiger Ereignisse, um sicherzustellen, ihre Aufmerksamkeit zu erlangen.
Im Prinzip hatten viele von Ihnen erkannt, dass es keinen strafenden Gott gab sondern lediglich den Ausgleich von Gegensätzen.
Ein Stein, den man aus einem Steinhaufen zieht, verändert das Gleichgewicht, es kommt alles ins Rollen.
Alle diejenigen, die nur einen Hauch an Verstand und Gefühl in sich trugen, würden begreifen, dass nur ein einziger kleiner Stein, den jemand unbedacht ins Rollen bringt, ganze Hierarchien zerstören konnte... ein kleiner Stein, dessen Name war: Hass Neid, Missachtung, Intoleranz und all die negativen Begriffe, die aus einem einzigen bestehen.... SELBSTSUCHT.
Sie würden aber auch begreifen Toleranz, Verständnis, Mitgefühl und dergleichen mehr, ebenfalls aus einem einzigen Begriff besteht... SELBST BEWUSST SEIN.... daraus resultierend... LIEBE.
Liebe, die einzige Macht, die alles erreicht und alles heilt, sofern sie nicht selbstsüchtig benutzt wird.

Nun, letztendlich gaben die Priesterinnen nach, die einzigen der alten Welt, die zusammenfanden, um gemeinsam Mutter Erde zu schützen, bis der Tag kam, ihr Fähigkeiten weiterzugeben an die zwölfte auserwählte Priesterin, die Tochter des letzten Herrschers Atlantas...
Raphaela
...und sie gaben ihr Helfer mit, die sich anboten, sie zu lehren und zu leiten, weiter zu geben, was ihnen durch Stummheit verboten war, bis dass der Fluch gebrochen, sie alle aus dem Karma erlöste...

***

Nicolas fühlte sich wie neugeboren; das Erste, was er zu tun gedachte war, Raphaela endlich einzuladen, mit ihm in die Berge zu fahren. Sie hatten es längst ausgemacht und immer wieder verschoben. Nun aber fühlte er sich in der Lage, endlich mit ihr alleine zu sein.
Die unbestimmte Angst, die ihn zuvor doch immer wieder davor abhielt, mit ihr auf engstem Raum längere Zeit zusammen zu sein, resultierte aus der Anziehungskraft, die sie auf ihn ausübte, das wusste er nun mit Bestimmtheit, wusste es immer, hatte deshalb ständig die Ausrede, zu viel Arbeit zu haben, als tatsächlich endlich mit ihr fortzufahren. Er hatte einfach immer Angst, sich nicht beherrschen zu können, doch nun war er sicher, die Dinge nahmen ihren gerechten Lauf. Er wusste ohnehin, dass er ihrem Zauber längst erlegen war und es zu dem kommen würde, was sie beide bisher versuchten, zu verleugnen.

Gut, er machte oft Annäherungsversuche, aber eher witziger Natur, er respektierte sie zu sehr und ihr bisheriges klares Nein. Doch seit dem Kuss war er sicher, sie empfand mehr für ihn als sie zugab... zu sehr bebten ihre Lippen unter seinen, wenn es auch nur Sekunden dauerte. Nun aber würde die Zeit in den Bergen nicht nur Arbeit bedeuten, sondern bereichert sein mit Liebe und Leidenschaft. Er wusste es einfach.
Er freute sich unbändig wie ein kleines Kind auf sie und darauf, welche Freuden ihnen bevor standen. Was die Reise in die Bergen anbelangte, würde er sie überraschen und sie einfach entführen, sie hatte ohnehin noch keinen Job und das Hündchen konnten sie abgeben oder mitnehmen. Mitnehmen dachte er... sie liebte dieses kleine Fellbüschel und wie er Raphaela kannte, trennte sie sich ungern davon. Nun ja, er hatte nichts gegen die Hundedame. Allerdings widerstrebte es ihm, in seinem Auto alles voller Hundehaare zu haben, nebst dem manchmal strengen Geruch, den Hunde einfach ausströmten. Selbst wenn das Felltier frisch gebadet war.
Seufzend beschloss er trotzdem, das Tier mitzunehmen, Raphaela zuliebe. Genau, er würde das alles noch morgen früh in die Wege leiten.
Einzig, sie soll alle Termine absagen, würde er Raphaela bitten, schließlich konnte er seine Kunden auch nicht einfach ohne Absage hängen lassen. Sollte Raphaela eventuell Kunden haben, wäre es nur anständig, diesen Bescheid zu geben, so fair musste er sein.
Mit diesen Gedanken parkte er bei sich ein und trollte sich gelassen und harmonisch wie nie zuvor in sein Heim, das er heute Abend nicht mehr zu verlassen gedachte.

***

Liebe... in den Bergen

„Möchtest du einen....", stockte sie plötzlich und fand keine Worte vor undefinierbarer Aufregung.
„Kaffee?", setzte er ihren Satz fort.
Lächelnd nickte sie mit dem Kopf.
Das Essen war köstlich, das er für sie beide selbst vorbereitet hatte, nun wollte sie sich in der kleinen Küche ebenfalls nützlich machen.
„Ja gerne, ach es ist herrlich, mit dir hier zu sein. Gefällt dir die Hütte?"
Ihr Herz schlug ihr bis zum Hals. „Ja sehr, es ist wunderschön hier, ich freue mich so sehr und... danke für die Einladung und auch, dass Lady mit durfte, das war sehr lieb von dir."
Dabei sah sie liebevoll abwechselnd zu ihm und dann zu der laut schnarchenden Hundedame, die es sich mitten im Raum am hochflorigen Flokati bequem gemacht hatte und selig schlief.

Sie ging nebenan in die winzig kleine Küche, die überraschender Weise mit allen Finessen ausgestattet war und stelle frischen Kaffee auf.
„Das freut mich und ich hab es gerne getan", rief er ihr nach, während er sich auf dem kuscheligen Sofa breit machte und die langen Beine darauf ausstreckte.
Zwischen ihnen knisterte es heute besonders stark, stärker als je zuvor. Dass sie beide hier in den Bergen waren, fand sie aufregend und schön, jedoch ahnte sie genau, nein, sie wusste es, sie würden sich nahe kommen. Einerseits wollte sie keine neue Eroberung für ihn sein, andererseits drängte alles in ihr nach ihm. Auf weichen Knien blieb sie in der Küche stehen, getraute sich kaum hinaus, blieb, bis das Gebräu fertig durchgeronnen war. Viel zu schnell für ihr Gefühl.
Sie wusste, dass sie nichts mehr aufhalten konnten und sie wollte es auch nicht mehr. Ihre Seele ihr Herz, ja ihr Körper verzehrten sich nach Nicolas. In jedem ihrer Gedanken war sein Gesicht, jede ihre Handlungen prägten seine Präsenz. Sie hatte sich in ihn verliebt, mehr noch, sie liebte ihn, liebte ihn mit jeder Faser ihres Herzens.
Sie servierte den Kaffee auf einem kleinen bunten Tablett, auf dem sie noch einige Pralinen verstreut hatte.
„Kaffee vorher oder nachher?" Gott, was sagte sie da, dachte sie verwirrt. Er schmunzelte, „vorher"...
Zitternd stellte sie die Tassen vor ihm ab. Er beobachtete sie. Jeden ihrer Handgriffe hatte er schon hundertmal gesehen aber heute war es anders, er nahm sie anders wahr als sonst. Feiner, heller, noch schöner, und vor allem, voller Begehren. Aber er würde sich zusammen reißen, er würde nicht...
Sie kuschelte sich auf die andere Seite des gemütlichen weichen Sofas, indem sie ihre Beine hochzog und sich zurücklehnte.
Er sah ihr tief in die Augen, bemerkte, dass er selbst nervös war, begann unwiderstehlich zu lächeln, und dachte in Sekunden darüber nach, was er nun tun sollte.
Ihr Herz schlug wild in ihrer Brust, sie konnte nicht mehr anders, es war, als wäre sie nicht sie selbst oder besser, als würde ein Teil in ihr sich ungefragt selbständig machen.
Sie lächelte, hob ihren Zeigefinger und meinte mit zitternder dunkler Stimme... „Jetzt will ich es genau wissen..."
Erregnung packte ihn, ohne weiter nachzudenken, kam er ihrer Bitte nach, rutschte zu ihr hinüber, beugte sich über sie und küsste sie zärtlich und innig, wie er nie zuvor geküsst hatte.
Raphaela sank weiter nach hinten, küsste Nicolas ebenfalls mit einer unglaublichen Sanftheit und Leidenschaft, die in ihm ein loderndes Feuer entfachte.

Ein Augenblick des Innehaltens, ein staunendes sich Ansehen, voll Wunder und Überraschung. Wie Kinder, die sich entdecken, wie Ertrinkende aneinander festhaltend, wie Götter, die einander huldigen, wie Verzauberte gleich eines Märchens, so unwirklich, so fremd und doch so nah wie niemals zuvor, sich gefunden, nach so vielen Leben einander endlich gefunden, fühlten sie sich.

Sie verschmolzen miteinander in einem Rausch von Leidenschaft, die Raum und Zeit vergaß.

Noch nie hatten sie so viel Zärtlichkeit gepaart mit derart erotischer Hingabe erlebt, wie in diesem Augenblick.

Noch nie hatte er eine Frau so sinnlich auf ihn reagieren gesehen. Er war fasziniert, er war überrascht. Er war verzaubert...

„Was war das eben?", fragte sie leise, als sie eng nebeneinander geschmiegt ihrer Herzen Schlag zur Ruhe kommen ließen.

„Ich weiß es nicht, aber es war unglaublich schön, und das beim ersten Mal", er lächelte und hielt sie dabei leicht in seinen Armen.

„Du bist so zärtlich", dunkel sahen seine Augen sie an, voller tiefer noch nicht in diesem Ausmaß bewusster Liebe, die er in seiner Seele empfand. Was sie in seinen Augen sehen konnte, erschütterte sie. Kein Mann hatte sie je zuvor so angesehen. So voller Liebe und Hingabe, so voller Innigkeit, so voller Schmerz, als würde seine Seele die ihre sehen. Er war unwirklich schön, mit seinem leicht gebräunten Hautton, den er seinem Vater verdankte. Seine Gesichtszüge wirkten markant und doch jugendlich. Sein Körper war, obwohl er keinen Sport betrieb, durchtrainiert und gut gebaut. Von seiner Männlichkeit ganz zu schweigen, der man nur den Namen „vollkommen" geben konnte.

Sie schloss die Augen und genoss einfach seine Gegenwart, den Duft seiner Haut und die Arme, die sie fest hielten. Sie hatte sich so lange gewehrt und nun bereute sie jede Sekunde, die sie versäumte und doch... es war gut wie es war. Sie dachte nicht daran, was kommen würde, nicht jetzt, sie genoss nur in vollen Zügen.

Er beobachtete sie noch eine Weile. Sie war nicht schön im eigentlichen Sinn, wie man sich ein Model hätte vorstellen können. Sie war schön, weil sie es ausstrahlte. Eine geheimnisvolle Aura umgab sie, für die er keine Worte fand. Wenn es ihm schlecht ging und er sah sie vor sich, ging es ihm augenblicklich besser. Wenn es ihm gut ging und er dachte an sie, ging es ihm noch besser.

Gut, er träumte ab und zu von ihr, aber er hätte nicht gedacht, dass es nun wirklich passieren würde. Er hatte keine Ahnung, wann sich diese feine Grenze zwischen ihnen aufgelöst hatte und er hatte Angst. In diesem Moment bekam er Angst.

Sie war keine Frau, die man einfach zwischendurch versuchte, sie war anders und hatte eine respektvolle Beziehung verdient. Er verwarf den Gedanken, wollte diese Stunden jetzt nicht mit düsteren Gedanken einfärben.
Er löste sich vorsichtig von ihr, die eingeschlafen war und drehte sich um, aus Gewohnheit. Er schmiegte sich nie an Frauen nach dem Sex. Er wollte einen gewissen Abstand wahren. Dass er dies nun auch bei Raphaela tat, fiel ihm nicht auf. Sie sagte nichts, als sie es bemerkte, legte ihre Hand nur vorsichtig um seine Taille, um dann weiter zu schlafen.

Irgendwann erwachte sie, weil es verbrannt roch, sie hatte vergessen, die Kaffeemaschine auszuschalten.
Er blickte auf, als sie sich vorsichtig von ihm löste.
„Ich wollte dich nicht wecken, verzeih". bat Raphaela mit sanfter Stimme, huschte in die Küche und zog den Stecker aus der Dose, schwebte mehr. als sie ging. wieder zurück und schmiegte sich wieder in seine Arme.
Sie küsste ihn innig und spürte. dass er erneut hart wurde. Ihre Leidenschaft zog ihn mit in andere Welten, ließ sie beide alles um sich vergessen, bis sie schwer atmend nebeneinander lagen, sich an den Händen haltend und glücklich lächelnd schwiegen.
„Unglaublich...."
„Was genau?", fragte sie schelmisch zurück.
„Du bist unglaublich."
„Du auch..."
„Ja dann, nun unter die Dusche und raus an die Luft, ich glaube, da möchte jemand mal etwas erledigen", grinste er mit einem viel sagendem Blick Richtung Hündin, die still vor dem Sofa saß und beide neugierig beobachtete, dabei leise bettelnde Töne von sich gab.
Kichernd stellte Raphaela fest, dass hier wohl jemand nicht wusste, was da vorging.
„Tja, daran wird sie sich gewöhnen müssen", stellte Nicolas in den Raum, dabei breit grinsend. Mit dem letzten Wort stand er auf und ging Richtung Bad, das sich im oberen Stock der Holzhütte befand, wobei sie ihn lächelnd beobachtete. Er war einfach schön und erotisch, so heftig hatte sie dies nie zuvor bemerkt.
Sie war ebenfalls mit einem Satz aus dem Bett, umwickelt mit der Bettdecke.
Sie sah süß aus mit ihrem zersaustem Haar und der mühsam vor der Brust gehaltenen Decke, die sie hinter sich her schleifte, um Lady einfach mal vor die Türe zu lassen. Wenn er nicht völlig fertig gewesen wäre, er hätte sie sofort erneut wild geliebt.

Seufzend lächelnd dachte er, die Wiederholung käme ohnehin bald, man musste ja nicht gleich übertreiben obwohl, so oft hintereinander hatte er noch nie Sex.
Fröhlich hüpfte sie zurück ins Bett, mit dem nun entleerten bellenden Hündchen im Schlepptau.
„Schätzchen ich liebe dich, aber du hast einen eigenen Platz, husch, geh Süße...“, was auf unfruchtbaren Boden fiel, aber Raphaela nun nicht weiter verfolgte, denn in Gedanken war sie bei dem eben Erlebten.
Wie süß er war und wie unglaublich feinfühlig, zärtlich und erotisch... und ausdauernd, hach, sie liebte ihn. Erschrocken aber auch glücklich stellte sie das ein für alle mal für sich, fest. Sie liebte ihn, jawohl, wie konnte sie bloß so lange dagegen ankämpfen? Vergessen waren die Bedenken oder besser gesagt, sie verbannte sie ganz weit in die hintersten Winkel ihrer Gedanken. Schnell schlüpfte sie in ihren Bademantel, den sie aus dem Koffer fischte, weil noch nicht ganz ausgepackt und machte sich noch heißen Tee, bis er mit duschen fertig war; biss dazwischen herzhaft von einem großen Stück Kuchen ab, das in der Küche stand und gab Lady auch ein Stück davon, die diese gierig verschlang. Sie kuschelte sich mitsamt ihrem warmen, weichen, hellrosa Bademantel wieder auf das Sofa, trank in kleinen Schlucken heißen Marillentee und ließ die Szene des heutigen Tages durch ihre Gedanken ziehen.
Es war mittlerweile später Abend. Sie wollte nicht duschen, seinen Duft nicht abwaschen, sie wollte ihn so lange einatmen wie möglich. Niemals hätte sie gedacht, dass sie beide so unglaublich gut zueinander passten, was Sex betraf und ihre Freundschaft... aber wie würde es weiter gehen... nein, sie wollte nicht darüber nachdenken, sie würden sehen, was kommt. Ihr Herz war aufgewühlt, und klopfte immer noch viel zu schnell.
Es war, als kannten sie sich ewig schon. Nicht so, wie sie ihn als Freund kannte, nein so, als wären sie seit tausenden von Jahren zusammen. Wie würden sie nun einander gegenüberstehen? Würde die Freundschaft nun vorbei sein? Und dann? Wollte sie überhaupt mehr von ihm? Ihr Verstand sagte nein, ihr Herz sagte na. Ja und nochmals na! Gott, sie liebte ihn, und wollte es nie wahr haben. Die ganze Zeit über liebte sie ihn...
Erschüttert über alle ihre Emotionen, sank sie nach hinten und blieb einfach so liegen. Sie hatte keine Kraft, sich zu bewegen, wollte nur immer und immer wieder seine Nähe spüren, seinen Duft einatmen, der so sinnlich und wohlig war. „Mein Gott wo soll das hin führen“, fragte sie leise vor sich hin murmelnd, nicht fähig, diese angstvollen Gedanken tatsächlich zu verbannen.
Mit dieser Frage schlief sie fest und tief ein, bemerkte nicht, dass er zurück kam und sie beobachtete. Er holte die Decke vom Schlafzimmer

nebenan, deckte sie zu, nachdem er sich eng neben sie legte und schlief ebenfalls ein.
Morgens erwachte er, noch bevor es draußen heller wurde. Nicolas brauchte eine Ewigkeit, bis er wieder bei sich war. In ihm tobte ein Orkan an Gefühlen, die er nicht einordnen konnte. Er hatte das nicht geplant, nicht zu hoffen gewagt, und doch war es, als wäre es das Selbstverständlichste der Welt. Es war unnötig, sich jetzt Gedanken zu machen, wie es weiter ging. Er wollte mit ihr zusammen sein und genau das hatte nun Priorität, alles andere würde sein, wie es sein sollte.

Nachdem sie ebenfalls erwachte, begab sie sich in das einfach gehaltene, aber penibel saubere Badezimmer, während Nicolas das Frühstück machte.
Danach wollten sie in den nahen Wald spazieren, um anschließend an seinem innen Leben zu arbeiten. Dies allerdings machte Raphaela nun etwas Angst, denn nun stand sie ihm zu nahe und musste zusehen, sich gezielt abzugrenzen, wenn sie in seine Seele tauchte. Noch war eine kleine Grenze zwischen ihnen zu spüren, die eher aus der undefinierbaren Unsicherheit entstand, denn der Absicht. Wie auch immer, sie würde ihre Arbeit tun, wie sie es gewohnt war und hoffte, ihm helfen zu können, sich selbst zu finden. Wobei sie sicher war, dass er eben dabei war, wie sie selbst ebenfalls. Was passierte, war, als wäre es selbstverständlich, als wäre es immer erwartet und doch: etwas in ihr sagte, dass sie beide am Anfang einer Reise standen, deren Ausgang nicht gewiss war.
Wie auch immer, zu allererst wollte sie gutes Frühstück und frische Luft genießen, danach würden sie weiter sehen. Ohne Stress und ohne fixe Pläne.

***

Nicolas lag auf dem Sofa, mit dem Kopf in Raphaelas Schoß, die ihn sanft an der Stirne streichelte. Lady schlief nach dem ausgedehnten Spaziergang zufrieden auf der weichen Decke, die sie ihr mitgenommen hatte, und sie selbst war glücklich und entspannt.
„Möchtest du beginnen?“, fragte sie Nicolas leise.
„Ja, soll ich mich anders hinlegen?“
„Nein, bleib so, entspanne dich einfach, und folge meinen Worten.“
Das fiel ihm leicht, er war schon lange nicht so angenehm entspannt wie in den letzten Stunden, seitdem er mit Raphaela hier in der Blockhütte nahe des Odenwaldes angekommen war.
Sie begann, ihn leicht an den Schläfen zu massieren, was er sich wohlig seufzend gefallen ließ.

„Atme tief ein und aus“, begann sie ihn mit leisen Worten, zu führen. „Halte Deinen Atem nicht an, lass ihn fließen und spüre, wie weit die Luft in deinen Körper dringen kann.
Lass deine Schultern locker werden, lass dich fallen, du bist geschützt und geborgen.
Lass deinen Rücken schwer werden und auch deinen Kopf. Versuche, jegliche Anspannung zu lösen, indem du dich einfach fallen lässt.
Atme so tief in deinen Bauchraum, wie es dir möglich ist.
Fühle deine Beine, lass auch diese locker werden, sie ausruhen. Bewege deine Zehen, dehne und balle sie, bis du sie ebenfalls einfach sein lassen kannst.
Atme tief ein und aus, lass deine Gedanken ziehen, halte die Bilder nicht fest.
Es sind Gedanken wie Wolken, die vorbei ziehen. Fühle die Leichtigkeit, die dir inne wohnt und dich umhüllt.
Er atmete sichtbar ruhiger, ließ sich in ihre Obhut fallen, schwebte langsam wie auf Wolken, war irgendwo in der Ferne und doch hier, um ihre Worte hören zu können.
„Ich werde dir nun Fragen stellen, die du spontan beantwortest. Bist du bereit?“
Er hauchte ein leises Ja, weit weg gerückt aus der Realität, jedoch bereit und fähig, noch zu antworten.

Sie hatte sich keine Fragen vorbereitet, ließ sich ganz und gar von ihrer inneren Stimme führen, die sie bisher immer die richtigen Fragen zur richtigen Zeit stellen ließ, um Hilfesuchende genau an den Punkt zu führen, an dem ihre Seele abgeholt werden wollte.
„Wir gehen in deine Kindheit zurück. Warst du ein glückliches Kind?“
„Ja meistens.“
„Wer war für dich da, als du klein warst?“
„Meine Großmutter.“
„Wie hat sie sich angefühlt?“
„Warm und geborgen, sie war sehr dick und weich.“
„Hatte sie dich getröstet, wenn du Kummer hattest?“
„Nein, nur manchmal.“
„Weshalb hat sie dich nicht getröstet?“
„Weil ich ein Junge war.“
„Hat sie dich manchmal in den Arm genommen?“
„Manchmal, wenn ich nicht damit gerechnet habe.“
„Konntest du das genießen?“
„Manchmal, solange ich klein war, später nicht mehr, da wollte ich es auch nicht mehr.“

„Was war mit deiner Mutter?"
„War kaum da, hatte zu tun oder war mit Männern aus."
„Welches Gefühl hast du bei dem Gedanken an deine Mutter?"
„Hass, Enttäuschung, Liebe, Ekel."
„Weshalb?"
„Weil sie nie da war wenn ich sie brauchte. Weil sie mich nicht schützte."
„Vor wem schützte?"
„Vor Schlägen ihres Freundes."

Raphaela war entsetzt, das wusste sie bisher nicht, machte aber mit ihrer Arbeit weiter.
„Weshalb hat er dich geschlagen?"
„Wenn ich zurück geredet habe oder meine Mutter schützen wollte."
„Er hat Euch beide geschlagen?"
„Ja, immer wieder."
„Wann hat das aufgehört?"
„Viel später, als ich fast erwachsen war, da war er endlich fort."
„Hast du mit deiner Mutter darüber gesprochen?"
„Nein, sie gab keine Antworten, keine, mit denen ich hätte etwas anfangen können."
„Liebst du deine Mutter?"
„Nein, ja."
„Weshalb nein?"
„Weil ich sie dafür hasse, dass sie so lange nichts getan hat und sich immer wieder schlagen ließ."
„Warum liebst du sie?"
„Weil sie meine Mutter ist."
„Hat sie dich getröstet?"
„Nein, nicht so, wie ich es mir wünschte, sie hat mich nie in den Arm genommen und geherzt, nie."
„Wolltest du denn getröstet werden?"
„Nein."
„Warum nicht?"
„Weil es nicht ehrlich war von ihr, weil es nicht ehrlich war."

„Gut, gehen wir weiter, was hat dir an dir selbst gefallen?"
„Fröhlichkeit, lachen können, mutig sein, neugierig und klug."
„Was hat dir nicht gefallen?"
„Zornig sei, anderen Kindern zu vermitteln, dass sie dumm sind."
„Worauf warst du stolz?"
„Auf mein rotes Feuerwehrauto."
„Hast du andere damit spielen lassen?"

„Nein, nur manchmal, aber ich wollte es nicht hergeben, die anderen wollten es mir kaputt machen."

„Gehen wir weiter nach vorne, was war in deiner Teenagerzeit?"
„Nichts, außer Schlägen und Kummer, und mein bester Freund."
„Hast du noch Kontakt zu deinem Freund?"
„Nein."
„Warum nicht?"
„Weil er sich verändert hat."
„Gut gehen wir weiter, was war das Beste in deinem Leben bis jetzt?"
„Meine Arbeit."
„Und das Schlimmste?"
„Die Schläge, Betrug, Unehrlichkeit, Einsamkeit, Lügen."
„Was wünscht du dir?"
„Liebe und Erfolg."
„Was am meisten?"
„Erfolg."
„Warum?"
„Weil ich anerkannt werde."
„Und wenn nicht, was dann?"
„Niederlage."
„Und die Liebe?"
„Weiß nicht. Angst, ich habe Angst, vor Betrug, vor Lügen. Ich habe Angst, es tut weh, ich verdiene es nicht ich bin nichts, ich bin dumm, ich hasse mich, ich hasse mich, ich hasse sie alle".... kam es wütend aus ihm hervor, dabei fing er an, schwer zu atmen, was Raphaela sofort zu einem Anhalten veranlasste.
Sie wusste, dass hier das Problem lag, jetzt kannte sie jedoch die Ursache, sie wollte ihn nicht mehr weiter zurück führen, für heute war es genug.
„Gut, lassen wir es für heute und gehen langsam wieder zurück in das Hier und Jetzt."
Atme tief ein und aus, lass die Bilder wegziehen, es sind nur Gedanken.
Atme tief ein und aus, beobachte deinen Atem.
Lass deine Zehen sich bewegen, spüre deine Beine, die sich auflockern spüre den Atem, wie er deinen Bauchraum erfüllt. Zieh den Atem hoch und stoße beim Ausatmen alles Negative aus dir heraus.
Bewege deine Schultern leicht und auch den Kopf.
Nun wirst du beim Ausatmen die Augen wieder öffnen.

Seine Lider flatterten, als er die Augen aufmachte, sein Blick war noch in weiter Ferne und hatte einen Hauch von Zorn in sich. Sie strich über sei-

nen Kopf, sah ihn dabei zärtlich an. Als sein Blick den ihren traf, war er wieder in der Realität.
„Was habe ich da alles gesagt? Ich weiß nicht, warum habe ich das alles ausgesprochen?“, stellte er mehr erschüttert fest als es eine Frage war.
„Weil es an der Zeit war, Schatz.
Wir werden es besprechen, doch im Moment lass sich die Emotionen setzen, danach werden wir einiges lösen können, den wichtigsten Schritt hast du getan, indem du darüber sprechen konntest.“
Er nickte nur, war noch fassungslos, was da alles aus ihm heraus kam. Er hatte sich selbst reden hören, konnte nicht stoppen und wollte es auch gar nicht. Doch nun genierte er sich ein wenig, denn von alledem hatte er Raphaela nie etwas erzählt, er hatte es selbst soweit verdrängt, dass er sich kaum erinnern konnte, geschweige denn wollte. Wusste aber, dass dies zu seinen Erkenntnissen nötig war, also nahm er es an, wie es war und harrte der Dinge. Sie würde es ihm erklären, mit Sicherheit Schlüsse ziehen, auf die er selbst nicht kam. Dessen war er sicher, dafür waren sie schließlich hierher gekommen. Allerdings dachte er nicht im Entferntesten daran, das seine Kindheit, für ihn überraschend, aufgerollt wurde. Nun, er konnte nicht mehr zurück, musste sich dem, was kam wohl oder übel stellen. Fürs Erste war er erledigt und todmüde. Solche Eingriffe in seine Psyche waren für ihn Schwerarbeit.
„Schlafe ein wenig, ich geh mal mit Lady vor die Türe, einverstanden?“
Raphaela wollte ihm etwas Alleinsein gönnen, um mit seinen Gedanken Frieden zu schließen und ihm die Ruhe geben, die er nun brauchte.

Er nickte dankbar, küsste sie und rollte sich wie ein Kind zusammen. Sie deckte ihn zu und ging nach draußen, um die frische Luft zu genießen, die so ganz anders war als in der Stadt; obwohl sie relativ am Rande derselben wohnte, war der Unterschied doch stark zu merken. Berge mit ihren Wäldern hatten eben einen ganz speziellen, eigenartigen, köstlichen Duft, den sie über alles liebte. Während sie spazieren ging und dem Knirschen der kleinen Äste und Wurzeln unter ihren Füßen lauschte, ließ sie das Gehörte noch einmal Revue passieren. Nun konnte sie sich ein besseres Bild aus dem Verhalten Nicolas machen und verstand, warum er sich oft so machohaft verhielt. Nur, um seine verletzte Seele zu verstecken.
Sie würde später mit ihm darüber reden, aber nun musste sie in ihrem eigenen Kopf wieder Klarheit schaffen und das ging am besten beim Spielen mit ihrer kleinen treuen Hündin, die erfreut über Raphaelas Aufmerksamkeit war.
Sie liefen und hüpften über Waldwege und Wiesen, blieben fast drei Stunden fort, um anschließend, erschöpft wieder zum Haus zurück zu kommen.

Nicolas schlief immer noch, sie ließ ihn gewähren, morgen war auch noch ein Tag, jetzt würde sie es sich einfach neben ihm gemütlich machen, nachdem sie einige kleine Brotschnittchen gegessen hatte und sich in dem neuen Buch vertiefe, das sie mitgenommen hatte.

Am Morgen danach saßen sie beim Frühstückstisch, als Nicolas sie bat, ihre Sicht der Dinge zu äußern.
„Also, wie soll ich anfangen?“ Sie setzte einen nachdenklichen Gesichtsausdruck auf, sinnierte kurz über das Ergebnis der gestrigen Fragen, die sie an ihn stellte, trank einen Schluck ihres Kaffees, um dann zu sprechen zu beginnen.
„Du hast mir nie den Teil deiner schlimmen Kindheit erzählt. Auch kaum etwas von deiner Mutter. Alles, was du mit Frauen erlebst oder wie du innerhalb dieser Beziehungen gehandelt hattest, trägt den Ursprung in deiner Kindheit. Diese Suche nach Geborgenheit und Liebe, das ist ein Suchen nach dir selbst, nach Halt und Stütze, nach einem Heim.
Warum denkst du, hast du immer Frauen gesucht, sie geliebt und sie extrem schnell wieder abserviert und oft sogar in Begleitung hasserfüllter Emotionen?“
„Hasserfüllte Emotionen? Wie kommst du denn darauf?“
„Möchtest du behaupten, dass du nur von einer einzigen Frau im Nachhinein nett gesprochen hast?“
„Ich hab gar nicht über sie gesprochen, weil es mir gleichgültig war. Ich freue mich, wenn ich hin und wieder die eine oder andere zufällig sehe, das ist aber auch schon alles.“
„Eben, du sprichst gar nicht über sie. Demnach auch nichts Nettes, was normal wäre, hat man eine Beziehung hinter sich; selbst wenn sie nicht gut gewesen war, so findet man doch in seiner Erinnerung schöne Situationen wieder, denn Gott sei Dank vergisst man die negativen schnell.
Nächste Frage, warum freust du dich, wenn du die eine oder andere Zufallsbekanntschaft wieder siehst, denn lange hat ja keine gedauert um nicht zu sagen, es waren mehr Bettgeschichten als Beziehungen, soweit ich mich erinnere.“
Sie versuchte, neutral zu bleiben, was ihr nicht leicht fiel, da sie einen Hauch von Eifersucht in sich verspürte. Doch das stand ihr nicht zu; seine Vergangenheit gehörte ihm und sie war hier, um ihm zu helfen und nicht, um über ihn zu urteilen.
„Hmm, ich freue mich vermutlich, weil es schön ist, dass sich jemand an mich erinnert, dass ich nicht vergessen bin oder gleichgültig war.“
„Niemand ist je vergessen, Nicoals; aber findest du nicht, dass es hier um etwas ganz Anderes geht? Versuche, dein bisheriges Leben in Bezug auf

Frauen einmal von oben zu sehen - wie ein Falke." Bei dem Wort Falke wäre sie fast in Gelächter ausgebrochen. Nicht zu fassen, sie integrierte dieses Tier eben in ihre Therapien.
„Das ist etwas schwierig."
„Versuche es! Versuche, dir vorzustellen, du bist ein Falke, der von oben auf den Nicolas herunter sieht, der sich grenzenlos alles nimmt und wieder fallen lässt, ohne sich um die Gefühle anderer zu scheren. Was denkst du, geht in diesem Nicolas vor?"
Er musste an sich halten, um nicht zu widersprechen, wusste aber, dass ihre Fragen Berechtigung hatten, also mühte er sich, in die Rolle eines Falken zu steigen.
In Gedanken schwang er die kräftigen Flügel, spähte in die Tiefe, um einen Mann zu beobachten, der Nicolas hieß. Was er sehen konnte war jemand, der wie ein hungriger Wolf ständig auf der Suche war. Er sah, wie dieser Mann seinen Kummer und seinen Zorn damit unterdrückte, keine Gefühle zuzulassen; sein Leben vergeudete, indem er blind durch die Gegend lief; sich keine Zeit nahm, die Schönheit dieser Welt zu sehen. Er sah, wie er rannte und hetzte, nach Anerkennung buhlte und ein ums andere Mal von Freunden hintergangen und ausgebootet wurde. Er sah, wie er Beziehungen schnell als nervend betrachtete, aber auch keine beendete wirklich auslassen konnte.
Erschüttert sah Nicolas auch Raphaela. Gab die Antwort, um die sie gebeten hatte.
„Ich empfinde etwas, dass man die Sehnsucht nach Geborgenheit und Liebe, nach Verständnis, Vertrauen, Toleranz, Annerkennung und einem Heim betiteln könnte. Ich spüre aber auch massive Angst, undefinierbaren Hass und Verzweiflung. Woher das kommt, verstehe ich nicht ganz."
„Wie wäre es mit dieser Erklärung... du suchst die Geborgenheit, die du als Kind bei deiner Großmutter erfahren hast; suchst das Verständnis, das dir nie entgegen gebracht wurde. Suchst die Toleranz, indem du dich selbst intolerant verhältst, um Beweise zu bekommen, dass du geliebt wirst, wie du bist. Indem dir die Frauen zufällig begegnen, deren Herz eventuell noch für dich schlägt, was dir wiederum das Gefühl gibt, nicht vergessen zu werden, wichtig zu sein und notfalls immer auf die eine oder andere zurückgreifen zu können. Also steckst du mehr oder weniger einen Haufen Zwiebeln in die Erde, um sicher zu gehen, dass es irgendwo immer eine gibt, die du ernten kannst. Sprich, du säst deinen Samen wild aus, nur damit du dich nicht am Aussterben und mutterseelenallein fühlst - im wahrsten Sinne des Wortes."
Er bekam einen Lachkrampf...
Grinsend bemerkte sie, dass er wenigstens Humor hatte.
„Zwiebeln in die Erde, zu köstlich deine Ausführungen."

Nun war sie beinahe beleidigt, musste aber dennoch lachen.
„Na ja, ich versuche dem nur die Schwere zu nehmen“, kicherte sie.
Nachdem er sich beruhigt hatte, meinte er,
„du meinst also, ich schnacksel in der Weltgeschichte herum, damit ich meine frühkindlichen Enttäuschungen und so weiter verdecken kann; säe quasi genug Zwiebeln aus…“, er musste erneut lachen, räusperte sich, im Versuch ernsthaft zu bleiben…, „um sicher zu sein, dass immer irgendjemand für mich da ist und ich nie der Gefahr begegne, einsam zu sein. Hmm und ich gebe zu, ja, ich trage oft Hass in mir und weiß nicht, woher er kommt. Es ist, als hasse ich mich selbst am meisten.“
„Warum hasst du deine Mutter?“
„Ich hasse sie nicht; sie geht mir auf die Nerven, darum habe ich auch kaum Kontakt mit ihr.“
„Ok, aber willst du sagen, dass es Liebe ist, keinen Kontakt zu wünschen?“
„Gute Frage, ich liebe sie…“
„Weil sie deine Mutter ist? Das ist keine Liebe, Nicolas; das ist Pflicht, was du da empfindest. Mutter ist ein Name und bedeutet nicht selbstverständlich, deshalb Liebe empfinden zu müssen. Stell dir vor, sie trägt einen Namen wie Silvia, Angela oder irgendeinen eben, würdest du sie dann auch lieben?“
„Nein, ehrlich gesagt, wenn sie irgendeine Frau wäre, würde ich sie nicht in meinem Leben haben wollen. Ich denke, ich hasse sie vielleicht, nein sicher, wegen meiner SCH… verzeih, verpatzen Kindheit. Ich werde nie verstehen, wie eine Mutter es zulassen kann, ihre Kinder schlagen zu lassen und nichts unternimmt. Wobei, wenn sie dazwischen ging, bekam sie selbst erneut Schläge.“
„Ich kann mir auch nicht vorstellen, dass man nichts unternimmt; ich würde gehen und keiner könnte mich aufhalten, erst Recht, wenn ich meine Kinder schützen will. Allerdings darf man nicht vergessen, dass der Ausgangspunkt eines Verhaltens bei jedem anders liegt. Deine Mutter hat zu diesem Zeitpunkt eben keinen Mut gehabt, oder aber, wenn du es anders sehen willst, sie hatte als Seele eben diese Erfahrung machen wollen und auch diejenige, die sich aus dem Ausharren weiter ergibt. Nämlich, ihren Sohn deshalb zu verlieren.
Denn das hat sie doch, sie hat dich verloren, sonst würdest du Kontakt mit ihr pflegen; wäre eure Beziehung von Liebe getragen und nicht von genervt sein, geschweige denn Hass.“
„Du hast Recht, das ist mit Sicherheit der Grund, darüber habe ich nie bewusst nachgedacht.“
„Deshalb sind wir hier, um zu erfahren, welchem Ursprung deine Lebenslage entspricht.“

„Siehst du nun den Zusammenhang deines Verhaltens gegenüber Frauen bisher?“
„Hmm ja, ich glaube schon. Im Innersten wünsche ich mir vermutlich schon lange eine Frau, die ich schätzen kann. Ich dachte auch, sie in Mariana gefunden zu haben; doch sie hat sich in vielem verhalten wie meine Mutter. Oder sagen wir, was das Vertrauen anbelangte.
Für mich wurde es eine Erfahrung, die besagte, Frauen kann man nicht trauen. Sie sind falsch, lügen und betrügen, nutzen aus oder sind so schwach, dass man mit ihnen machen kann, was man will. Alle diese Dinge sind für mich widerwärtig und nicht akzeptabel.
Daraus erfolgte aus mir ein Verhalten gegenüber Frauen, das ihnen mit Interesse entgegen kam, ihnen aber gar nicht erst die Chance gab, ihren Charakter zu zeigen. Oder besser: ich hatte bald genug von ihnen, wenn ich merkte, sie haben selbst genug Dreck am Stecken und brauchen mich, um sie zu schützen, zu versorgen etc.
Ich habe versucht, sie zu verführen; wobei, wenn eine mit mir gleich ins Bett geht ist sie für mich nichts wert. Eine Schlampe, mehr nicht.“
„Bist du nicht ein wenig hart? Kann es nicht sein, dass diese Frauen selbst auf der Suche nach Geborgenheit und Liebe sind und so wenig Achtung vor sich selbst haben, dass sie aus Angst, erst gar keine Chance zu bekommen machen, was Mann verlangt oder wünscht?
Kann es nicht sein, dass diese Frauen selbst ebenfalls ein großes Problem haben, sich selbst zu respektieren und Grenzen setzen zu können?“
„Ja sicher, aber wenn eine schon am Anfang aus Angst keine Grenzen setzt wie du sagst, ist sie ebenfalls ein Wrack und Ich hab keine Lust, eine Baustelle mit nach Hause zu nehmen bzw. zu behalten.“
„Na weißt du, das ist aber nun ungerecht! Also irgendwie hast du Recht, aber wir alle haben unsere Probleme und es ist eben auch Charaktersache, gleich mit jemandem das Intimste zu teilen, ohne vorher überhaupt annähernd zu erkennen, wer das Gegenüber ist. Im Grunde nimmt man sich sehr viel weg. Das kennen lernen, die Romantik, die positiven Aufregungen usw.“
„Ja, du hast Recht, der Punkt geht an dich. Siehst du, deshalb begehre ich dich so, du hast mich nie ran gelassen, obwohl wir uns schon so lange kannten“, lachte er.
„Sehr lustig, ja? Das hatte auch noch andere Gründe.“
„Tatsächlich? Sollen wir eine kleine Rückführung machen, Süße?“, grinste er bis über beide Ohren.
Lachend bedankte sie sich und meinte, sie zöge es vor, die alte Schamanin zu besuchen.

„Das ist typisch Frau, mich ausquetschen und selbst in Geheimnissen stecken“, versuchte er trotzig zu wirken.
„Ich hab Geheimnisse, die ich selbst gerne aufspüren möchte und ich verspreche dir, sie zu erzählen, sobald ich darauf gekommen bin“, beugte sich nach dem letzten Wort zu ihm und küsste ihn. „Wo waren wir nun stehen geblieben?“ Sie hatte glatt den Faden verloren.
„Ich weiß wo“, lächelte er, stand auf, hob sie aus dem Stuhl und trug sie zum Bett.
„Hey, wir sind noch nicht fertig mit Kaffee“, meinte sie nicht eben sonderlich entrüstet, doch umso williger unter seinen Küssen.
„Kaffe nachher“, grinste er frech

Die Woche in den Bergen hatte ihnen beiden sehr viel gebracht. Sie entspannten, konnten viel lachen aber vor allem konnte sich Nicolas selbst weit besser verstehen als je zuvor. Er war glücklich, sich zu dieser Reise entschlossen zu haben, ganz abgesehen davon, mit Raphaela eine wunderschöne Zeit verbracht zu haben. Ihm graute beinahe vor dem Alltag. Er nahm sich jedoch fest vor, vieles zu verändern.
Einzig die Erkenntnisse, die er über sein Mutter Thema, wie Raphaela es betitelte, mitnahm, würden noch eine Weile schmerzen. Er selbst war der Meinung, diese Dinge lagen in der Vergangenheit - also wozu bearbeiten - gleichzeitig musste er zugeben, dass sein bisheriges Verhalten gegenüber Frauen durchaus mit den Erlebnissen seiner Kindheit und seiner Ex-Beziehung zu tun hatte. Ohne Raphaela wäre er vermutlich noch lange nicht auf die Ursache gekommen - oder sogar nie.
Wie auch immer, er hatte es erkannt; nun würde der Alltag wieder beginnen, nebenbei hatte er keine Lust auf andere Frauen, da Raphaela alles das war, was er sich jemals gewünscht hatte, musste er zugeben.

***

Raphaela beginnt zu schreiben…

Zu Hause angekommen, hatte auch Raphaela vor, einiges zu verändern. Sie würde sich von IHREM Wunsch trennen, als Therapeutin zu arbeiten und beschloss, endlich ihr Buch zu schreiben, das ihr seit langem am Herzen lag. Und sie hatte vor, auch in ihrem Freundeskreis auszumisten. Seit geraumer Zeit bemerkte sie, dass sie sich von einigen zurückzog, ein schlechtes Gewissen hatte, es aber nicht fertig brachte, einen Weg finden zu wollen, alte Freundschaften zu retten.
Darunter gehörte auch Sabrina, die ihr lange Zeit Freundin war, wenn auch eher oberflächlich, so doch als humorvolle Abwechslung, innerhalb derer sich Raphaela nicht mit die Tragik der Welt beschäftigen musste.

Sabrina war an sich ein liebes Wesen, aber eben oberflächlich, und damit konnte Raphaela immer weniger umgehen. Nun es wurde Zeit, in ihrem Leben weiter sauber zu machen, an allen Ecken und Enden, um Neuem Platz zu machen. Ihre Wohnung war soweit von altem befreit; was sie jetzt brauchte, war ein Platz zum Schreiben, den sie sich in ihrer Küche aussuchte, in der sie gerne saß.
Kaum zurück begann sie, über den Traum, der sie immer wieder verfolgte, zu schreiben. Ihre Begegnung mit Nicolas, der alten Schamanin, ihren Visionen und Erkenntnissen, usw. Es fiel ihr relativ leicht, einfach alles nieder zu schreiben. Sie verspürte das tiefe befriedigende Gefühl, alles, was sie zu sagen hatte, nun in der für sie richtigen Form in die Welt zu bringen. Eigenartigerweise blieben, sowie sie anfing zu schreiben, ihre letzten Klienten aus. Ein Hauch von Existenzangst versuchte ihr die innere Ruhe zu nehmen, jedoch kämpfte sie dagegen an, indem sie diese Angst zwar als gegeben annahm, sie jedoch nicht nährte. Es war wie es war und alles andere würde sich ergeben. Schlimmstenfalls wäre da noch Nicolas, der sie sicher nicht ohne Dach über dem Kopf stehen lassen würde. Damit wischte sie fröhlich angstvolle Gedanken weg, setzte sich vor ihren PC, als das Handy läutete.

Sie sah kurz auf das Display und seufzte. Es war Sabrina, die sie seit geraumer Zeit nicht zurück gerufen hatte und die mit Sicherheit schon enttäuscht von Raphaela war. Sie gab sich einen Ruck und hob ab.
„Hi Sabrina, wie geht es dir?“, fragte sie nicht eben wirklich interessiert.
„Na toll, danke! Ich laufe seit Wochen meiner Freundin nach, die scheinbar keine Lust mehr hat, sich mit mir zu unterhalten, von Treffen ganz zu schweigen.“ Sabrinas Ton triefte nur so von Sarkasmus.
„Ja, ich weiß ja, dass ich zurzeit keine gute Freundin bin, bitte verzeih aber ich... Sabrina, ich kann im Moment einfach nicht. Es ist nicht so, dass ich dich vergessen habe; es ist nur, ich hab einfach andere Dinge im Kopf und bin nicht auf Rummel und Gesellschaft aus. Ich möchte einfach nur meinen Rückzug und meine innere Ruhe wieder finden, verstehst du?“
„Klar, ich versteh alles, bin ja schließlich Psychologe. Nein, im Ernst, ich versteh es ja, aber weißt du, du fehlst mir. Ich würde gerne wieder so plaudern wie früher mit dir!“
Seufzend erwiderte Raphaela: „Meinst du nicht, dass sich irgendwann alles verändert und man nicht so bleibt wie früher? Im Moment habe ich persönlich ehrlich gesagt keinen Zugang zu oberflächlichem Gequatsche.“
Autsch, das hatte sie zu hart ausgesprochen; doch wenn sie ehrlich war, empfand sie Sabrinas Gequassel immer gleich und deshalb auch ober-

flächlich. Die Ehrlichkeit fruchtete auch prompt mit einem verbalen beleidigten Gegenschlag.
„Ach so, du findest mich oberflächlich? Na vielen Dank, was glaubst du, wer du bist? Hältst du dich für so intelligent und weise? Glaubst du, mich interessiert, was du da ständig tust und wie du lebst?“ Sabrina fauchte wie eine wütende Katze.
Genau das hatte Raphaela befürchtet: einen Streit, der unter der Gürtellinie ausgetragen wurde; aber wenn es nun schon mal so weit war, würde sie weiter ehrlich bleiben - egal wie es ausging.
„Ich habe nicht gesagt, dass du oberflächlich bist! Aber ja, ich empfinde es oft so. Sieh dir doch Dein Leben an. Ständig verliebst du dich in X Typen und lebst ohne nachzudenken in den Tag. Du hast nichts wie Klamotten, ausgehen und Männer im Kopf; verzeih, wenn ich das mal ausspreche; es hat mich auch nie gestört; aber ich finde einfach keine Gesprächsbasis mehr zwischen uns. Ich weiß, dass dich meine Interessen kalt lassen. Aber irgendwann Sabrina, entwickelt man sich weiter; irgendwann driftet man auseinander und im Moment hab ich einfach keine Lust auf für mich Sinnloses.
Ich sage ja nicht, dass es falsch ist; es ist für dich richtig und schön, aber für mich zu wenig. Ich möchte in meinem Leben mehr Tiefe haben. Vielleicht bin ich mal dankbar für Oberflächlichkeit um abzuschalten, aber jetzt ist es eben nicht so; jetzt empfinde ich es so langweilig, dass es schon anstrengend ist.“
„Weißt du was, geh zum Teufel.“ Sabrina hängte wütend auf. Damit war die Leitung unterbrochen.
Raphaela wurde zornig. Genau das hasste sie: wenn jemand keine Kritik vertrug oder ehrliche Worte, Alle erwarteten, dass sie, Raphaela, alles schluckte und funktionierte, wie andere es wollten. Tat sie aber ihren Wunsch und auch ihre Kritik kund, wurde sie abgehängt. Zugegeben, sie war etwas zu hart, aber es rutschte ihr einfach heraus; wobei sie genau wusste, da brodelte schon lange etwas in ihr, sonst wäre sie achtsamer mit ihren Worten gewesen. Sie mochte Sabrina ja, aber seit geraumer Zeit nervte sie deren Lebenseinstellung gewaltig und sie konnte dieses ewige Liebesglück und Liebesleid, das sich alle Wochen abspielte, einfach nicht mehr hören. Gut, Sabrina würde sich wieder beruhigen und wenn nicht, dann eben nicht. Sie hatte keine Lust, sich zu entschuldigen; es war ihre Meinung; sie hatte sich entschuldigt, dass sie diese aussprach, mehr gedachte sie nicht zu tun, basta. Damit war die Sache für Raphaela vom Tisch. Sie hatte jetzt Wichtigeres zu tun.
Sie schnappte Lady, die sie heute zu der Schamanin mitnehmen wollte, da ohnehin keiner zum Aufpassen hier war und marschierte los. Raphaela wollte ihren Drang nach mehr Wissen weiter nachgeben. Was lag also

näher, als weiter hinab in ihre Seele zu steigen, um gründlich auf zu räumen... Eigenartig, wie schnell sich Gedanken plötzlich verselbstständigten und sich Wünsche erfüllten. Sabrina war ein Beispiel dafür, mit diesen Gedanken zog sie los, um einfach jede Sekunde zu genießen.

Kurz plauderte sie mit der Schamanin, trank wie immer einen heißen Tee bei ihr, wollte aber nicht länger mit der Rückführung warten. Und wie immer bat die alte Frau Raphaela in das kleine Nebenzimmer. An der Wand stand unverändert der lange Tisch mit weicher Auflage bereit, dem weißen Leinenlaken und einem kleinen weißen Nackenpolster... Sie ließ sich darauf nieder und schloss ihre Augen. Das Hundchen kauerte sich unter den Tisch und genoss ebenfalls die Schwingungen heilender Energien und Gerüche. Raphaela sog die nach Kräutern duftende Luft tief in sich ein. Sie vertraute der Schamanin blind, begab sie sich in deren Obhut, ließ sich fallen und entspannte auf der Stelle. Der Duft von wilden Rosen, Weihrauch und Lavendel, den sie so liebte, umnebelte ihre Sinne. Von weit her hörte sie leise Klänge, die sie immer weiter in sich selbst fallen ließen. Die Worte der alten Frau waren leise und eindringlich, sie führte Raphaela in die Leere ohne Zeit und Raum.
Plötzlich hatte Raphaela das Gefühl, als würde ein enorm starker Sog sie in die Dunkelheit ziehen, sie begann, schneller zu atmen, ihr Herz raste. Sie ließ es zu, kannte die Anzeichen, bevor man in die Tiefe des Unterbewusstseins stieg. Dann, auf einmal, schien die Zeit still zu stehen, alles um sie war dunkel, beinahe unheimlich ruhig, bis sie erneut in einen Strudel gelangte... plötzlich ein Donnern und Blitzen...
Wo war sie? Sie sah sich selbst nicht, empfand sich wie eine Zuschauerin, die unsichtbar zu sein schien... als... sie ihn sah...

***

Der Untergang

Der Himmel wurde dunkel und düster, der Wind blies orkanartig über das in sich zerfallende Land, wo nichts mehr aufzuhalten war. Alles begann zu verschwinden im Nichts der untergehenden blutroten Sonne vermischt mit dem unheimlichen Schwarz des Himmels.
Aufrecht stand er da, sein Herz hämmerte schwer in seiner Brust. Sein langes, dunkles Haar wehte im Wind. Auf seinem ausgestreckten Arm saß ein Falke. Dieser Herrscher, so jung an Jahren, doch so alt in seiner Seele, blickte voll Schmerz über dieses, sein Land. Die Prophezeiung begann sich zu erfüllen, unerbittlich und allmächtig. Der Untergang war nah mit all denen, die er liebte und führte .Dieses Land, das einst so rein

und stark war, dessen Energie alles nährte. Geschunden und ausgebeutet von denjenigen, die einst sein Vertrauen besaßen und es tief missbrauchten. Die Gier und der Machthunger zerstörte, was einst aufgerichtet war.
Diese Toren, was hatten sie angerichtet, geblendet von dummem unnötigem Neid? Angeführt und verblendet von einstigen Priestern, die reine vollkommene Macht in die einer Zerstörenden verwandelten. Nun konnte nichts mehr aufgehalten werden, war der Boden zerstört, der aus Liebe gab und sie alle nährte. Nichts würde mehr sein wie es wahr. Alles hatten sie dem Untergang geweiht!
Die Rache der Götter würde furchtbar sein, über Tausende von Jahren müssten die Menschen nun dieses Erbe tragen; alles verlieren, was sie ausmachte; ihre Göttlichkeit erstickt unter egoistischem Machthunger! Verloren das Geheimnis Atlantas. Das Wissen zerstört, der Keim der Schöpfung der Erde gleich gemacht, unerbittlich, ohne Mitleid, aus purer Habgier und Herrschsucht.
Es blieb ihm nur ein Weg, das goldene Wissen zu retten, ein Weg, der schwerer nicht sein konnte und ihm das Herz zerschnitt. Er wusste, die Priesterin hatte Recht, er musste es tun, zum Wohle der Menschheit die vielleicht, und nur vielleicht, einst die Fähigkeit wieder erlangen würde, erneut die vollkommene Saat zu streuen, um sie zu ernten.

Die Erde bebte, die Häuser zerfielen, die Schreie erschütterten das Land, noch mehr erschütterten sie das Herz des Königs. Die Last erdrückte ihn, beugte seine Schultern und doch musste er den letzten, den für ihn schwersten Weg gehen.
Sein Blick schweifte noch ein letztes Mal über das Reich, das keines mehr war, dunkel und düster lag es zerstört vor ihm, sah er das zornige Beben von Mutter Erde; sah das Bersten der Erde, die alles verschlang in ihrem tiefen Schoß. Die hunderte Stufen des Tempels, an den er zuoberst stand, begannen zu zerfallen, er durfte keine Zeit mehr verlieren. Er atmete tief ein, drehte sich um und ging mit festen Schritten in das Innere des Tempels, wo die Priesterin auf ihn wartete.

Fackeln erhellten den Raum, gerade so weit, um den Opferstein sehen zu können. Er blickte sie an, musste nichts sagen, sie verstand und begann das Ritual. Einem Schatten gleich, kam die Herrscherin heran, in ihrem Arm das kleine Kind, noch nicht einmal ein paar Neumonde alt, lag es still da. Sie, die an Anmut keiner anderen glich, deren Zartheit fast kindlich war; er liebte seine junge Frau mehr als jemals zuvor. Wusste er doch, dass es kein Entrinnen gab und trotzdem sie so beherrscht war, die Angst ihr die Kehle zuschnürte, war sie ganz Königin. Ihr Haar glänzte im

Fackelschein; ihre Augen, so schwarz wie die Nacht, aus denen Tränen sich unaufhaltsam lösten, gleich einem Wasserfall. Kein Laut kam über ihre Lippen, sie drückte ihr Kind noch einmal an ihr Herz, küsste es innig, um es dann ihrem Mann, dem Herrscher, zu überreichen, der ihr Gleiches tat. Die Priesterin war nun soweit und deutete auf den Stein, worauf das Kind zu liegen kam. Mit seltsamen Worten, unter dem Beben der Erde, formte sie über dem Kind einen blauen Kristall.
Unter dem Dröhnen berstender Steine murmelte in Trance die Priesterin ihren Zauber. Der Kristall begann sich zu drehen, öffnete sich, aus ihm entstanden Zeichen, die schwebend das Kind umtanzten. Zeichen, deren Kraft nur einigen auserwählten Hohepriesterinnen bekannt war.
Mit einem Zischen schloss sich der Kristall, schnellte herab in des Kindes Leibesmitte; in diesem Moment nahm der König den Dolch und erstach sein Kind. Der Falke kreischte, ein Aufschrei brach aus der Mutter hervor, sie fiel auf die Knie vor ihrem Mann, der erneut den Dolch schwang und auch ihr das Leben nahm.
Ein Blick noch zur Priesterin, ein Blick noch zurück, und das Land mit ihm und den Seinen verschwand...

In diesem Augenblick, wurde es dunkel um Raphaela, gefangen in einem Wirbelwind, zog es sie weiter durch Raum und Zeit, durch die Ewigkeit... Und wieder blieb die Zeit für sie stehen, um sie ein neues Bild sehen zu lassen.

Sie stand da, die hoch gewachsene Frau, auf einem Tempel. Ihr goldblondes Haar fiel glatt und lang über Ihre schmalen Schultern, ihr weißes, hauchdünnes Kleid umhüllte ihre zu schmale Figur. Lange, weite Ärmel bedeckten ihre Arme, nur ein Band unterhalb der Brüste hielt das Kleid an ihren Körper, kein Schmuck störte die natürliche Schönheit, die sie ausstrahlte. Das Land vor ihr war dem Erdboden gleich, alles düster, dunkel und tot. In Ihr waren so viel Traurigkeit und so viel Schmerz.
„Nimm deine Aufgabe an", hörte sie Irgendwoher eine Stimme sagen.
„Ich kann nicht, ich kann es nicht", schluchzte sie unter Tränen.
„Nimm deine Aufgabe an, du kannst es, nimm sie an!"
Sie sah zum Himmel empor, der dunkel und trostlos schien. Ein Falke zog Kreise über das Land. Niemals zuvor war sie einsamer als in diesem Augenblick; nie zuvor fehlte ihr jemand so sehr wie jetzt, der ihr zur Seite stand.
Da spürte sie hinter sich eine warme Energie; sie wusste, dass ihre Mutter hier war. Ihre Mutter, die sie nie kennen lernen durfte.
Sie konnte sie nicht sehen und doch, sie war ihr manchmal so nah und ferner denn je. Verzweifelt sah sie gen Himmel, als sie spürte, es war

jemand neben ihr. Sie drehte den Kopf nach rechts und sah eine Frau, verschwommen nur, unwirklich fern, gleich einer Vision.
„Versuche es, glaube daran, brich den Bann!“
Der linke Arm der geheimnisvollen Frau streckte sich ihr entgegen, aus deren geöffneter Hand, ein blau leuchtendes Licht strömte, das den Körper der jungen Frau einhüllte.
In ihr wurde es seltsam ruhig, sie blickte über das Land, ihre Augen schlossen sich, seltsame Worte kamen aus ihrem Mund. „Laschka el scha cha, laschka el ha – Laschka el scha cha, laschka el ha.“
Die Erde erbebte, als sie ihre dünnen Arme hob. Ein Strahlen, als wäre in ihr ein großer Kristall, strömte aus ihrer Mitte und begann sich zu drehen, immer schneller und schneller, bis das Leuchten verstärkt ihren ganzen Körper erhellte. Mutter Erde begann sich zu öffnen; wie klaffende Wunden riss der Boden auf und spuckte die einstigen Gemäuer wieder heraus. Dunkelheit wich unter Getose der mächtigen goldgelben Sonne. Wie ein Orkan schnellte alles empor, versetzte in Sekunden die alte Natur wie sie einst war, wieder zum Leben, das alte Land ward wieder geboren.
Unter all dem Beben und Toben rührte sie sich nicht von der Stelle, stand aufrecht und fest auf ihren Beinen. Das hauchdünne Kleid wehte im Wind, genau wie ihr langes, goldblondes Haar.
Die Sonne verbannte die letzte Dunkelheit, und der Blick war frei bis in den nahen Wald. Das Beben und Dröhnen, der starke Wind, alles legte sich wieder, und tiefe Ruhe entstand.
Als sie ihre Augen wieder öffnete, nahm das Strahlen um ihren Körper wieder ab, doch das Leuchten in ihrer Mitte war weiterhin zu sehen. In diesem Moment kamen zaghaft aus dem Wald von überall Menschen, Paare Hand in Hand, manche eng umschlungen; fast angstvoll und zögernd, wie scheue Tiere, setzten sie ihre Schritte, näherten sich dem Tempel, wo hoch oben das junge Mädchen stand, kaum noch erwachsen und doch schon ganz Frau. Erstaunt kamen sie näher und blickten sie an, die junge Frau in ihrem Priesterinnengewand.
Verwundert sah diese die vielen Menschen näher kommen und hörte noch einmal diese dunkle sanfte, doch so männlich, vertraute Stimme…
„Nimm deine Aufgabe an!“
Ein Raunen ging durch die Menschenmenge, sie staunten und hoben ihre Hände, ein Jubeln entsprang ihren Kehlen, doch was sie sahen, war nicht die Priesterin; nein, was sie sahen, war das Strahlen in ihrer Mitte, das sich wieder zu verstärken begann.
Da stand sie am Tempel und ihr wurde klar, dass die Menschen nicht sie sahen sondern nur das, was in ihr war… die Kraft einer unglaublichen Macht, die durch sie wirkte, sie lenkte, doch sie selbst in den Schatten stellte…

„Hilf mir Göttin, sag mir, wer ich bin, welche Aufgabe ist die meine, sag mir wer ich bin!“...

Stürmisch wurde sie erneut durch Raum und Zeit geschleudert, ihr Atem ging schneller als plötzlich...
Sie schreckte hoch... atmete schwer... „Oh mein Gott, das war ich! Oh mein Gott, ich war das Kind. Und ich war auch diese junge Priesterin, wer war ich wirklich und warum... ich war auf dem Tempel und...“
Die alte Frau ließ Raphaela nicht aus den Augen, hörte ihr zu, bis sie fertig war und wieder ruhiger atmete.
„Was war das? Was... warum...“
„Ich dachte nicht, dass du bereit wärst, jetzt schon deine Wurzeln zu finden!“
„Meine Wurzeln? Meine Wurzeln waren bei den Atlantaer? Aber was hatte das zu bedeuten? Wer war ich und warum musste... das alte Wissen! Sie haben von einem alten Wissen gesprochen, das in mir schlummern soll. War es das? Wurde ich getötet, weil Atlantis unterging? Warum ich? Ich war doch nicht die einzige... ich war ein Kleinkind. Was war mit den anderen, die dieses Wissen in sich trugen; Atlantaer waren alle hochweise Menschen, was hat das alles mit mir zu tun, vor allem jetzt, im Heute? Ich verstehe den Sinn nicht“, frustriert fiel Raphaela in sich zusammen, setzte dabei eine verzweifelte Miene auf, und kämpfte mit Tränen.
„Lass alles auf dich wirken;, wenn du bereit bist, wirst du es sehen, wirst erkennen, welches Wissen du in dir trägst und das tun, wofür du bestimmt bist; du wirst erkennen welchen Weg du gehen musst, um dein Erbe anzutreten.“
„Welches Erbe?“
„Du warst die Tochter des letzten Herrschers von Atlantis, Raphaela. Nicht irgendeine Frau, sondern eine, die geheimnisvolle Macht in sich gespeichert hat. Sobald du deine letzten Prüfungen bestanden hast, wirst du dein Erbe antreten, im wahrsten Sinne des Wortes.“
„Nun verstehe ich gar nichts mehr. Geheimes Wissen, Prophezeiungen, Erbe... das kann alles nicht Realität sein, oder?“
„Realität ist relativ, sie ist immer das, was wir in ihr sehen wollen. Realität ist nicht ausschließlich... sie ist unendlich, wie der Kosmos selbst.“
Völlig aufgewühlt und wie benommen, erhob sich Raphaela. Nach einer Weile ging sie zurück in das Zimmer, wo das Sofa stand, setzte sich und trank eine weitere Tasse heißen Tee, die ihr die alte Frau einschenkte. Sie war nicht fähig, zu sprechen, war in Gedanken versunken. Die alte Frau ließ sie in Ruhe, bis Raphaela aufstand, sich bedankte.
„Ich muss das alles erst einmal setzen lassen, wenn ich darf, würde ich gerne wieder kommen, ja?“

„Du bist immer herzlich willkommen, Raphaela. Vergiss deine Teemischung nicht, die ich dir mitgebe. Trinke jeden Abend vor dem zu Bett gehen eine Tasse und du wirst ruhiger schlafen. Die Träume werden sich für eine Weile einstellen.“
„Der Traum, genau... nun weiß ich immer noch nicht, wer der Falke ist oder er zu sagen hat, doch er war hier in jedem Bild war er anwesend.“
Etwas enttäuscht, stand Raphaela einen Augenblick wie ein Häufchen Elend da, um sich im nächsten Moment wieder zu fangen, und sich dankend von der Schamanin zu verabschieden.
„Ich danke Ihnen, ich glaube, ich brauche jetzt Schlaf, ich bin so unsagbar müde.“
„Geh nur, gönne dir Ruhe, lass dir Zeit und komm zu mir, wenn du Hilfe brauchst. Hab Geduld, du wirst zur richtigen Zeit alle Antworten finden, die du suchst. Sie kommen von ganz alleine, wenn du Vertrauen hast in die göttliche Ordnung.“
„Ja, Vertrauen habe ich ja, aber Geduld ist das schlimme Wort“, lachte sie nun und ging endgültig, gedankenverloren nach Hause.

Die Alte blickte ihr durchs Fenster nach und lächelte. Sie wusste, die Prophezeiung würde sich erfüllen. Sie würde Raphaela beistehen, wie sie es einst versprochen hatte, als sie den Schwur aussprach.
Raphaela, über hunderte von Jahren immer wieder geboren, durch Qualen und Schmerzen, die Seele geschunden, bereit, immer wieder zu lernen und reifen. Sie hatte das alte Wissen in sich.
Vieles würde sie jetzt jedoch noch nicht verstehen. Doch die Zeit war gekommen, schon bald würde sie ihre letzten Prüfungen bestehen, von deren Schwere sie noch keine Ahnung hatte.

***

Nachdenken...

Das heiße Schaumbad tat ihr gut. Die Bilder von längst vergangenen Tagen, in der sie scheinbar eine wichtige Rolle spielte, berührten Raphaela tief. Sie hatte das Gefühl, ihre Eltern von einst in diesem Leben schon längst wieder gefunden zu haben. Als sie diesen Herrscher sah und die Frau mit dem Kind in der Hand, da verzerrten sich die Bilder kurz und die Gesichter ihrer beiden Freunde wurde kurz erkennbar.
Patrick und Linda, ihre langjährigen Freunde, die sich liebevoller nicht hätte um sie kümmern können. Lange dachte sie schon insgeheim, dass die beiden eine schicksalhafte Verbindung zu ihr hatten. Ihre Sorge, ihre Hilfe, die sie Raphaela ständig schenkten, waren von einer ehrlichen

Herzlichkeit, ohne Anforderungen und Erwartungen zu stellen. Linda war etwas jünger als Raphaela und Patrick um einiges älter als die beiden Frauen. Sie konnte sich kaum mehr erinnern, wie sich die Freundschaft eigentlich entwickelt hatte, sie war einfach eines Tages da. Kennengelernt hatte sie Linda innerhalb eines Kurses, den Raphaela gab. Linda wollte damals Energiearbeit lernen und fand Raphaela durch einen Informations-Folder, den diese bei einer tierärztlichen Praxis deponierte. So entwickelte sich langsam aber stetig eine Freundschaft zwischen beiden. Unauffällig erst und nicht zu eng, dennoch beständig und treu. Etwas später kam dann Patrick dazu, den sie erst nicht richtig eingliedern konnte, der sich aber im Laufe der Zeit zu einem väterlichen Freund entwickelte. Seine stille Weisheit, die so manches Mal ungefragt, jedoch immer im richtigen Augenblick, aus ihm hervor kam, half Raphaela in vielen Situationen, selbst wieder klar zu sehen, wenn sie sich in Problematiken verstrickte. Darüber hinaus war er ein großer Heiler, der sich nicht allzu gerne als solcher zu erkennen gab. Patrick war eher der schüchterne Typ, der lieber im Stillen wirkte.
Linda hingegen war die Mütterliche, die Sanfte, die Gebende. Sie hatte immer wieder für Raphaela kleinere und größere Geschenke und freute sich selbst darüber, wenn Raphaela sich erfreute. Linda war diejenige, die Geborgenheit in ihre seltenen Treffen brachte, die es sich nicht nehmen ließ, zu umsorgen, wo immer es ging.
Manchmal musste Raphaela sie fast zwingen, etwas kürzer zu treten, wenn Linda sich dabei verausgabte.
Ohne die beiden wäre sie oft völlig alleine dagestanden. Merkwürdigerweise waren sie immer zur Stelle, bevor Raphaela darum bitten konnte. Telepatisch konnten sie sich inzwischen mühelos verbinden.

Als sie das Königspaar innerhalb der Rückführung sah, wusste ihre Seele, wer diese beiden Menschen in der heutigen Zeit waren. Sie täuschte sich nicht, sicher nicht, zu stark waren die Empfindungen und die Klarheit der inneren Stimme.

Sie riss sich aus den Gedanken und spülte den Schaum von ihrem Körper. Sie war müde und wollte nur mehr ins Bett.
„Tut mir einen Gefallen, meine Engel, lasst mich heute tief und fest schlafen und mich morgen ausgeruht fühlen, ich hab's verdient finde ich!"
Sie trocknete sich ab, gönnte sich noch schnell eine nach Pfirsich duftende Körperlotion und huschte unter ihre weiche Decke, nicht ohne vorher die Terrassentüre zu verriegeln und einen Blick auf die wunderschöne große Tanne vor ihrem Fenster zu werfen, deren Wipfel sich sanft im lei-

sen Wind wiegte. Sie liebte die Tanne; es war ihr, als strömte durch sie eine besondere Kraft.
Es dauerte keine fünf Minuten und Raphaela war tief und fest eingeschlafen...

Bewegungslos saß er im geschützten Geäst der großen Tanne vor ihrem Fenster. Mit stechend scharfem Blick bewachte er sie, niemals müde, niemals unaufmerksam... *der Falke.*
Nun war es an der Zeit für einen weiteren Freund längst vergangener Tage, dessen Botschaft an Raphaela ein wichtiger Schritt nach vorne war. Seine Mission begann jetzt...

***

Ein neuer Mitbewohner....

Mit dem geflochtenen Deckel des Wäschekorbs auf dem Kopf lugte er frech nach draußen, kaum dass er sich mit den kleinen Krallen festhalten konnte. Sein Gesicht zeigte wache große Augen, in denen Neugierde blitzte. Seine kleine rosa/schwarze Nase reckte sich in die Luft, wobei der Deckel am Kopf abrutschte. Geschmeidig sprang der eben mal fünf Wochen alte Kater aus dem Korb, torkelte etwas unsicher über den sauberen weißen Boden. Sein Fell glänzte beinahe silbern hell. Mit festen stämmigen Beinchen gedachte er die Welt zu erobern...

Lachend erwachte Raphaela. Nanu? Was hatte sie da eben geträumt? Sein Gesichtchen war so unglaublich süß, so schelmisch blickten seine großen babyblauen Augen in die Welt. Der Deckel, der so schief auf seinem Kopf lag, sah zum Schieflachen aus. Was hatte das zu bedeuten? So klar hatte sie schon lange nicht geträumt, vor allem nicht so angenehm, dass sie mit Lachen aufwachte. Süßer Kerl, dachte sie bei sich, sprang aus dem Bett, um sich dem morgendlichen Ritual zu widmen.
Ihre Hündin lief wie immer neben ihr her und erwartete die ersten Streicheleinheiten und Frühstück, möglichst von Raphaelas Teller, von dem diese selten direkt vom Tisch abgab. Nach Kaffee und Morgentoilette spazierte sie wie immer mit Lady nach draußen.
Der übliche Weg, war allerdings an der nächsten Ecke beendet. Starr blieb Raphaela plötzlich stehen. Irgendetwas drängte sie, die entgegengesetzte Richtung zu nehmen, die sie ansonst eher selten ging.
„Hmm, was wollt ihr mir zeigen?“, fragte sie ihre kosmischen Helfer, sie kannte die Anzeichen des Drängens in ihrem Innersten, als würde sie jemand sachte führen. Die Hündin wusste es scheinbar, zog ungeniert an

der Leine und veranlasste Raphaela, im Eilschritt weiter zu gehen bis sie abrupt stehen blieb.
Entgeistert sah sie auf das Bild, das unter Klarsichthülle am Gartenzaun vor einem alten Haus hing. Darunter stand... „Katzen zu vergeben".
„Das gibt es nicht", rief sie erstaunt aus, während sie auch schon, mit zitternden Händen, ihr Handy aus der Jackentasche holte, um die angegebene Telefonnummer zu wählen, nicht, ohne sich dabei zu denken... „was zum Teufel mache ich da?"
Während sie auf die Verbindung wartete, starrte sie unentwegt das Foto an, das genau den kleinen Kater zeigte, von dem sie letzte Nacht geträumt hatte.
„Ja hallo, ich rufe wegen der Katzen an, ist noch eines frei?"
„Ja, wollen sie vorbei kommen? Es ist zehn Minuten von dem Gartenzaun entfernt, an dem sie das Bild sehen."
„Ja gerne, ich bringe nur meinen Hund nach Hause, dann mache ich mich auf den Weg, wenn es Ihnen Recht ist."
„Ja, das passt, ich bin zu Hause, bis dann, Ciao".
Immer noch stand Raphaela vor dem Bild. „Hoffentlich ist der kleine Kerl hier noch frei, ach klar, ist er das, sonst hätte ich nicht von ihm geträumt. Was sollte das nun wieder bedeuten? Eigentlich wollte sie kein weiteres Haustier, aber dieser Kleine hier, er war für sie bestimmt, das wusste sie einfach, wozu auch immer es gut sein sollte. Ihr Herz machte Freudensprünge, sie liebte Katzen und genau genommen dachte sie oft, dass noch ein kleiner Kater fehlte in ihrer Runde. Sie brachte Lady nach Hause, hoffte, sie würde nicht wieder das ganze Haus zusammen bellen, denn es war um diese Zeit keiner zum Aufpassen hier. Machte sich eilig auf den Weg, mit Vorfreude im Herzen.

Als sie die kleinen Katzen sah, fragte sie sogleich, welcher denn hier frei wäre.
„Dieser hier, der Kater wäre noch übrig", meinte die Frau und drückte ihn Raphaela in die Hand.
„Nicht zu fassen, ob sie es glauben oder nicht, genau von diesem kleinen Kerl habe ich heute Nacht geträumt! Das gibt es ja nicht, ich meine ja schon, aber wissen Sie, ich arbeite mit den Phänomenen Traumbotschaften, Ahnungen und Visionen, trotzdem ist es jedes Mal ein Wunder, wenn Dinge und Situationen eintreffen."
„Ich habe davon gehört, ich würde mich auch gerne damit beschäftigen, aber ich hab einfach keine Zeit dazu. Wann wollen Sie ihn denn mitnehmen?
„Ja, am liebsten sofort."
„Oh, so schnell schon? Eigentlich, also... ach was soll's, er frisst schon

brav aus der Schüssel; also ich denke, er kann die Reise beginnen“, lächelte die Frau etwas wehmütig.
„Aber ich muss sie warnen, er ist der Aufgeweckteste von allen, ständig stellt er etwas an.“
„Ja das denke ich mir, hätte mich auch gewundert, wenn es anders wäre. Ich liebe so kleine Schelme“, lachte Raphaela
„Sie können ihn jederzeit besuchen, ich wohne ja nicht weit weg“, schlug Raphaela vor, die wusste wie man sich fühlt, wenn man etwas lieb Gewonnenes hergeben musste.
„Wissen Sie, das ist nett, aber es ist doch meist so, dass man sich aus den Augen verliert trotz guter Vorsätze. Versprechen Sie nur, gut zu ihm zu sein, er ist ein Schlingel; ich fürchte, Sie werden nicht nur viel Freude sondern auch viel Aufregung mit ihm haben“, lachte die Frau.
Lachend gab Raphaela zurück: „Das macht nichts, ich liebe Katzen und den Kleinen hier schon jetzt ganz besonders.“ Sie hielt den nun zappelnden Kater sachte, aber doch mit sicherem Griff fest, verabschiedete sich und ging schnellen Schrittes fröhlich nach Hause.
„Nun mein Kleiner, hast du dich also angekündigt ja? Ich heiße dich willkommen und hoffe und wünsche mir, dass du ein langes glückliches Leben haben wirst. Wie wollen wir dich denn nennen, kleiner Fratz, hmm?“
Dabei herzte und küsste sie das Kätzchen, das sich nun maunzend an ihr festkrallte.
Kaum zu Hause angekommen, hatte sie einen Namen... „Giacomo“... ganz genau, der passt zu dir!
Giacomo, Casanova, kleiner Herzensbrecher“, lachte sie, lief die Stufen zu ihrer Wohnung hoch, sperrte auf und musste vorerst die Hündin beruhigen, die nicht wusste, ob sie entrüstet bellen sollte, weil zurück gelassen oder erstaunt bellen sollte, weil ein neuer Genosse.
Giacomo war das egal, der huschte so schnell ihn seine kleinen Beinchen trugen, unter das Sofa und blieb dort die nächsten zwei Stunden, zum Leidwesen Raphaelas, die ihn lieber ausgiebig gestreichelt hätte, aber seinen Rückzug respektierte. Schließlich musste er sich erst an die neuen Gerüche gewöhnen. Und vor allem musste Raphaela Lady beruhigen, die mit dem Kopf unter dem Sofa und dem Po nach oben gestreckt sich umsonst mühte, dem Kater näher zu kommen. Der hatte beschlossen erstmal zu schlafen...

Giacomo war die reine Freude an Lebensmut und Neugierde. Er brachte Raphaela zum Lachen, denn er hatte sich wohl in den Kopf gesetzt, ihr jeden seiner Schritte und Gedanken zu unterbreiten, indem er ständig maunzte und den Anschein gab, sich mit ihr zu unterhalten.

Er schmuste, schnurrte ohne Unterlass, spielte hingebungsvoll mit Lady, die ihn als ihr Junges adoptierte. Es war unglaublich schön, den beiden zuzusehen. Nur ihre ältere Katze teilte die Freude nicht unbedingt mit ihnen, ihr war der Rabauke schlicht zu wild. Sie hatte Mühe, ihn sich vom Hals zu halten, was sie unter ständigem Fauchen unmissverständlich zu verstehen gab. Raphaela liebte ihre Tiere sehr, aber Giacomo war ihr Eigenartigerweise ganz besonders nahe ans Herz gewachsen; sie liebte ihn, als wäre seine Seele ihr näher, als so mancher Mensch es je war.
Rügte sich als verrückt, konnte aber nichts dagegen tun. Giacomo war etwas Besonderes; irgendetwas, ahnte sie, hatte er ihr zu sagen, kam aber noch nicht darauf, um was es gehen würde. So ließ sie der Zeit ihren Lauf; sie würde verstehen, worum es ging, sobald es soweit war.
Wie dramatisch die Botschaft sein würde, ahnte sie nicht - bis zu diesem Tag...

***

„Mein Gott, wo habt ihr bloß die Flöhe her", verzweifelte Raphaela eben, die beobachten konnte, wie eine ganze Schar Flöhe zwischen Giacomo und Lady hin und her sprang. Angeekelt suchte sie das Flohmittel für Lady, öffnete die Ampulle, träufelte einige Tropfen in deren Nacken, schnappte Giacomo, der eben vorbeilaufen wollte, träufelte auch ihm Tropfen in den Nacken, wobei sie sich dachte „das war zu viel, nun wird nicht schaden".
Irgendetwas ließ sie innerlich unruhig werden, sie achtete jedoch nicht darauf, versuchte nur, die Wohnung von dem Ungeziefer zu befreien, wofür Stunden vergingen.
Seltsam, wie ruhig der Kleine ist? Dachte sie, als sie abends endlich mit putzen fertig war. Setzte sich an den PC, weil sie noch schreiben wollte, als sie plötzlich inne hielt...
Lief ins Schlafzimmer und erstarrte. Der kleine Kerl saß seltsam verkrampft am Boden und zitterte an Ohren, Gliedmaßen und Schwanz. Speichel rann ihm aus den Schreck geweiteten Augen
„Oh mein Gott", schrie sie auf... Was hast du, Kleiner, was ist los?" Ihr Herz klopfte voller Angst um ihren kleinen Freund, Lady stand erstarrt an der Türe und bellte ausnahmsweise gar nicht.
Plötzlich - ein Anfall, der den kleinen Körper unnatürlich zucken ließ... sie schnappte Giacomo, lief zur Nachbarin läutete Sturm... sie war nicht hier, lief ein Stockwerk runter, läutete den Nachbarn heraus; als dieser verschlafen öffnete, schrie Raphaela... „Helfen Sie mir bitte, er stirbt!"
Die Mann sah den Kater an, drehte auf dem Absatz um, schnappte sich den Autoschlüssel, lief mit Raphaela zu seinem alten Auto, das heute Gott sei Dank vor der Haustüre parkte und fuhr los.

„Wohin soll ich fahren, wo ist denn ein Tierarzt?“, versuchte er ruhig zu sprechen, um die völlig konfuse Raphaela zu beruhigen, die Giacomo angsterfüllt im Arm hielt.
„Ich habe keine Ahnung, fahren sie da nach vorne, vielleicht ist die ansässige Tierärztin hier ,ich hab keine Telefon Nummer. Und bitte, legen sie einen Zahn zu, drücken sie drauf, oh mein Gott, kleiner Schatz stirb nicht. Was habe ich getan“, sprach sie laut... „verdammt, es war doch zuviel von dem Flohmittel, sicher verdammt, ich verdammter Idiot, was hab ich getan!“ Währenddessen sie das immer wieder vor sich hin murmelte, krampfte der kleine Kater abwechselnd mit epileptischen Anfällen, die Raphaela das Herz brachen.
Tränen rannen ihr über das Gesicht, sie herzte den kleinen Kater, der kaum Luft bekam und nicht mehr in dieser Welt zu sein schien.
Die Ärztin war nicht hier, auch keiner in der nahe gelegenen Tierklinik. Bis sie endlich außerhalb der Stadt ankamen, nach dem etliche Versuche, einen ansässigen Tierarzt auszumachen, fehlschlugen, stieg Raphaela vor der Universitätsklinik in der nächsten Stadt, die ihr in der Not noch eingefallen war, aus. Der Nachbar suchte sich einen Parkplatz, während Raphaela zur Türe hechtete, den immer stärker krampfenden Kater fest an sich gepresst.
Die Türe ging nicht auf, so sehr sie auch rüttelte, bis sie in ihrer Panik merkte, dass dies der Eingang für Studenten war. „Nein nicht auch das noch“, schrie sie verzweifelt, lief um die Ecke und stellte beinahe hysterisch fest, der Eingang war unendlich weit weg, am Ende der Straße.
Sie lief, kaum noch Luft, so schnell sie konnte, hechtete durch die Anmeldung, musste weiter laufen, obwohl ihre Beine den Dienst versagten. Betend, dass sie weiter laufen konnte, sie musste es schaffen, sie musste, das war sie ihrem kleinen Liebling schuldig.
„Oh Gott ich flehe dich an. Lass ihn überleben, bitte ich flehe dich an....“
Sie drückte an der Klingel... „verdammt, macht auf“, suuuuuuuurrrrrrr. Stieß die Türe auf, rannte durch Korridore, knallte gegen eine Türe, die man nur von innen öffnen konnte, wenn man sich anmeldete. Sah eine junge Schwester, die eben einen Patienten an der Leine mitnehmen wollte. Sie pochte laut an die Türe, die Schwester sah sie mit dem Bündel im Arm, eilte hin, öffnete.
„Ein Notfall Vergiftung bitte helf....“, weiter kam sie nicht.
Die junge Schwester erkannt sofort die Dringlichkeit, schnappte sich den Kleinen am Nacken, stürmte in den nächsten Raum, rief dazwischen: „Entschuldigung, bitte warten sie mit dem Hund noch...“, legte Giacomo auch schon auf den Behandlungstisch, wo sich im selben Moment zwei Ärztinnen um ihn kümmerten.
„Licht, Kanüle, Infusion... auf Drei...“

Raphaela bekam nichts mehr mit, ihr wurde schwarz vor Augen, fing sich aber noch..., fiel auf den nächstbesten Stuhl und bangte um das Leben des kleine Katers.
„Mein Gott, Universum, wenn Liebe die einzige Macht auf Erden ist, dann lasst ihn überleben, ich flehe Euch an! Was habe ich getan?!"
Ihr wurde bewusst, dass sie ein Hundeflohmittel benutzt hatte, um es Giacomo ebenfalls ins Fell zu träufeln. Ihr wurde auch bewusst, dass eine innere Stimme sie unruhig werden ließ, sie diese aber nicht beachtete, als sie den Gedanken hegte, es sei das falsche Mittel für Katzen, und sie sollte dies sofort wieder abwaschen.
„Oh mein Gott, warum habe ich nicht auf meine Stimme gehört?", warf sie sich weinend vor. Was hatte sie getan. Ihr kleiner süßer Kater lag im Sterben, das wusste sie, hatte den Todeskampf unter furchtbaren Krämpfen von ihm vor Augen.... Und trotzdem ließ sie in diesen Momenten der Angst um ihren geliebten kleinen Freund alles los. Sie dachte sich, „ ich habe das nicht gewollt, ich habe das nicht gewollt. Warum zum Teufel noch Mal habe ich die Gebrauchsanweisung nicht gelesen, warum habe ich zwei Dinge auf einmal gemacht und mich nicht auf den Moment konzentriert? Weshalb habe ich so unglaublich verantwortungslos gehandelt?" So drehten sich ihre Gedanken immer und immer wieder im Kreis.
„Weil du erinnert werden musstest, Verantwortung nicht auf die leichte Schulter zu nehmen; weil du erinnert werden musstest, dass eine Liebe jederzeit aus deinem Leben wieder verschwinden kann.
Weil du lernen musst, dass du vieles dem Willen und dem Können anderer überlassen musst. Weil du dich erinnern sollst, dass es den freien Willen gibt."
Raphaela hörte der Stimme in ihrem Inneren zu, ergab sich, denn sie wusste, es war die Wahrheit. Sie hatte vieles vergessen oder als selbstverständlich hingenommen, mit vielem gehadert, was nicht wirklich wichtig war. Nun aber sah sie ihr Leben von einer anderen Warte aus. Sie wurde ruhiger, atmete tief ein und aus...

„Ich habe verstanden! War ich denn so weit entfernt, dass du, kleiner Giacomo, das Leid auf dich genommen hast, um mich zu lehren? War ich so weit von der Quelle entfernt, dass ich sie so wieder finden musste?
So wollte ich nicht lernen, nicht um diesen Preis, dass ein Lebewesen Schmerz empfindet aus meiner Schuld heraus, und doch ich bin Schuld, vergib mir bitte. Ich habe nun getan, was ich konnte, um dich zu einem Arzt zu bringen, der helfen kann, kleiner Liebling. Nun liegt es an dir, gehen zu wollen oder mir zu verzeihen und zu bleiben. Wenn du gehen willst, dann geh, aber leide nicht mehr. Was auch immer du mir damit

sagen willst, verstehe ich noch nicht ganz, aber ich wünschte, du würdest bleiben; lebe, bitte lebe, das danach hat noch Zeit... lebe bitte...“, flehte sie im Stillen immer und immer wieder. Sie fühlte sich trotz ihrer Verzweiflung und des unermesslichen Schmerzes, den sie ihm zugefügt hatte, befreit. Denn sie wusste, nun liegt es in Gottes Hand, oder besser, nimmt das Schicksal seinen Lauf, sie hatte alles getan, was sie noch tun konnte, was nun kam, konnte sie nicht beeinflussen.
Nach einer guten Stunde kam die Ärztin nach draußen, wo Raphaela immer noch wartete. Sie wurde kreidebleich als sie vernahm: „Er hatte einen Herzstillstand, er ist sehr, sehr schlimm vergiftet. Was haben sie ihm gegeben?“
„Es war ein Hundeflohmittel“, antwortete Raphaela kleinlaut.
„Das kann eine Katze nicht absorbieren, das Gift breitet sich im Körper aus und zerstört Zellen und Organe. Bei Hunden wird das Gift über die Haut wieder ausgestoßen, damit die Flöhe getötet; Katzen jedoch brauchen ein anderes Mittel. Ich kann ihnen nicht versprechen, dass er durchkommt. Wir haben ihn in künstlichen Tiefschlaf gelegt und müssen zusehen, dass das Gift langsam ausscheidet. Möglicherweise werden seine Nieren und die Leber dadurch massiven Schaden erleiden. Durch die Krämpfe kann das Gehirn ebenfalls Schaden erlitten haben; weiter können, selbst wenn er durchkommt, Spätfolgen zu Tage kommen, die nicht vorhersehbar sind.
Er ist sehr stark vergiftet, die Dosis, die wir gefunden haben, überleben normal große Katzen in den seltensten Fällen und er ist gerade einmal... drei Monate?“
„Ja“, schluchzte Raphaela, „er ist drei Monate. Bitte tun Sie, was sie können, ich mache mir solche Vorwürfe.“
„Das glaube ich ihnen gerne, fahren sie nun nach Hause. Sie können nichts tun im Moment, wir werden sie morgen anrufen oder falls es Zwischenfälle gibt. Möglicherweise brauchen wir Ihr Einverständnis, ihn einzuschläfern, wenn wir sehen es bringt nichts.“
Raphaelas Herz krampfte sich zusammen, sie wäre so gerne bei ihrem kleinen Freund geblieben... aber sie sah ein, dass es am Besten war nun zu gehen, sie hatte ja noch Lady, um die sie sich kümmern musste. Sie dankte dem Nachbarn, der mit ihr ausgeharrt hatte und sie schweigend wieder mit nach Hause nahm.
„Ich danke für die Hilfe“, flüsterte sie, als sie ausstiegen.
„Keine Ursache und alles Gute, kommen Sie, wenn Sie etwas brauchen.“
„Werde ich machen, Dankeschön“, lächelte sie verzerrt unter erneuten Tränen.
Kaum angekommen, begrüßte sie Lady, die seltsam still war als würde sie alles wissen... „Ach Liebes, was habe ich nur getan“, sprach sie zu ihr und

umarmte das zottelige Hündchen, das seinen Kopf in Raphaelas Armbeuge legte, leicht mit dem Schwanz wedelte und sie aus großen, traurigen Augen ansah.
„Ich weiß, dass du weißt, hoffen wir das Beste."
Sie sandte Nicolas endlich eine Mitteilung, für die sie bisher nicht fähig war. Er hatte im Ausland zu tun, also konnte er ihr ohnehin nicht beistehen. Sie schrieb ihm auch, dass sie morgen erreichbar wäre, nun aber schlafen ging, da der Tag furchtbar war. Raphaela kuschelte sich mitsamt Lady auf ihr Sofa und dachte immer wieder an die schlimmen Stunden, bis sie erschöpft einschlief.

Es vergingen drei Tage, dann kam der erlösende Anruf.
„Hallo, hier Dr. Padotzky, ich kann Ihnen mitteilen, Giacomo hat überlebt, keine Schäden festzustellen."
„DANKE", rief Raphaela lachend und weinend vor Erleichterung in den Hörer. „Danke, ich bin Ihnen so unendlich dankbar, wann darf ich ihn abholen?"
„Im Laufe des Nachmittags, ich möchte mich noch einmal vergewissern, dass es ihm gut geht, nur noch ein kleiner Test. Ich bin jedoch sicher, er ist völlig gesund. Sie haben einen sehr starken kleinen Kerl da, mit sehr viel Lebensmut, dass muss man sagen", klang es freundlich von der anderen Seite.
„Ja, das habe ich wohl! Ich bin so glücklich, dass er lebt, so unendlich glücklich. Bis später, ich komme gegen fünf Uhr. Ist ihnen das Recht?"
„Ja, das ist gut, dann bin ich noch hier, ich möchte gerne mit ihnen sprechen, um einen Kontrolltermin auszumachen."
„Sehr gerne, bis nachher, auf wiedersehen."
Raphaela hüpfte durch die Wohnung, herzte Lady und dankte allen Kräften des Universums. Ihr Beten hatte genutzt, sie hatte sich so sehr mit Giacomo verbunden gefühlt, bis auf wenige Momente, in denen sie kalte Schauer spürte und sich ängstigte, ob er sich wohl verabschiedete. Doch jedes Mal wurde ihr warm ums Herz, so, als würde er ihr eine Nachricht senden.
Dabei war der kleine Kater ständig im künstlichen Dämmerschlaf, weil er jedes Mal, wenn er aufwachte, wieder zu krampfen begann. Raphaela sprach in Gedanken mit ihm, denn dass er sie etwas lehren wollte, wusste sie aus der Tiefe ihrer Seele.
Sie hatte es auch verstanden.... wenn sie, Raphaela, liebte, dann immer aus vollem Herzen. Gab sich selbst oft unbemerkt auf, um Wesen, sei es Mensch oder Tier, alles zu geben, was ihr möglich war, damit andere lernen konnten, nun musste sie eine Lektion bekommen und selbst Wichtiges erkennen. Sie tat oftmals viel zuviel auf einmal, ohne sich auf

die wesentlichen Dinge zu beschränken, geschweige denn kürzer zu treten. Und sie stellte sich ebenfalls immer wieder unter Schmerzen für andere zur Verfügung. Sie hatte hohe Ansprüche sich selbst und auch ihren Beziehungen gegenüber; vergaß dabei oft, das jeder seinen freien Willen hatte. Sie predigte das zwar, aber selbst lebte sie es unbemerkt kaum. Sie erkannte auch, dass sie Wesen, die sie liebte, nicht immer schützen konnte. Giacomo erinnerte sie an einen Kater, den sie vor Jahren hatte und den sie überfahren an der Strasse finden musste. Sie brauchte damals lange, um den Schmerz zu überwinden, hatte ein besonders starkes Gefühl für den Kater namens Primus. Er war ein Sorgenkind, entwickelte sich dennoch gut, bis sie ihn tot am Straßenrand liegen sah. Eigenartigerweise dachte sie immer, dass er eines Tages wieder kommen würde. Als sie von Giacomo träumte, wusste sie... er war wieder geboren. Hatte allerdings Mühe, Giacomo als eigenständige Seele zu respektieren. Primus war Primus und Giacomo eben Giacomo. Seltsamerweise hatte Giacomo jedoch die gleichen Charakterzüge wie einst Primus, mit dem Unterschied, ungesund mutig zu sein, was Primus absolut nicht war. Nun, wie auch immer, ihr kleiner Liebling lebte und nun würde sie ihn herzen und gesund pflegen - und sie würde ihn nicht einsperren. Die ganze Zeit über hatte sie Angst, er würde ins Freie gelangen, über den Ast des großen Baumes vielleicht fort kommen. Nun dachte sie anders. Er war ein Kater, ein Tier, das für Freiheit bestimmt war und nicht für den Kerker. Menschen denken oft, Tiere schützen zu müssen und vergessen, dass deren Wesenszüge nicht denen der Menschen glichen. Katzen sind Räuber und sie jagen nachts, wie konnten sie dann alle diese Tiere einsperren wollen? Überzüchtete ja, die nichts mehr gemein haben mit den Wilden, die draußen geboren wurden. Aber er, Giacomo, stammte von einer Mutter, die in der Natur aufgewachsen war, so viel wusste sie von seiner Aufziehmutter. Wie könnte sie ihn je einengen?
Nun, durch ihre Unachtsamkeit wurde ihr bewusst, dass sie die Angst, Giacomo in das Freie zu lassen, überwinden musste. Sie hatte nicht vor, ihn einzusperren, wusste aber auch nicht, wie sie ihm eine gefahrlose Freiheit schenken konnte. Nun wurde ihr sehr hart gezeigt, dass die größte Gefahr von ihr ausgegangen war! Nicht die Natur mit ihren natürlichen Feinden war für eine Katze die Gefahr sondern der Mensch!
Der Mensch war und ist das Wesen, das nach wie vor der schlimmste, größte und gefährlichste Feind der Tiere war.

Sie war erschüttert, wusste sie dies doch. Verdrängte es aber wie Abertausende von Menschen, die unter falscher Hilfestellung, Tiere ausrotteten, sie Gefahren aussetzten, die sie im natürlichen Bereich niemals kennen lernen würden.

„Welches Tier nimmt schon Flohmittel"..., ätzte sie vor sich hin, sich selbst scheltend. „Mein Gott, was sind wir Menschen arrogante, dämliche, hirnlose Wesen, die denken, sie hätten die Weisheit mit dem Löffel gefressen", schimpfte sie weiter.
„Ja klar, wir tun viel Gutes, aber die Hälfte davon ist Scheiße, einfach Scheiße. Wir sind ein Haufen arroganter, fieser, selbstherrlicher Arschlöcher, die Mutter Natur mitsamt ihren Lebwesen uns unterordnen wollen und sich dabei noch klug vorkommen, mir wird schlecht", sie schüttelte sich, verdrängte die Bilder der Versuchsanstalten. Wenn sie nur daran dachte, dass man Gegenmittel nur herstellen konnte, wenn man vorher die Wirkung für Gift heraus fand. Schmerz überwältigte sie, wenn sie daran dachte, dass die Pharmaindustrie Tiere dazu benutzte z.B. Hundflohmittel an Katzen zu testen. Studenten zusahen, wie lange ein Kätzchen brauchte, um unter unermesslichen Schmerzen zu sterben.
Ja, sie wusste, es musste sein, sonst hätten die Ärzte keine Mittel und Wissen zu heilen, und doch empfand sie es als furchtbar, wenn Seelen sich zur Verfügung stellten zu leiden...
Sie schüttelte den Gedanken ab, denn sie wusste, sie konnte weder etwas dagegen tun, noch hätte sie ein brauchbares Konzept, etwas zu verändern. All die Mittel, die es gab, waren eine wissenschaftliche Bereicherung, um den Rubel rollen zu lassen. Wozu sonst brauchte man den ganzen Mist? Doch nur, um Geldgierigen den Beutel zu füllen. Vieles war sicher auch gut, aber künstliche Flohmittel gibt es auch in der Natur nicht. Warum zum Teufel beobachtete man Tiere nicht, wie sie selbst mit Ungeziefer zu Recht kamen? All diese Mittel halfen ohnehin nur beschränkt, bis Ungeziefer resistent wurde, weil auch dieses Überlebenstechniken entwickelte wie alle Lebewesen zu jeder Zeit. Warum lässt man die Dinge nicht, wie sie sind. Weniger wäre mehr, weniger würde den natürlichen Organismus jeglichen Lebens nicht dermaßen zum Negativen verändern!
Weshalb nahm sich der Mensch in seinem unglaublich präpotenten Egoismus heraus, selbstherrlich alles zu zerstören - im Namen der Wissenschaft für die Gesundheit! Ja gut, bei ernsthaften Krankheiten war das noch vertretbar und eine tatsächliche Bereicherung, Mittel zu erfinden - aber nicht alles abzutöten, was eventuell auch notwenig ist. Und vor allem, fand sie es keineswegs notwendig, Tiere wegen neuer Waschmittel, Kosmetika und Putzmittel zu testen. Es gab alles im Überfluss, und wenn Menschen nur annähernd soviel Herz und Mitleid hätten, sie würden sich zusammen tun und der Weltwirtschaft den Arsch aufreißen! All diese unnötigen Tests, die Tiere leiden lassen, so manchem der noch gerne zusieht. Denn kein normaler Mensch würde Tiere absichtlich quälen, sie kannte genug Berichte, in denen in Versuchsanstalten ohne

Narkose und Schmerzmittel gearbeitet wurde. Ihr Herz schmerzte bei dem Gedanken. Sie würde so Manchen gerne selbst anschnallen und quälen, damit diese spüren, was Schmerz bedeutet! Wer hatte denn heute von neuen Kosmetikartikeln, Putzmitteln und schlimmeren Chemikalien etwas? Doch nur die großen, ohnehin schon reichen Geschäftsmänner, die den Hals nicht voll bekommen konnten. Und die Menschheit, an Dämlichkeit kaum zu überbieten, fiel auf jede Gehirnwäsche mittels Werbestrategien herein. Man sollte meinen, Menschen haben gelernt - aber nein, sie sehen weg wie immer und überall mit fadenscheinigen Ausreden, die hirnloser und von träger Faulheit triefend, nicht schlimmer sein konnte.
In solchen Momenten, wenn Raphaela besonders über die Erde und ihre Bewohner nachdachte, wünschte sie sich, kein Erdenbürger zu sein. Nie wieder kommen zu müssen, sie hasste Menschen und sich selbst, weil sie sich so unendlich machtlos fühlte. Sie fragte sich oft, wie es sein konnte, dass zu jeder Zeit Männer an der Macht waren, die andere dazu brachten, in Mengen deren Befehlen zu folgen, aber keiner es fertigbrachte Mengen an Menschen für Gutes zu gewinnen. Weshalb gab es noch immer kein allgemein gültiges Tierschutzgesetz, das in jedem Land vertreten war? Weshalb sind Menschen nicht fähig, Gutes durchzusetzen, während Krieg und Zerstörungswut jeder machtgeile Idiot folgte.
Wenn sie nur an die vielen dunklen Machthaber dachte, ein einziger Mensch hat Macht über tausende von Menschen und Tiere, über ganze Nationen, um sie zu quälen zu töten, ... und keiner ist fähig, die Macht im Guten zu nutzen?
Warum folgen Menschen dem Teuflischen anstelle der gleich starken Macht der Liebe und des Mitgefühls?
Sie würde es niemals verstehen!
Es war Zeit, dass Gutes die Oberhand gewann, obwohl Raphaela wusste, dass auch die andere Seite notwendig war, um das Gleichgewicht nicht zu zerstören.
Sie verspürte in sich etwas keimen, etwas, das sie nicht beschreiben konnte; doch war es stark, unglaublich stark, stärker als sie jemals geahnt hatte, es in sich zu beherbergen. Sie würde kämpfen mit einem Schwert, das aus Worten bestand! Und sie würde siegen, denn sie ahnte, viele würden ihr folgen.
„Krieger der Worte, Krieger mit Liebe, Krieger des Lichts… ich rufe euch“, dachte sie.
In ihr spürte sie sich etwas formen… Licht, Licht das alle erreichen würde, die hören und lesen konnten.
„Licht, ich sende dich zu meinem Gefolge, auf dass wir uns finden, es ist Zeit, JETZT!“

Es war Zeit, Giacomo zu holen, sie rief Nicolas an, der sie fahren würde. Er hatte es ihr versprochen…

„Und, wie geht es ihm jetzt?“, fragte sie noch leicht angstvoll den jungen Arzt, der Giacomo auf dem Knie sitzen hatte und ihn liebevoll streichelte, was der kleine Kater sich genüsslich gefallen ließ.
„Es geht ihm erstaunlich gut, sie haben ein eindrückliches Kerlchen hier und noch dazu ausgesprochen hübsch. Die Blutwerte sind völlig normal, Organe funktionieren einwandfrei, es kann natürlich noch Spätfolgen haben, aber ich bin eigentlich sehr sicher, dass dem nicht so ist, sonst würden wir etwas bemerken. Sollte jedoch wider Erwarten etwas Auffälliges vorkommen, bitte ich Sie, unverzüglich zu kommen.“
„Das werden wir gerne tun; aber ehrlich, ich hoffe, ich muss sie aus diesen Gründen nicht wieder sehen, so dankbar ich bin und so sympathisch Sie sind“, lächelte Raphaela, schnappte sich ihren Kater, der sie sogleich schnurrend begrüßte, als wäre nichts geschehen. Sie war so unendlich dankbar, nahm sich fest vor, in Zukunft aufmerksamer zu sein. Sie dankten noch einmal, setzten Giacomo in seinen Katzenkorb, zahlten die Rechnung der Klinik und fuhren nach Haue.
„Also, soviel habe ich für ne Katze auch noch nie ausgegeben“, grinste Nicolas, und sah schelmisch zu Raphaela, die sofort eine Grimasse zog.
„Bekommst es ja wieder, danke fürs Auslegen“, motze sie, die sich das Geld für die Klinik von ihm borgen musste.
„War doch nur Spaß, der kleine Kerl liegt mir doch auch am Herzen, warum auch immer, aber es ist so“, beschwichtigte Nicolas, legte dabei beruhigend seine Hand auf Raphaelas Knie, die sich bemühte, seine Neckereien nicht allzu ernst zu nehmen.
„Ich habe jedenfalls etwas daraus gelernt und du?“, fragte sie ihn, leicht genervt.
„Hmm, ich denke, ich habe gelernt, dass wir vorsichtiger sein müssen und auch, dass uns Tiere etwas bedeuten können, wenn wir es zulassen, anstatt sie gleichgültig zu behandeln.“
Die Antwort beeindruckte Raphaela, er hatte sich also doch Gedanken gemacht, das versöhnte sie wieder.
Nun, jetzt würde sie erst Giacomo hegen und pflegen und mehr mit ihm gedanklich sprechen, denn er hatte ihr Botschaften gesandt, sie spürte ihn so oft, fühlte seine Liebe, die ungewöhnlich tief und verbunden mit der ihren war. Egal, was andere von ihr hielten, sie hatte schon oft Erlebnisse mit Tieren, die sie baten, ihr zu helfen, obwohl andere die jeweiligen Tiere aufgaben, sie sogar einschläfern wollten.
Vor einigen Jahren fand ein roter Kater zu ihr, der mehr tot als lebendig vor ihrer damaligen Gartenwohnung lag. Die Tierrettung wollte ihn vor Ort

einschläfern, doch Raphaela kämpfte um sein Leben; bat darum, alles Medizinische zu versuchen, ihn zu retten, ihn auf keinen Fall einschläfern zu lassen, nicht ohne ihre Zustimmung. Sie hatte das Glück, ebenfalls in derselben Klinik, eine junge Ärztin zu finden, die aufgeschlossen gegenüber anderen Heilmethoden war, die sie zu verbinden gedachte. Sie meinte damals zu Raphaela, sie hätte noch nie einen Kater so furchtbar hergerichtet gesehen mit allen erdenklichen Krankheiten, die Katzen nur haben konnten; jedoch würde sie alles menschlich Mögliche für ihn tun und Raphaela sollte gegengleich das Ihre machen.
Raphaela behandelte mental, arbeitete in der Astralebene, sprach mit dem Kater, der genaue Instruktionen gab, was er fühlte, was sie tun konnte usw. Er legte sich, nachdem sie ihn Tage später zu sich nach Hause nahm, oft auf Raphaelas Solarplexus, saugte förmlich Lebenskraft aus ihr heraus, die sie ihm bereitwillig überließ. Wenn er genug aufgeladen war, ging er wieder weg und Raphaela kämpfte jedes Mal mit einem Kreislaufkollaps. Trotzdem sich das Spiel lange wiederholte, tat sie es gerne, beobachtete den Heilungsprozess, der seltsam gut voran ging. Er wurde gesund und galt als medizinisches Wunder. Raphaela nahm ihn damals auch in ein neues Heim mit, als sie umzog, pflegte ihn völlig gesund, bis er wieder bei Kräften war; fragte ihn ob er bleiben würde, da sie ein eigenartiges Gefühl von bevorstehendem Abschied hatte. Er verneinte in Gedanken, er würde sich einen neuen Platz bei einer Frau suchen, sie werde erkennen, wann es soweit war... und tatsächlich kam es so.
Eines Tages besuchte eine neue Klientin Raphaela. Beim Abschied ging der schüchterne Kater, der zuvor niemals zur Türe ging, hinter der Frau her, blieb am Stiegenaufgang stehen und wartete, bis sie, schon unten angekommen, zurück kam, ihn erstaunt ansah und meinte: „Ich weiß, der ist meine Aufgabe", und ihn nach einem ernsthaften Gespräch um des Katers Zukunft mit Raphaela mitnahm.
Der rote Kater lebt heute noch; wurde trotz seiner vielen Katzenkrankheiten ein stattlicher Kater, der über die Dächer spaziert und sein Leben genießt.
Dieses Erlebnis hatte Raphaela niemals vergessen; durch Giacomo kam es wieder hoch, wobei sie wusste, dass dies ihr neues Thema war, sich ernsthaft zu beschäftigen.
Die Sprache der Tiere gab es, man musste nur offen sein und den Verstand weg lassen. Sie sprechen mit uns, wenn man nur hin hört, sie sprechen mit uns, aber nur wenige offene Menschen können sie verstehen. Diejenigen, die mit dem Herzen hören, nicht mit dem Verstand.
Sie lächelte und nahm sich vor, daran zu arbeiten, sie hatte ja Helfer - drei süße wuschelige Helfer...

Giacomo war nun mittlerweile ein Jahr alt und ließ sich nicht davon abhalten, über den Ast des Baumes auf der Terrasse ins Freie zu gelangen und auch auf diesem Weg wieder nach Hause zu kommen.
Mittlerweile kannten ihn alle Nachbarn und ließen ihn in Ruhe. Verletzungen brachte er allerdings auch nach Hause, denn kampferprobt war er nur zwangsläufig. Raphaela ließ ihm jedoch seine Freiheit, die Giacomo dankte.... mit Mäusen, die er ihr halb lebendig vor die Schlafzimmertüre legte, und die Raphaela mit Mühe aus der Wohnung brachte, jedes Mal gebeutelt zwischen Tränen, weil ihr die armen kleinen Dinger leid taten, auch unter Ekel; weil diese mitunter nicht mehr ihrem Ursprung glichen. Doch so war nun einmal die Natur, die Schwachen mussten gehen, die Starken kamen durch. Welche ihrer Meinung deshalb nicht in ihren Räumen verenden musste...

***

Zwei Jahre später...

Seit geraumer Zeit war Nicolas unleidlich und aggressiv; sie konnte kaum normal mit ihm sprechen, ohne dass er ausrastete. Sie waren nun über zwei Jahre zusammen, die anstrengend, turbulent, aber auch lustig, vor allem aber lehrreich für sie beide waren. Die meiste Zeit verbrachte sie allerdings mit warten und vielen Streitgesprächen, die immer und immer wieder zustande kamen, wenn sich Nicolas in alten Schienen verlief. So wie sie ihn als Freund kannte, war er nun innerhalb der Beziehung um einiges anders. Sie musste allerdings gestehen, dass sie ihm nichts schenkte. Ihre Ruhe und Harmonie lebte sie mehr als wenig aus durch ihn. Kaum hatte sie sich gefangen und die Beziehung war so weit als schön zu sehen, kam ein neuer Schlag, den er ihr verpasste.
Sie wusste, dass er sie nicht absichtlich verletzte, doch sein Verhalten war mehr als fremd und abstoßend.
Sie wusste um seinen inneren Kampf und um die harte Schale, unter der ein weicher Kern lag. Und sie verstand auch seine Zerrissenheit, die ihn mehr als oft aus alten negativen Erfahrungen verletzend handeln ließen. Sie versuchte, tolerant zu sein und Verständnis aufzubringen, doch seine Worte trafen sie tief und schmerzhaft. Worte, die sie unterdrückten, sie als unwürdig und wertlos an den Pranger stellten. Worte, die ihre eigenen, längst verheilt geglaubten, emotionalen Verletzungen auf ein Neues hervorbrachten. Verletzungen, die sie glaubte, längst überwunden zu haben; doch wie es schien, lagen einige Dämonen versteckt im Keller. Raphaela war so oft verzweifelt, fand keinen Zugang zu seinem Herzen, das er ihr einst vor die Füße legte. Seine Art und Weise, wie er mit ihr umging, glich

einem hasserfüllten Machtkampf, den sie sich lange wehrte, anzunehmen. Doch auch sie war nur ein Mensch und so kam es, dass sie immer weiter in seinen Sog gezogen wurde. Sie verlor ihre Beherrschung, ihre innere Ruhe, ihr Selbstbewusstsein und ihren Glauben und ihr Vertrauen. Nicht nur einmal dachte sie, sich geirrt zu haben, einer Illusion gefolgt zu sein, die aus der Sehnsucht nach lieben und geliebt werden entstand. Dann wieder war ihre Liebe zu ihm so tief und echt, dass sie sich selbst schalt zu zweifeln. Und doch, es war nicht mehr das, was er anfangs war, vieles war inniger und vieles war ihr fremd und zu kalt, zu selbstverständlich und oberflächlich, aber vor allem, von seiner Seite zu unsicher und zweifelnd. In diesen Momenten dachte sie nach, wie es wäre, zu gehen, irgendwohin weit weg und für sich selbst neu anzufangen. Ein neuer Mann interessierte sie nicht, umso mehr aber ihr Seelenheil.

Oft fragte sie sich, wo die Zeit hin war, in der sie so unendlich tiefe Liebe für ihn spürte. Wo er sie täglich mehrmals anrief, ihr Nachrichten sandte sowie besonders aufmerksam war.

Wie er sich aber immer wieder ihr gegenüber benahm, das war nicht der Nicolas, den sie lieben lernte... dieser hier war oft herrschsüchtig, kontrollsüchtig, falsch und voller Geheimnisse und benahm sich zuweilen schlicht wie ein primitiver Macho. Anders konnte sie es nicht mehr betiteln. Ihr Herz schmerzte, wenn sie daran dachte, dass sie ihn mehrmals beschimpfte. Sie war gut erzogen, doch kam es durchaus vor, dass jemand sie dermaßen in Rage brachte, dass sie ihre gute Kinderstube vergaß und Wörter in den Mund nahm, die Gassenlümmel noch rot werden ließen. Sie war nicht nur einmal erschüttert über sich selbst, musste aber zugeben, dass sie zu platzen drohte, würde sie ständig ergeben den Mund halten, nur um ihn nicht verbal zu ohrfeigen, was er ihrer Meinung nach mehr als verdiente.

An einem besonders schlimmen Abend, an dem er versprochen hatte, die Nacht bei ihr zu bleiben, ließ er sie über sechs Stunden warten. Sie heulte vor Zorn und Enttäuschung, versuchte aber, sich zusammen zu nehmen. Sie würde mit ihm sprechen, ob es ihm passte oder nicht. So, wie er sich benahm, hatte sie das Gefühl nur eine Affäre für ihn zu sein. Eine willkommene Abwechslung zu seinem harten Arbeitstag, wie er ihr mit seinem Benehmen zu verstehen gab. Und auch heute war er wieder egoistisch und vergaß ihre Abmachung, pünktlicher zu kommen, damit sie den Abend noch gemeinsam genießen konnten, und sie, Raphaela, dafür sorgte, ein köstliches Abendessen zu bereiten.

Nun hatte sie genug, sie wollte so nicht mehr mit ihm zusammen sein, sie war mehr wert als ein paar schöne Stunden, die er sich nahm, wann ihm danach gelüstete, ihre Bedürfnisse aber kaum bis Null beachtete, oder ihnen gar auch nur annähernd nachkam. Wenn Raphaela ihn sehen woll-

te, hatte er aus Prinzip etwas vor, war beschäftigt, musste ständig für andere Menschen parat stehen, oder gab ihr ein klares kaltes Nein auf die Frage, ob sie sich sehen würden.
Sie ließ es sich lange gefallen, versuchte ständig, die Harmonie zu wahren, indem sie Toleranz übte sowie Verständnis; doch gab es Momente, in denen ihre Gutmütigkeit ein Ende hatte, ihr der Kragen platzte; dann stritt sie auch auf Teufel komm raus mit ihm, um ihm deutlich eine Grenze zu setzen, die er ständig erst Recht übertrat. Er benahm sich wie ein widerliches, verzogenes Kind, das in den Schuhen eines Erwachsenen steckte und alle miesen Charakterzüge an ihr austestete. Raphaela musste jedes Mal erschüttert feststellen, dass nichts mehr fruchtete, er scheinbar ein anderer war, als er ihr als Freund nahe stand, und ein absolut anderer, als er ihr anfangs als Geliebter vorgaukelte. Er hatte sich verändert, mehr als negativ verändert. So sehr sie es schmerzte, sie wollte ihr Leben nicht mit jemandem vergeuden, der ihre Liebe mit Füßen trat... und so erwartete sie den Abend, fest entschlossen, ihm einen Spiegel vorzuhalten...

Er behandelte sie heute erneut von oben herab, als wäre sie eine billige Nutte. Raphaela hoffte, dass sie sich nicht irrte, er dies nicht bewusst tat, sondern weil Altes aus ihm heraus kroch, und er nicht erkannte. Jedoch würde sie ihm dies herausziehen und wenn es brutal sein musste, so konnte er sie nicht behandeln, das ließ sie nicht mehr zu, nie wieder, entschloss sie voller Zorn, resultierend aus tiefstem Schmerz und Enttäuschung. Trotzdem war all sein alter Ballast keine Entschuldigung für sie, sich so mies zu verhalten; es hinderte ihn keiner außer er selbst sich daran, wieder an sich zu arbeiten. Die Zeit, in der er dazu bereit war, war ebenfalls lange her. Er besuchte weder die Schamanin noch ging er auf Raphaelas Hilfestellungen ein. Er wollte scheinbar schlicht und einfach seine widerwärtigsten Seiten ausleben, aber ganz sicher nicht mehr an ihr, sie hatte genug, mehr als genug. Ihr Zorn ballte sich zu einer dunklen Wolke, die sich drohend über ihm formte.

Es schien, als würde er die Art, sich zu geben, genießen. Als würde er dir Rolle als gemeiner arroganter Macho mit Freuden spielen. Nun, sollte er, aber nicht um den Preis, ihr das Leben zu erschweren. Sie konnte kaum mehr friedlich schlafen, hatte Magenschmerzen und kam mit ihrem Job, den sie immer noch am Rande versuchte auszuführen, absolut nicht weiter. Wie hätte sie auch andere beraten sollen, wenn sie selbst seelisch erniedrigt und völlig fertig war? Nein, so konnte und wollte sie nicht mehr leben, wenn es sein musste, dann würde sie ihn endgültig von sich abtrennen. Er würde nicht gehen. Sie stellte wiederholt fest, dass er jedes Mal, wenn er am Wegziehen war, wie ein Bumerang zurückkam, sich eini-

ge Tage zusammen nahm um letztendlich das grausame Spiel erneut zu eröffnen.
Nein, nein und nochmals nein! So nicht, so würde sie zerbrechen und für welchen Preis? Dass sie krampfhaft versuchte, Visionen aufrecht zu erhalten? Nur, weil sie ihn vor Jahren „gesehen“ hatte und das glückliche Leben mit diesem Mann? Ja, sie hatte ihn gesehen, aber scheinbar musste sie lernen, wenn auch sehr schmerzhaft, dass Visionen der liebevollen Beziehungen zwar eintreffen könnte, jedoch auch hier dem freien Willen unterliegen. So wie es aussah, hatte er sich dagegen entschieden. Gegen die Liebe, aus Angst und damit gegen das Leben und sich selbst.
Würde sie nun an ihrem Traum festhalten, würde ihr Weg, den sie zuvor hell und klar vor sich sah, einem dunklen von Steinen verbauten Weg weichen, in dem Trauer und Schmerz anstelle von Sonne und lachen zu finden sein würde. Nein, sie war nicht gewillt, ihr Leben einem Menschen zu opfern, der sich in der Grauzone wohler fühlte, als im strahlenden Glück. Sie war nicht bereit, auch für ihn nicht, ihr Leben in Einsamkeit und Enttäuschung zu verschleudern, während draußen in der Welt tausende Möglichkeiten warteten, diese zu genießen. Es schmerzte, ja, aber sie hatte in ihrem Leben so vieles losgelassen, sie würde auch dies hier durchziehen. Noch aber hegte sie eine letzte Hoffnung, sie gab sich selbst ein Limit, das sie nicht zu überschreiten gedachte. Ein Limit, das ihm die letzte, die allerletzte Chance gab, sich aus der überlebten alten Hülle zu befreien, in der er zu stecken schien, und der zu sein, der er im Grunde unter all dem Geröll war.
Sie glaubte immer noch an ihm, wollte den letzten Funken Hoffnung schüren…

Er ließ sie auch heute warten, wie so oft im letzten dreiviertel Jahr, sie beförderte das nun erkaltete Essen in die Mülltonne und begab sich unruhig wie genervt ins Bett, konnte aber nicht schlafen, Gedanken kreisten in ihrem Kopf. Diese seine innere Zerrissenheit tat ihr weh, sie fühlte seine Empfindungen, spürte immer seinen Schmerz, was die Sachlage nicht eben erleichterte, vor allem ihren eigenen Seelenzustand nicht.
Hunderte Szenen spulten sich vor ihrem inneren Auge ab, wo er sein könnte, was er anstellte, sie verwarf sie wieder. Doch hartnäckig kamen sie wieder. All die unnötigen sinnlosen Streitereien, die Verletzungen, die er ihr antat, indem er sie belog, anderen Frauen nachlief, um sein Ego zu stärken, unfähig, das Geschenk der Liebe zu erkennen, das er bereits besaß. An all das musste sie immer wieder denken, es war ein Rückblick, der nicht viel Schönes aufweisen konnte.
Zweimal hatte er sie versucht, zu hintergehen; aber sie kam immer darauf, er konnte ihr nichts vormachen, sie erhielt immer Beweise von miss-

günstigen Neidern, zumeist Frauen aus seiner Vergangenheit, die sich diebisch freuten, Raphaela eins auszuwischen. Ihr Vertrauen in ihn wurde mehr als oft auf eine harte Probe gestellt. Im Grunde wusste sie, dass er nicht aufs Ganze ging, doch alleine, dass er es darauf ankommen ließ, demütigte sie enorm. Er hatte alles, was er sich wünschte, sagte er einst. Doch was er suchte, war nur er selbst unter Schichten angelerntem Verhalten, das er seiner Mutter verdankte, die ihrem Sohn vorlebte, mehrere Beziehungen zu unterhalten und sich besser nicht fest zu binden, mehr der Lügen zu verbreiten, denn die Wahrheit zu sprechen. Scheinbar hatte dies mehr auf ihn abgefärbt als ihm bewusst war. Doch ihr, Raphaela, war es bewusst. Sie konnte in seine Vergangenheit sehen, in seine Gegenwart sowie in seine Seele. Trotzdem riss es sie immer wieder in emotionale Tiefs, denn sie stand ihm zu nahe, konnte die Grenze nur mühsam aufrechterhalten; meist gelang es ihr nicht, was ihren Seelenzustand zermürbte. Unzählige Gespräche, unzählige Entschuldigungen von ihm, die sie nicht immer als ehrlich erkennen konnte. Unzählige Versöhnungen, sie war müde, müde ihm immer und immer wieder ihre wertvolle Zeit zu schenken, die er achtlos benutzte. Sie hatte ihm so oft ein imaginäres Seil zugeworfen, indem sie Gespräche suchte. Liebevoll, tolerant, zuweilen auch hart und direkt.
Er nahm es meist schweigend an oder stritt unkonstruktiv mit ihr, bohrte auf Unwichtigem herum, mit dem Versuch, sie abzulenken, sie klein zu halten, ihr Licht unter seines zu stellen.
Zeigte damit, dass er nicht bereit war, die Türe aufzustoßen und zu sehen, zu erkennen und seine Sichtweise zu verändern. Er war grausam, verletzte sich dabei selbst mehr, als er bemerken wollte. Sprach sie mit ihm, benahm er sich wie ein arroganter Kerl von oben herab, gefühlskalt und dumm. Aus seinen Sätzen konnte sie hören, dass er dachte, er würde immer gewinnen, sie würde ihm nachlaufen. Er würde sie nur berühren brauchen und sie wäre Wachs in seinen Händen. Sie hasste ihn dafür, gab sich aber dennoch oft hin, um ihm zu zeigen, dass Liebe und Hingabe zu verzeihen fähig ist, nur um dabei festzustellen, es streichelte bloß sein Ego; seine Gefühle hatte er irgendwo verloren oder fest verschlossen.
Er selbst wusste im Innersten, dass sie ihn durchschaute; wusste, dass sie ihn eines Tages verlassen würde, wenn er so weiter machte und dennoch trieb er es ein ums andere Mal auf die Spitze. Sie wiederum fühlte seine Seele, die um Hilfe schrie um Befreiung der Geisel, die er selbst in sich war. Nicolas erkannte sehr wohl, dass Raphaela zu wirklicher Liebe fähig war, wenngleich er auch keinen blassen Schimmer hatte, ob er dazu fähig sein „wollte." Er ahnte auch, dass sie die Frau seines Lebens war, wehrte sich jedoch aus für ihn unerklärlichen Gründen mit Händen und Füssen dagegen; er hatte Angst, ohne zu wissen wovor.

Es war ein Zwang, sie schlecht zu behandeln; er hasste sich dafür, hätte dies aber niemals zugegeben, nicht einmal vor sich selbst. Und doch, etwas in ihm wusste, ja, sprach mit ihm. Er bekämpfte die Stimme in sich, erinnerte sich jedoch auch an die Worte der Schamanin. Er müsste an sich arbeiten, aber er konnte nicht; es war, als hätte er einen Dämon in sich, der ihn gängelte, der ihn manipulierte. Manchmal sah er auch das Gesicht - „ihr Gesicht“ - die ihn und Raphaela schon oft zerstören wollte. Was er nie wahr haben wollte, es als Spinnerei abtat, schien sich in ihm auszutoben. Doch er konnte nicht darüber sprechen, wollte sein Gesicht nicht verlieren. Er konnte nur hoffen, tief in sich, dass Raphaela es wusste, es spürte und ihm half und sich selbst, denn er war nicht dazu fähig. Er war besessen, er war in den Fängen dieser dunklen, verdammt egoistischen Hexe.... die ihn einst glauben ließ, ihn zu lieben. Er sah sie, ahnte es, spürte die Macht und brachte es nicht über sich, damit zu der Schamanin zu gehen oder zu Raphaela, deren Liebe schon so oft Gutes bewirkte. Er wollte, aber konnte nicht. Alles in ihm schrie um Hilfe, und behandelte die Einzige, die zu ihm hielt, grausam. „Liebe mich, liebe mich so sehr, das all das Dunkle abfällt“, dachte er oft, um sich sofort als völlig verblödeter Trottel zu beschimpfen. In ihm wütete ein Krieg, den er nicht beenden konnte... noch nicht.
Er hatte Raphaela viel angetan, konnte es nicht rückgängig machen und selbst, wenn er sich vornahm, diesmal anders zu sein, besser... zwang ihn etwas in ihm, gegenteilig zu handeln. Er zweifelte langsam daran, dass Raphaela bleiben und kämpfen würde. Erspürte, dass sie nahe daran war abzuspringen. Dieser Zweifel ließ noch mehr Angst in ihm keimen; Angst, verlassen zu werden und so suchte er Beweise. Beweise, dass ihre Liebe echt war und sie, egal wie er war und sich benahm, bleiben würde.
Bleiben... und nicht ihn verachten. Bleiben und ihn lieben, egal wie furchtbar und bösartig er sich benahm. Für ihn war es, als wäre er ein Kind, das um die Liebe seiner Mutter kämpfte. Er hasste sich dafür, denn sie war eine Frau, seine Partnerin und kein Muttterersatz. Ein unfairer Kampf, den er ins Leben gerufen hatte und nun die Dämonen nicht mehr los bekam. Sie würde gehen, befürchtete er in jeder Sekunde seines grausamen Verhaltens ihr gegenüber. Doch irgendetwas sagte ihm auch, dass dies ein Teil eines Plans war, ein Plan, den einst die Schamanin als Aufgabe bezeichnetet die sie zu erfüllen hatten....

Heute sollte Nicolas den Beweis bekommen, dass sie ihn nicht einfach aufgab, auch wenn es diesmal ganz danach ausgesehen hatte. Er würde den Beweis erhalten, dass sie stärker war, als er jemals zu hoffen wagte. Sie hatte eine Kraft, die ihn förmlich sprachlos werden ließ, mit der er nicht gerechnet hatte, die in ihm Hochachtung keimen ließ vor einer Frau, die

wusste, was sie wollte, was sie selbst wert war. Die Kämpfte aber auch verlieren konnte, wenn es sein musste und dadurch erst Recht den Sieg einholte…
„Nicolas, weshalb fürchte ich ständig, dass du… weshalb bringst du es nicht fertig, mich wieder an deinem Leben teilhaben zu lassen?“
Seine Miene verschloss sich wie so oft, wenn sie ihn danach fragte. „Ich weiß es nicht“, presste er trotzig hervor.
„Ich verstehe nicht, weshalb du mich auf Abstand hältst, weshalb du mich so behandelst? Auch, wenn es schöne Stunden gibt, fühle ich, dass etwas zwischen uns steht. Sobald ich dich um ein Zeichen der Verbundenheit bitte, verschließt du dich. Das macht mich traurig und es tut mir sehr weh. Ich weiß einfach nicht, was ich getan habe, dass du mir so unnahbar entgegen trittst. Sag mir doch, was dich quält, bitte.“ Raphaela bat ihn eindringlich, doch er schwieg mit zusammengekniffenen Lippen. Sie seufzte schwer, drehte sich um, griff nach ihrer Tasche, blickte noch einmal zu ihm zurück in der Hoffnung, er hielte sie auf, was er nicht tat, und ging, ohne sich zu verabschieden.
Er wusste selbst nicht genau, warum er sich so abweisend verhielt, es war, als hielte ihn etwas oder jemand davon ab, sich ganz auf Raphaela einzulassen. Unwirsch schüttelte den Gedanken von sich ab. Er wollte nicht darüber nachdenken. Es genügte ihm, dass er keine Nacht schlafen konnte, weil er ständig das Gesicht von Mariana vor sich sah, die ihn böse anstarrte. Seit Wochen hatte er das Gefühl, sie stünde ständig neben ihn, er hörte sogar Worte, konnte sie aber nicht verstehen.
Was hätte er Raphaela sagen sollen? Sie würde nur unnötige Befürchtungen hegen, die zu Misstrauen und Streit führten.
„Misstrauen!“, sprach er leise aus, das hatte er doch schon längst in ihr gesät mit seinem Verhalten. Er spürte, dass Raphaela am Verzweifeln war, er fühlte ihre Traurigkeit und verhaltenen Tränen, aber konnte nicht über diese inneren Kämpfe sprechen. Es war, als wäre ein Dämon in ihm, der ihn quälte und seine Worte im Keim erstickte. Er musste alleine damit klar kommen. Raphaela sollte sich nicht unnötig aufregen. Er ahnte, dass Mariana ihn von der Ferne manipulierte. Sie beschäftigte sich mit Magie und all dem Zeug, das er nicht so recht glauben wollte, obwohl er doch so oft durch Raphaela eines anderen belehrt wurde. Er musste dagegen ankämpfen, diese Frau hatte genug Schaden angerichtet, er würde nicht zulassen, dass sie erneut in seinem Leben Einzug hielt. Er wischte seine Gedanken mit der Hand weg und widmete sich seinen neuen Verträgen, die er abgeschlossen hatte. Arbeit wartetet auf ihn…. Abends würde er sich bei Raphaela melden und sie zum Essen einladen, um die schlechte Stimmung nicht weiter einreißen zu lassen.

***

Raphaela fuhr indes nach Hause. Sie kämpfte zwischen Tränen und aufkeimenden Zorn. Was, verdammt noch einmal, hielt ihn immer zurück? In ihr stieg ein Gedanke auf, der ihr Gänsehaut verursachte.
Da war jemand, sie spürte es ganz genau. Eine Frau, eine Frau, die versuchte... war sie nun verrückt? Nein, sie vertraute auf ihre Intuition; irgendjemand versuchte, sie beide zu zerstören. Jemand, der nicht verwunden hatte, dass Nicolas eine andere Frau liebt. Sie ahnte, wer das war, doch sie musste sich Gewissheit verschaffen, bevor sie handeln würde. Gut, sie würde nun nach Hause gehen und versuchen, in das Geheimnis einzusehen.
Mit einem mulmigen Gefühl ging sie durch die Straßen, kaum dass sie die Gegend wahrnahm.
Zu Hause angekommen, ließ sie frische Luft in ihre Räume, wusch sich die Hände, träufelte Kräuteressenzen in ihre Handflächen, die sie in Richtung ihres Körpers fächelte, um ihre Aura zu harmonisieren. Sie würde den Falken rufen, den sie gelernt hatte zu verstehen und der immer zu jeder Zeit vor ihrem geistigen Auge auftauchte, wann immer sie ihn brauchte. Er war ihr Schutztier und heute würde sie versuchen, durch seine Augen zu sehen, sie hatte keine Angst mehr, konnte sie doch seit geraumer Zeit in der Astralebene reisen, die Schamanin hatte ihr viel beigebracht.
Nun machte sie es sich auf dem Sofa bequem, konzentrierte sich darauf, sich zu erden. Langsam zog sie ihre Kraft weit bis über ihr Kronenchakra hinauf. Sich schwerelos fühlend, rief sie den Falken.

„Laschka el scha cha, laschka el cha.... komm Falke, komm zu mir, ich bitte dich und hilf mir zu sehen, was ich sehen muss."
Sie vernahm den Schlag kräftiger Flügel, ein Pfeifton, schrill ausgestoßen, drang ihr durch Mark und Bein.
Er war hier, ihr Freund und Beschützer.
„Ich grüße dich, mein Freund und bitte dich, hilf mir, den Dämon zu finden und ihn zu vertreiben."
Vor ihrem inneren Auge sah sie dem Falken tief in die Augen, verband sich mit ihm, wurde eins und erhob sich mit und durch ihn in die Lüfte. Sie nahm ihre Umgebung von oben wahr, beobachtete ihr eigenes Leben und das Nicolas, sah Menschen wie Ameisen laufen. Da, gleich eines Zooms, wurde ein Bild herangezogen. MARIANA, sie hatte es gewusst....
Voller Hass sprach Mariana mit einer Frau. Raphaela konnte die Worte nicht verstehen, doch die Gesten genügten, um sie zu entschlüsseln. Sie wollte Nicolas wieder haben und sie wollte Raphaela verletzen. Die Frauen lachten bösartig unter eigenartigen Handlungen, die einem Ritual ähnelten. Raphaela versuchte, das Bild näher zu ziehen. Es gelang ihr

nicht, es war, als wäre eine Grenze gezogen, die beide Frauen zu schützen schien.
Sie hatte genug gesehen, zog sich gedanklich wieder zurück, bis sie aus der Aura des Falken wieder ausstieg.
„Ich danke dir mein Freund, ich habe genug gesehen. Doch ich bitte dich, steh mir bei, denn ich fühle, ein Kampf steht bevor."
Der Falke erhob sich, während Raphaela seine Gedanken lesen konnte.
„Vertraue mir, mein Schutz ist bei dir; sobald du bereit bist, stehe ich dir bei. Doch bis dahin werde ich die Schleier für dich weiter öffnen, sei bereit für eine Botschaft, die du unmissverständlich erhalten wirst."
„Ich bin bereit, danke mein Freund."
Raphaela atmete mehrmals tief durch, bis sie ihre Augen wieder öffnete. Sie hatte gelernt, sich mit dem Falken, der ihr Krafttier war, mental zu unterhalten und wertvolle Informationen von ihm zu bekommen.

Sie streckte sich, ihr Herz klopfte unruhig. Sie wusste es doch, dass diese Frau keine Ruhe geben würde. Als Raphaela mit Nicolas eine Beziehung einging, fühlte sie genau, dass er über diese Frau noch nicht hinweg war. Sie hatte ihn all die Jahre manipuliert. Ihm Dinge eingeredet, die wie ein giftiger Stachel tief in seiner Seele saßen. Raphaela hoffte anfangs, dass er sich von alleine von dieser Frau lösen konnte; doch wie es schien... war dem nicht so. Aus irgendeinem Grund hatte Raphaela die Ahnung, dass diese Frau nicht so sehr um Nicolas wegen kämpfte, sondern dass es sie, Raphaela, anging.
Irgendetwas stimmte hier ganz und gar nicht. Sie musste zu der Schamanin. Ihre Intuition drängte sie dazu, deren Hilfe zu erbitten, klarer zu erkennen, um was es ging. Sie würde ihren Rat brauchen. Damit schloss Raphaela ihre Sitzung, wie sie es im Stillen nannte, und widmete sich den alltäglichen Dingen. Dachte dabei aber, dass sie Nicolas vorerst einen irdischen Schlag verabreichen musste, der ihm zu verstehen gab, wie man sich fühlt, in einer gewissen Art und Weise benutzt zu werden. Sie hoffte inständig, ihn zur Besinnung bringen zu können. Seufzend ging sie ihrer Arbeit nach; versuchte, den Tag ausklingen zu lassen, ohne sich das Gehirn zu zermartern. Morgen war auch noch ein Tag...

***

Raphaela erhält eine Traumbotschaft...

Fackeln erhellten den düsteren Raum nur notdürftig. Verschreckt standen die Sklavinnen dicht aneinander gedrängt an der kahlen steinernen Mauer der Gruft.

Der kalte Hauch des nahenden Todes umhüllte ihre Gestalten, die unter dem dünne, fast durchsichtigen Stoff ihrer Kleider, froren. Mit weit aufgerissenen Augen, ganz bleich im Gesicht, starrten sie ihre Herrscherin an, die auf der Trage lag. Kostbares Geschmeide schmückte ihren Körper, der kaum bedeckt war mit feinem edlem Stoff.
Tinitra, ihre persönliche Sklavin, stand zitternd vor der Herrscherin, die in diesem Moment barsch zu ihr sprach.
„Reiche mir den Becher, Tinitra."
„Nein, nein, Herrin, ich flehe euch an bitte nicht. Ich kann euch nicht töten."
Bösartiges Lachen entrang ihrer Kehle, als sie sich leicht aufstütze, Tinitra dabei an deren zartes Handgelenkt zu sich zog. „Du wirst es tun und den Fluch, der dich dabei begleitet, soll dich viele Leben daran erinnern, was du mir angetan hast."
Weinend sank Tinitra in die Knie, doch die Herrscherin, deren Hass unmenschliche Kraft in ihr gebar, zog Tinitra wieder zu sich hoch. „Du hast mir genommen, was dir niemals zustand... dafür wirst du in jeder Wiedergeburt büßen, bis das jemand den Fluch zu lösen versteht. Doch verspreche ich dir, das wird niemals geschehen. Du wirst mich immer wieder neu erwecken, um dich daran zu erinnern, dass du nichts bist und niemals sein wirst. NIEMALS! Reich mir den Becher!"
Tinitra schrie unter Schmerzen auf, als die Herrscherin ihr Gelenk so fest zurück bog, dass es beinahe brach...
Weinend nahm Tinitra den mit Juwelen besetzten Becher, der auf dem steinernen Tischchen neben ihr stand. Reichte ihr diesen mit zitternder Hand...
Als plötzlich von außen orkanartiger Tumult zu hören war, schwere dumpfe Schritte näher kamen und zornige Männerstimmen unmissverständliche Befehle ausriefen. Die schwere Eisentüre wurde heftig eingetreten. Erschrocken schreiend klammerten sich die jungen Sklavinnen unter Weinen und Flehen aneinander. Tinitra atmete schwer, die Herrscherin lachte laut auf, trank aus dem Becher... schleuderte ihn von sich, so dass einige Tropfen des blutroten Gebräus Tinitras Kleid befleckten.
Im Moment, als die Männer in den Raum stürmten, brach die Herrscherin in sich zusammen. Soldaten in schweren Rüstungen sprengten mit Ihrer Präsenz den Raum. Kreischend stoben die Frauen auseinander, Tinitra schrie auf, wollte flüchten, doch griff eine starke Hand nach ihr, hielt sie fest. „Nehmt sie gefangen, sie hat die Herrscherin getötet!", schrie einer der Männer mit harter lauter Stimme. Die Frauen schrieen, dass es nicht stimmte, Tinitra gezwungen wurde, doch keiner hörte auf sie. Die Männer beachteten die jungen Frauen nicht, schliefen Tinitra mit sich...

Schweißgebadet erwachte Raphaela. Lange Zeit hatte sie nichts mehr geträumt, doch das hier war der Schlüssel zu einem alten Karma, dessen war sie sicher. Karma, das sie verfolgte auf all ihren Wegen. Ihr Herz schlug bis zum Hals, sie konnte sich kaum beruhigen. Der Mond tauchte das Schlafzimmer in ein helles Licht, trotzdem hatte Raphaela Angst. Sie schalt sich kindisch. Atmete tief durch, griff nach ihrer Nachttischlampe und schaltete das Licht ein. Dann sprang sie aus dem Bett, um auch das Deckenlicht zusätzlich einzuschalten. „Oh Gott, ich wünschte, du wärst hier Nicolas“, sprach sie aus. Immer, wenn sie ihn brauchte, war er nicht hier. Sie hasste es, alleine zu sein. Sie hasste ihn, dass er nicht fähig war, bei ihr zu bleiben. Was zum Teufel ist das nur?
Sie ging wieder zu Bett, lehnte sich an den Kopfteil, deckte sich bis zur Nasenspitze zu und versuchte dabei, den Traum zu rekonstruieren.
Sie wusste, dass sie selbst Tinitra war. Aber wer war die Herrscherin und warum musste sie diese umbringen? Welchen Fluch hatte sie gemeint und was genau sollte bedeuten... sie hätte ihr etwas genommen?
Fragen über Fragen.... es war sinnlos, in diesem aufgewühlten Zustand einen klaren Gedanken fassen zu können. Raphaela griff sich den kleinen Wecker, der auf dem Nachttischen stand... “drei Uhr morgens, warum immer um diese Zeit?“, fragte sie sich Kopf schüttelnd.
Es war eigenartig. Jegliche Botschaften, Visionen und Erkenntnisse, die sie aus dem Schlaf rissen, fanden immer um drei Uhr morgens statt. Allerdings auch jegliche guten Einfälle. Es musste etwas auf sich haben, dass große Meister um diese Zeit aufstanden, um zu meditieren. Diese Zeit in den frühen Morgenstunden hatte wohl eine besonders starke Qualität.
Langsam beruhigte sie sich, beschloss, wie immer in solchen Momenten, sich einen Tee aufzusetzen, da sie nun ohnehin nicht gleich wieder einschlafen konnte.
„Danke Falke“, murmelte sie vor sich hin. Nun muss ich nur noch darauf kommen, was der Traum bedeutet. Gedankenverloren nippte sie an ihrem Kräutertee, beschloss dabei, die Schamanin aufzusuchen. Ohne deren Hilfe würde sie sich in Emotionen verstricken, die ihr mehr schaden könnten denn nutzen.
Während Raphaela sich wieder ins Bett begab, war an der anderen Seite der Stadt jemand dabei, seine teuflischen Pläne zu schmieden.
Hämisch lachte sie vor sich hin. Sie würde ihn wieder bekommen, dessen war sie sich sicher. Doch zuvor musste sie diese Hexe verschwinden lassen, die sich ihr in den Weg stellte. Diesmal würde sie gewinnen. Sie, Mariana, würde nicht aufgeben, bis sie ihr Ziel erreicht hatte.... ein irres Funkeln glänzte in ihren Augen...

***

Hilfe bei der Schamanin...

Würden Sie mir bitte helfen? Ich habe eine Traumbotschaft erhalten, die mir helfen soll zu erkennen, wer Nicolas und mir schaden möchte. Aber ich habe den Traum nicht ganz verstanden.
„Erzähl mir davon", sprach die Schamanin, die ahnte, worum es ging. Es war soweit, sie war wieder hier und der Kampf würde bald bevorstehen.

Raphaela erzählte von der Verschlossenheit Nicolas, seinen Aggressionen, die immer wieder massiv zum Vorschein kamen. Seine Unnahbarkeit, die zwischen Arroganz und liebevoller Aufmerksamkeit für Raphaela wankte und sie damit in einen Zwiespalt der Gefühle presste. Die Schamanin hörte gut zu. Als Raphaela endete, nippte sie an ihrem klaren Wasser, das sie für sie beide bereitgestellt hatte, schwieg einen Augenblick, um dann zu sagen: „Sie ist hier. Sie hat dich mit ihrem Hass seit vielen Leben verfolgt. Eure Liebe zueinander stand zuvor nie unter einem guten Stern. Doch in euren Herzen hat sie immer weiter gelebt. Ihr habt euch geschworen, euch zu finden, immer und immer wieder; doch SIE hat sich geschworen, immer dazwischen zu stehen und eure Liebe zu zerstören."
„Aber weshalb?", fragte Raphaela zwischen Angst und Verzweiflung.
„Weil sie ihn einst für sich beanspruchte. Bis du kamst und sein Herz gewonnen hattest. Ab diesem Zeitpunkt war ihr Hass grenzenlos."
„Wer ist SIE? Von wem sprechen Sie? Ich kenne doch niemanden, der mich hassen könnte, weil ich Nicolas liebe? Wir haben doch keine gemeinsamen Bekannten oder Frauen, die wir beide kennen. Und ich habe kei...", mitten im Satz hielt sie inne. Ihr Atem stockte, eiskalt lief es ihr über den Rücken. „Mariana... ich sehe Mariana vor mir. Aber ich kenne sie doch gar nicht, nur aus Erzählungen und nein, ich glaube, ich habe sie einmal gesehen, kurz, nur einen Augenblick. Aber die beiden sind doch längst auseinander?"
„Aber sie kennt dich, sie kennt jeden eurer Schritte, sie hat ihn nie aus den Augen verloren, zu keiner Zeit."
„Ich verstehe das nicht. Weshalb könnte sie sich jetzt einmischen, sie waren doch längst nicht mehr glücklich miteinander, warum sollte sie uns auseinander bringen wollen? Und soll das denn bedeuten SIE war diejenige, die das Gift trank?"
„Ja Raphaela, so scheint es, es geht um dich, Raphaela nicht so sehr um ihn. Was sie will ist, dich zerstören. Sie weiß im Hier nicht bewusst, weshalb sie dich so hasst. Es ist eine alte Geschichte zwischen einer Herrscherin, die an ihre Sklavin den Mann verloren hat, den sie besitzen wollte."

„Das ist doch… ich kann das nicht glauben, kann es tatsächlich sein, dass jemand so sehr und so lange hassen kann?“
„Ja Raphaela, das kann sein. Wenn eine Seele im Dunklen gefangen war und ist, die Macht nutzte, um zu besitzen. Je mehr jemand dazu erzogen wurde, sich alles nehmen zu können, was er will und sein Stand ihm dies erlaubte, je schwächer das Licht in dieser verlorenen Seele ist, desto mehr wird sie abdriften. Und es gibt keine Rettung, wenn sie nicht aus dem eigenen tiefen Sehnen nach Vergebung und Lösung in Liebe herbeigerufen wird.“
„Bedeutet es, dass es Seelen gibt, die… ach ich weiß ja, dass es das gibt, aber ich habe niemals so hautnah gespürt und erfahren, dass es tatsächlich Seelen gibt, die sich für die Dunkelheit entscheiden.“
„Doch Raphaela, diese Seelen sind der Gegenpol des einen göttlichen, über alles strahlenden Lichts, der Unendlichkeit an Liebe. Und hiermit als Teil eines Ganzen zu verstehen.“
„Aber was soll ich nun tun? Ich fühle, dass diese Frau zwischen uns steht. Was kann ich tun?“
„Kämpfen, Raphaela; auf einer anderen Ebene des Seins kämpfen und bestehen. Du bist eine Kriegerin des Lichts. Deine Visionen, in denen du dich immer wieder gesehen hast, sind ein Teil deiner Leben. Du wirst diesen einen Kampf noch ausstehen müssen, um letztendlich das Karma zu schließen.“
„Wie sollte ich das denn... ich habe keine Ahnung wie…“ Sie verzweifelte langsam sichtlich. Ihr Gesicht war blass und ihr Herz zog sich schmerzhaft zusammen, doch tief in ihrem Inneren wusste sie, was zu tun war.
„Fürchte dich nicht, du hast Helfer an deiner Seite, bist geschützt auf all deinen Wegen, kämpfe Raphaela, damit der Fluch sich auflöst.“
„Wer sind meine Helfer“, fragte sie, nun schon weit weg in ihren Gedanken.
„Du wirst sie erkennen... allen voran der Falke. Kämpfe diesen letzten Kampf um eurer Liebe und eurer aller Leben wegen.“
Raphaela lächelte, denn in ihr formte sich ein Bild, eine Vision, die ihr nicht fremd war…

Sie sah sich neben Nicolas in einer alten Zeit. Ihr Kleid war so, wie sie es immer anhatte in ihren Visionen. Der Umhang dunkelblau samtig, über ihre Schultern gelegt, den Mondstein leuchtend in der Sonne, den sie um den Hals trug als Zeichen der Priesterschaft. Sie war dabei, ihr Pferd zu zäumen, die treue weiße Stute; fast unwirklich schön und edel stand dieses kraftvolle Pferd vor ihr, wehte dessen dichte lange weiße Mähne im Wind.

Nicolas der nicht sah, was vor sich ging und einfach munter drauflos plapperte ohne sie an zu sehen. Sie, Raphaela, blickte zu dem großen Tor, das Wächter mit scharfen Lanzen verstellten. Der Wind schien sie zu rufen, ihr seine Hilfe anzubieten. Ihr Blick war fest auf das Tor gerichtet, als Nicolas plötzlich im Gespräch innehielt, sie fragend und erstaunt ansah. „Was tust du?"
Sie sah ihn an, voller Liebe, küsste ihn, strich zärtlich über seinen Arm und schwang sich leicht wie eine Feder auf ihr Pferd. „Frage nicht Geliebter, ich muss noch ein letztes Mal fort. Ein letztes Mal habe ich noch etwas zu tun... damit stob sie über den großen sandigen Platz zum Tor, ließ ihn und seine Ruine, die ihm gehörte, zurück. Die Wächter stoben auseinander, jedoch öffneten andere sofort das Tor, durch das Raphaela stürmte, begleitet von dem Falken, dessen scharfer schriller Pfeifton seine Begleitung kund tat...

Verstört blickte sie zu der Schamanin. „Ich hatte eine Vision... noch nie hatte ich sie mitten in einem Gespräch?...
Die alte Frau lächelte. „Ich weiß, ich habe sie dir gesandt, um dich verstehen zu lassen, wie du kämpfen kannst. Begib dich auf die Reise, Raphaela, Dein Platz ist in der Astralebene, wo du sie finden wirst. Hab keine Angst, wir alle sind bei dir, doch kämpfen musst du alleine. Höre auf deine innere Stimme und achte auf Zeichen, die dir helfen werden, das Richtige zu tun."
Raphaelas Gesichtsausdruck entspannte sich. In ihr tobten Emotionen, aber auch Mut und Entschlossenheit. „Es ist gut, ich bin bereit. Ich weiß nun, was ich zu tun habe." Damit stand sie auf, verabschiedete sich von der alten Frau und ging zu Fuß nach Hause, um klare Gedanken bittend. Zuerst wollte sie Nicolas beschäftigen. Sie wusste, dass er einen irdischen Hieb brauchte um daran zu wachsen. Er würde sich dadurch vorerst zurückziehen. Genau das brauchte Raphaela jetzt, sie konnte ihm noch nicht erzählen, was sie gehört und gesehen hatte. Er war noch nicht so weit, all dies zu fassen und zu verstehen. Er musste zu allererst seine irdischen Dinge lösen, bevor er in Welten eintauchte, die ihm noch fremd waren. Später, sehr viel später würde sie ihm alles erzählen, ihn sehen lassen, was geschehen war. Sie hatte einiges vorzubereiten. In ihrem Inneren begann sie, sich zu rüsten für den letzten Kampf auf einer Ebene zwischen Himmel und Erde... mit hocherhobenen Kopf schritt sie mit festen Schritten nach Hause, bereit, für ihre Liebe zu kämpfen.

***

Sie konnte ihn spüren, in ihm tobte ein Krieg. Einerseits würde er so gerne liebevoll reagieren und vergessen, was sie ihm alles an Wahrheiten über

ihn selbst ins Gesicht schleuderte, andererseits hielt ihn der Dämon Angst in sich zurück. Der Dämon, der Grausamkeit und Anerkennungssucht hieß.
Er hasste sich selbst dafür, dass er sie verletzte, immer und immer wieder, obwohl kein Mensch, ja keine Frau ihm bis jetzt derart selbstlose Liebe schenkte. Und genau damit konnte er absolut nicht umgehen.
All dies ging Raphaela durch den Kopf. Sie kannte ihn besser als er sich selbst. Seine Seele war ihr vertraut, wenngleich sie auch so manche Schleier lüften musste, die sie liebend gerne nicht berührt hätte. Jedoch barg dies auch immer wertvolle Erkenntnisse für sie, über sich selbst, ihr Wesen mit all seinen Facetten. Sie könnte ihn gehen lassen, sie könnte ihn einfach ignorieren, sie könnte ihn hassen, aber nichts davon wollte sie. Sie liebte und wusste nicht warum. Litt, als würde sie ein sterbendes Kind in ihren Armen halten. Wie konnte sie ihn verlassen? Das Kind, das nach Hilfe rief und gleichzeitig mit Armen und Beinen wild um sich schlug, weil es nicht sicher war, ob es gerettet werden will. Das Kind und dann wieder der Mann, dessen Seele gefangen gehalten wurde von Ihr, dieser dunklen Hexe, die alles daran setzte, seinen Geist zu vernebeln; doch sie, Raphaela, bot ihr die Stirne. Im Stillen jedoch würde der Kampf bald beendet sein, sie würde siegen; diesmal würde sie siegen... und sie, die ihr einst prophezeite, Raphaela würde sie wieder zum Leben erwecken, würde den endgültigen Todesstoß erhalten. Danach würde für alle Zeiten Ruhe einkehren.
Sie würde sie bezwingen, mit der Kraft der Gedanken und der Macht der Liebe, die sie für Nicolas hegte. Sie würde diese Frau besiegen, die seit vielen Leben immer wieder auftauchte, um in ihrem grenzenlosen Hass zerstören wollte. Sie war bereit, rüstete sich zum Kampf doch vorerst hatte sie noch mit Ihm zu tun... vorerst musste er aus der Schusslinie. Dieser Kampf ging nur Raphaela und ihre Feindin etwas an...

Was also hätte sie bisher tun sollen mit Nicolas?
Sollte sie ihn sterben lassen? Sie konnte es nicht, es gab noch eine Chance, seine Seele von dem Dunklen zu befreien; eine Chance, die ihn sehr, sehr tief verletzen würde. Es würde ihm den Boden unter den Füßen wegziehen, er wäre erschüttert, sprachlos wie schon einmal, als sie ihm am eigenen Leib spüren ließ, wie er sie behandelte. Damals als er nach einem Streit dachte, er könne mit seinem Lächeln und seiner Art, sie zu berühren, weich werden lassen.
Als sie aussprach, er denke wohl, dass sein Charisma sie dazu bringen würde, ihn zu befriedigen. „Ja, das dachte ich", meinte er lachend. „Schließlich bin ich mir meines Charmes bewusst", meinte er noch hochmütig. Sie sah ihm damals tief in die Augen, zog ihn mit sich, voll Zorn in

sich, den sie verdeckte. Sie tat, nach was ihm gelüstete, verwöhnte ihn so hingebungsvoll wie lange nicht mehr, ließ ihn voll Lust vergehen um... ihm kurz bevor er kam, abrupt auszulassen.
Sie sagte nur: „Das ist wohl mein Charisma, darum geht es dir doch nicht wahr? Mehr willst du doch nicht. Mehr bin ich doch nicht für dich, eine Maschine, die du benutzen kannst, wann immer es dir passt. Sex und nur Sex... von Liebe keine Spur."
Sie drehte sich von ihm weg, weinte still neben ihm.
In diesem Moment, fiel er von seinem hohen Ross, war zutiefst erschüttert über sich selbst. Er lag starr neben ihr, wagte es nicht, sich zu bewegen. Sie konnte fühlen, dass er leichenblass war trotz der Dunkelheit, die sie umgab, konnte sie mit dem Herzen sehen. Er starrte an die Decke, unfähig, auch nur ein Wort zu sagen. Kurz darauf nahm er sie das erste Mal nach fast zwei Jahren so zärtlich und echt in die Arme, wie nie zuvor. In diesem Moment wurde Ihm klar, welchem Charakter er immer wieder verfiel, war erschüttert über sich selbst, was er ihr immer wieder antat, sprach dies auch leise aus.
„Es war nicht schön, nicht wie ich dich immer behandelte..."
Unter Tränen küsste sie ihn damals, kam ihm entgegen, der kaum wagte, sie zu berühren. Doch dann, als sie sich über ihn beugte, weil sie spürte, dass er nun wieder er selbst war, liebte er sie das erste Mal aus der Tiefe seiner Seele, berührte sie, als hätte er zerbrechliches Gut in seinen Händen. Noch nie zuvor war er ihr dermaßen nahe wie in diesen Augenblicken.
Nach diesem Erlebnis, behandelte er sie lange Zeit rücksichtsvoller, war in seinem eigenen Wesen anders, weicher, vorsichtiger. Bis er erneut in die alte Schiene fiel, seine Seele erneut gefangen wurde im Dunklen des Bösen. Erneut wieder das alte Lied begann, in dem er sie vernachlässigte, anfangs noch unter liebenden Worten, zärtlichen Gesten, bis es immer weniger wurde und wieder und wieder unter ihren verzweifelten Vorwürfen eskalierte. Langsam wurde sie es leid, keine konstante Entwicklung bei ihm zu sehen. Sie hatte das Gefühl, sich immer mehr von ihm zu entfernen und nichts machte ihn auf die Gefahr aufmerksam. Heute hätte er ihr etwas Liebevolles schreiben müssen, wenn er es schon nicht fertig brachte, sie anzurufen, nach dem er sich wieder ein Meisterstück erlaubte.
Gut, sie konnte verstehen, was in ihm vorging, doch nicht mehr dulden, dass er nichts dagegen unternahm, weil sie fand, dass Liebe und Reife nicht nach Taktik fragte und auch nicht nach Stolz. Gleichzeitig wusste sie, dass sie selbst darauf achten musste, nicht in alte Verhaltensmuster zu fallen, die es ihr unmöglich machen würden, ihn und sich selbst zu befreien. Sie wusste tief in ihrem Herzen, sein Verhalten kam nicht aus seinem bewussten Wollen, sondern von der Manipulation, in der er gefangen ge-

halten wurde. Nun, der Zeitpunkt war da, irdisch zu walten, um sich danach in die Ebene des Universums zu begeben und ihr Versprechen zu halten.
Würde er sich morgen nicht melden, wusste sie, der Zeitpunkt war gekommen. Es widerstrebte ihr, es schmerzte sie, aber sie musste es tun. Für ihn - um ihn aufzurütteln; für sich selbst - um eine Entscheidung zu treffen. Sie würde ihm einen heilsamen Schock verpassen, der ihn retten konnte. Oder aber, er würde sich erneut zurückziehen, dann hatte sie für sich selbst etwas getan, etwas Entscheidendes, das es ihr leichter machen würde zu gehen, sollte sie wieder Erwarten den Kampf verlieren; doch daran wollte sie nicht denken, die Energie nicht stärken, die sie selbst in die Tiefe zu ziehen drohte.
Sie würde also warten, bis er seine Bedürfnisse wieder gestillt haben wollte von ihr, würde danach, so wie er immer, aufstehen und schnell gehen, ihm keine Gelegenheit geben sich wohl zu fühlen. Würde jedes Mal so handeln, wenn sie sich nahe kamen, einen großen Geldbetrag von der ausständigen Summe, die sie ihm schuldete, stillschweigend abziehen. Würde, sobald diese getilgt sei, ihm sagen, er müsse sich eine andere Gespielin suchen, denn ihre Schulden hätte sie bezahlt, mit dem Honorar einer Edelnutte, die sich ihrer Qualität bewusst sei, da sie nichts anderes für ihn zu sein schien. Würde seine Erstarrung nutzen, ihren Schlüssel von seinem Bund nehmen und gehen, einfach gehen.
Das war das Einzige, das ihn endgültig aufrütteln konnte. Tat es das nicht, hatte sie verloren. Sie hatte so viel gegeben aus ganzem Herzen, einfach nur um der Liebe wegen. Sie hatte gelernt von all den Männern, die sie nur benutzten, nur ihre Leidenschaft wollten, ihren Körper, ihre Sinnlichkeit, ihre Zärtlichkeit, die ihnen Nahrung für ihre Seelen gab. Keiner aber jemals Raphaela schenken wollte, was sie sehnlichst wünschte. Liebe, einfach gegenseitige respektvolle Liebe.
Sie würde warten, ein letztes Mal warten, was er tun würde. Unter Tränen betete sie still und fürchtete doch, er würde zu feige sein - wie all die anderen zuvor. Eine Liebe, eine Seele die sie erneut verlor, weil diese nicht aufhören wollte zu sterben....

Morgens nach dem Erwachen, wie die letzten Tage auch, war Raphaelas Gedanke, so weit von ihm entfernt zu sein. Unendlich weit und doch tief in ihrer Seele wusste sie, dass all das notwendig war, um Heilung geschehen zu lassen.
Sie dachte an seine ersten Visionen damals, als er sie bat, ihm zu helfen. „Die alte Frau in ihrem dunklen Umhang, das Kind, das sich darunter versteckte, als es ihn sah. Der Blick der Alten, deren Augen ihn zu durchdringen schien, wissend wer er wirklich war.“

Heute war es ihr, als würde sie sich selbst sehen, aus seinen Visionen die Antwort gefunden haben.
Das Kind, das sich vor ihm versteckte, war ihr inneres Kind, das Angst hatte vor der Kraft, der Größe, die so dominant schien, so verletzend, so herablassend, wie es Erwachsene nun einmal sein konnten. Wenn sie das Bild abrief, sah sie das Kind, das sich befreit hat. Das fort hüpfte von der alten weisen Frau, die es bisher schützte. Es sah sich nicht um, ging weg, einfach so, ohne sich umzudrehen, hatte die Angst besiegt. Es wollte teilhaben am Leben und mit seinesgleichen spielen, ohne Zwang. Es wollte dahin gehen, wo es willkommen war, wo kein Machtmissbrauch ihre Liebe tötete. Frieden und Freude es erwarteten. Es hatte sich befreit, das Kind in ihr.
Sie hatte sich befreit! Sie selbst hatte sich beschützt und befreit aus ihrer Weisheit heraus, die sie in sich trug.
Sie schwenkte zurück zu der alten Frau, die am Straßenrand hockte. Sie sah sich selbst, die tiefdunklen Augen, die ihn erkannt haben, seine Seele, seinen Schmerz, aber auch seine Grausamkeit, seine Feigheit, sein krampfhaftes Festhalten an veralteten Konventionen. Sie sah ihn an, durchdringend und fesselnd, eine Andeutung von Lächeln funkelte in ihren Augen, die Weisheit in sich bargen, ihr Haupt senkte sich, als würde sie sich vor ihm verneigen... ihr Körper verwandelte sich zu feinen Körnchen, schien durch eine Sanduhr zu laufen. Was blieb war Staub, den der Wind wegpustete.
Nun endlich konnte sie sich das Bild erklären, das sie lange mit sich trug, um dessen Bedeutung sie nur leise erahnte. Sie hatte diese Beziehung gebraucht, um ihr inneres Kind zu heilen, sie selbst war aber auch die alte Frau, die so viel Weisheit in sich trug und wusste, wann die Zeit gekommen war zu handeln oder zu schweigen und zu gehen.

Ja, es war Zeit, sie hatte so viel versäumt. Und doch tat ihr keine Sekunde leid, alles musste so kommen wie es notwendig war. Nun galt es, nach vorne zu sehen und ihre Aufgabe anzunehmen, all ihre Erfahrungen der Welt zu schenken. Sie würde schreiben, schreiben und nochmal schreiben, bis alles an Schätzen aus ihr heraus war. Sie würde nicht essen oder kaum, weil sie keine Zeit mehr zu verlieren hatte; sie würde nicht ausgehen, weil sie den Lärm, die Oberflächlichkeit, nicht mehr ertrug; sie würde sich zurückziehen, weil die Wunden noch zu tief waren. Sie würde schreiben, bis sie keinen Schmerz mehr spürte… bis sie es geboren hatte… das angeblich alte Wissen in ihr aus längst vergangener Zeit, von dem sie immer noch nur einen blassen Schimmer hatte. Doch erst würde sie ihre Helfer rufen, den Falken… und ihre Stute zäumen - es war bald so weit, der Kampf begann, jetzt…

All diese Gedanken peinigten ihre geschundene Seele und doch war ihr, als sei sie neu geboren. Sie wurde wieder sie selbst, nahm die Erfahrungen dankbar an, versuchte sich, nicht nach der Vergangenheit umzudrehen. Sie ließ den Dingen ihren Lauf und so war sie erstaunt, dass Nicolas sich plötzlich veränderte, positiv veränderte, als hätten ihre Gedanken ihn erreicht. Als wäre all das wirklich geschehen, was sie sich vorgenommen hatte, um ihn aufzurütteln. Doch, Gott sei gedankt, musste sie dies nicht tun, ihn bezahlen zu lassen für ihre Hingabe; es war auch nur ein Gedanke, der kraftvoll genug war, im Außen etwas zu verändern, ohne wirklich so weit gehen zu müssen. Vielleicht musste sie es nie so weit kommen lassen, sie würde beobachten, abwarten, dabei ihr Leben leben, es endlich wieder in eigene Hände nehmen. Sie würde den Traum vorerst begraben, jemals mit ihm eine Beziehung zu leben, die sie in Visionen zu sehen glaubte. Sie hatte so viel Zeit vergeudet mit warten und hoffen. Sie konnte ihr Leben auch alleine leben und um einiges erfreulicher und reicher. Vorerst - und würde doch diese Idee bald wieder verwerfen, was sie im Grunde genau wusste, denn sie waren zu sehr verbunden miteinander. Und wer weiß, vielleicht war das der Schlüssel zu Glück, Liebe und Erfolg.
Sie ahnte auch, dass eine schmerzvolle Trennung bevorstand, wenn sie nicht nur existieren sollte, sondern endlich aus dem irdischen Sumpf steigen wollte, in den sie gefallen war. Sie wusste, dass die Zeit gekommen war, sich den Tatsachen zu stellen, um die Aufgabe im Jenseits zu bewältigen.
Und sie ahnte, dass es Zeit wurde, Veränderungen einzuleiten; Veränderungen, die mit Schmerz verbunden waren. Sie hatte zwei Leben: eines im Hier und Jetzt und eines zwischen den Welten.

Und im Hier musste sie sich von ihrer Hündin trennen, um dem Schicksal seinen Lauf zu gewähren. Denn auch dies hatte eine Erkenntnis für sie parat, wenngleich sie auch noch nicht genau sagen konnte welche.
Denn er hatte Recht, sie war gebunden mit ihrer kleinen Hündin, die sie liebte, aber umso älter sie wurde, anhänglicher denn je war. Die ihr kaum mehr erlaubte, auch nur einen einfachen Einkauf zu tätigen. Was ihr nicht die Möglichkeit gab, zu arbeiten, sie nicht einmal wusste, ob sie Arbeit im herkömmlichen Sinne wollte. Sie wusste nur, dass sie es nicht mehr aushielt, nur zu Hause zu sein und der Dinge zu harren; zu hoffen, ein Wunder würde geschehen; Klienten würden sie nun schätzen und in Herden ihren Weg zu ihr finden. Aber irgendwie blockierte etwas und es musste um ihre eigene Entwicklung gehen, einen wichtigen Schritt, eine Erkenntnis, eine Art Türe, um die nächste Stufe empor zu kommen; eine Stufe der Erleuchtung, der Reinigung, des Abwerfens von niederen Emo-

tionen, um Neues zu empfangen, aber was? Sie hatte keine Ahnung und doch drängte es sie, den Mut zu haben, diesen Schritt zu wagen.
Sie musste Schritte setzen, wenn nicht das Schicksal massiv einzuschreiten gezwungen war. Damit sie, Raphaela, sich selbst ebenfalls aus alten Mustern befreite. Sie hatte Angst und doch war sie sicher, dass es kommen würde, wie es für alle am besten war. Sie würde einen letzten, harten Schritt unternehmen, um Bewegung in ihr Leben zu bringen und damit die Dinge tun zu können, für die sie unabhängig sein musste. Sie sah immer, dass sie viel unterwegs sein würde, ihre Gabe der Menschheit gehörte und nicht versteckt in dem hintersten Winkel einer Provinz versikkerte. Nur die Angst hielt sie zurück, doch sie wäre nicht Raphaela, würde sie nicht durchatmen und ins Ungewisse springen....
„Gut, ihr himmlischen Mächte, ich bin bereit, gebt mir Botschaften, um meinen neuen Weg zu erkennen", sprach sie, während dessen eine warme Welle sie erfüllte, die ihr zu verstehen gab, dass sie gehört wurde, umgeben von Hilfe und Schutz, kosmischer Helfer.

***

Lady findet ein neues Zuhause

„Ach, kleiner Liebling, was sollen wir beide nur tun? So geht das nicht mehr weiter, kleiner Schatz. Ich liebe dich, aber irgendetwas sagt mir, dass unsere Wege sich trennen werden." Mit traurigen Augen sahen sich die beiden an, wohl wissend, dass eine drastische Änderung auf sie zukommen würde.
Als Raphaela Lady zu sich nahm, war es kein Problem, dass sie rund um die Uhr zusammen wahren, Raphaela fiel zwar auf, dass die Hündin massive Verlustängste hatte, aber da sie kaum ausging, war das bisher kein so großes Problem. In den letzten Jahren waren die beiden ständig zusammen, bis auf kurze Abstecher, die Lady bei der Nachbarin verbrachte. Sonst hatte Raphaela keinen, der Lady ab und zu nehmen wollte und seitdem die Nachbarin nicht mehr hier wohnte, hatte sie niemanden mehr zum Aufpassen, was Raphaelas Nerven manchmal zum Bersten brachte. Sie liebte das zottige Hundchen, fühlte aber, dass sich vieles nur verändern konnte, wenn sie sich mehr unter die Leute getraute. Raphaela nahm Lady oft als Ausrede, um nicht in die Gesellschaft zu müssen. Ihr Rückzug war ein Selbstschutz, dessen war sie sich sehr wohl bewusst, vermisste auch nichts; doch immer deutlicher spürte sie in sich ein Rufen, das weit über die Grenzen ihres Zuhauses zu hören war. Etwas, das ihr vermittelte, sie würde weite Reisen unternehmen. Nicht so wie andere Urlaub machten, nein, es rief sie eine Aufgabe, die bedeutete, Menschen zu treffen, die ihrer Hilfe benötigten.

Raphaela spürte Unruhe, etwas das kommen würde, greifbar nahe und doch nicht von ihr wahrgenommen werden wollte.
Das schlimmste war, dass Lady den inneren Stress, den Raphaela mit ihrem eigenen Leben hatte, auf sich selbst nahm und feinfühlig genug war, zu bemerken, etwas stimmte ganz und gar nicht rund um sie beide. Sie kratzte und scherte sich blutig. Flohbissallergie teilte ihr die Ärztin mit. Und obwohl sie alles gegen dieses lästige Kratzen tat, wurde es nur kurzfristig besser. Und auch nur dann, wenn die Hündin eine volle Ladung Cortison gespritzt bekam.
Für Raphaela wurde nicht nur das ununterbrochene Kratzen ein Problem, weil sie vor Mitleid halb verrückt wurde, sondern auch, weil sie den kleinen Körper nicht alle zwei Monate mit Medikamenten voll stopfen wollte, die sichtlich immer weniger halfen. Raphaela wusste ganz genau, Ladys Zustand spiegelte ihren eigenen Seelenzustand. Er bedeutete, etwas verändern zu müssen, aber es nicht können oder sich zu weigern.
Am liebsten aus der Haut fahren zu wollen, aus Zorn und Traurigkeit, sich nicht aus Mustern befreien zu können.
Einerseits, weil die Umstände es nicht erlaubten, andererseits, weil sie nicht sicher war, ob sie sich nur einbildete, dass sich ihre Wegroute ändern sollte, was sie sich überhaupt wirklich wünschte und wo sie am falschen Weg entlang lief. In ihrer Verzweiflung suchte Raphaela sogar die Schuld in der Verbindung zu Nicolas, ahnte doch aber genau, dass es nur mit ihr selbst zu tun hatte.
Selbst, wenn sie sich von Nicolas trennen würde, was ohnehin mehrmals der Fall war, wurde Ladys Juckreiz nicht besser. Also konnte es nicht seine Gegenwart sein... oder besser, es hatte mit der Form ihrer Beziehung zu tun, aber anders, als sie im Moment verstehen wollte.

Nicolas beobachtete schon lange die Veränderung der Hündin und versuchte Raphaela mehr als oft klarzumachen, dass sie Lady an einen guten Platz geben sollte, wo diese besser aufgehoben war, sie mehr Natur hatte und Platz zum Laufen. Alleine die Spaziergänge waren wohl zu wenig für die aufgeweckte Hündin. Darüber hinaus könnte Raphaela sich Arbeit suchen, um aus ihrem finanziellen Loch zu kommen. Die Selbstständigkeit lief bei ihr einfach nicht in der gewünschten Form. Sie mühte sich für ihre wenigen Kunden ab, half wo es ging, doch es reichte nicht, um zu leben. Nicolas vertrat die Ansicht, sie müsse entweder eine klare Linie in ihren Job bringen und härter werden oder es sein lassen, denn so konnte sie nicht existieren.
Er hatte Recht, das wusste sie, aber sie war nun mal nicht der Typ, der knallhart Geschäfte machte. Sie schwankte immer wieder zwischen Einsicht und Zorn.

Noch hielt sie an etwas fest und wurde dabei tagtäglich nervöser, ungerechter und ungeduldiger, wenn die Hündin sich blutig scherte, vermischt mit dem schlechten Gewissen, dieses wunderbare kleine Geschöpf dafür verantwortlich zu machen, dass sie, Raphaela, kraftlos wurde.
Lady kratzte vierundzwanzig Stunden am Tag, fing an, übel zu riechen, war extrem nervös und brauchte ewig lange, um ihre Geschäfte zu verrichten; es schien, als wollte sie nicht nach Hause zurück. In diesem Winter war es besonders schlimm. Es war, als würde sie Raphaela zeigen wollen... lass mir Zeit, lass dir Zeit, geh an die Luft, nicht nur schnell und dann wieder nach Hause. Lass mich meine Wege gehen und genieße deine.
Raphaela verstand Ladys Sprache, wollte aber nicht glauben, dass dies tatsächlich so war. Die Hündin entfernte sich auch innerlich von ihr, was Raphaela noch trauriger machte. Sie zeigte ihr, das sie beide nicht mehr glücklich waren, hörte nicht mehr, wenn man sie ansprach; es war, als wäre sie ein ungezogenes kleines Kind. Kaum eine Nacht, dass beide durchschlafen konnten, das Kratzen, das Herumlaufen zwischen der Suche nach einer Schlafstellung, die Lady verzweifelt nicht zu finden schien, all das kostete unglaublich viel Nerven. Und genau die hatte Raphaela absolut nicht mehr.
Was sollte sie nur tun? Sie fragte sich, ob sie tatsächlich eine Stellung annehmen würde, wäre Lady nicht hier und musste sich eingestehen... Nein, sie hasste es, unter irgendeinem Chef zu stehen, der seine Launen an den Angestellten ausließ. Sie hasste es, nicht frei entscheiden zu können wann und wie viel sie arbeiten wollte. Sie wollte arbeiten, auch tage- und stundenlang, mehr als andere, aber mit der Voraussetzung eines Honorars, das ihr angemessen war und nicht um einen Hungerlohn. Sie wollte sich ihre Zeit selbst einteilen und sie wollte Freude an ihrer Arbeit haben, und wusste nicht, welche Art Arbeit sie annehmen könnte. Sie wünschte sich so sehr, dass sie ihre Seminare und Kurse an ernsthaft Interessierte weitergeben konnte; sie wünschte sich, sorglos leben zu können und für ihre Tiere ein Haus zu haben, wo sie immer, wann es ihnen beliebte, hinaus in die Natur konnten. Weit weg von Gestank und Menschen, die intolerant waren. Sie wünschte es sich so sehr, aber es scheiterte wie alles, was sie angriff, immer wieder kurz vor dem Ziel. Sie war am Verzweifeln! Was war es, dass sie nie die letzte Türe aufbekam? Was sollte sie den Menschen beibringen, wenn sie ständig selbst einen Riegel vorgeschoben bekam? Was hatte sie noch zu lernen?
Was hinderte sie letztendlich immer wieder am Erfolg und daran, ihre Liebe endlich leben zu dürfen und zwar im beiderseitigem Glück? Es konnte doch nicht an einem kleinen Hündchen liegen, nur weil es extrem anhänglich war...

Anhänglich? War Raphaela das auch? Ja, eigentlich schon, musste sie zugeben, innerhalb ihrer Beziehung allerdings konnte sie zwangsläufig alleine bleiben, stellte sie mit Galgenhumor in Gedanken fest.

Sie wusste genau, Lady war ein Spiegel, sie hatte ihr etwas zu sagen. Raphaela spürte ganz genau, dass ihre Hündin der Schlüssel zu etwas war, das nur mit ihr selbst, mit Raphaela zu tun hatte. Sie musste in den Spiegel sehen, aber sie konnte es nur schleierhaft erkennen; kaum war es greifbar, war es wieder vernebelt. Sie wollte erfahren, was sie an allem hinderte, wollte wissen, egal, um welchen Preis, wenn sie nur endlich aus diesem Hamsterrad entkommen könnte.
Und doch schnürte ihr die Angst die Kehle zu. Angst, sich von ihrer Hündin trennen zu müssen, Entscheidungen zu treffen, die alles veränderten. Ja, die alles veränderten. Gleichzeitig war in ihr eine Neugierde; Mut, sich den Anforderungen des Lebens zu stellen; Mut, neue Wege zu gehen.
Noch konnte sie es nicht erkennen, doch bald würde die Gelegenheit kommen.... das Universum sorgte dafür. Es hatte längst die Fäden entwirrt...

***

Der Hierophant

Seit Tagen legte sich Raphaela wieder selbst die Karten oder besser, zog sich hin und wieder eine Tageskarte... und immer wieder fiel der Hierophant aus dem Deck.
Sie verstand das nicht, was wollte ihr der Hierophant sagen? Er stand für Weisheit, Würdenträger, Heiratsantrag (nun das konnte sie sich am wenigsten vorstellen), durchblicken der Masken, Gerechtigkeit, für jemanden, der weise und mächtig war.
Der Hierophant???
Einige Tage später fiel das komplette Deck aus Raphaelas Hand, doch nur der Hierophant zeigte sein Bild nach oben. Ein Kälteschauer lief über Raphaelas Rücken, sie wusste, mit diesen Begleiterscheinungen hatte es immer etwas auf sich. Sie sammelte die Karten auf, setzte sich vor ihrem PC und gab ein... „Hierophant"... wollen wir doch mal sehen, ob da was kommt. Sie tippte den Namen ein und wartete, bis Seiten aufgingen.
„DA... Hierophant- Verlag!?"
„Es gibt einen Verlag namens Hierophant?", sprach sie laut zu sich selbst. Ein Klick genügte und sie begann zu lesen... es war unglaublich, es war, als würde sie diesen Verlag ewig kennen. Alles, was hier angesprochen war, fühlte sich warm und geborgen an; es war genau DER Verlag, den

sie sich für ihr Manuskript wünschte, an dem sie zu schreiben begonnen hatte. „Raphaela und der Falke“, ein Buch über ihr Leben und ihre Erfahrungen... unglaublich, sie hatte sich gewünscht, den richtigen Verlag zu finden... eine Welle der Dankbarkeit erfasste sie. Sie dachte erst gar nicht lange nach, schrieb die Verlegerin einfach an und wartete gespannt auf Antwort.
Diese kam tatsächlich einen Tag später. Sie, Raphaela, wäre interessant für den Verlag, sie möge das Manuskript bitte zusenden. Jauchzend tanzte Raphaela im Zimmer herum, dankte allen Engeln und der gesamten kosmischen Ordnung für diesen Hinweis des Hierophanten in ihren Karten. Sie schrieb einige E-Mail an die Verlegerin, die sich als herzlich und kompetent heraus stellte; Raphaela hatte das Gefühl, sie ewig zu kennen. Das beruhte sogar auf Gegenseitigkeit. Raphaela fasste es nicht, als die Verlegerin ihr zusagte, das Manuskript drucken zu wollen. Sollte ihr Traum, einen Bestseller zu schreiben, der Menschen helfen sollte, an sich zu glauben, ihre Kraft zu entdecken und ihren Visionen nachzugehen, tatsächlich wahr werden? War es nicht genau das, was sie sich immer wünschte? Schreiben? Als Autorin ihren Weg gefunden zu haben und anhand dessen all die zu erreichen, die offen waren für Wunder des Universums? War es nicht so, dass sie sich immer schreibend gesehen hatte, in Nicolas Räumen, mit ihm gemeinsam ihren Lebensweg beschreitend, unter vielen Reisen? Hatte sie sich nicht immer schreibend gesehen?
Glücklich, auch mit Nicolas, der sie unterstütze und an sie glaubte?
Ja, genau das hatte sie immer gesehen, sie griff sich an die Stirne. Ja klar, wenn es dieser Weg sein sollte, musste sie auch dazwischen verlieren, was sie daran hinderte. Also war auch ihr Leben mit Nicolas möglich. Wenn sie ehrlich war, hatte sie Lady dabei nie gesehen. Hmm, das fiel ihr erst jetzt bewusst auf.

Sie begann ein Email zu schreiben,... DA, mitten im Wort überkam sie ein starkes Gefühl, das sie kannte. Es war eine Gewissheit, die unwiderruflich wahr werden sollte.
Sie sah zu ihrer Hündin, die zu ihren Füßen lag, spürte eine Welle der Wehmut und gleichzeitig ein undefinierbares Glücksgefühl, das von ihr zu kommen schien...
Raphaela begann weiter zu schreiben; während sie schrieb, sah sie deutlich, dass ihre Hündin ein neues Zuhause bei dem Verlegerpaar bekommen würde; sie sah es so deutlich, wie sie lange keine Bilder empfangen hatte, spürte eine Welle von Liebe und Zuhause ankommen für ihre geliebte kleine Freundin.
Sie sandte folgendes ab...

„Liebe Frau Bettina, ich habe das Gefühl, Ihnen schreiben zu müssen, es geht um meine kleine Hündin.
Ich liebe sie über alles, doch spüre ich, dass der Zeitpunkt des Abschieds gekommen ist. Als ich sie damals zugeführt bekam, wusste ich, dass sie nur eine Zeitlang bei mir bleiben wird, aber nicht wie und wodurch sich unsere Wege trennen würden.
In mir ist ein Gefühl, das mir sagt, ihr ist ein Zuhause bestimmt, fern von mir. Ein Zuhause, in dem sie endlich ihre wahre Bestimmung findet, ihre Familie, zu der sie gehört. Alles an ihrem Verhalten zeigt mir, dass unsere gemeinsame Zeit abgelaufen ist. Ich fühle, dass sie der Schlüssel sind, meiner Hündin einen neuen Weg zu ebnen. Sie ist ein wundervolles Wesen, voller Liebe und Dankbarkeit, die viel zu geben hat. Ich jedoch kann es ihr nicht mehr zurückgeben. Vieles ist durch meine Kleine für mich nicht möglich und so merke ich, dass wir nicht mehr glücklich miteinander sind. Es ist wohl Zeit, sich zu verabschieden. Ich trenne mich schweren Herzens von ihr und kann diesem Drang, sie auf einen besseren Platz zu geben, nicht mehr widerstehen.
Alles, was ich mir für sie wünsche, ist eine Familie, die sie über alles liebt, sie nicht alleine lässt und sie zu schätzen weiß. Sie hat das Beste verdient, das sie nur bekommen kann, Besseres, als ich zu geben vermag. Was sie verdient, ist ein Platz zwischen Liebe und Freiheit, an dem sie glücklich bis an ihr Lebensende bleiben darf.
Es fällt mir nicht leicht, diese Zeilen zu schreiben und doch weiß ich ganz sicher, es ist richtig und gut. Bei aller Liebe, die ich für meine Hündin hege, weiß ich doch auch, dass Schuldgefühle und Egoismus fehl am Platz sind. Wenn wir mit einem Menschen nicht mehr zurecht kommen, trennen wir uns irgendwann und gehen neue Wege, bei Kindern lassen wir los, um ihnen ihr eigenes Leben zu ermöglichen, doch bei einem Tier stellt sich meist das Verantwortungsbewusstsein über das Gefühl und auch über die Vernunft. Ich habe lange nachgedacht und bin zu dem Entschluss gekommen, dass Lady es so sehr verdient, ihr wahres Zuhause zu finden. Es ist, als wäre ich nur ein Wartehäuschen für sie gewesen, bis ihre neue Familie so weit ist, sie anzunehmen. Wer weiß, vielleicht wartet da schon irgendwo jemand sehnsüchtig auf sie. Ich habe den Eindruck, dass Lady dies ebenfalls spürt, anders kann ich mir ihr Verhalten nicht erklären, das deutlich von mir Abstand nimmt. Sie hat ein liebes, anhängliches Wesen, ist weiß-schwarz und zottelig. Wenn Sie eine Eingebung haben, wohin ihr Weg führen könnte, bitte schreiben Sie mir.
Ich grüße Sie von Herzen
Raphaela“

In diesem Moment, als das Mail auf der anderen Seite ankam, schrieb die Verlegerin, die sie Bettina nennen durfte zurück...

„Interessant.
Von Zwockel, meiner Katze, habe ich Ihnen erzählt. Sie ist am 10. August gestorben.
Dann gab es noch Joschi, unseren Hund, er musste am 24. September gehen, war sechzehn Jahre alt. Wir haben ihm geholfen, gehen zu können.
An Sonntagnacht kam Joschi in meinem Traum zu Besuch - und hat mir einen wuscheligen, kleinen schwarz-weißen Hund präsentiert und ihn mir angekündigt. Mein Mann sitzt hinter mir auf der Couch und weinte plötzlich, als ihr Mail eben ankam - ich bin ziemlich gerührt bis fassungslos! Ich habe ihm noch nichts von ihrem Hund erzählt, und er weint plötzlich! Das Mail von Ihnen - es kommt wie eine Nachricht von Joschi.
Denken Sie noch mal darüber nach - wenn Sie Lady wirklich abgeben wollen, wir nehmen sie. Wir sind praktisch immer zu Hause - ab und zu gehen wir mal Essen - das dauert aber nicht sehr lange. Wenn wir unterwegs sind, können wir sie mitnehmen. Wir wohnen direkt am Wald - aus der Haustüre raus, hundert Meter um die Ecke, dann ist da gleich der Wald. Wenn sie mit jedem mitgeht, sind auch Urlaube kein Problem. Ich brauche für Lisa, die Katze, ohnehin jemanden zur Betreuung. Aufmerksamkeit, spielen, Bewegung und mit Liebe überschütten? Das ist garantiert.
P.S. Wir nehmen ihr Manuskript! Es gefällt mir ausgesprochen gut!
LG Bettina“

„Liebe Bettina,
das ist unglaublich! Mir läuft ein kalter Schauer über den Körper!
Seit Tagen geht es mir nicht aus dem Kopf und ich habe es in meinen Karten gelesen. Ein Hund geht in die lieben Hände eines Paares, zu einem Mann mit Hund (nun, Joschi muss noch sehr präsent sein!). Sie soll zwischen Wiesen und Weiden und auch in der Nähe eines Waldes wohnen. (Ich kann es kaum fassen, dass sie in dieser Umgebung wohnen!) Dieses Paar soll hochgradig spirituell sein und um die Zeichen wissen.
Ich habe mir auch gewünscht, dass die Verbindung nie abreißt, ich immer wissen darf, wie es meiner kleinen Freundin geht und auch, dass sich zu dem Paar ein freundschaftliches Verhältnis aufbaut. So, wie ich das sehen und fühlen kann, sind sie das Paar!
Eigenartig, dass Lady seit Tagen freiwillig in der Küche schläft, ohne dass sie weint. Es war, als würde sie sagen, löse dich von mir, ich tu es auch. Liebe wird zur Freundschaft stand in den Karten, nun verstehe ich es.

Meine Kleine wird sich immer freuen, so wie ich auch, uns wieder zu sehen, aber sie wird mit Freude ihren neuen Platz als ihr Zuhause annehmen. Ob sie es glauben oder nicht, ich ging gestern noch einen langen Spazier-gang mit ihr mit dem Gedanken, dass es wohl der letzte in dieser Größen-ordnung sein würde, auch habe ich meinem Partner gebeten, sich zu verabschieden, weil ich meinte, dass Ladys Reise bevorsteht.
Nun kann ich mir auch erklären, weshalb ich Tage zuvor immer einen kalten Hauch spürte, bei dem ich aus Erfahrung wusste, eine Seele hält sich in unseren Räumen auf. Doch ich konnte sie nicht verstehen, wusste nicht, wer es war. Lady muss es wohl gewusst haben - es war Joschi, ihr verstorbener Hund, dabei bin ich nun sicher!
Eine leise Wehmut erfüllt mich, aber auch ein unendliches Glücksgefühl, weil ich weiß, dass meine kleine Freundin in die besten, liebevollsten Hände gelangt, die sie sich nur wünschen konnte.
Ja, ich gebe sie Ihnen von Herzen, sie sind die richtigen, dessen bin ich felsenfest überzeugt! Ihre Herzenswärme ist in jedem Ihrer Mails präsent.
Ich wünsche Ihnen alles Glück dieser Erde und jeden erdenklichen Erfolg, den sie anstreben!
Und ich hatte mir noch etwas gewünscht: dass ein Verlag mein Manuskript nimmt, weil ich die Botschaft erhielt, an mich zu glauben, denn das Buch wird ein Bestseller. Zusätzlich wünschte ich mir, dass sich eine Freundschaft zwischen den Verlegern und mir auf höherer Ebene entwikkelt. Ich kann unser Glück kaum fassen, alles hat sich erfüllt!
Danke, danke für alles, das sie in der kurzen Zeit nun schon für uns getan haben!
GOTT SCHÜTZE SIE!
Raphaela“

„Liebe Raphaela,
ja, ich glaube das alles. Ich weiß es - ich habe sie gesehen - Joschi hat sie mir gezeigt...
Wissen Sie was? Vorher hab ich immer gesagt, NIE wieder einen Hund mit LANGEN HAAREN. Ich lach mich tot - ehrlich! Joschi war ein Glatzkopf gegen Lady.
:-))
Ich liebe sie schon jetzt.
Wir gucken jetzt nach einem Termin - sage morgen Bescheid, wann wir sie holen kommen. Tja - so lernen wir uns schneller kennen als gedacht!
Das Universum ist EINZIGARTIG.
Ich hab das Gefühl - ich kann es nicht sagen - es wird sich alles überschlagen die nächste Zeit - es hat schon angefangen, schon länger, aber jetzt ist die Endphase zur Materialisierung von allem.“

Raphaelas Herz klopfte wild in ihrer Brust, sie schluckte die Tränen der Rührung nur mühsam, um sie letztendlich doch laufen zu lassen. Sie herzte und drückte ihr kleines Hündchen, das sie aus rehbraunen Augen wissend und treu ansah.
„Meine kleine Süße, du wirst es wunderschön haben. Ich weiß es, alles wird für dich gut, mein Liebes. Ich liebe dich unendlich und werde dich niemals vergessen, du lebst in meinem Herzen weiter. Alles, was ich mir wünsche, ist, dass es dir besser geht, du die Natur um dich hast und Menschen, die geduldiger sind und mehr Geld haben wie ich, um dir das zu geben, was du brauchst.
Liebes kleines Hündchen, wie lieb ich dich habe; deshalb lasse ich dich gehen, ich kann nicht mehr gut für dich sorgen, mein kleiner Schatz."
Sie weinte bitterlich, drückte ihr Gesicht in das zottige Fell der kleinen Hündin, die sich ganz ruhig verhielt, sich aber fest an sie kuschelte.
Einerseits war sie erleichtert, dass sie nun wieder Luft hatte, auch für sich selbst wieder zu leben, andererseits fragte sie sich, ob sie es nicht hätte besser machen können. Aber wie?
Nein, sie wusste es, dies war der beste Weg und sie hatte immer geahnt, dass Lady nicht lange bei ihr sein würde und genau das traf auch ein. Sie wusste immer, da warten besondere Menschen auf sie und Lady hatte eine Aufgabe, diese hatte sie noch zu erfüllen. Aber sie hatte auch das Gefühl, dass sie von ihrer Hündin etwas geschenkt bekam, mit dem sie nicht gerechnet hatte. Doch noch konnte sie nicht sehen, was es war.
Jetzt aber beschloss Raphaela, noch einmal eine große Runde mit ihrer kleinen treuen Freundin zu gehen, denn es würde bald die letzte sein, die sie gehen konnte.
Bald würden sie das Hündchen holen, Raphaela graute vor dem Abschied und hoffte inständig, dass Lady ihn leichter nahm. Damit stapften sie beide in die kalte Winternacht hinaus. Ihre Hündin ging eigenartig ruhig vor ihr her, anders als sonst; als würde sie alles wissen, alles verstehen und selbst erleichtert sein.
Trotz allem schlief sie nachts in der Küche bei Giacomo, den sie liebte und der ihr Freund wurde. Raphaela ließ sie, wo sie war, es war besser, als sich jetzt fest zu binden, das würde den Abschied nur unnötig erschweren. Ihre weiße Katze Mucki machte Raphaela noch Sorgen, denn die Freundschaft, die sich zwischen den beiden Tieren ergab, war von Liebe und Aufmerksamkeit zueinander geprägt. Sie hoffte, die beiden Freunde würden sich nicht vermissen.
Die Sorge war unbegründet, was Raphaela erstaunt erkennen würde. Ihre Tiere lehrten sie, dass sie Abschied nicht kannten. Für sie war alles gut, so wie es war.

Am übernächsten Tag kamen die beiden neuen Besitzer an. Es dauerte eine Weile, bis sie alle gelöster waren. Raphaela hatte Frühstück vorbereitet, denn die Verleger kamen von Deutschland, fuhren extra mehr als siebenhundert Kilometer, die ganze Nacht hindurch, um Lady am Morgen abzuholen. Alleine diese Bereitschaft zeigte Raphaela, dass hier eine besondere Verbindung bestand.
Bettina wirkte ruhig und gelassen, aber auch bedeckt und etwas unnahbar. Torsten hingegen war etwas offener. Beide hielten sich mit der Begrüßung für Lady zurück. Sie ließen sie in Ruhe und warteten ab, was geschah. Nach einer Weile der Gespräche wurde die Stimmung weicher, Lady war ganz still. Sie lag einfach unter dem Tisch und rührte sich nicht wie sonst. Sie kläffte auch nicht. Fast fragte sich Raphaela, ob sie richtig handelte.

Als sie Lady ansah, war es plötzlich, als zog eine dunkle Wolke von ihrem Körper ab. Als würde die Aura der Hündin völlig neu zum Vorschein kommen. Erstaunt beobachtete sie die Situation, auch Bettina wurde plötzlich strahlend hell, ja gold in ihrer Aura. Torstens Aura war hellgrün und hellrosa, voller Liebe...
Es war, als würden sich diese drei Seelen plötzlich erkennen und sich verbinden.
Mit einem Mal war Raphaela mit absoluter Sicherheit jeden Zweifels erhaben, klar, dass Lady zu ihnen gehörte, immer schon. Sie hatte endlich ihren festen Platz, ihr wirkliches Zuhause gefunden. Sie, Raphaela, durfte für die Hündin sorgen und sich an ihr erfreuen, bis es soweit war, sich den Veränderungen hinzugeben.
Nach zwei Stunden des Plauderns kam der Abschied.
Raphaela begann zu weinen, sie zeichnete ein Kreuz an die Stirn Ladys, küsste und herzte sie und ließ sie anschließend alle unter den besten Wünschen, gehen.
Sie beobachtete, wie sie in das Auto stiegen und war fassungslos, dass Lady sich sofort hinlegte; sie, die sonst immer lange hin und her dackelte und bellte, bis sie endlich ein Schlafplätzchen fand. Sie legte sich hin, als wüsste sie, eine weite Reise stünde bevor.

Sie winkte ihnen nach, bis sie nicht mehr zu sehen waren, danach weinte sie hemmungslos. Ihre kleine geliebte Freundin war nun fort. Sie vermisste sie jetzt schon und doch wusste sie, es war gut so, es war Bestimmung.
Raphaela hatte in ihrem Leben so viele Lieben gehen lassen müssen, sie konnte es auch jetzt und besser als je zuvor. Denn sie konnte aus Liebe gehen lassen, nicht aus ungewolltem Verlust. Liebe, die frei ließ, wenn es

dem Anderen besser erging und nicht festhielt, weil das Ego es so wollte. Liebe war für Raphaela die Freiheit zu entscheiden, wohin man gehen will. Und Lady hatte entschieden, denn sie hatte kaum gekratzt, als die beiden hier waren und sprang mit Freude in deren Auto. Sie legte sich hin und schlief bis in ihr neues Zuhause, was sie am nächsten Tag von Bettina erfuhr.
Einige Tage war sie noch wie benommen, doch als Raphaela spürte, dass eine Botschaft sie erreichen wollte, legte sie sich etwas nieder. Sie kannte das; immer, wenn sie eine wichtige Botschaft oder Vision erhalten sollte, wurde ihr innerlich seltsam kalt und es drängte sie, sich zurückzuziehen, die Augen zu schließen und die Botschaft zu erhalten, die in ihr Bewusstsein dringen wollte. In diesen Momenten fiel sie immer sofort in eine Art Trance.

Plötzlich war Lady nahe, sie spürte sie neben sich, fast, als läge sie hier neben ihr. Sie öffnete die Augen, sah sie neben sich, so real, als wäre sie wirklich hier. Sie schloss die Augen wieder, um sich auf ihre Sinne zu konzentrieren... und vernahm:

„Mama, so nenne ich dich, denn das warst du für mich, so wie ich ein Kind, lass mich gehen. Ich liebe dich über alles. Du warst nicht nur mein Wartehäuschen sondern ich auch deines. Du hast mich damals zu dir genommen, um mir Schutz und Liebe zu schenken. All das habe ich genossen und dir wieder gegeben. Doch du musstest eine bestimmte Erfahrung machen, deshalb wurde ich zu dir geschickt.
Ja, du hast die Fähigkeiten schon längst erlangt, aus Liebe loszulassen, aber was du noch lernen musstest, ist, zu verstehen, dass man niemals aus Pflicht, und Verantwortungsgefühl zusammen bleiben sollte.
Denn dies bedeutet, dass man Liebe und Geduld verliert. Liebe bedeutet, sich selbst einzugestehen, wo die eigenen Grenzen liegen. Du hast mich geliebt und wirst mich immer lieben, wie ich dich auch.
Du musstest lernen, dir einzugestehen, zuviel Pflicht- und Verantwortungsgefühl auf dich genommen zu haben.
Bitte lass mich nun gehen, lass mich ganz frei. Ich war bei dir, bis du gelernt hast, was du lernen musstest, ich war DEIN Wartehäuschen, bis du soweit warst, endlich deinen eigenen Weg zu gehen.
Bitte lass mich nun mein Leben leben, da wo ich hin gehöre, das, was ich aufs Sehnlichste erwartet habe.
Ich liebe dich immer und ewig... Werde glücklich, so wie ich..."

Raphaela schluchzte laut, denn das, was sie von Lady vernahm, waren ihre eigenen Befürchtungen. Dass sie aus Pflicht und Verantwortung her-

aus Aufgaben übernahm, die ihr zu groß waren oder einfach nicht für sie bestimmt.
Diese Erkenntnis tat weh und doch war sie erleichtert, denn das erste Mal hatte sie Ladys Seele so deutlich sprechen hören, sie liebte ihre kleine Freundin dafür noch mehr als zuvor.
Nun konnte sie das Hündchen loslassen; sie wusste nun sicher, dass sie angelangt war in einem Zuhause, wo sie hin gehörte. Und sie würden sich wieder sehen, wenn die Zeit reif war, auch das wusste Raphaela mit Bestimmtheit.
Als sie sich ausgeweint hatte, begann sie, die ganze Wohnung zu putzen, entfernte liebevoll die letzen Haarbüschel, die sie von Lady fand, entsorgte ihre alte Decke, doch ließ sie die beiden Futternäpfchen stehen, die für Giacomo und Mucki ideal waren.
Eigenartigerweise hatten beide Katzen kein Problem mit dem Fortgehen von Lady, obwohl sie beide so an ihr hingen. Tiere sind viel weiter als wir Menschen, dachte Raphaela und strich über das Fell ihres kleinen Katers, der schnurrend dankte.

***

Als Nicolas Abends vorbei kam, hatte Raphaela sich soweit gefangen und genoss sogar, dass sie mit ihm ausgehen konnte, ohne sich mit dem Problem Hundesitter auseinander setzen zu müssen, was ohnehin nie geklappt hatte und bestenfalls zu einem schlecht gelaunten Abend seitens Nicolas führte; zu Recht, wie sie sich eingestehen musste – nun, teilweise zu Recht. Er hätte auch mehr Verständnis aufbringen können, doch war er das nun einmal nicht. Raphaela war sicher, dass auch für Nicolas der Tag kommen würde, an dem er die Sprache der Tiere verstehen konnte. Wenn er es im Moment auch nicht völlig für verrückt hielt, so machte er sich doch noch eher lustig darüber. Doch eines Tages, da war sie sicher, würde er verstehen.

„Hallo Schatz, wie geht es dir? Hast du Ladys Fortgehen schon verdaut?“ Mit diesen Worten nahm er sie in den Arm; sie hatte das Gefühl, Nicolas hatte ein schlechtes Gewissen, was sie ihn auch sogleich fragte.
„Ja, habe ich. ich bin sicher, es ist das Beste für alle Beteiligten, aber es ist nicht so, dass ich die Kleine nicht mochte; nur dieses Kratzen und nicht alleine bleiben hat mich nervös gemacht.“
„Ja, mich auch aber es hatte nun einmal eine Bedeutung. Ich will darüber jetzt nicht sprechen, es ist zu früh. Irgendwann einmal, einverstanden?“
„Ja natürlich, wollen wir essen gehen?“
„Ja, ich muss mich nur umziehen.“

Damit löste sie sich aus seiner Umarmung, verschwand in ihr Schlafzimmer, wo der begehbare Schrank stand und zog sich an. Es schien so, als hätte sich Nicolas wieder gefangen, er war zuvorkommender, ja, sogar wieder zärtlicher. Sie wusste um die Kraft der Gedanken. Scheinbar hatten ihre Vorstellungen, wie sie ihn notfalls behandeln würde, sollte er sich weiter so schlecht ihr gegenüber benehmen, ihre Wirkung gezeigt. Nun, sie war mehr als erleichtert. Es lag ihr im Grunde fern, ihn derart verletzen zu müssen, nur damit er seine alten Verhaltensmuster abwerfen konnte. Trotzdem konnte sie nicht anders, sie würde heute Abend das Thema anschneiden, an dem sie nagte.

Kaum, dass sie den letzten Bissen genossen hatten und sich dem köstlichen schweren Rotwein widmeten, der vor ihnen in teuren Weingläsern schimmerte, begann Raphaela zu sprechen.
„Ich weiß, dass du dieses Thema hasst, aber ich kann nicht anders, bitte hör mir aufmerksam zu."
Nicolas Miene verschloss sich merklich, doch sah er ihr aufmerksam in die Augen, nickte bejahend mit dem Kopf.
„In den letzten Monaten hast du mir finanziell sehr geholfen, dafür danke ich dir. Aber es bedrückt mich, dass ich immer noch nicht selbstständig weiter komme. Dass du mich immer wieder finanziell auffängst, ist schön von dir, doch für mich ergibt sich ein Gefühl der Niederlage."
„Weshalb?", fragte er ruhig in Begleitung einer hochgezogenen Augenbraue.
„Weil ich mir vorkomme, als wäre ich nicht fähig, mein Leben auf die Reihe zu bekommen."
„Das betrifft doch nur das Finanzielle."
„Nein, es betrifft auch unsere Beziehung. Es gibt Momente, die wunderschön sind, ja sogar Wochen, doch in mir ist ein Schmerz, der sich darin äußert, dass meine Nieren sich anfühlen, als wären sie am Schrumpfen."
„Was hat das mit deiner Lage zu tun?"
„Dass mir etwas an die Nieren geht, mich innerlich etwas vergiftet und ich sehr wohl weiß, woran es liegt."
„Das wäre?", etwas verständnislos sah Nicolas sie an.
„Ich verleugne meine wahren Bedürfnisse und Wünsche, weil ich sie unter deine stelle. Ich habe lange nachgedacht, Nicolas. Ich bin eine Frau, die gerne selbstständig lebt und entscheidet, die nicht so leben will wie die meisten - in diesem ewig gleichen Trott. Ich brauche auch meine persönliche Freiheit, sagen zu können, heute möchte ich alleine sein; dafür reicht es mir schon, manchmal in einem anderen Zimmer zu schlafen oder einfach sich etwas absondern, alleine spazieren gehen oder dergleichen. Und ich möchte auch, dass mein Partner das tun kann. Ich finde es wich-

tig, dass jeder seinen Freiraum leben darf, aber trotzdem eine treue Beziehung haben möchte. Was ich nicht möchte und auf Dauer nicht kann, wenn ich einen Partner habe, ist alleine zu leben. Du hast einmal erwähnt, du wünscht dir eine Freundin mit eigener Wohnung. Ich habe das nach einer zerbrochenen Beziehung auch einmal gewünscht, weil ich wusste, ich brauche erst einmal Abstand, muss mal alleine klar kommen und erst später wäre ich vielleicht wieder für eine Beziehung offen, wie sie üblich ist, also zusammen leben.
Anfangs hatte ich bei uns beiden deshalb auch kein Problem. Doch meine Angst und meine Verletzungen habe ich überwunden. Bei dir habe ich den Eindruck, du hängst immer noch im Alten fest."
„NEIN, tu ich nicht", die Worte stieß er für Raphaelas Geschmack zu schroff aus, wodurch sie sicher war, er macht sich selbst etwas vor.
„Wenn dem nicht so ist, dann bitte sag mir, weshalb du dich weigerst, mit mir zusammen zu ziehen."
„Weil ich es nicht will."
„Weshalb, dafür muss es eine Begründung geben, die ich verstehen will. Hilf mir dabei und lass mich nicht immer im Regen stehen."
„Es ist eben so, was würde sich denn ändern, wären wir zusammen unter einem Dach?"
„Gefällt es dir denn nicht, wenn wir den Morgen schön miteinander verbringen?"
„Doch schon, aber eben, wir haben es ja."
„Nein, wir haben nette Stunden, aber keine Beziehungsform, wie ich sie mir wünschen würde."
„Gut und was bitte ändert sich nun, würden wir das tun?", leichte Zornesröte stieg in sein Gesicht, das Raphaela warnte, Worte zu wählen, die ihn nicht trotzig werden ließen.
„Sieh mal, ein Mann, der seiner Frau finanziell immer wieder hilft oder sich dadurch in ihr Leben einbringt, ihr etwas bietet, möchte ihr beweisen, dass er wertvoll ist, dass er für sie der Beste ist. Du bist ein Mann, der immer, wenn es mir nicht gut geht, ich zweifle oder am Abspringen bin, auch noch zeigen will, dass er in allem der Beste ist. Du bist genau dann wundervoll zärtlich, sexuell in Höchstform, bietest mir gutes Essen und Geschenke. Du zeigst mir unbewusst... ich bin hier, ich bin der Beste, du hast keinen Grund zu gehen. Das finde ich auch sehr schön, aber du gibst mir keine Chance, mich auch einzubringen.
Eine Frau möchte dem Mann, den sie liebt, auf ihre Weise zeigen, das sie wertvoll ist, die Beste für ihn sein will, indem sie ihm nicht nur Liebe und Zärtlichkeit schenkt, sondern ihn gerne bekocht, dafür sorgt, dass er sich wohl fühlt, Geborgenheit gibt, aber auch die nötige Ruhe, wenn er sie braucht. Sie will sich hingeben, mit ihm genießen und zwar auch außer-

halb des Betts. Wenn du mich ständig zurückweist, nur gibst und ich darf nichts für dich tun, gibst du mir zu verstehen, dass du von mir nicht mein Bestes willst. Damit mich nicht willst! Und nährst in dir und mir den Gedanken, dass vielleicht noch etwas Besseres nachkommen könnte."
„Das denke ich doch gar nicht."
„Aber du verhältst dich so. Damit hältst du dir eine Türe offen, eventuell einmal sagen zu können, es hat ohnehin nicht ganz gepasst, falls du eine andere triffst, die dir besser zusagen könnte."
„Aber das ist doch nicht wahr."
„Nicolas, das ist ein Urinstinkt, der hier hoch kommt. Wenn ein Mensch sich auf den anderen nicht ganz einlässt mit allen möglichen Konsequenzen, dann sucht er im Grunde etwas Passenderes oder aber er hat Angst vor Schmerz."
„Wieso Schmerz? Was hat das jetzt damit zu tun?"
Er begann, Kopfschmerzen zu bekommen, diese Art von Diskussionen hasste er wie die Pest, wusste aber, dass er dem nun nicht entkommen könnte, wenn er kein Aufsehen erregen wollte.
„Noch einmal, du tust viel für mich ich darf nichts für dich tun, außer einverstanden sein, dass wir getrennt leben, du so leben willst, dafür bezahlst, du im Grunde Essen, Rechnungen etc. bezahlst - genau genommen wie ein Mann und seine Geliebte. Ich bekomme alles Finanzielle, auch Zuwendung, wenn dir danach ist, aber auf keinen Fall den Schlüssel zu einem gemeinsamen Leben.
Also willst du mich nicht haben, nur die schönen Stunden, solange sie eben passend sind für dich und wenn es mir nicht mehr so gefällt, dann muss ich es mir ändern, wie du mir ja immer an den Kopf knallst. Du änderst gar nichts. Du willst dein Leben, mich auch darin vorfinden, aber du willst mir meinen Wunsch nicht erfüllen."
„Und welche Wünsche erfüllst du mir?"
„Ich lasse dich in Ruhe, wenn du dich mal wieder zurück ziehst, ich lasse dir deine Hobbys, deine Arbeit, die dich enorm in Anspruch nimmt, ich bin da, wenn es dir schlecht geht, ich bin jeder Zeit greifbar, wenn dir danach ist. Aber wenn du keine Lust hast, bei mir zu sein oder erst zu später Stunde, dann muss ich es akzeptieren, sonst haben wir Streit. Also erfülle ich deine Wünsche innerhalb unserer Beziehung. Mein Wunsch ist einfach, unter einem Dach zu leben. Du sagtest einmal, du wünscht dir eine nette Familie, für die du sorgen kannst.
Ich bin eine nette Familie, denn meine Tiere gehören dazu.
Weißt du was ich glaube?"
„Nein, was?", brummte er leicht genervt.
„Du hast Angst, falls es doch nicht klappen sollte, Schmerzen zu empfinden und vielleicht auch noch derjenige zu sein, der das Aus gibt.

Du selbst hast gesagt: „Wenn das nach einer Trennung immer solche Schmerzen sind, bleibe ich lieber alleine."
Nur, du bist nicht alleine geblieben, weil du dich gegen meine Liebe und Anziehungskraft gar nicht wehren wolltest. Und du produzierst ständig Trennungen, so als kannst du dich nur im Schmerz spüren, wüsstest du nur dann, das du liebst, suchst Beweise in deinem Schmerz. Und Bestätigung, dass du geliebt wirst, wenn ich dich wieder zurück nehme.
Eigentlich willst du das gar nicht, du willst keinen Schmerz, du willst aber auch nicht alleine sein. Mit einem Partner sind aber immer wieder einmal Schmerzen an der Tagesordnung, das ist normal, sofern es in einem dezenten Rahmen bleibt, da ja Schmerz nichts anders ist als zeigen, dass hier etwas nicht in der richtigen Ebene läuft. Also nimmst du es als gegeben, dass ich in deinem Leben bin, hältst mich aber hartnäckig auf Abstand; denn es könnte ja sein, man weiß ja nie, lernst du mal eine andere Frau kennen, dann könnte das erneut passieren, dass du eine Beziehung beenden musst, in dem Fall unsere; und die Schuldgefühle und Schmerzen willst du nie wieder spüren. Du belügst dich aber selbst! Denn auch, wenn wir nie zusammen ziehen und so weiter leben, wirst du Schuldgefühle haben. Also mit Schmerz verbunden, weil du genau weißt, du bist egoistisch und hältst mich dadurch ebenfalls von meiner Erfüllung fern. Du kannst also nur eine Entscheidung treffen, entweder du riskierst es, dass unsere Beziehung zerbrechen könnte, mit all den Begleiterscheinungen, oder aber du hast Mut, stehst fest zu uns beiden, dann wird Schmerz in dieser Form nie auftreten.
Nur bedenke, Schmerzen sind für uns alle nicht zu umgehen. Ganz gleich, ob wir uns wegen eines neuen Partners einmal trennen könnten oder durch den Tod, wir werden, wie alle anderen Wesen auch, einmal getrennt, ob wir wollen oder nicht.
Willst du wegen dieser Angst unser beide Leben auf ein paar wenige schöne Stunden reduzieren, anstatt so viele schöne Stunden wie möglich zu erschaffen? Ist deine Angst nicht zerstörerisch, indem du im Grunde das förderst, was du eigentlich verhindern willst?"
Er sah starr auf den Tisch, schüttelte unmerklich sein Haupt. „Nein, ich will uns nicht zerstören und ich will auch keine andere."
„Auf wartest du dann? Würden wir beide nicht davon profitieren, wenn du für die Kosten der Unterkunft sorgst und ich für Essen, Geborgenheit, schöne Dinge, die uns beiden gefallen und viel mehr schöne Stunden, die auch ein Zurückziehen dürfen, beinhalten?"
„Ja sicher", meinte er leise, jedoch noch nicht überzeugt. Aber immerhin er würde darüber nachdenken, dessen war sich Raphaela sicher.
„Nicolas, mein Wunsch ist es, eine Familie zu haben; ich habe sie doch genauso wenig wie du, und ich möchte in unser Leben das Beste und

Schönste einbringen, das möglich ist, damit wir uns beide einmal sagen können: wir hatten ein wunderschönes gemeinsames Leben; ich will mit und durch dich weiter lernen und es auch umgekehrt bieten.
Wenn es irgendwann aus irgendeinem Grund nicht mehr gut geht für einen von uns, dann lass uns voller Respekt und Wertschätzung darüber ehrlich sprechen, dann ist es immer noch früh genug, sich mit Trennungsschmerz zu beschäftigen. Aber lass uns nicht aus Angst davor soviel wertvolle, unwiederbringliche Lebenszeit vergeuden.
Ich erfülle dir deine Wünsche, hilf mir, meine zu erfüllen."
„Das klingt wie ein Geschäft", meinte er beinahe bitter.
„Es ist ein Geschäft, alles ist ein Geschäft, oder, wenn man es liebevoller ausdrücken möchte, ein Tauschhandel.
Wir tauschen immer Nicolas. Wir tauschen Zärtlichkeiten aus, ein Geben und Nehmen. Wir tauschen uns im Gespräch, im Lachen, im Streiten, in allem aus.
Das LEBEN IST ein Tauschhandel. Wir entscheiden nur, was wir zum Tausch anbieten wollen.
Ich möchte dir für deine finanzielle Hilfe meine Hilfe anbieten für Dinge, die du eben nicht so gut beherrschst oder nicht gerne machst. Im Grunde ist das nur ein altes System - modernisiert. Mann und Frau suchen aus, teilen sich die Arbeit, finden Kompromisse, die beide zufrieden stellen. Aber, wenn Kompromisse nur für einen gut sind, wird es immer wieder Streit geben, immer wieder dasselbe Thema zum Vorschein kommen. Und zwar in jeder Beziehung, bis derjenige, der nicht bereit war, dem anderen entgegen zu kommen, es so oft erneut vor Augen erhält, bis er verstanden hat, dass nicht nur sein Wunsch gilt sondern auch der des Partners.
Du kannst also sagen, ich gehe und suche mir eine neue Frau;, dann wirst du dasselbe Thema erneut haben, wieder dieselben Diskussionen...
Du folgerst, dass Frauen immer dasselbe wollen, alle zusammen ziehen und heiraten, nun letzteres ist eben seit jeher ein Ritual, ein Zeichen der Verbundenheit, das man durchaus auch ohne Trauschein durchführen kann; hier geht es meist um das offizielle Bekenntnis, nicht unbedingt um Absicherung. Du missbilligst all diese Dinge, bist sauer, wenn ich es anspreche... aber bist du nicht auch wie alle Männer?
Willst du nicht auch der sein, der besser verdient als die Frau und der ihr zeigt, wie potent er sowohl im Job wie auch im Bett ist?
Ist denn hier ein Unterschied? So modern unsere Zeit ist, unsere Urinstinkte sind die gleichen geblieben.
Männer jagen nach Anerkennung und Erfolg, Frauen sind programmiert, zu umsorgen und Geborgenheit zu geben. Kann einer von uns das nicht ausleben, sind wir alle im Grunde auf der Suche.

Wenn man alleine lebt sucht man automatisch, wenn auch manchmal unbewusst, nach dem anderen Teil, in dem man sich wieder findet, der einem das Gefühl von Verbundenheit gibt... es hat sich nichts geändert, Nicolas, nur die Zeit ist anders und die Möglichkeiten gehen weit über ein Rudel von einer Handvoll Jäger und einigen Höhlen heraus."
Er nickte schwach, musste zugeben, dass sie wie immer nicht unrecht hatte, doch musste er das Gesagte erst verdauen.
„Ok, lass gut sein, ich werde darüber nachdenken, lass uns gehen." Er bezahlte, sie standen auf und fuhren schweigend zu ihr nach Hause. Sie fragte nicht, ob er bleiben wollte, sie ließ es ihm frei, denn heute war die Spannung ohnehin zu spüren. Überraschenderweise blieb er und nahm sie sogar fürsorglich in den Arm. So schliefen sie ohne weitere Worte ein, mit der Ahnung, dass Neues keimte...

Nachricht von Torsten...

Auch Ladys neues Herrchen, Torsten, schrieb Raphaela ein Mail, über das sie erfreut, wenn auch überrascht war.
Er bedankt sich für das Glück und den inneren Frieden, den die kleine Hündin ihm schenkte.
Es war erstaunlich, Raphaela wurde immer nervöser und Torsten immer ausgeglichener. Es ging allen gut, wie sie lesen konnte und freute sich ehrlichen Herzens darüber.
Sie musste lächeln und schrieb dankbar um der lieben Worte zurück.
Mit der Zeit genoss Raphaela ihre neu gewonnene Freiheit wieder, die sie nun ungeniert und ohne schlechtes Gewissen genoss. Nicht, das sie übermäßig unterwegs war, aber sie nahm langsam aber sicher wieder teil an der Außenwelt. Versuchte erneut, in der Selbstständigkeit Fuß zu fassen, um letztendlich erkennen zu müssen, dass diese Form wohl nicht die ihre war. Also ließ sie die gesamte Ausbildung, die sie sich vom Mund absparte, in der Schublade verschwinden und widmete sich nur dem Schreiben.
Sie hatte über all die Begebenheiten der letzen Zeit völlig vergessen, dass sie etwas Wichtiges erledigen musste.
Doch nach einem furchtbaren Streit um eine Nichtigkeit, innerhalb dessen Nicolas sie verbal tief verletzte, sie aus dem Nichts ohne Vorwarnung maßlos erschreckte, erinnerte sie sich wieder an die Worte der Schamanin.
Sie hatte vergessen, dass da jemand war, der ihnen schaden wollte. Noch versuchte sie, es als Spinnerei ab zu tun, ohne Erfolg. Ausschlaggebend für die Tatsache war die Nacht vor Vollmond.

***

Es war schon spät, aber sie wollte das letzte Kapitel ihres Manuskriptes noch fertig stellen. Kochte sich heiße Schokolade und ging zusätzlich bewaffnet mit einigen Keksen in ihr Wohnzimmer, in dem seit neuestem ihr PC stand.
Mit einem Ruck blieb sie stehen, verschüttete das heiße Getränk und sah mit Schreck geweiteten Augen auf den Boden. Ihre Nackenhaare stellten sich auf, Eiseskälte umschloss ihre Beine...
Der Boden schien überall aufzubrechen, Schreie tönten unwirklich in ihre Ohren, von überall kamen graugrüne Arme zum Vorschein, die sich nach Raphaela streckten.
Der Boden barst, Splitter von Holz flog nach allen Seiten, gleich Mumien zogen sich Gestalten aus der Tiefe...
Sie schrie auf, ließ alles fallen, was sie in Händen hielt, stob zum Fenster, riss es auf, lief in die Küche, holte Räucherwerk, das sie unter zitternden Händen entzündete, fühlte sich weg gedrängt von diesen Wesen, deren Gesicht kaum zu erkennen war.
Panisch vor Angst lief sie wieder ins Wohnzimmer, kauerte sich in ihr Sofa und rief ihre Schutzengel zur Seite, wild mit dem Räucherstäbchen um sich kreisend.
„Helft mir", rief sie aus, „helft mir und ihr geht, geht ins Licht ihr seid frei geht...."
Der Spuk dauerte nur wenige Minuten, dann wurde alles um sie ruhig. Es war, als würde ein Orkan durch das Zimmer gefegt haben, wenngleich auch nur energetisch. Nichts war verändert, der Boden unter ihren Beinen war wie immer, nur der kalte Luftzug, der durch das geöffnete Fenster ins Zimmer drang, war zu spüren. Sie sackte in sich zusammen, beruhigte sich langsam wieder. Was zum Teufel war das hier eben? Woher kamen all die Seelen, so grauenhaft entstellt, wenn auch nicht klar zu erkennen. Sie hatte das Gefühl, in einem Horrorfilm gewesen zu sein. Woher, aber vor allem weshalb war dies hier passiert? Ein Bild formte sich in ihr...
Titrina, die Herrscherin, das Gift...

Es war also keine Einbildung, SIE war hier. SIE hatte ihr eine Botschaft gesandt... die Dämonen im Keller wollten nach oben, oder besser, die in ihrem und seinem Innersten, der Kampf musste ausgefochten werden, wenn Raphaela es vermeiden wollte, angegriffen zu werden.
„Angegriffen", murmelte sie. „Angegriffen, wie lächerlich. Wenn ich das einem Sterblichen erzähle, lande ich in der Klapsmühle. „Sterblichen, was rede ich da"... sie schüttelte den Kopf, ging zum PC und schloss ihn für heute. An Arbeiten wäre nicht mehr zu denken, sie hatte Wichtigeres zu tun, dazu bedurfte es einer gezielten Vorbereitung. Sie würde sich bei der Schamanin Kräuter und eine Ladung Energie holen. Normalerweise hielt

Raphaela nichts von Schutz und dem ganzen Zauber, oder besser sie wusste, dass es dies gab, arbeitete aber nicht damit, da sie so „normal“ wie möglich bleiben wollte. Doch dies hier erforderte das Abstellen des Verstandes, hier war eine Macht am Zug, die verstandesorientierte Menschen als Märchen abtun würden. Sie jedoch wusste, es war real, real zwischen Himmel und Erde und nur denen zugänglich, die um die Öffnung der Tore wussten, die sie trennten. Sie musste nur noch den geeigneten Zeitpunkt abwarten, der ihr eindeutig zu verstehen gab, es war soweit, sofort zu beginnen.... zuvor passierte jedoch etwas, mit dem sie nicht gerechnet hatte.

***

Ihr Mietvertrag wurde nicht verlängert, sie musste innerhalb von vier Monaten aus dem Haus. Es schien, als wäre das ein Wink des Schicksals, denn wo sollte sie so schnell ohne Erspartes und ohne eine Möglichkeit in der raren Immobiliengegend hier etwas finden?
Es lag also nahe, Nicolas zu bitten, ihr für einige Monate Unterschlupf zu gewähren. Sie war sicher, innerhalb eines dreiviertel Jahres etwas Neues zu finden, also müsste er sich nicht ängstigen, das sie blieb, und er konnte gleichzeitig erleben, dass seine Ängste unbegründet waren, was das Zusammenleben betraf.
Allerdings befürchtete Raphaela, dass er vorerst mit Flucht und kränklichem Verhalten reagieren würde, wie er es immer tat in extrem Situationen.

Ihre freudige Überraschung war grenzenlos, denn alles hätte sie erwartet nur nicht, dass Nicolas nach Eröffnung der Neuigkeit dermaßen liebevoll und sogar freudig reagierte. Es war, als wäre er plötzlich der Mensch, dessen Seele sie immer unter all den Schatten in ihm gesehen hatte. Er kam täglich zu ihr, rief sie an, erzählte ihr jede Kleinigkeit, war zärtlicher als je zuvor, liebte und herzte sie, war fröhlich und einfach ausgeglichen.
Noch nie in der Beziehung mit ihm war sie so glücklich und harmonisch.

Und dann, ohne Vorwarnung, geschah das Unfassbare...

Er rief sie Abends an, er müsse ihr heute etwas sagen, wusste aber nicht wie.
Eine eiskalte Hand legte sich um Raphaelas Herz, im selben Moment stand das Bild Marianas klar vor ihr.
Sie erschrak, eine eisige Hand legte sich um ihr Herz, Angst schnürte ihr die Kehle zu, was würde heute auf sie zukommen?

Er ließ sie lange warten, und als er jungenhaft fröhlich zu ihr kam, sprudelte es aus ihm heraus...
„Ich hab heute eine Frau kennen gelernt, die saß beim Arzt, hatte lange, dunkle Haare und mich hat fast der Schlag getroffen. Ich hatte diese Frau in der Vision gesehen bei der alten Schamanin, ich konnte kein Wort heraus bringen und mein Herz klopfte wie wild... sag mir, was hat das zu bedeuten?"
Raphaela schnappte nach Luft...
„Willst du sagen, du hast dich verliebt auf den ersten Blick oder wie?"
Zögernd sah er sie an um dann zu sagen: „Ich weiß nicht, ich will nur wissen, was das bedeutet. Ich hab so Herzklopfen und sie war mit einer goldenen Aura umgeben. Sie war so, dass ich sie am liebsten umarmt und sie festgehalten hätte. Ich wollte schon sagen, du hier? Dich gibt es doch nur in meinem Traum? Aber ich habe kein Wort heraus gebracht! Ich habe noch nie erlebt, dass ich jemand aus einer Vision kenne."

In Raphaela breitete sich eine gefährliche Ruhe aus, eine Ruhe, die nur unter Schock entstand, um sich zu einem späteren Zeitpunkt zu entladen. Sie versuchte, so ruhig und souverän als möglich zu antworten.

Ich weiß nicht wer sie ist (schalt sich aber sogleich, denn sie wusste, dass diese Frau nichts weiter war als die Ankündigung in seiner Vision, dass etwas durch eine Begegnung als Prüfung ankam, als eine extreme Änderung einer Situation, um etwas Wertvolles zu lernen). Doch im Moment war sie in ihren Emotionen versunken und es war ihr unmöglich, tatsächlich sofort herauszufinden, was es zu bedeuten hatte.
Und sie wäre nicht Raphaela der Mensch, würde sie nun nicht ihre schlimmsten Befürchtungen bestätigt haben, die er selbst, Nicolas, noch vor einem Tag unter Scherzen aussprach: „Ich such mir eine Freundin".
Bei dieser Aussage dachte sie sich, ja genau, genauso wie er auf eine Bohrinsel arbeiten geht oder Monate in den Urlaub fährt, nur um dem zu entgehen, dass es nun ernst zu werden schien zwischen ihm und ihr; er sich doch mehr fürchtete, als er von außen zeigte und sie es das erste Mal nicht zeitgerecht bemerkte, dass sich eine Katastrophe anbahnte; sie wollte diese nicht wahr haben, aber sie fürchtete und schürte sie, indem sie ihre eigenen Zweifel aussprach und ihn damit zutiefst verunsicherte.
Jetzt verstand sie jedoch, warum sie Tage zuvor das Gefühl hatte, eine schwarze Masse durchströmte ihren Körper, der sich sogleich für Tage schwach anfühlte.
Sie wurde von jemand abgelenkt; energetisch manipuliert und damit abgelenkt, ein Hindernis falsch einzuschätzen; seine Angst nicht zu unterschätzen, die er unter scheinbarer Stärke und Fröhlichkeit versteckte; sie

war vernebelt, sie durfte nicht sehen, was da auf sie zu kam. Weshalb nur nicht? Nach diesen wunderschönen Zeiten?
Sie sollte es bald verstehen, doch jetzt wurde es nach zwei Stunden ein einziger tränenreicher Abschied, in denen sie Nicolas sogar tröstete, um ihn seinen Weg gehen zu lassen; und doch dachte sie immer wieder, es gibt diese Frau nicht real, oder besser nicht als Feindin.
Sie fühlte sich tatsächlich hell an, als wäre sie... Gott, sie drehte durch, sie hielt diese Frau für einen Engel. Ein Engel, der kam, um ihnen beiden eine Lektion zu erteilen, aus der sie zu wachsen hätten.
Tausende Gedanken schossen Raphaela durch den Kopf: hatte sie sich nicht vor kurzem jemanden gewünscht, der Nicolas half, den Rest aus ihm zu holen und zu heilen? Und am besten eine Heilerin, eine Frau, die wirklich gut darin ist - aber keine Gefahr? Die Gefahr sah aber nun etwas anders aus, schlicht wohl umwerfend hübsch, sonst wäre Nicolas nicht bereit, wegen einiger Minuten sehen, alles hinzuschmeißen, was sie sich eben aufgebaut hatten.
Ihr war schlecht, einfach nur schlecht. Je mehr sie darüber nachdachte, desto mehr verfing sie sich in ein Netz von Gespenstern.

„Woher und wie willst du innerhalb eines Augenkontaktes wissen, ob es die Frau ist, die du willst und das so plötzlich – nachdem es so schön in den letzten Wochen zwischen uns war?"
„Ich will doch nur wissen, was es bedeutet; und du sagst mir ja nun schon, das hätte keinen Bestand."
„Moment, du sagst eben, du willst nur wissen, was es bedeutet und gleichzeitig legst du mir Worte in den Mund, ich hätte gesagt, das hätte keinen Bestand? Vielleicht, vielleicht auch nicht; aber du hast somit doch diesen Gedanken schon gehegt und das nach nur drei Minuten, in denen du sie gesehen hast!"
Nach langem Hin und Her gab er ihr einen Kuss, bedankte sich für alles und ging.
Raphaela brach zusammen, sie weinte hemmungslos. Wie konnte er ihr das antun, all das konnte doch nicht wahr sein?"
Es wurde schon helllichter Tag, als sie erschöpft zu Bett ging, ohne schlafen zu können. Tagelang weinte sie, aß nichts und kam kaum zur Ruhe, als er sich meldete. Er schrieb ihr die Verzweiflung, in der er sich befand, sie Raphaela nicht verlieren zu wollen, sie zu lieben und sie drücken wollte und nie wieder loszulassen. Lange Mails kamen von ihm, in denen sie versuchten, einen Weg zu finden, um aus dieser Situation erkennen und sich befreien zu können, doch: es ging nicht, noch nicht.

Sie wünschte, die Schamanin wäre hier und wusste mit einem Mal: Sie selbst war die alte Frau, die auch er in seinen Visionen gesehen hatte - die alte Frau mit dem Kind unter dem Mantel; selbst die Schamanin, all das hatte sich materialisiert aus Gedanken und Wünschen, wurde real und war wieder verschwunden; war sie selbst und teilte sich gleichzeitig in einer anderen Person. Zu abgehoben, zu unrealistisch, um es mit dem Verstand erklären zu können.

In ihnen beiden tobte ein grausamer Kampf...

Sie wusste, hatte sie doch in der Vergangenheit immer wieder mit der Zwischenwelt zu tun, dass dies die letzte, härteste Prüfung für sie beide war, um endlich Liebe leben zu können, eine Liebe, die seit Urzeiten bestand.
Nun es war soweit, der Kampf sollte stattfinden... es war das erwartete Zeichen!

Nicolas fiel in dunkle Tiefen, die ihn weiter in die Irre zogen.

***

Der Kampf

Nun war sie soweit. Sie begab sich in den imaginären heiligen Raum, den sie mit der Kraft ihrer Gedanken um sich formte. Von da aus begab sie sich in einen langen Flur, kam vor einer schweren eisernen Türe zu stehen, die sich unter lautem Knirschen öffnete, als Raphaela einen kleinen, kaum sichtbaren Hebel drückte, der unter vielen eisernen Verzierungen versteckt lag. Ein verwilderter Garten wurde unter strahlendem Sonnenschein sichtbar. Schmetterlinge flogen zu hunderten über bunte Blumen. Vögel zwitscherten ein Lied, sie fröhlich begrüßend, die Freundin aus vergangenen Zeiten. Sie war inmitten der romantisch wild wachsenden Natur ihrer Kindertage.
Da, wo sie einst zu spielen pflegte, um mit ihren Freunden, den Feen und Kobolden, zusammen zu treffen. Weit weg von den mitleidigen, höhnischen Blicken Erwachsener, die nicht sehen konnten, was sie sah.
Immer schon hatte sie diesen Platz geliebt und längst gelernt, sich alleine durch Gedanken dahin zu gesellen.
Es war ihr Platz, ihr Kraftplatz, den niemand sonst betreten durfte. Lange war sie schon nicht hier, doch heute bedurfte sie der Hilfe ihrer Freunde. Mächtige Freunde...
Sie sog die klare, reine, wundervoll frisch duftende Luft ein, atmete tief ein und aus, füllte ihre Lungen mit Kraft der Natur, die sie umgab.

Das Zwitschern verstummte, als Raphaela vor ihrem Baum stand, der mächtiger an Wuchs kaum zu überbieten war. Hunderte von Jahren musste der alte Ahorn sein, der unnatürliche Größe erreicht hatte.
Sie berührte sanft die Rinde, die ihn umgab; spürte das Holz, dessen Rillen grob und doch so weich war.
Leise begannen die Zweige, sich im lauen Wind zu wiegen, als sie eine helle, klangvolle Stimme vernahm...

„Sei gegrüßt Schwester, du warst lange nicht hier, doch sind wir erfreut, dich wieder zu sehen."
Vor ihr ließ sich aus dem Geäst eine zarte, sehr hoch gewachsene junge Frau herab. Sie saß auf einer Art Liane, die nicht zu dem Geäst des Baumes passte.
Ihr Teint war zart und bleich wie edles Porzellan. Ihr Haar fiel in überlangen, beinahe golden wirkenden Locken bis über die Kniekehlen. Ihre langen Wimpern umschlossen große, violettblaue Augen, die sanft aus dem schmalen Gesicht sahen.
„Zanuri, ich freue mich, dich zu sehen; verzeih, dass ich so lange nicht hier war, aber du verstehst?", fragend sah sie ihre Freundin aus Kindertagen an, die ihr immer zur Seite stand, in ihrer Welt voller mystischer Geheimnisse.
„Ja natürlich", sprach diese leise lachend und Raphaela umarmend.
„Du brauchst Hilfe nicht wahr?"
„Ja, Zanuri, ich brauche eure Hilfe, denn ohne euch weiß ich nicht, ob ich dem Kommenden gewachsen bin."
„Darüber mache ich mir keine Sorgen. Ich weiß um deinen bevorstehenden Kampf und habe bereits alles Nötige veranlasst."
„Ach Zanuri, es ist wie in alten Zeiten, du hast immer um meine Nöte gewusst, lange bevor ich sie dir erzählen konnte."
„Komm, lass uns die anderen begrüßen, sie erwarten dich voller Freude!"
„Ach, wie schön, auch ich freue mich und hatte euch doch fast vergessen", warf sie sich nun schuldbewusst vor. „Wie konnte ich nur?"
„Mach dir keine Gedanken, wir wussten, dass du wieder kommst; es war nur eine Frage der Zeit und der Entwicklung der Umstände. Du hast uns durchaus nicht vergessen, nur unter deinen Verstand gestellt... obwohl...", lächelte die Deva, du doch immerhin dein Wissen an Kinder weitergabst."
„Ja, stimmt, ich habe es weiter gegeben und doch es als... für Kinder und nicht mehr für mich bedacht."
„Lass es gut sein, du bist hier - das ist das Wichtigste."
Damit schritten sie über einen Platz voll von Mohnblumen so weit das Auge reichte. Von weitem hörten sie das Gelächter und die ausgelasse-

nen Rufe, die sich gegenseitig neckten. Als Zanuri mit Raphaela auftauchte, wurden sie von einer Horde fröhlicher Frauen umkreist, eine schöner als die andere, so zart und Feen gleich wie Zanuri.
„Raphaela du bist hier, wir haben dich erwartet, wir freuen uns, es ist schön, dass du hier bist. Es wurde auch Zeit, uns zu besuchen, wie einst....", alle sprachen durcheinander, lachten und umarmten sie.
Raphaela war lange nicht mehr hier, nur manchmal in ihren Träumen, doch sobald sie erwachte, wusste sie kaum mehr etwas von diesem Platz, an dem sie sich als Kind so geborgen fühlte.
Einst, als sie begann, seltener in diese Realität zu steigen, kündigte ihr Zanuri an, dass es Zeit wurde, diesen Platz vorübergehend zu verlassen, da Neues auf Raphaela zukommen würde, das ihrer vollen Aufmerksamkeit bedurfte. Sie jedoch eines Tages zurückkommen würde, wenn die Zeit reif war, alle Kräfte zusammen zu rufen, um einen alten Kampf endgültig abzuschließen.
Lange hatte Raphaela nicht bemerkt, dass sie diesen geheimen Platz zwischen Wachen und Schlafen zu vergessen drohte. Doch die Feen und Devas sorgten in unregelmäßigen Abständen dafür, dass Raphaela hin und wieder von ihnen träumte, sich aber danach nur vage erinnern sollte, gerade eben mal genug, um einen Funken Erinnerung zu behalten; dies jedoch, ohne den Weg zu finden, die Türen zu öffnen, die noch geschlossen bleiben sollten. Sie hätte sonst nicht die Möglichkeit gehabt, viele verschiedene Welten, Kulturen und deren Praktiken kennen zu lernen, ohne die eine mit der anderen zu früh zu vermischen. Sie musste in jeden Bereich ganz und gar eintauchen können, um sich deren Wissen etwas anzueignen. Nun wurden die Türen geöffnet, als wäre der Zugang nie versperrt gewesen; leicht und natürlich war sie dem Pfad gefolgt, der ihr Innerstes frei gab.
„Ihr wisst, warum ich hier bin, nicht wahr?", fragte sie alle Naturgeister und Feen, die um sie standen.
„Ja natürlich, wir haben dich nie aus den Augen verloren", lächelte Zanuri. „Wir wissen auch, dass der Kampf, den du austragen musst, deine eigene Bösartigkeit hervorrufen muss, ohne die du keine Chance hättest, zu siegen. Wir wissen auch, dass du dich soweit verlieren könntest, nicht mehr in deine Seele zurückzukehren, die in Liebe leben will. Und wir wissen, dass deine Wunden, die SIE dir zufügen wird, verheilt sein müssen, bevor du wieder in der irdischen Realität auftauchst, um nicht der Gefahr ausgeliefert zu sein, daran deine Seele zu vergiften."
„Ja, da habt ihr wohl Recht", antwortete Raphaela, nicht ohne einen Hauch Angst zu verspüren, je mehr ihr bewusst wurde, dass sie nicht mit Irdischem kämpfte, sondern in Energien tauchte, die einer anderen Welt angehörten.

„Du bist hier, weil wir dich gerufen haben, dich an uns zu erinnern. Wir kennen deine Vergangenheit weit hinter allen Leben und deine Zukunft weit über alle Leben; du brauchst nichts zu fürchten, wir sind an deiner Seite, wenn auch der Kampf selbst nur durch deine Hand gefochten werden darf."
„Weshalb eigentlich? Ja, ich weiß, denn es geht um den Hass, den SIE auf mich hat und all die mitzieht, die mir wichtig waren und sind."
„Fürchte nichts, alles wird gut, wenn du handelst, wie es deine Intuition dir befielt."
„Zanuri, ich fürchte mich vor der Grausamkeit, die in mir steckt. Ich weiß um meine dunkle Seite, ich habe Angst vor mir selbst, weniger meiner Feindin wegen."
„Und deshalb musst du ihn alleine bestehen, es ist dein Kampf, um deine Prüfung abzuschließen. Deine Grausamkeit hast du einst ausgelebt, sie später aus Verzweiflung lange Zeiten verleugnet; doch so, wie du erkannt hast, Dunkles als Teil eures Wesens annehmen zu müssen, um wahrhaft ganz zu sein, musst du sie noch ein letztes Mal an die Oberfläche holen. Sei dankbar, dass es dir gewährt wurde, dies in einer Zwischenwelt auszuleben. Es hätte auch sein können, in dieser Inkarnation als jemand geboren zu werden, der sein Licht dem Dunkel geweiht hat."
„Aber weshalb hätte ich dies erfahren sollen? Das Dunkle ist nicht mein Weg, den ich freiwillig wählen würde."
„Nein nicht ganz freiwillig, aber dennoch notwendig, denn niemals hättest du es sonst tatsächlich auflösen können - nur verleugnet, aber nicht aufgelöst, verstehst du?"
„Ja", erschüttert musste sie das Gesagte erst verdauen. Sie hatte also Inkarnationen damit verbracht, Gutes zu tun, das Böse in ihr nicht sehen zu wollen und musste es doch anerkennen. Je heller sie sein wollte, desto gleichstark war das Dunkel; es lag nun an ihr, einen Weg zu finden, dies auszugleichen, ohne es tatsächlich leben zu müssen. Also hatte selbst dieses Karma, dieser Hass der Frau, dieser Kampf, einen festen Platz in dem großen Plan des Universums.
„Sich vor den eigenen Dämonen nicht mehr zu fürchten, um heilen und regieren zu können, das alte Wissen erneut aufgehen zu lassen, besser denn je damit umzugehen, ist Ziel deiner Prüfung, die du bestehen wirst, sei dessen versichert."
„Ich hoffe es, doch nun lass uns ruhen gehen; morgen wird es soweit sein."

Sie schlief tief und fest, erwachte wegen des Tumults, der um sie war.
„Guten Morgen, wach auf! Es ist Zeit, die Sonne hat den Tag begrüßt."
Helfende Hände legten ihr Harnisch und Helm bereit. Sie trug die Rüstung

einer Kriegerprinzessin, kaum umhüllte das feine Tuch ihren Oberkörper, über den sie den Harnisch anzog. Dieser bestand aus weichem, feinem Leder. Ihre Taille war festgezurrt unter engem Mieder, das ihre Nieren schützte, aber noch genug Platz bot, Luft zu holen. Eng anliegende Beinkleider gaben ihr Bewegungsfreiheit. Hohe, enge, schwarze Stiefel bedeckten ihre Beine bis knapp über die Knie. Schultern und Ellenbogen zeigten spitze, scharfe Eisenstifte, die aus kleinen Schildern ragten. Ihr Helm ließ Augen und Mund frei, bedeckte jedoch ihren Nasenrücken. Ihre Waffen waren Ketten, eine Lanze und Pfeile, so spitz, dass ein Hauch an Berührung die Haut zerriss. Doch die tödlichste Waffe war ihr Zorn, genährt aus vielen Inkarnationen der Demütigungen, Qualen und Schmerzen, die immer mehr in ihr hochkrochen. Bilder, die sie längst vergessen zu haben glaubte, Bilder die sie noch nicht kannte. Bilder, die Foltern, Schmerzen und Tod zeigten, in denen sie selbst und ihresgleichen umkamen. Bilder, die ihr vor Augen hielten, dass sie sich wie ein wildes Tier gefangen fühlte, ohne jemals entkommen zu können. Bilder des Hasses und der Zerstörung. In ihr begann der Hass zu steigen... Ihre Augen wurden schwarz wie die tiefste Nacht, ihre Lippen pressten fest aufeinander, ihr Kinn schob sich nach vorne, als sie die Zügel ihres weißen Pferdes nahm, das man ihr brachte. Mit Schwung saß sie auf, sicher das leicht nervös tänzelnde Pferd unter sich.

„Sei vorsichtig“, sprach Zanuri die sich aus dem Gemenge der umstehenden löste. Raphaela nickte, lächelte leicht doch längst nicht mehr so sanft wie den Tag zuvor. Dann preschte sie los, sie ließ ihrem Pferd den Willen, denn es wusste immer, wo ihr Ziel war.

Zanuri und die anderen standen mit besorgter Mine zusammen. „Sie wird es doch schaffen, Herrin?“

„Ja, aber sie wird bis an ihre Grenzen gehen. Schließt euch zusammen, wir haben zu tun.“

Damit stoben alle auseinander, jeder wohl wissend ob seiner Aufgabe. Sie trugen Kräuter und seltsames Pflanzen zusammen, stellten eine eigenartig duftende Salbe her, bezogen ein Bett mit frischen Laken, säuberten den Raum mit Klängen von lieblichem Gesang. Zogen Blättern Flüssigkeit heraus, zauberten daraus eine Tinktur, webten Fäden, so fein wie Seide, silbern glänzend aus dem Kokon eines Schmetterlings.

Als sie fertig waren, rief Zanuri alle zu sich. „Begebt Euch auf den heiligen Platz, schließt den Kreis, damit wir sie sehen können.“

Sie liefen über die Wiesen, zu einem Platz hinter dem Hügel, da, wo die Sonne unterging. Hier gab es einen Stein, um den sie immer saßen, wenn sie die Göttinnen befragten. Der Stein war flach und kaum von anderen zu unterscheiden, veränderte sich jedoch, sobald der Kreis durch Devas und Feen geschlossen wurde. Als sie sich um ihn setzten, hielten sie sich an den Händen, richteten ihre Gedanken auf Raphaela. Plötzlich bildetet der Stein mittig ein verschwommenes Bild. Gleich des Wassers eines klaren Sees, wurde das Bild deutlicher, bewegte die Szene... sie sahen Raphaela in wildem Galopp...

***

...der Himmel verdüsterte sich, der Wind blies scharf über die Felder, doch ihr war nicht kalt. Ihr einziger Gedanke galt IHR, derjenigen, von der sie sich nun befreien würde... Ein Donner ließ ihr Pferd steigen, gleichzeitig prasselte Regen in Strömen auf sie herab, als sie von weitem das bösartige Lachen vernahm. DA, unweit saß sie aufrecht und stolz auf ihrem schwarzen Rappen.

Eine Sekunde der Ewigkeit starrten sie sich durch die Dichte des Regens an, preschten los, wild um sich kreisend die Ketten schwingend, die sie mit sich führten.

Schreiend und fluchend schnalzten die schweren Geschosse um ihre Körper, zogen sie herab von den Pferden, die auseinander stoben. Wälzten sich im Schlamm der aufgedunsenen Erde.

Standen wie aus Zauberhand wieder fest auf ihren Beinen, blitzen sich aus zornigen Augen an. SIE hatte noch mehr Kraft, als Raphaela befürchtetet hatte, sie war Kämpfe gewohnt, wendig wie eine Schlange. Blaugrüne Augen schossen giftige Blicke in Raphaelas Richtung, lange blutrote Fingernägel formten sich zu tödlichen Waffen, gleich der Pranke eines wilden Tieres. Fauchend stieß sie hervor... „Ich hasse dich Zeit meiner Leben und ich schwöre, du bist tot bevor die Sonne wieder aufgeht."

„Versprich nicht, was du nicht halten kannst", zischte Raphaela zurück. SIE zog aus dem Köcher, den sie am Rücken trug, Pfeil und Bogen. Raphaela pfiff und ihr Pferd stob heran, zog knapp an ihr vorbei; knapp genug, um sich die kurzen Lanzen zu fassen, die sie aus der Steinlasche zog. SIE sprang auf Raphaela zu, schneller als ein Panter, so dass Raphaela mühsam der Überraschung ausweichen konnte, dabei einen Riss in ihrem Oberarm spürte, Blut schoss hervor, rann heiß über ihre Haut, doch sie kümmerte sich nicht darum.

Wütend fletschte Raphaela die Zähne, ihre Augen funkelten irr vor Zorn. Sie hechtete los, sprang leicht nach links, Intuitiv ahnend, dass SIE in dieser Richtung ausweichen würde. Ein Ausruf des Erstaunens, begleitet von dem dumpfen Aufprall zweier Körper, ließ sie beide den Kampf am Boden weiter führen.

Ein schrilles Pfeifen war zu hören, als sich vom Himmel ein Falke auf SIE stürzte, seine Hiebe ihr Löcher ins Fleisch hakten. Doch SIE wehrte ihn mit einem Schlag ab, setzte ihre Krallen an Raphaelas Rücken, riss ihre

Haut in Streifen ab. Vor Schmerz beinahe besinnungslos, schrie Raphaela auf, brüllte wie ein wundes Tier, um im gleichen Atemzug ihre Faust in das Gesicht der Anderen zu schlagen, ihre Hände um deren Gurgel zu legen und zuzudrücken, bis diese wild um sich schlug. Bevor SIE ohnmächtig wurde, ließ sie los, stand auf, trat auf ihre Hand und trat zu, bis SIE schrie vor Zorn... der Falke schoss erneut vom Himmel und attackierte SIE wild. „Verschwinde, du verdammtes *Biest", schrei SIE unter abwehrenden Händen, bis das Raubtier losließ und kreischend seine Kreise über sie flog.*

„Steh auf, du wirst nicht so einfach davon kommen. Ich schwöre dir, ich werde dich... Soweit kam sie nicht, SIE sprang ihr entgegen, bohrte dabei einen Dolch in ihr Bein. Raphaela brüllte, alles drehte sich, doch sie schnappte nach Luft, stieß die andere weg, diese stolperte... sie hatte den Dolch nicht bemerkt.
Raphaela entnahm ihren Stiefel ein feines Stück Seil, hauchdünn, kaum sichtbar, gewunden aus reißfestem Material...
„Komm näher, du Schlampe", rief SIE ihr zu."
„Bist du zu feige?", war die Antwort..., „muss ich kommen, weil du zu schwerfällig bist?"
Erneut entrang IHR ein zorniges fauchen, hechtete sie los, den Dolch in der Hand schwingend...
Doch Raphaela war schneller, wich geschmeidig aus, drehte sich um die eigene Achse, schwang ihren Arm um die andere, legte gleichzeitig das Seil um deren Hals, wirbelte um deren Gestalt und zurrte deren Arme um den Körper fest.
Wütend wollte SIE sich befreien, strauchelte, rollte in der nassen Erde, um plötzlich gekonnt aufzuspringen, doch Raphaela verpasste ihr einen Tritt in die Eingeweide, schlug ihr ins Gesicht, prügelte wild auf sie ein, verlor beinahe jeglichen Funken an Respekt, bis sie... eine Stimme hörte, die ihr Einhalt gebot.
SIE lag am Boden, blutüberströmt und rührte sich nicht.
Raphaela atmete schwer, kam langsam wieder zu sich, fuhr sich mit der Hand über ihr Gesicht, nicht merkend, wie schmutzig sie war. Sie kniete nieder als SIE die Augen öffnete und Raphaela anspuckte...
Ein Schlag auf ihre Lippen ließ diese platzen.
„Es ist genug... Du hast genug angestellt."
„Dann töte mich, du Hure, wenn du nicht zu feige bist", lachte SIE. „Töte mich, das kannst du doch besonders gut." Bösartig gurrte sie die Worte... „Muss ich dir erst helfen oder kannst du das von alleine? Du, die Lichtvolle...!!! Töte mich!!!", fuhr sie Raphaela barsch an.
Raphaela hörte erneut eine Stimme, doch diese glich der der Schamanin.

„Erinnere dich! Erinnere dich, wer du bist und welche Gabe dir inne wohnt."
Raphaela erhob sich, sah an ihr herab, ging ein paar Schritte weiter weg, um sich zu sammeln, während dessen SIE weiter böse Worte ausstieß unter irrem Lachen.
Raphaela kniete nieder, verband sich in Gedanken mit allen Helfern, die ihr in den Sinn kamen. Zanuri, den Feen, dem Falken, der Schamanin, ihren Eltern aus Atlantis, dem Universum, den Erzengeln und Engeln und kosmischen Helfern…, atmete tief und ruhig ein, bat um Hilfe und Schutz, sich zu befreien von ihrem Zorn und ihrer Grausamkeit. Bat um ihre Liebe, aus der ihre Kraft entsprang. Bat darum, alle Ängste und dunklen Visionen aus Nicolas und sich selbst zu verbannen, diese Frau, hervorgerufen aus ihrer angstvollen Erwartung, endgültig zu löschen. Sie bat um Vergebung für ihre Sünden und denen, die ihr Böses antaten; sie bat um Vergebung für ihre Fehler und um Vergebung, diese Liebe endlich leben zu wollen und sei es, ihre Kräfte nur mehr im Stillen zu nutzen, zum Wohle der Seelen und dieser Welten.

Sie hörte die Worte der Anderen nicht mehr, war ganz in sich vertieft, spürte eine Welle der Wärme und unendlichen Liebe, die sie durchströmte. Sie erhob sich, drehte sich um, streckte ihre Arme aus, konzentrierte sich, bis dass hinter IHR eine grell strahlende helle Energiekugel Formen annahm.
„Was tust du da?"
Raphaela antwortete nicht, ließ die Kugel gut über drei Meter Durchmesser groß werden, ließ die Arme sinken, sah SIE an, und sprach: „Dein Hass soll sich gegen dich richten, Schmerz und Leid; was du uns und vielen Anderen bescherlest, soll deine Seele quälen. Dein Fluch wird dir selbst zur Last und so sollst du büßen für all die Seelen in tausendfachem Schmerz und Pein, in allen Zeiten niemals erlöst von deiner Qual, bis dass du bereit bist, zu verzeihen von jeher dir selbst und anderen.
Erst, wenn dein Herz und deine Geistseele sich nach Frieden sehnt, soll das Dunkle sich aus dir sprengen, so dass deine Überreste, gleich welcher Natur, eingehen in die Unendlichkeit, auf dass du erlöst bist von allem Leiden und dich erneuerst in tausenden Jahren in anderen Welten; und nur dann, wenn du geboren durch Liebe, die dich mit Freuden erwarten, um dich neu zu lehren, was nie dir zugetragen.
Raphaela erhob erneut ihre Arme, ließ SIE mit der Kraft ihrer Gedanken erheben, ungehindert deren erbosten Schreien. Schleuderte sie in das Licht der Kugel, die ein wenig über dem Boden schwebte, begleitet von einem Hagel giftgrüner Pfeile, die aus dem Nichts zu kommen schienen und SIE in Herz und Gedärme trafen.

Brüllend wie ein sterbendes Tier schrei SIE auf, stieß Flüche über Flüche aus, bis ihre Worte unter Schmerzen erstarben.
Raphaela schritt hocherhobenen Hauptes zu ihr, sah ihr tief in die Augen, die zu brechen drohten. „Du wirst nicht sterben, denn meine Liebe, die ich dir nun schenke aus tiefem Mitgefühl dessen sicher, dass auch du nur eine Seele bist, die sich verirrte, wird dich am Leben erhalten, bis du bereit bist, zu vergeben und zu vergessen."
„Neiiiiiiiin, ich will deine Liebe nicht", schrie SIE… doch zu spät; Raphaela aktivierte den Kristall in ihrer eigenen Mitte, der ihr innerstes Leuchten zu verstärken verstand. Hüllte sich selbst und ihr Gegenüber in strahlendes Licht kosmischer Energie. Ein Schauer erfüllte ihr Sein, unendliche Liebe erfüllte sie, die sie in die Lichtkugel sandte, die sich zu drehen begann, immer schneller und schneller ihre Farbe veränderte in hellrosa bis hellviolett, glänzend wie das Funkeln der Sterne, um sich dann in dunkelgrüne Farbe zu verändern.
„Laschka el scha cha, laschka el ha"…, wiederholte Raphaela immer und immer wieder, bis die Kugel gen Himmel zischte gleich einer Rakete in einer Silvester Nacht. Die Erde bebte unter ihren Beinen, ihr Pferd stob heran, das andere war wohl fort geritten, wohin auch immer. Sie sprang behände auf, nahm die Zügel in die Hand, spürte einen Schmerz, der sie durchfuhr, bemerkte das viele Blut an ihrem Körper, blickte noch einmal zurück, trieb ihr Pferd an, als die Sonne auch wieder zum Vorschein kam… und…
…sie stöhnte, griff nach ihrem Arm, als sie bemerkte, dass er verbunden war. Ihr Kopf tat weh und jeder ihrer Knochen. Ihre Lippen waren trocken sie versuchte, sie zu benetzen, doch auch ihr Mund war von Trockenheit gequält. Jemand tupfte ihr Feuchtes auf die Lippen. Sie blinzelte…
„Zanuri, du bist es, was war… wie bin ich hierher, ist sie besiegt?" Sie konnte sich kaum an etwas erinnern. Aber sie war doch gar nicht so…
„Doch, du warst verletzt und hast viel Blut und Kraft verloren. Es ist nicht weiter schlimm, wir haben deine Wunden versorgt, du kennst ja unsere Mittel."
Lächelnd bedankte sich Raphaela, stöhnte auf, als sie versuchte, sich aufzusetzen.
„Bleib liegen, ruhe dich aus, du hast es dir verdient."
„Wie habe ich, habe ich meine Grausamk…" Sie stockte aus Angst, etwas zu hören, mit dem sie nicht umgehen konnte.
„Du hast deine inneren Dämonen besiegt, indem du sie frei gelassen hast, dir und ihr vergeben konntest und darüber hinaus deiner Feindin Liebe schenktest. Was SIE daraus macht, ist das Ihre, du hast das Deine getan, damit bist du frei und deine Liebe, die nun leben wirst können."
„Danke, tausend Dank Zanuri, ich danke euch so sehr für eure Hilfe.

Ich habe eure Verbundenheit gespürt und deine Worte gehört, die mich zum Einhalt veranlassten. Ohne dich und all die, die mir halfen, hätte ich wohl nicht bestanden", lächelnd drückte Raphaela, Zanuris Hand, diese strich über Raphaelas Stirne. „Es war uns eine Ehre, Prinzessin und nun schlafe"...
Tief und fest schlief sie wieder ein...

***

Als sie erwachte, schmerzte jedes ihrer Glieder, sie griff sich an den verbundenen Kopf... aber wo? Wo war ihr Verband? Sie setzte sich auf und sah ungläubig um sich. Sie war in ihrem Schlafzimmer und kein Verband war an irgendeiner Stelle ihres Körpers. Alles tat ihr weh, als wäre sie... War sie etwa gar nicht? Doch, musste sie gewesen sein, sie hatte doch Kräuter geholt und... wie lange war das eigentlich her, welcher Tag war heute und ...
Sie fasste sich an die Stirne, spürte ihre trockene Kehle, fasste nach dem Wecker, den sie auf ihrem Nachtkästchen stehen hatte, griff daneben, ließ ihn zu Boden fallen, seufzte und beschloss, aus dem Bett zu steigen.
Sie bückte sich, griff erneut nach dem Wecker und erstarrte... wie kann es vorgestern sein? Sie war doch ... schwer plumpste Raphaela in ihr Bett zurück, ließ sich nach hinten fallen und sagte laut zu sich selbst: „Ich werde mich nie daran gewöhnen, dass ich zwischen den Welten keine Zeit vorfinde."
Ein Lachen war zu hören, silberhell und klar und unendlich fern und doch so nah. „Zanuri"; flüsterte sie... „Danke und auch dir Falke und dir Schamanin... Danke".
Zanuri, wie oft hatte sie in Kindertagen die Zeit in ihren Träumen verbracht?
Es war ihr immer ein Leichtes, in Welten einzusteigen, die für andere unsichtbar waren. Für Raphaela gab es all die Feen und Devas wirklich, sie waren so real wie alles andere in ihrem Leben. Irgendwann tauchte sie nicht mehr in die verwunschen wirkenden Wälder und verlor die Sehnsucht nach Zanuri und den Anderen. Dafür kam Neues hinzu, nach dessen Offenbarung sie trachtete.
Letztendlich war alles gut wie es war, sie wusste nun, sie hatte nichts vergessen, alles war immer hier und immer abrufbar. Es lag einzig an ihr, Welten zu öffnen, in welche auch immer sie eintreten wollte. Hier war sie immer willkommen, gleich wo und wann sie kommen wollte; es gab keine Zeit und keinen Raum, die sie trennte.
Mit diesem erfüllenden Gedanken beschloss sie aufzustehen, sich frisch zu machen und abzuwarten, was das Erlebte im Hier und Jetzt bewirken

würde. Vorerst musste sie sich die Realität des Irdischen wieder ins Gedächtnis rufen.

Was war in letzter Zeit passiert? Ach ja, Nicoals! Nicolas, den sie nach wie vor liebte, der jedoch ihr Leben so unendlich schwer machte. Ihr fiel nach und nach wieder ein, was sie verletzte, woran sie nagte und welchen Schmerz der Enttäuschung sie in sich trug. Sie seufzte, stand endgültig auf, um sich endlich etwas zum Trinken zu holen, begab sich unter die Dusche, zog sich an und beschloss, nach diesem Kampf, neue Wege zu gehen, ihren Gedanken nachhängend.

Sie hatte getan, was sie tun konnte, nun lag es an ihm, zu handeln. Bitter lächelte sie; handeln ja, aber wie wird er es tun? Was er bisher gelebt hatte und ihr bot, brachte ihr mehr Schmerzen als Liebe und Glück... doch wer weiß, vielleicht fiel alles Dunkle nun endlich von ihm ab; jetzt, wo sie alles getan hatte, SIE zu entfernen... sie erschauerte, wenn sie daran dachte. Es war vorbei, sie wollte nicht mehr daran denken, das Alte ruhen lassen, es gehörte der Vergangenheit an. Was SIE daraus machte, war deren Sache. Raphaela und Nicolas hatten damit nichts mehr zu tun. Ein Hoffnungsschimmer erhellte für einen kurzen Augenblick ihre traurigen Gedanken. Ihr Blick schweifte über die weite Landschaft, die sich vor ihr ausbreitete.

Die frische Luft tat ihr gut, sie setzte sich an das nahe Ufer unweit der Stadt und beobachtete den Lauf des Flusses.
Eigenartig, dass sie sich genau die Stelle aussuchte, an welcher der Fluss durch einen kleinen Damm aufgehalten wurde. Ja, so sieht es in mir aus, dachte Raphaela. Ihr Blick wanderte zurück, das Wasser war ruhig, floss sanft bis zu dem Damm, um dann einen kleinen Umweg zu nehmen und letztendlich doch dem Lauf zu folgen. Wie meine Wege auch, dachte sie. Umwege, immer wieder ging sie Umwege.
Da! Ein kleiner Biber war zu sehen, sie musste lächeln. Noch nie zuvor hatte sie einen Biber in der Natur gesehen, wie stark er gegen die kleine Strömung schwamm, einsam wie sie selbst, die sie durch die Strömungen des Lebens schwamm.
„Oh, er taucht unter“, dachte sie leicht enttäuscht aber neugierig, wo er wieder zum Vorschein kommen würde. So sehr sie nach ihm Ausschau hielt, er war nicht mehr zu sehen. Vielleicht sollte sie das auch tun, einfach untertauchen. Ein einsamer, kleiner Biber, wie sehr sie ihn fühlen konnte; emsig, immer am Arbeiten, spielerisch für andere und doch so schwer für ihn selbst.
Wie schmutzig das Wasser ist, nahm sie wahr.

„Kleiner Biber, was tust du hier, warum suchst du dir nicht sauberes Gewässer?“, flüsterte Raphaela vor sich hin.
Was machte er in diesem Schmutz, was machte sie selbst immer im Schmutz der Emotionen anderer Menschen?
Sie fühlte sich wie der kleine Biber, immer emsig und fleißig am Kämpfen, um das zu tun, wofür sie sich berufen fühlte, um am Schmutz und der Gleichgültigkeit der Anderen, die sich nicht bemühen wollten, zu scheitern.
Sie, Raphaela, war wie der kleine Biber - eifrig bemüht, alles zu ordnen und scheiterte letztendlich doch an dem Dreck, der immer wieder nachkam.
Wie lange würde der kleine Biber hier arbeiten und sich abmühen, bevor er aufgab und weiter zog, verdrängt wurde, immer weiter, bis er nicht mehr zu finden war?
Ihr Herz schmerzte. Wie dumm waren die Menschen, alles zu zerstören, was Mutter Natur ihnen schenkte. Wie dumm waren sie, das Geschenk nicht zu erkennen und zu schützen. Keines der Geschenke, die man Menschen entgegenbrachte, wurde geschätzt - oder nur sehr selten. Sie wollten alles haben aber sie wollten nichts dafür tun. Sie waren so überheblich dumm.
Genau wie diejenigen, die nicht erkannten, dass Gefühle und Liebe ein Geschenk waren, das sie nicht anzunehmen wussten, durch Gedankenlosigkeit, Gleichgültigkeit. Sie richtete ihr Gesicht Richtung Sonne und dachte an die letzten Tage und Wochen.
Sie wollten neu beginnen, Nicolas und sie; es war eigentlich sehr schön, bis es wieder von vorne losging.
Ihre Gedanken wanderten zurück in die Jahre, die sie miteinander verbrachten.
Nicolas kam zuvor immer, wann es seine Zeit erlaubte, arbeitete an verschiedenen Ecken, kam, wenn es ihm danach war. Und sie wartete so oft auf ihn.
Anfangs kam er pünktlich, nahm sich Zeit, genoss es, mit ihr zusammen zu sein. Sie hoffte inständig, dass er es nun verstanden hatte.
Doch kaum war es wieder harmonisch zwischen ihnen, begann das Spiel erneut. Er ließ sie warten, versetzte sie ein ums andere Mal, kam spät und ging früh. Mit dem Unterschied, dass er sich um liebevollere Worte bemühte, doch er konnte Raphaela nicht täuschen. Es waren Worte - nicht mehr. In ihr kroch unaufhaltsam Enttäuschung hoch, Wut, Traurigkeit und ein grenzenloses Gefühl, nur bequem für ihn zu sein. Er hatte über drei Jahre Zeit gehabt, mit ihr etwas aufzubauen, doch immer wieder verschob er es. Dass er nicht zu ihr zog, um ihr den Wunsch zu erfüllen, sich ihm verbundener zu fühlen, das konnte sie nicht verstehen. Es war doch

nur ein Zeichen, dass er zu ihr stand. Was wäre schon dabei gewesen, in einem Bett zu schlafen, sich gemeinsam um die Ziele zu bemühen? Alles, was er immer wieder sagte, war ein hartes Nein – nein, ich will nicht. Und langsam konnte sie es sich nicht mehr schön schreiben, dass er Zeit brauchte. Er hatte davon mehr als genug von ihr bekommen.
Was er tat, war nichts weiter, als sich eine Türe offen zu halten, ihre Liebe auszunutzen und zu hoffen, dass sich irgendwann alles von selbst ergab. Raphaela war kein Mensch, der lange wartete. Sie nahm ihr Leben immer in die Hand, wusste, was sie wollte und handelte danach. Nicht so er, er wartete ab....

Sie hatte sich sogar so weit erniedrigt, ihm einen Heiratsantrag zu machen. Es ging ihr nicht um eine Heirat, das war nur Papier und ein Ring, aber um ein Zeichen, ein Wort, eine Zusage von ihm zu hören, dass er sie liebte, dass er mit ihr zusammen eine Zukunft aufbauen wollte. Er sagte nur immer wieder, man weiß nicht was kommt, oder?
Nein, man wusste es nicht - ER wusste es nicht.
Und sie selbst hatte nicht damit gerechnet, vor der schwersten Prüfung zu stehen, ihm erneut die schlimmste Verletzung zu verzeihen, die es für sie gab - eine andere Frau. Denn im Grunde hatte Raphaela ihr Leben und eine Familienplanung abgeschlossen, er hingegen wollte sie irgendwann; damit war klar, es sollten die schönen Stunden genutzt werden, so lange sie dauerten.

Ja, normalerweise würde sie das vielleicht auch so sehen, aber sie war müde und wollte ein Zuhause, jemanden, der gerne auf sie wartete und nicht immer nur umgekehrt. Sie wollte das Gefühl haben, angekommen zu sein. Ihre Ruhe zu finden, das Leben gemeinsam zu genießen. Für ihn waren ihre Wünsche immer Druck, immer Einengung. Er wollte sein Leben leben, ohne Einschränkung, die ihr ohnehin fern lag. Aber er wollte Raphaela auch nicht aus seinem Leben haben, er brauchte ihre Zärtlichkeit, ihre Erotik, ihr Verständnis, ihre Freundschaft, ihre Wärme, ihre Ruhe und Nähe; er brauchte all das, was er nie hatte, aber nur haben wollte, wenn IHM danach war. An ihre Bedürfnisse dachte er nicht. Er war nicht bereit, ihr zu geben was sie ihm gab. Sie wollte doch nur vor allen anderen endlich sagen können, ich bin seine Frau - nicht seine Affäre.
Sie war eine Affäre, nichts weiter, ein Mittel zum Zweck; wie für alle Männer, seitdem sie Kind war. Sie wurde gebraucht, ihr Körper wurde gebraucht, ihre Seele und ihre Energie angezapft.
Aber sie selbst, sie als Frau und als Mensch wurde missachtet. Noch einmal driftete sie nun in vergangenen Schmerz, um ihn loslassen zu können.

Er hatte sich einst von ihrer hellen Energie angezogen gefühlt, genau so wie jetzt zu dieser fremden Frau. Doch ihre, Raphaelas helle Energie, wurde verschmutzt und sie hatte es zugelassen; fiel in Emotionen, die sie längst dachte, im Griff zu haben, sie kontrollieren zu können und musste erschüttert feststellen, dass sie es nicht konnte, sonst wäre das alles nicht passiert. Sonst wären Ängste und die Wirkung nicht in diesem Ausmaß in ihr Leben getreten.

Genauso wie damals in Atlantis... sie alle sahen nur die reine Energie, die durch sie floss und sie nahmen, was sie bekommen konnten, ungehindert dessen, welche Schmerzen sie dabei empfand, verschmutzen ihre Seele, peinigten ihr Herz. Warum Vater, kann ich nicht einfach fort gehen, warum lässt du mich solche Entscheidungen immer alleine tragen?

Warum fühle ich meine Liebe immer nur ausgenutzt?
Doch Halt.... sie fühlte. Gefühle aber waren Emotionen, diese wiederum entstanden durch Denken... Sie seufzte. „Ich muss mehr darauf achten was ich denke", schalt sie sich, sinnierte jedoch weiter.
Sie stand auf und ging den Damm entlang. Kein Mensch war hier zu sehen weit und breit, wofür sie dankbar war.
Mit festen Schritten ging sie weiter, ihre Muskeln entspannten sich und ein Bild tauchte auf. Sie sah sich im Rollstuhl und dachte... mein Gott ich habe über zwei Jahre wie in einem Rollstuhl verbracht und gewartet, dass mich wer anschiebt; ich habe mich einfach faul ausgeruht! Ich hatte gesunde Beine und bin einer Illusion auf den Leim gegangen.
Ich konnte laufen und hab es verkümmern lassen. Ich selbst bin Schuld, ich habe mich in einen Rollstuhl gesetzt, um an einem Platz zu verharren, der nicht meiner war.
Ich habe gewartet, dass etwas passiert, was mir hilft - aber ich habe vergessen, selbst zu handeln; nein, so kann man das nicht sagen, ich habe gehandelt, aber nicht immer richtig. Ich hab auf ihn gewartet, auf den Mann den ich über alles liebe...
„Und er kam nicht wird nie kommen, er wird nie kommen", weinte sie still vor sich hin, während sie diese Worte vor sich hin murmelte. „Nein Stopp, ich falle schon wieder hinein, verdammt! Reiß dich zusammen", sagte sie laut zu sich selbst. „Ich bin wohl übersensibel, dieser Kampf hat mich mehr gekostet, als ich wahrhaben will. Ich sollte mich zusammen reißen; alles, was ich eben denke, ist eingefärbt in Negativität, nur weil ich ausgelaugt bin. Ich bin ungerecht", schalt sie sich selbst.
Immer fester wurden ihre Schritte, spürte sie ihre Beinmuskulatur, ihr Atem sog die frische Luft ein, die Sonne wärmte ihr Gesicht.

Nein! Ich werde nie wieder in einem Rollstuhl sitzen, ich kann gehen. Herrgott danke, ich kann gehen, jederzeit kann ich neue Wege gehen. Sie spürte, wie neue Kraft langsam, sehr langsam, aber doch deutlich, in ihr zum Vorschein kam. Nein, sie würde nichts zu ihm sagen, sie hatten so oft geredet, so viel ausgesprochen, und es hat sich nicht viel geändert, wie auch? Er war eine Geisel seiner selbst und der Macht dieser Frau... Schuss damit, sie hatte keine Macht mehr, seit Raphaela sie besiegt hatte. Doch die Gedanken kamen von weit her, versuchten, sie einzuholen.
Sie hatte so oft an sich gezweifelt, sich immer wieder gescholten, nicht tolerant genug gewesen zu sein, mehr Verständnis aufbringen zu müssen, geduldiger zu sein.
Und er? Er bewegte sich zentimeterweise, immer nur so viel, dass sie Hoffnung schöpfte. Doch nie so weit genug, um wirklich Hand in Hand mit ihr zu gehen.
Nein, sie würde nichts sagen, aber sie würde still und heimlich ihre Zelte abbrechen, wenn sich nach diesem Kampf nichts ändern würde. Aber sie wollte daran glauben, leise und still hegte sie die Hoffnung.

Ihr wurde klar das ihre Gedanken unendlich mehr Macht hatten als sie je ahnen konnte geschweige den glauben. Nun wurde sie eines besseren belehrt, grausam hat das Universum ihren Hochmut Grenzen gesetzt, Macht ...wie schnell hatte sie sich in deren Stricke verfangen. Sie wollte Liebe und hatte manipuliert ohne es zu wollen.
Sie wollte nur Liebe geben und geschenkt bekommen ohne Erwartungen und hatte doch zu viel erwartet von ihm, der noch nicht bereit war. Jetzt konnte sie nur beten und hoffen und sich auf die Liebe konzentrieren die, sie immer noch und stärker den je für ihn empfand. Sie hatte ihn angetrieben und sind beide daran gestolpert.
Vergib mir mein Geliebter, vergib mir weil ich dich liebe.

Alles was sie nun tun konnte war auf ihr Herz zu hören und ihm die Freiheit zu geben die er brauchte, die Zeit um selbst zu verstehen was all dies zu bedeuten hatte. Sie kämpfte damit sich nicht mehr bei ihm zu melden und wusste doch das sie es nicht konnte. Genau so wenig wie er.
Sie waren verbunden mit einem Band das nicht zu reißen war, nur ihre Ängste die sich nicht ganz auslöschen konnten setzten immer wieder Gedanken frei die ihr sagten er könnte sich gegen sie entscheiden und doch hoffte sie ihr Herz hatte Recht, das er wieder kommen würde, geheilt und Sicher in seinem Herzen und seinem Sehnen nach ihrer Wärme und Ruhe und ihrer Liebe, die sie Bedingungslos an ihn verschenken wollte und auch im Gegenzug genauso für sich von ihm, erhoffte.

Erschreckend klar wurde sie sich ihrer Tatsächlichen Aufgabe bewusst!

Sie hatte die Macht, Dinge ins Leben zu rufen. Situationen genauso wie materielles, sie erinnerte sich plötzlich, das sie sich immer wünschte dies zu können so wie weise Meister die nur selten in die Öffentlichkeit traten. Meister die aus dem nichts Reichtümer entstehen lassen konnten. Nun sie hatte die Gabe, sie spürte sie näher den je in sich, doch am wichtigsten war ihr im Moment die Liebe und sich wieder in Nicolas Arme kuscheln zu können.
Sie konnte nichts mehr tun als ab zu warten, was der göttliche Plan vorgesehen hatte.
Mutig schritt sie voran, nicht ohne Wehmut in ihrem Herzen.

Sie würde nun ihre Zeit dem Manuskript widmen, ein Buch entstehen lassen, ein weiteres würde folgen, Sie würde über alle ihre Erkenntnisse schreiben und um ihre Liebe, ihren Glauben daran.
Und sie würde schreiben dass im Grunde diese Liebe immer währt, egal zu welcher Zeit. Und sie würde sich eine neue Wohngelegenheit suchen, da wo sie sich zu Hause fühlte, inmitten der Natur, wo die Rehe sich Gute Nacht sagten, wo ein See war an dem sie auftanken konnte, ja das würde sie tun. Oder vielleicht auch eine Wohnung vorerst war es ihr gleich, wo sie hin sollte würde es da sein zur Rechten zeit. Sie hatte keine Angst um ihre Existenz sie hatte es Zeit ihres Lebens immer geschafft, Dank ihrer himmlischen Helfer sie würde es auch jetzt schaffen dessen war sie sicher, wie auch immer es kommen mochte.
Ein Lächeln huschte über Raphaelas Gesicht, sie dankte dem Himmel dass ihre Kräfte zurückkamen. Wenn auch gleich der Traum mit Rehen und Seeblick eher ein Strohhalm war den ernst genug gewünscht, aber wer weiß vielleicht irgendwann einmal.
Es war nicht wichtig, sie wollte nur ihn und seine Liebe sofern er sich freiwillig dazu entschloss, und dann möchte sie nie wieder dieses Thema ansprechen, würde es Ruhen lassen genauso wie ihre Eifersucht. Sie würde alles daran setzten nur mehr glücklichen und schönen GEDANKEN Nahrung zu geben.

Und sogleich schwenkten ihre Gedanken wieder in andere Höhen.

Was war das nur immer, wie konnte es ihr zuvor immer wieder passieren, dass sie in ein emotionales Loch fiel?
Die Liebe, die sie erfüllte, war nicht von dieser Welt und sie, Raphaela, hatte die Gabe, lieben zu können; egal, wie die Situation war, sie liebte, weil es aus ihrem Innersten kam. Wie konnte es sein, dass sie Liebe und

Glück immer wieder auf einen Mann projizierte. Wie konnte es sein, dass sie der Illusion erlag, ein einziger Mensch könnte ihr dieses unglaubliche Gefühl unendlicher Liebe schenken, die der Kosmos doch tagtäglich in jeder Sekunde für sie bereithielt?!
Wie und warum fiel sie immer wieder in dieses Muster, das ihr doch zutiefst zuwider war.
„Willkommen, ich bin wieder im irdischen Leben“, dachte sie voller Galgenhumor, der ihr so oft über brenzlige Situationen und Muster half.

Sie dachte an ihre Mutter, deren Sichtweisen Raphaela so oft zutiefst zuwider waren und die doch in ihr selbst manchmal hochkamen und gegen die sie sich wehrte.

Die ein ähnliches Verhalten gezeigt hatte, von Selbstmitleid durchzogen; nein, so wollte sie nicht sein, niemals werden. Wie oft dachte Raphaela, dass sie für Nicolas manchmal ebenso den Anschein gab, nicht arbeiten zu wollen, weil sie lieber frei und zu Hause werken wollte. Wie oft hatte sie nicht zu sich selbst gestanden aus Angst, so zu sein wie ihre Mutter war? Und selbst er hatte Angst zu werden wie seine Mutter.
Wie viel hatten ihre beider Mütter ihnen an Negativität mit gegeben, vor deren Teile sie in sich selbst sich fürchteten und dagegen ankämpften.
Die Mutter, die nur mit Raphaela schwanger wurde, weil sie nach eigenen Aussagen mit sechzehn nicht mehr gewillt war, sich von ihrer Chefin herum kommandieren zu lassen. Die nur von zu Hause weg wollte, nachdem deren Vater verstarb, der die verwöhnte Prinzessin ständig vor seiner Frau schützte, die weitaus strenger zu ihrer Tochter war. Sie wurde nur schwanger, weil sie einen Mann wollte, der für sie Geld verdiente, oder wenigstens ihr die Freiheit gab, die sie zu Hause zwangsläufig nicht hatte. Ihre Großmutter war kränklich, also musste ihre Tochter, Raphaelas Mutter, ihr helfen. Mit einem Kind und verheiratet konnte sie jedoch flüchten.
Raphaela war Mittel zum Zweck, denn wie konnte es sein, dass sie die Kindheit bis zum Schulbeginn bei Ihrer Großmutter verbrachte anstatt zu Hause bei ihren Eltern. Weil ihre Mutter überfordert war und ihre Schwester, ein Wunschkind, Zeit beanspruchte. Ihre Schwester, von der sie seit Jahren nichts mehr hörte, die sich von Raphaela lossagte, weil diese ihren Weg ging und nicht ausgetretenen Pfaden folgte. Ihre Schwester, die ihre beste Freundin war und plötzlich ihre Feindin wurde, dank ihrer Mutter, die sie gegeneinander aufhetzte.
Bis heute hatte ihre Schwester nicht zu ihr gefunden. Raphaela akzeptierte es; sie spürte, dass die Eifersucht und das Unverständnis sie immer noch trennten.

Sie konnte nichts dagegen tun, ihre Schwester hatte ihren Weg gewählt, genau wie sie selbst auch. Und doch hatte diese keinen Grund, eifersüchtig zu sein. Sie war immer die Kleine, die Schutz- und Hilfsbedürftige, wohingegen Raphaela keiner fragte, wie sie durchkam oder wie es ihr erging. Für alle war Raphaela immer nur die Starke, die keinen brauchte; nein, wie auch, es war ja nie jemand da, sie musste funktionieren - immer, seit sie denken konnte. Und genau diesen Fehler hatte sie bei Nicolas gemacht. Sie funktionierte, anstatt auf ihre eigene Stimme zu hören.
Nun sie funktionierte wieder, für sich selbst; ihr Geist bekam die alte Frische wieder; ihr innerer Motor spuckte noch den Schmutz aus, aber sie war bereit – bereit, neue Wege zu gehen - mit oder ohne Nicolas. Er hatte genug Chancen und würde noch eine bekommen, wenn er sie wollte, wenn er sie von Herzen wollte; aber jetzt war es ihr Weg, ihrer ganz alleine und sie würde ihn bestehen - ganz wie der kleine Biber, der im schmutzigen Wasser seine Arbeit macht, ganz so, wie es ihm bestimmt war, gleich wo er war. Er tat das, was er konnte, nahm seine Aufgabe an und genau das hatte auch sie vor.
In ihr krochen ein Hauch Zorn und Grausamkeit hervor, so dass sie erschrak, nahm aber dieses Gefühl dankbar an. Sie wusste, dass sie es brauchte, um der Kraft der Anderen zu trotzen. In diesem Kampf konnte sie nur mit Licht und Liebe nicht bestehen, dafür war anschließend Zeit genug, um die Wunden zu heilen und SIE gehen zu lassen.

SIE, die Frau, die sie selbst war unter all den Visionen, in immer währenden anderen Gestalten und Gesichtern. In jeder der Visionen, die in Nicolas und bei ihr selbst auftauchten, war jede Frau sie selbst in verschiedenen Masken.
Die Indianerin – wild, frei und schnell wie eine Raubkatze in ihren Gedankenzügen; die Zigeunerin - sinnlich und betrügerisch, aber auch freiheitsliebend; die junge Frau, die sich umdreht und Stufen hinaufgeht, ohne Nicolas - erfolgreich und selbstbewusst; die alte Frau in dem dunklen Umhang - verdeckt und weise, wissend und geheimnisvoll; Titrina - voller Angst und Dienerin; die Königin - herrschsüchtig und grausam; die neue Frau mit den dunklen langen Haaren - Versuchung und voll Eifersucht, doch fähig Beziehung zu vertiefen; die Schamanin - das alte Wissen in sich selbst gefunden.

Sie musste all dies durch machen, all dies erkennen - um zu verstehen, warum so viele spirituelle Menschen so sehr in der irdischen Realität mit ihren hohen Anforderungen scheiterten. Spirituelle Menschen versuchten, ständig nur gut zu sein, nur harmonisch, kein böses oder enttäuschtes Wort auszusprechen. Sie kämpften ständig mehr oder weniger erfolgreich

gegen das eigene innere Dunkel an, indem sie sich vermehrt um die Belange anderer kümmerten. Und noch mehr für alles und jedes eine Erklärung suchten und damit unbewusst kontrollierten. Wie sagte die Schamanin einst? Macht ist Kontrolle und umgekehrt! Wie wahr dies wurde - für sie selbst.
All diejenigen, deren Aura so anziehend ist, leben meist nur mit dem Wunsch hell zu sein, was auch lange gelingt; bis die irdischen Aufgaben sie beginnen zu verdunkeln. Es ist ein harter Weg zu erkennen, es gibt und darf nicht nur Helles geben.
So wie es Tag und Nacht, Himmel und Erde, Sonne und Regen gibt, muss es nach heißen Tagen immer wieder ein Gewitter, ein Donnern und Blitzen geben, damit die Luft wieder klar und rein wird.

Ihr wurde plötzlich klar, warum sie manche Kollegen als Heuchler empfand und ihnen keine Sympathie entgegen bringen konnte. Menschen, die ständig danach trachteten, Friede und Harmonie zu verbreiten, fast starr lächelnd, bemüht, eine Haltung zu repräsentieren, die ein in sich Ruhen zum äußeren Schein deutlich machen sollte, verursachten in Raphaela meist Abwehr.
Sie fragte sich oft, wenn sie sich mit manchen Kollegen unterhielt, warum in ihr eine Menge Wut hochkam, weshalb sie nicht fähig war, ebenso stoisch ruhig zu verharren? Was sie innerlich, ehrlich gestanden, als langweilig, lahm und antriebslos bezeichnen würde, aber aus Respekt vor der Andersartigkeit zu akzeptieren trachtete. Sie hatte auch noch nie jemanden getroffen, der tatsächlich so ruhig war, wie er versuchte, auszustrahlen, was er als weise und gereift bezeichnen wollte. Ihr selbst gelang das selten und auch nur dann, wenn sie hart daran arbeitete.
Sie hasste die verklärten Blicke gen Himmel und die immer gleichlautende Antwort: „Du musst loslassen, das Universum sorgt schon für dich.“
Bei solchen Worten schoss in Raphaela jedes Mal eine ungeheure Portion Zorn hoch, die sie nur mühsam unterdrücken konnte, um sogleich mit ihrem schlechten Gewissen zu kämpfen... was war los mit ihr, fragte sie sich dann jedes Mal verschämt?

Sie sollte es doch wissen, dass man andere sein lässt wie sie sind, warum hatte sie einen solchen Hass in sich?
Diese ewige Heuchelei von innerer Ruhe, alles gleichgültig zu sehen, gelang einem nur, wenn man sich von dem Alltag abschottete, oder aber wenigstens die täglichen stundenlangen Übungen absolvierte, um den Lärmpegel und dergleichen Störungen nicht in sich aufzunehmen. Wenn man keine Existenzsorgen hatte, weil man am Boden schlief und mit einem Leintuch umhüllt herumwanderte oder der andere Teil, der einen

Partner hatte, der die Notwendigkeiten bezahlte, sodass man selbst leicht sagen konnte, es wird für dich gesorgt, sieh mich an auch ich habe alles... dann konnte man leicht so reden.
Und doch war auch Raphaela einst genauso, reagierte genauso, nur dass sie bald darauf kam, sich selbst etwas vorzumachen. Es war leichter zu sagen, man braucht keinen Luxus und sich damit abzufinden, als daran zu verzweifeln. Ja, man brauchte ihn ja tatsächlich nicht, allerdings musste sie persönlich sich bald eingestehen, dass sie gegen Luxus absolut nichts hatte. Sie wankte zwischen Toleranz und Ungeduld sowie Selbstzweifeln, die hart an ihr nagten. In diesen Momenten fiel es ihr besonders schwer, gerecht zu bleiben oder gar nicht erst zu urteilen.
Kurz und gut, sie war ein Mensch und deshalb fiel sie immer wieder in ein altes Muster. Sie wollte nicht be- und verurteilen und sie wollte nicht nur die spirituelle Seite leben. Sie wollte alles, was das Leben ausmachte. Nur mit dem aller Notwendigsten zu leben, das hielt sie auf Dauer nicht aus. Das war nicht das, was Raphaela anstrebte, weder dies noch das andere. Sie wollte einfach Himmel und Erde verbunden wissen, dies erklären aber deshalb nicht den Boden unter den Füßen verlieren und nur noch in himmlischen Sphären schweben, dazu war Mutter Erde zu interessant und schön. Der Himmel konnte warten.
Jedem Hilfesuchenden zu erklären, du musst loslassen, war für Raphaela nicht ganz richtig. Vieles ja, aber nicht alles.
Die Menschen waren noch lange nicht soweit alles und jeden los zu lassen, es bedurfte eines langen Umkehrprozess an Mustern, die jeder seit Generationen anerzogen bekam. Nun war Raphaela klar, warum Klienten nicht blieben, denn sie gaukelte nicht vor, das Universum würde es schon richten, wir müssten nur loslassen und abwarten, dabei jegliche Verantwortung abgeben.
Ja, es stimmte schon, das Universum sorgte. Aber es funktionierte nur, wenn man sein Hinterteil bewegte und Schritte setzte; wenn man aufmerksam war, der inneren Stimme zuhörte und Zufällen gegenüber offen war - aber ganz sicher nicht, wenn man nur da saß und süßlich lächelnd erwartete, es fiele alles vom Himmel.
Sie wollte, wie alle anderen auch, alles leicht erreichen und musste immer wieder feststellen, dass dies nur bedingt funktionierte. Solange man mit Rechnungen überhäuft wurde, war es ein Ding der Unmöglichkeit, still abzuwarten, bis sich alles von alleine löst, geschweige denn man so naiv war, einen Lottogewinn zu erwarten. Denn dieser kam bestimmt nicht, wenn man Geld dringend brauchte... die guten Dinge kommen meist, wenn man sie nicht braucht. Denn dann war kein Zwang dahinter, kein Hoffen aus Bangen. Dieses zog nämlich lediglich genau das an, was man nicht wollte.... NICHTS haben, nichts bekommen, leer ausgehen und

zweifeln. Ein schönes Hamsterrad, das selbst spirituelle Leute so gerne übersahen, wenn auch ständig davon sprachen.
Bevor sie dann zugaben, die Welt nicht mehr zu verstehen, denn immerhin lebten sie doch nach den Gesetzen der mentalen Anziehung, redeten sie sich und anderen doch ein, sie benötigten keinen Luxus.
Raphaela würde alles verwetten, dass diese Einstellung sich ändern würde, sobald auch nur einer Geld im Überfluss in Händen hielte. So aber, sprachen alle von Atlantis - da waren die Menschen so zufrieden und ließen alles sein wie es ist und sie waren harmonisch, keiner benötigte Geld und Reichtum; ja, kann sein, sicher sogar, aber wohin hat es geführt?
Wie könnten wir JETZT so leben wie Atlantaer, wenn keiner begriffen hatte, warum es soweit kam, dass diese Harmonie seit dem Untergang nie wieder zur Gänze hergestellt werden konnte? Und wenn, dann höchstens in östlichen Ländern und das in Klöstern.
Wie sollte man diese Kräfte in sich aktivieren, wenn man sein Innenleben nicht ansehen wollte? Wie sollte man extrem positiv wirken und strahlen, wenn man das Dunkle in sich verleugnete? Wie sollte man überhaupt ein so hohes Ziel der göttlichen Macht erreichen, wenn man sich selbst verleugnete mit allem was einem ausmachte?

DAS war auch das Problem der Atlantaer, Lemuren etc... sie alle haben es eine lange Zeitspanne geschafft, nur positiv zu sein, diese Energie hat enorm viel bewirkt; jedoch ist es wie mit einem Sonnenstrahl, der ewig an eine Stelle scheint, es wird überhitzt. Zumindest konnte sie sich das nur so erklären.
Und genau das taten auch jetzt viele Menschen, die in diesem Bereich arbeiteten - nur gut sein, nur harmonisch sein - man könnte es auch konfliktscheu nennen; nie etwas wütend aussprechen, immer nur Blockaden aufspüren und alles dem bösen Außen ankreiden. Das konnte Raphaela einfach nicht, sie war zu bodenständig. Trotzdem sie dem Universum und seinen Kräften verbunden war, konnte und wollte sie nicht sagen, es liegt am Außen. Es war für sie immer auch ein innerer Anteil, den jeder in sich trug, für sie war das nicht trennend.
Sie hatte genau aus diesem Grund auch nicht das Bedürfnis, jemandem eine Illusion vorzugaukeln; sie sprach, wie es ihr in den Sinn kam, sie lachte viel und sie war rundum chaotisch und quirlig, eben sie selbst. Sie wollte menschlich bleiben und kein wandelnder Pyjama, der sich von Körnerkeksen ernährte und Hülsenfrüchte in sich hineinstopfte, bis sie aufgingen wie ein Hefeteig.
Sie lebte und das gerne mit allen Genüssen wenn möglich. Sie hasste das Theater, sobald man irgendetwas in esoterischer Linie tat; sie hasste es, etwas vorzuspielen, was sie nicht war. Um zu entspannen, brauchte sie

weder eine Wasserpfeife noch Weihrauch - wobei mitunter genoss sie die Gerüche sehr wohl - aber eben um des Genusses wegen, nicht um der angeblichen Notwendigkeit; sie benutze diese Dinge lediglich, um sich selbst besser konzentrieren zu können, sich wohl zu fühlen, wenn man von dem kurzen hysterischen Anfall des unlängst Erlebten absah, wo sie mit Seelen in ihrer Wohnung zu tun hatte.
Ja, sie war Mensch und konnte durchaus ebenfalls aus Angst daran glauben, Hilfsmittel benutzen zu müssen. Aber brauchen? Nein, das war es nicht. Für andere war sie dadurch weit entfernt von wissend und weise.... Traurig, dass Menschen nach äußeren Dingen beurteilten.
Das wurde ihr immer klarer, womit sie auch die Antwort hatte, warum Menschen, die Hilfe suchten, nicht blieben. Sie erfüllte die Erwartung anderer nicht... genau das, wofür sie Jahre brauchte - sich zu lösen, nämlich keine Erwartungen erfüllen zu müssen - war nun der Stolperstein, weshalb man sie ihre Fähigkeiten nicht ernst zu nehmen schien.
Aber wenn sie es recht betrachtete, dann hatte sie nach wie vor keine Lust, sich selbst zu verleugnen. Sie würde niemals etwas spielen, nur damit andere etwas glauben können, das im Äußeren sichtbar wäre...; sie würde niemals im Schneidersitz mit wallender Kleidung sitzen, um anderen das Gefühl zu geben, sie wäre weise und klug. Dann sollten sie zu denen gehen, die Illusionen hervorzurufen Meister waren. Sie würde immer erscheinen, nach dem ihr gerade war und sei es in Jeans und T-Shirt.
Darüber würde sie ebenfalls schreiben; jawohl, sie würde all das, was sie zu sagen hatte aufschreiben, denn sie wusste, dass genau diejenigen die Bücher finden würden, die dazu reif waren... alle anderen sollten ihretwegen weiter zu Gurus laufen - und mit Glück fanden sie dazwischen tatsächlich sogar zufällig einige Juwele.

Eigenartig, dachte sie sarkastisch, warum gerade so genannte Heiler oft krank und ausgelaugt lahmten, und nicht darauf kamen, warum dem so war. Raphaela hörte dann von diesen Menschen immer nur... man muss sich schützen vor der negativen Energie der anderen.
So ein Schwachsinn, das hatte sie zu Anfang ihrer „Lehre“ schon immer gedacht. Und nun dachte sie „so ein Schwachsinn“, es sind unsere eigenen Gedanken und keine Fremdenergien, die uns all dies vorgaukeln!
Wenn man sich schützen musste, musste man jede Menge Angst haben. Denn ohne Angst - vor was auch immer - kommt man nicht auf die Idee, Schutz zu benötigen. Das wäre genauso, als würde man sich eine Eskorte Polizisten vor die Türe stellen, denn man müsste sich schließlich schützen, konnte ja gut sein, dass jemand ins Haus eindringt, um einem die Butter vom Brot zu stehlen. Himmel, was waren sie alle ängstlich - oder

geschäftstüchtig. Was brachte mehr ein, als die Angst anderer zu nützen. Das Schlimme für Raphaela war, dass sie selbst einst diese Gedanken hatte und auch lebte, es war gar nicht so lange her. Sie wusste nach Erfahrung sehr wohl, es gab auch dunkle Energien, aber es kam nicht von außen, das hatte sie erkannt...; es kam immer aus seinem eigenen Inneren. Erfahrungen, Erlebnisse, ja selbst aus vielen vergangenen Leben gemachte negative Erfahrungen schleppten sich wie eine Krankheit so manches Mal in unsere Seele. Klar, dann kamen diese Dämonen hoch und für viele hatte auch Raphaela einfach keine Erklärung; und trotzdem war sie fest überzeugt, es waren immer die eigenen Schatten, die man sehen konnte, die eigenen Ängste, die eigenen Boshaftigkeiten, die man nicht ausleben wollte oder konnte.
Es gab keine Dämonen, die einen nach dem Leben trachteten. Für sie gab es nur das, woran man glaubte; nun, das musste jeder für sich selbst entscheiden und als gegeben empfinden. Sie wollte niemand das Recht absprechen, seine Sichtweise als richtig zu sehen. Für jeden einzelnen war richtig, was er empfand - aber es gab und würde niemals die einzige Wahrheit gelten. Es gab sie nicht. Alles war so vielfältig wie die Natur, das Leben das Universum... Es gab keine einzige falsche und keine einzige richtige Wahrheit.
ES IST WIE ES IST und wie man es sehen will... und genau das ziehen wir in unser Leben!

Ihr eigenes Erlebnis mit dem aufbrechenden Boden war hiermit für sie selbst von alleine erklärt. In ihr schlummerten Leichen, wenn man es so nennen wollte. Sonst hätte sie dieses Erlebnis nicht gehabt und doch musste sie sich eingestehen... da war trotzdem noch mehr, für das sie selbst mit einer klaren vorstandesorientierten Meinung, nicht auf einen grünen Zweig kam... Seufzend schüttelte sie den Kopf. Es gab und gibt immer etwas, das wir wohl nie wirklich zufrieden stellend erklären können.

Das Einzige, das man ihrer Meinung also tun musste, war sich Auszeiten zu nehmen, Grenzen zu setzen und auch einmal nein sagen zu können; sich selbst besinnen, inwieweit man überhaupt zu gehen fähig war - und es auch wollte.
Mit negativen Energien anhand einer Wolke hatte das kaum zu tun. Ja, man konnte eine dunkle Aura an anderen wahrnehmen, aber dann reichte es, Abstand zu wahren und nicht unbedingt mit diesen Menschen zu arbeiten, wenn man sich unangenehm berührt fühlte.
Denn als negativ empfand man nur etwas, vor dem man selbst Angst hatte oder sich nicht näher befassen wollte. Was die jeweiligen „Heiler“ krank machte wie jeden anderen Sterblichen auch, wenn man nicht auf

seine Seele hört, war nichts weiter, als sich selbst verleugnen indem man jeden noch so kleinen dunklen Teil in sich abtöten und verstecken will. Auch das musste sie nach den jüngsten Erfahrungen mit Nicolas nun hart einsehen. Man kann sich nicht vor seinen eigenen Ängsten verstecken. Das funktioniert nicht, denn es IST so, WIR SIND SO. Wir sind Menschen, die Atlantaer waren Menschen und die Lemuren und die Mayas; wir dürfen und können auf Dauer nicht alles niederkämpfen, was immer wieder in uns hoch kommt. Es ist wie die Nacht, die den Tag ablöst... Kann den einer sagen er will immer nur Tageslicht haben? Immer nur Sonne? Immer nur Hitze?
Das funktioniert nicht, niemals und fördert erst recht die angeblich dunkle Macht in uns, die nichts anderes ist als der Gegenpol, der für das Gleichgewicht der Kräfte sorgen soll.
Nun, wenn man diesen Zorn, den alle mal empfinden, den Anflug von Neid, der in uns allen inne wohnt, die Enttäuschungen etc, ständig versucht zu bekämpfen, zu unterdrücken, auszulöschen, zu verstecken... dann ist
unschwer zu verstehen, warum der Blutdruck bald hochschießt, die Haut vermehr unrein wird, man zu- und abnimmt, der Körper mit Krankheitserregern kämpft, weil ja irgendwo die aufgestaute, in dem Fall angebliche, weil nun tatsächlich negativ werdende Energie, auch wieder heraus muss. Aber vor allem, weshalb man sich in einen Wirrwarr an Gedanken verstrickt und jeglichen klaren Gedanken verliert.

In Raphaela sprudelten die Erkenntnisse nur so, sie hatte Mühe, ihre Gedanken zu ordnen. Wenn die Tage immer nur heiß und schön wären, würden wir nie die kühle Luft genießen können, die unseren Lungen gut tut. Wenn es immer nur Liebe und Harmonie gäbe, spazierten wir nur wie in Watte verpackt durch die Welt. Wenn wir nie aufgestaute Energie verabschieden würden, nachdem wir sie entlassen hätten, würde der Druck uns explodieren lassen, in Form von zum Beispiel, Extremsport, extremem Sex, extrem arbeitswütig sein, usw. Wir müssen und dürfen uns auch verbal Luft machen, das ist notwendig für das Kehlkopfchakra. Tun wir es nicht, sind wir ein Haufen buckelnder Menschen, halten unsere Worte zurück, werden wir mit der Schilddrüse, dem Kehlkopf und der Kommunikation generell Probleme haben. Diejenigen, die sich nicht auszudrücken vermögen, die kaum Worte finden, meist schweigen, sind auch diejenigen, die nie gelernt haben, konstruktiv ihre eigene Meinung zu sagen, geschweige denn, auch Mal in die Luft zu gehen.
Gott, wie oft hatte Raphaela selbst von ihrer Mutter hören müssen... „Reiß dich zusammen, sei still, benimm dich, bleib sitzen und bleib unauffällig." Wie sehr hatte ihre Mutter ihr damit geschadet, nur damit sie selbst sagen

konnte. sie hatte ein wohlerzogenes Kind; abgerichtete Puppe wäre wohl eher passend gewesen.
Viel später kämpfte Raphaela dann mit Knoten in der Schilddrüse, die sie wieder selbst ausheilte, indem sie sich hinterfragte, wo die Ursache lag, darauf kam und prompt reagierte; damit war sie die Knoten spontan wieder los - zum Erstaunen der Ärzte. Denn sie hatte erkannt, dass sie nicht ehrlich mit sich selbst war. Sie hatte nie ausgesprochen, was ihr gefiel und was sie nicht mochte, aus Angst, andere zu verletzen - selbst diejenigen, die Raphaela ständig verletzen. Es war eigenartig, sie schützte noch diejenigen, die ihr ständig die Grenzen durchbrachen und wusste heute, dass dies notwendig war, damit sie selbst lernen konnte, endlich nein zu sagen.
Nun war ihr auch klar, warum sie so dermaßen in ihrer Beziehung immer wieder in die Luft ging. Sie liebten sich mehr als sie ahnten, deshalb; und weil vor allem Nicolas seine Gefühle unterdrückte, verursachten sie Energien, die aneinander rieben, anstatt sich zu verbinden. Also krachte es, um die Spannung zu lösen und Harmonie wieder herzustellen. Zumindest empfand sie dies so, was nicht bedeuten musste, dass es bei jedem das Gleiche war. Doch bei Nicolas und ihr konnte es nur diese Erklärung geben, neben den typischen alten Verhaltens- und Glaubensmustern, denen sie immer wieder auf den Leim gingen. Aber es war gut so, denn damit konnten sie sich selbst heilen. Sonst hätten sie nicht immer wieder aufs Neue einen Weg zueinander gesucht, musste sie nun lächelnd feststellen und vergaß dabei den Groll, den sie eben noch gegen ihn hegte. Und sie vergaß ihre Angst, und stellte sich statt dessen vor wie die Rückkehr von ihm sein würde.

***

Atlantis... immer wieder fragte sie sich, warum Atlantis tatsächlich unterging. Mit der angeblichen Geschichte des Machthungers alleine konnte sie sich noch nie anfreunden. Ja, sie hatte es selbst gesehen, dass es unterging, aber was war die Ursache von Hass und Neid, die einige Atlantaer dazu bewog, den Frieden und die Harmonie zu zerstören?
Die Antwort war für sie persönlich so einfach, so unglaublich einfach, dass es fast schon schmerzte... sie wiederholte ihre Erkenntnis innerlich noch einmal, um es danach in ihrem Buch aufschreiben zu können.

Atlantaer waren ein unglaublich hoch entwickeltes Volk, wie auch viele andere Völker. Sie alle wussten um die positiven Energien, um das Erhalten von Gesundheit und prachtvoller Natur. Sie alle wussten um die Schönheit ihrer inneren und äußeren Umgebung, sie wussten zu heilen, jedoch sie waren Menschen und das hatten sie vergessen.

Es war alles wunderschön aber es fehlte etwas... DER GEGENPOL. Nur Sonne wird langweilig, nur lachen ist irgendwann nichts mehr Besonderes, nur Schönheit ist irgendwann nicht mehr außergewöhnlich. Ein Leben, das nur voller Ruhe und Harmonie war, muss furchtbar langweilig gewesen sein. Was war also passiert in Atlantis?

Sie waren trotz allem Wissen und Fähigkeiten Menschen, die beide Pole in sich trugen, Hell und Dunkel, Gut und Böse; und nur gut bedeutete, den Gegenpol nicht ausleben zu wollen, dürfen oder können. Also drängte es die negative Energie immer öfter nach oben und die Menschen brauchten immer mehr Energie, um diese wieder zu vernichten.
Was sie als harmonisieren betitelten, war schlicht und einfach ein KAMPF. Das ahnten sie, wollten es aber nicht wahr haben und diejenigen, die es genau wussten, durften nicht sprechen. Also, ein immer stärker werdender innerer Kampf
Ihre Aura wurde verschwommen, strahlte nicht mehr nur hell und schön, sie wurde gräulich, zeigte damit an das etwas nicht stimmig war, nicht im Fluss, nicht ausgewogen - also grau oder sogar dunkel verschwommen; diese Menschen wurden als unausgewogen erkannt.
Das bedeutete, sie wurden verstärkt dazu ermutigt, ihre Aura zu reinigen, ihre Gedanken, ihre Gefühle, etc.
Bei manchem wird das vielleicht gewirkt haben, doch dunkle Gedanken - seien es Unzufriedenheit, Neid, Machthunger oder Angst kann man nicht einfach wegdenken, bzw. nur beschränkt. Alles, was man versucht zu verdrängen, wird unweigerlich und verstärkt wieder kommen. Die Gedanken sind unendlich machtvoll, die Atlantaer waren hoch entwickelt genug, um mental Gedanken auf das Positivste verändern zu können - nicht aber, wenn die Saat von Unmut und daraus resultierende Neugierde, wie es noch sein könnte oder was anders sein könnte, in ihnen keimte - weiter still und vermehr wuchs. Zu vergleichen wäre das mit einem wunderschön gepflegten Rasen; nur einmal ein Löwenzahn, den man nicht gleich entdeckt und er wächst verstreut überall, bis jemand, der das nicht möchte, sich gezwungen fühlt, ihn auszurotten, also mit harten Bandagen.

Wie kann es also in Atlantis so weit gekommen sein?
Raphaela hatte die Antwort, doch war sie nicht sicher, ob sie sich dies nicht nur verstandesmäßig zusammen bastelte.
Sie wollte es wissen, denn dieser rote Faden zog sich nicht nur durch ihr eigenes Leben sondern durch die gesamte Menschheit. Sie konnte und wollte nicht alleine zurück in die Vergangenheit sehen, sie brauchte Hilfe, Hilfe von jemandem der mehr wusste... „Die Schamanin."
Auch das wurde Raphaela schlagartig klar, die Schamanin wusste sehr

viel mehr als sie ihr, Raphaela, jemals zu erkennen gab. Sie war auch mehr, viel mehr und diesen Verdacht würde sie nun aussprechen, sobald sie in deren Augen sah...

Ihr Herz klopfte vor Aufregung und Fassungslosigkeit, sie hielt es keine Sekunde länger mehr aus; sie musste zu ihr, sofort, ungehindert der späten Stunde. Sie zog ihre warme Jacke und die flachen Winterstiefel an, schnappte sich den Haustürschlüssel und stapfte hinaus in den kalten Winter, dessen weiße Pracht alles zudeckte.
Unaufhörlich fielen dicke, weiße Flocken vom Himmel, so dass man kaum die Hand vor Augen sehen konnte.
In diesem Jahr schneite es mehr als in den vergangenen Jahren. Raphaela genoss das Knirschen des Schnees unter ihren warmen Stiefeln, die sie an ihre Kindertage erinnerten, wo Winter immer heißen Tee, Lebkuchen und knisterndes Ofenfeuer bei ihrer Großmutter bedeutete.
Sie lächelte bei der Erinnerung an ihre Großmutter, die schon lange nicht mehr lebte aber in ihrem Herzen immer bleiben würde.

***

Sie war angelangt, wollte an die Tür der alten Schamanin klopfen, als diese schon öffnete. „Ich habe dich erwartet, Raphaela, komm bitte herein, du musst ja halb erfroren sein."
„Danke, es geht schon, ich bin warm angezogen. Sie haben mich wie immer erwartet? Trotz der späten Stunde?", fragte Raphaela erstaunt.
„Für mich gibt es keine Zeit, Liebes... Sie ist unbedeutend."
Mit einem fragenden Gesichtsausdruck folgte Raphaela wie gewohnt der alten Frau, die jedoch diesmal irgendwie anders auf Raphaela wirkte. Sie konnte es sich nicht erklären, aber irgendwie schien die alte Frau gewachsen zu sein und strahlender, auch jünger... Sie musste sich das einbilden, dachte sie still bei sich während sie auf dem Sofa Platz nahm und die bereit gestellte Tasse Tee in Empfang nahm. Sie sah die alte Frau genau an, stellte erneut dabei fest, sie wirkte tatsächlich um sehr viele Jahre jünger.
„Es ist Zeit, dir etwas zu verraten Raphaela", sprach die Schamanin, die Raphaelas Gedanken lesen konnte.
„Und was genau?"
„Du hast etwas erkannt, nicht wahr?", lächelte die Schamanin.
„Ja, aber ich weiß nicht ob ich richtig liege."
„Du liegst richtig! Aber erzähle mir von deiner Erkenntnis", damit lehnte sich die Schamanin zurück und sah Raphaela fest in die Augen.

„Ich glaube erkannt zu haben, warum ich keinen Erfolg hatte bis jetzt und auch, was Atlantis damit zu tun hat.
Wenn wir versuchen, immer nur gut zu sein, immer alles nur positiv zu sehen und danach zu leben - immer in Harmonie - dann blenden wir einen Teil in uns aus, der dazu gehört.
Den Gegenpol.... das Dunkle in uns, die Nacht in uns.
Auf lange Sicht gesehen verbannen wir so viele unserer negativen Seiten in die untersten und hintersten Winkel unserer Seele, so dass wir unbemerkt beginnen, sowohl emotional wie körperlich immer verschmutzter zu werden.
Wir fühlen uns nicht gut bis zur Krankheit und suchen den Fehler im Außen. Aber nicht andere machen uns krank, wir selber sind es. Immer wieder kommen wir in die Versuchung, das Beste in uns hervorheben zu wollen ohne das Dunkle als wertvollen Teil an zu erkennen, der uns sagt, das gehört dazu. Wir dürfen zornig sein, das reinigt aufgestaute Emotionen; wir dürfen mal neidig oder eifersüchtig sein; wir sind nicht perfekt; wir sind Menschen, die immer wieder aus Fehlern oder Fehlschaltungen lernen, es dann besser und bewusster neu gestallten können. Es gibt kein Richtig und Falsch! Letzteres empfinden wir nur so, weil wir beginnen, gedanklich an etwas zu nagen, das uns dadurch negative Gefühle beschert; dabei soll es uns doch nur darauf aufmerksam machen, dass wir nicht auf unserem Weg sind.
Die Atlantaer sind unser Vorbild, wir trachten nach deren Lebensweise - immer nur glücklich und harmonisch zu sein, deren Wissen und Können ebenfalls zu erlernen.
Wir verurteilen die angeblich Bösen, die alles zerstören, aber wir zerstören unentwegt selbst. Weil die hoch entwickelten Völker eventuell nicht gewillt waren, den anderen Teil in sich leben zu lassen, weil sie mit allen Kräften versuchten, das scheinbar Dunkle zu unterdrücken und es auszulöschen, hat genau DAS die negative Seite so stark gemacht.
Was wir nicht wahr haben wollen, was wir verdrängen, kommt umso stärker und machtvoller irgendwann nach oben... sie alle haben sich selbst zerstört.
Ja, es war Machtgier; aber nicht im bösen Sinne, so wie wir alle dachten, sondern in der Verzweiflung, keine Berechtigung zum Existieren gehabt zu haben.
Wir können und dürfen keinen einzigen Teil in uns verleugnen, denn nur dann sind wir kein GANZES.
Tag und Nacht
Sonne und Mond
Liebe und Hass
Reichtum und Armut

All das liegt ganz nah beieinander... wir dürfen es nicht verleugnen und verdrängen; das ist, als würden wir immerzu lächeln und nicht hinsehen, nicht hinhören, nicht wahr haben wollen.
Wir alle haben Angst vor vielen Dingen; versuchen, diese Angst zum Schweigen zu bringen und doch suchen wir seit Generationen nach Antworten, um uns die Angst zu nehmen, womit wir ständig in genau dieser Energie hängen. Ununterbrochen, ohne Unterlass, mehr oder weniger erfolgreich. Ja, es gibt Leben nach dem Tod, aber es gibt keinen Beweis dafür. Ja, es gibt die Spontanheilungen, aber es gibt keine Garantie dafür. Ja, es gibt die universelle Macht, aber keinen intellektuellen, absoluten Beweis dafür. Einzig gibt es Liebe... und die basiert auf... die Dinge anzunehmen wie sie sind, gleich ob gut oder böse.
ES IST... mehr gibt es nicht.

Für die Atlantaer ging eine Illusion unter.
Wir haben Macht – JA; wir wissen auch, je mehr wir GLAUBEN, desto kraftvoller ist diese Macht. Im Umkehrschluss bedeutet dies, je mehr wir zweifeln, desto schwächer wird diese Macht in uns, Positives zu bewirken - aber um so stärker wird der Zweifel, der sich damit ebenfalls manifestiert.
Wir bekämpfen den Zweifel in jeder Richtung und in jeder Situation und doch geben wir ihm genau deshalb unendlich viel Nahrung und... verlieren.
Es gibt kein Allheilmittel gegen Zweifel, denn wir waren, sind und werden immer Menschen bleiben, die den Zweifel als Saat in sich tragen als Erbe des Universums, den Gegenpol in uns als notwendig zu tragen.
Wären wir nur hell und gut und rein und positiv... wir würden nicht als Mensch hier weilen, denn was wir lernen wollen und weshalb wir uns so tief nach unten materialisiert haben, ist...
Weil wir Wissenschaftler sind; ein Teil des Ganzen, das immer wieder auslotet, wo es zu erneuern und zu verändern gibt. Lernen können wir nur, wenn wir Emotionen haben, die einen Namen wie... Angst, Freude, Wut, etc. tragen... Emotionen haben relativ niedere Energien, denn hohe Energien haben keinen Namen sie SIND einfach, nicht mehr und nicht weniger.
Wir aber suchen und forschen nach etwas und deshalb... brauchen wir Emotionen.
Atlantis hat sich also schlicht selbst etwas vorgemacht und oder den Zeitpunkt versäumt, sich weiter zu entwickeln oder besser gesagt, eine gewisse Entwicklung zu akzeptieren aber keine weitere ab einem bestimmten Punkt zu fördern, weil sie abheben würde und jegliche irdische Form verlöre. Was ja auch passierte.

Sie waren Menschen... sahen sich als Halbgötter; ja, auch das waren und sind wir alle irgendwie, ein Teil des Universums eben. Halb Götter... Halb bedeutet halb Mensch und damit nicht gefeit vor Negativem... und auch sind wir nicht bestimmt, nur spirituell zu leben.

Wir leben hier im Jetzt und diese Welt bietet so viel Schönes, das wir als nur spirituell gar nicht mehr leben wollen oder können; also auch für einen irdischen Partner zum Beispiel nicht mehr in Frage kommen würden, sind wir nicht bereit, die Bremse zu ziehen oder sich eben gegen diese irdischen Lebensweisen zu entscheiden.
Deshalb haben die meisten Menschen, die sich so entwickeln, ja auch die meisten und gravierendsten Probleme in der Beziehung; sie nagen mehr als jeder andere an Problemen und suchen sie zu lösen mit Hilfen wie Karten legen, Wahrsagen etc, was ich ja selbst getan habe und nun auch verstehe, warum es nicht lief.
Ich will zu sehr irdisches Leben und kann mit dem eigentlich gar nicht leben, alles zu wissen, zu sehen, überall Einblick zu haben. Es ist enorm schwer, meist das zu fühlen, was ich nicht fühlen möchte, aber doch wenigstens in einer Sekunde sehe, weil diese Gabe eben da ist.
Meine Gefühlswelt konnte es nicht verarbeiten und mein Verstand auch nicht. Alles in mir war und ist manchmal ein einziges Chaos an Gedanken, die ich nicht mehr von Visionen, Traum, Realität, unterscheiden kann. Die Neugierde kommt dann sicher dazu, aber vor allem der Wunsch, wieder einen Durchblick zu haben, wo sich alles im Kreis dreht und kein klarer Gedanke mehr möglich ist.
In dieser Situation ist man ein offener Kanal für alles.
Es werden dann so viele Bilder und Visionen hervor gerufen, die sich nicht nur um eigene, sondern auch um die des Partners und selbst Fremden, denen wir begegnen, vermischen - inklusive aller Ängste, Hoffnungen, Träume.
Ein absoluter Zusammenbruch wird vom Universum herbeigerufen, um den Kanal wieder zu schließen, in dem ununterbrochen Gedanken und Emotionen anderer in uns hineinfließen, was es zu stoppen gilt. Und unser Gehirn und unsere Psyche nicht fassen kann, ohne durchzudrehen. Sprich, man ist so fertig, dass man nur Ruhe haben möchte und einfach nichts mehr hören und sehen will.
Das ist die Chance, wieder klar zu sehen und zu fühlen.
Nun ist mir auch klar, weshalb ich persönlich lieber schreibe und damit helfen kann, als zu beraten und ständig Bilder von allen Fragenden in meinem Kopf habe, die es mir schier unmöglich machten, mein Leben abzugrenzen und nicht in einen Sog der Verwirrung zu fallen und sich damit auch mein Verhalten entsprechend verändert. Und ich glaube, dass

Nicolas sich eben genauso verwirrt fühlt. Sein Kanal ist offen, warum auch immer, und nun strömen so viele Bilder und Gefühle in ihn hinein, dass es einem seelischen Zusammenbruch gleich kommt."

Die Schamanin betrachtete Raphaela aufmerksam, als sie nach langem Schweigen bemerkte: „Du bist sehr weit gekommen, wenn auch deine Erklärungen noch sehr chaotisch sind. Ich fürchte, damit wirst du manche Menschen noch etwas durcheinander bringen."
Enttäuscht sank Raphaela in sich zusammen. „Ja, aber ich dachte..."
„Du dachtest, du hast das goldene Ei gefunden und kannst das nun an die Menschheit sofort verbal weiter geben", lächelte die Schamanin.
„Ja, eigentlich schon, vielleicht auch nicht ganz, hach, ich weiß nicht, ich bin selbst durcheinander."
„Raphaela, die Menschen sind noch nicht ganz soweit, es zu verstehen, wenn du ihnen davon erzählst. Sie müssen es erleben... es sehen und langsam damit in Kontakt kommen. Sie würden nicht verstehen, was du meinst. Es wäre, als würdest du einen Volksschüler in die höhere Stufe setzen."
„Ja, aber ich sollte doch jetzt etwas erkennen und den Menschen helfen, meine Aufgabe annehmen." Fast weinerlich hörte sich ihre Stimme nun an, Raphaela war knapp am Verzweifeln.
„Liebes, du sollst es leben, dich leben. Du sollst es in deinen Büchern schreiben, denn dann haben die Menschen die Möglichkeit, es in ihrem Tempo zu lesen und zu begreifen, gehst du aber damit sofort verbal an die Öffentlichkeit, wird man dich nicht verstehen. Schreibe es auf und integriere es in dir, danach werden sich viele finden, die deine Worte verstehen, doch jetzt begnüge dich, es aufzuschreiben."
„Sie meinen ich soll schreiben? Nur schreiben?"
„Was war dein Herzenswunsch, Raphaela?"
„Schreiben", schoss es spontan aus ihr hervor.
„Dann tu es, setzt dich hin und schreibe einfach alles, was dir am Herzen liegt."
„Ja, aber davon kann ich doch nicht leben."
„Welche Energie sendest du eben aus?", fragte die Schamanin streng.
„Ja, aber..."
„Raphaela, was tust du eben?", schollt die Schamanin.
„Verzweifeln."
„Das sehe ich und was solltest du tun?"
„Keine Ahnung, ich hab keine Kraft mehr, ich zweifele gerade an allem." Nun rannen Tränen über Raphaelas Gesicht. Sie war so voller Elan hierher gekommen und nun fragte sie sich, was diese Erkenntnisse eigentlich sollten und was sie bewirken könnten - außer nichts.

„Deine Erkenntnisse sind großartig, jedoch im Grunde für den Moment nur für dich wichtig. Für deine Liebe wichtig, um Nicolas zu helfen, klar zu sehen und ihn nicht völlig aus der Bahn geworfen zu finden. Er wird bald vor eine harte, eine sehr harte Erkenntnis gestellt, die in ihm das Kind endgültig befreien und ihn zu dem Mann machen, der er ist. Dazu brauchst du deine Ruhe, um die Kraft zu haben, ihm im entscheidenden Moment NICHT zur Seite zu stehen."

„Ich weiß, er wird erkennen müssen, dass er einer Illusion nach gelaufen ist und einem Traum, aber vergessen hat, dass es nicht alleine seine Entscheidung ist. Er wird sich ziemlich dämlich vorkommen und völlig verzweifelt sein, weil er etwas aufgab, was er immer suchte und schon längst hatte.

Es wird ihn ziemlich viel kosten, sich zu erholen, aber danach passiert ihm so etwas niemals wieder!"

„Um deine Aufgabe zu finden, musstest du dies auch erkennen, aber das ist noch lange nicht alles.

Sie sind wichtig, um dein persönliches Leben völlig neu zu gestalten, neu zu denken, zu glauben, zu handeln, zu leben. Und genau aus diesem Neuen wirst du Neues heranziehen, nämlich diejenigen, die wahrlich daran interessiert sind, zu lernen und zu verstehen. Alle anderen werden in der Masse bleiben, auch, wenn es den Anschein hat, sie entwickeln sich, weil sie in irgendeinem Klub beitreten oder sich jemanden anschließen, der ihnen etwas vorgaukelt, was er oder sie selbst bemüht sind, glauben zu wollen. Deine Aufgabe ist es, dich selbst so anzunehmen wie du bist mit all deinen scheinbaren negativen Feldern und DAS hast du eben begriffen.

Deshalb bist du nun auf dem richtigen Weg und wirst das anziehen, wonach du dich sehnst.

Reichtum, um zu lernen, damit umzugehen; Liebe, um zu lernen, sie nicht an dich zu binden; lehren, um zu erkennen, nichts zu wissen; leben, um zu lernen, es loszulassen, wenn der Zeitpunkt da ist.

Du bist auf dem richtigen Weg, denn du bist nun auf deinem Weg; und deshalb darfst du getrost alles Alte, alles Vergangene - was auch immer es ist - in der Vergangenheit lassen. Dein Weg beginnt JETZT und alle, die dazu gehören, sind hier in deinem Leben; allen anderen wirst du nicht mehr begegnen, weil selbst diese banalen Dinge, wie sich über den Weg laufen, sich zwangsläufig aus der andersartigen Energie, die dich nun umgibt und auch in dir ist, verändern wird. Übrigens auch für Nicolas.

Du gehst ab heute einen neuen Weg in eine Zukunft, die dir nicht oder nur vage bekannt ist und doch dein Ziel war ist und sein wird. Und genau das, was du lebst, dich selbst, ist das größte Geschenk, das du der Menschheit

machen kannst, da du sie mit deinem Vorbild bestärkst, sich ebenfalls selbst leben zu können - so wie sie sind, individuell.
Deshalb werde ich dir heute ein Geheimnis verraten, das keines ist und doch für Unbewusste nicht greifbar sein wird.

Bist du bereit, einen Teil von Atlantis zu betreten?“
Raphaela sah die Schamanin mit großen Augen an und schluckte. „Was meinen Sie genau?“
„Du weißt, dass es Energie in reinster Form gibt, die Atlantaer dazu nutzten, jung zu bleiben, sich aufzutanken und ihre Kräfte so rein wie möglich zu halten. Du bist nun soweit, dass du es tatsächlich selbst sehen darfst.“
„Energie, die umwandelt?“ Raphaela war fassungslos... „Es gab also tatsächlich eine Möglichkeit, dies zu nutzen, also real zu nutzen?“
„Was ist schon real“, kicherte die Schamanin.
Sie hatte davon gelesen, sie glaubte daran, aber wie allen anderen war es ihr noch nie auch nur annähernd gelungen, dies - außer in Gedanken - sich für Sekunden vorzustellen, geschweige denn tatsächlich zu kristallisieren... Ihre Vorstellungskraft war zwar enorm groß, aber was sie von den Atlantaern wusste und deren Energiefeldern, die sie auf- und abbauen konnten, selbst zu erschaffen, davon war sie weit, sehr weit entfernt... Ja, es gab immer wieder Möchtegernheiler, die behaupteten, sie lagen in Pyramiden und luden sich auf; jedoch war es eine Vorstellung davon, die alle in eine Art Meditation fallen ließ, aber von einem tatsächlichen sichtbaren Verjüngen oder energetischem Aufladen... davon konnten alle nur erzählen, aber keiner von ihnen konnte es vorführen, damit war es für Raphaela Humbug und Wichtigtuerei, nichts weiter. Wahre Meister würden damit unter keinen Umständen vor der Masse prahlen, außer sie waren auf viel Geld aus, das Neugierige und Lerneifrige dafür bereit wären, dem Guru zu bezahlen.

Hätte auch nur einer diese Fähigkeit, ein Energiefeld zu projizieren, wäre er/sie reich und sehr bekannt, aber es gab nur Marktschreier, sonst nichts. Und nun sollte sie tatsächlich... sie zweifelte sofort an der Wahrheit der Schamanin... diese bemerkte es und lächelte erneut.
„Sieh mich an, fällt dir etwas auf?“
„Ja, dass... JA, Sie sind um einiges jünger, das ist mir vorhin schon aufgefallen, aber ich war so aufgeregt, dass ich... aber wie?“
„Komm Raphaela....“, damit stand sie auf und ging in das Nebenzimmer, gefolgt von Raphaela. Die Schamanin trat an das Bücherregal heran, legte ihre Hände an die Seite und schob es weg. Dahinter wurde eine kleine Türe sichtbar, die sie öffnete. Raphaela stockte der Atem, als sie sah, dass viele Stufen in den Abgrund führten. Die Schamanin bat Raphaela,

ihr zu folgen, dabei war es, als würde sie eine Laterne vor sich hertragen, aber da war nichts. Woher kam das Leuchten?
Raphaela konnte nicht fragen; sie konzentrierte sich auf die steilen Stufen, die hinab führten, bis sie vor dem Bild standen, das sich unter der ausgestreckten Hand der alten Frau aufzulösen begann - bis dahinter ein hell erleuchteter Raum sichtbar wurde...

Ein helles strahlend grelles Licht blendete Raphaela.... Die Schamanin trat nach vorne, Raphaela folgte ihr.
Was sie nun sah, ließ ihre Vorstellungskraft, die sie bisher in Illusionen und Visionen wähnte, Wirklichkeit werden. So real wie sie ihre eigene Hand vor Augen sehen konnte.

***

Mitten im Raum war eine große Leuchtkugel, die aus reiner, extremer, hochfrequentierter Energie zu sein schien.
„Was ist das?“, brachte Raphaela unter Staunen fassungslos hervor. „Ich meine, ja, ich kenne das aus den Visionen, aber doch nicht echt; ich meine so echt wie hier!“
„Das ist Energie... wie sie Atlantaer zu nutzen verstanden.“
„Aber wie können Sie?“..., fragend sah Raphaela die Schamanin an. „Ich meine das ist WIRKLICH ECHT, REAL!“, sie fasste es nicht. Gab es alles, was sie sich bis dato in ihren Gedanken vorstellte tatsächlich? Es fiel ihr gar nicht auf, dass sie alles, was sie als real empfand - wie Zanuri und den Falken .... nur in ihren Visionen und Träumen als echt und real anerkannte; hier wurde ihr eindeutig klar, dass sie mehr Zweifel in sich trug, als sie je dachte zu besitzen. Scheinbar war sie schon zu sehr in die Welt der Erdlinge getaucht, hatte dabei langsam deren Realität angenommen, anstatt ihre kindlichen Unschuld zu behalten und keine Grenze zwischen den Dingen zu ziehen.
Sie sah abwechselnd zu der Frau und dann wieder zu dem Gebilde, das sich um sich selbst drehte.
Lächelnd sah die Alte sie an, „beobachte Raphaela“, mit diesen Worten begab sich die Alte ins Zentrum der leuchtenden Kugel, als würde sie durch Luft gehen. Sie konzentrierte sich, bis sie waagrecht zu schweben begann. Rund um sie begann es zu flirren und noch extremer zu leuchten, bis man die Schamanin kaum mehr erkennen konnte. Raphaela fasste es nicht, starrte mit großen Augen auf das Schauspiel, das sich ihr bot. Plötzlich, in Sekunden, zog sich das Licht zusammen, um augenblicklich später in tausenden Funken auseinander zu sprühen, wie Sternschnuppen zu verglühen. Was Raphaela nun sah, war eine Frau

mittleren Alters, gewandet wie eine Priesterin, die sie an das Bild in Atlantis erinnerte. Diese fremde Frau schritt aus der leuchtenden Kugel heraus, um sich vor Raphaela zu stellen. Raphaela stotterte: „Das war... das ist... wer sind...?"

„Ich bin es Raphaela, kannst du dich an deine Vision von Atlantis erinnern?"

Raphaela wankte.

„Ja aber... ich.... mein Gott, sie sind die Priesterin aber..."

„Warte..."

Vor Raphaela wandelte sich die Frau in die Indianerin, die Zigeunerin, die alte Frau, all die Frauen, die sie in Visionen sah... UND - sie verwandelte sich auch in Raphaela!"

„Lass dir erklären, Raphaela... es ist alles möglich, Vergangenheit und Gegenwart vermischen sich mit der Zukunft. Alles, was ihr erlebt hattet und erleben werdet spielt sich in Gedanken ab. Es gibt keine Grenze zwischen Realität und Visionen, denn es gibt nur Geist, der in euch wohnt, der zeitlos ist und immer sein wird. Was ihr trennt an Seele Geist und Körper, ist im Grunde Geistseele und Körper. Alles Wesen, sowohl Tier als auch Mensch, besitzt den Körper, um Dinge zu tun, die durch die Handlung des Körpers als Maschine für die Geistseele hilfreich ist.

Man könnte genauso gut mental alles erreichen; gleichgültig, ob man über weite Strecken gelangen möchte, Häuser baut oder durch die Zeit geht.

Alles ist reine, klare hochfrequentierte Energie, die gebündelt Unglaubliches bewirken kann. Es ist eine Sache des festen, unerschütterlichen Glaubens und Wissen um die Materie, die wir verbinden können, um all das zu bewerkstelligen, was wir bewerkstelligen möchten.

„Aber weshalb.... wo ist die alte Frau?" Raphaela war so durcheinander, dass sie immer noch nicht ganz realisierte, dass die alte Frau und die Priesterin und alle anderen Frauen, dieselbe ist.

„Es gibt keine alte Frau, es war nur ein Körper, den ich mir ausgeliehen hatte, dessen Seele längst weiter ging. Der Körper, wie ihr in bewohnt, ist Energie, die sich sehr fest bündelt, um in dieser Form erscheinen zu können. Wäre er durchlässiger, würde eure Geistseele derart aus euch heraus strahlen, dass ihr euch gegenseitig blenden würdet."

„Ich verstehe", kam aus Raphaela erstaunt heraus, die begann, sich an den Anblick ihres Spiegelbildes zu gewöhnen. „Ich verstehe, das bedeutet also, dass wir alle, die wir ja mit dem Ganzen verbunden sind, selbst das Licht sind, dass, je höher wir in der Hierarchie stehen oder je höher wir entwickelt sind, desto heller erstrahlt. Darum sagt man auch, dass Engelwesen oder aufgestiegene Meister etc. Lichtwesen sind; sie sind so weit entwickelt, dass sie den Körper nicht mehr benötigen oder auch nicht möchten und sich als Licht bewegen."

„Ganz genau erkannt", lächelte die Priesterin.
„Gut, aber weshalb benötigen wir den Körper, wenn man doch Geistseele ist, dann ist die Kraft der Gedanken doch enorm und die Seele, die ja ... also, das ist jetzt noch schwer für mich auseinander zu halten, aber wenn, sagen wir Geistseele alles bewirken kann, was Sie mir eben mit Ihrem Erscheinen zeigten, warum tun wir uns dann einen Körper an, mit den unzähligen Gefahren, denen er ausgeliefert ist?"
„Weil ihr Erfahrungen machen wollt. Stell dir das so vor, ihr seid in einem Zustand, in dem alle hellstrahlenden Wesen sind, die so rein und liebevoll sind, dass sie Negatives nicht kennen. Stell dir vor, was du selbst erkannt hast, ihr Lichtwesen seid Wissenschaftler, die immer wieder ihre Energie zusammenpressen, um einen Körper zu bewohnen, damit dieser ihnen hilft, Situationen zu erleben, um deren Themen ihr eure wissenschaftliche Arbeit weiter entwickeln könnt, oder abschließen. Eure Hauptarbeit ist die Kenntnis um Emotionen: wie und wodurch sie entstehen, was sie auslösen, wie ihr sie verändern könnt. Dafür gibt es unendlich viele Möglichkeiten, die ihr noch nicht annähernd erkundet habt. Stell dir vor, Wissenschaftler stehen nun beisammen und sinnieren darüber, dass verschiedene Emotionen verschiedene Wirkungen ergeben. Dass der ganze Planet durch eine einzige Emotion Veränderungen unterworfen ist. Zum Beispiel, wenn eine Emotion Wut heißt, dann kann ein Einziger durch diese Wut vieles oder gar alles zerstören. Fangen wir bei den Kindern an. Ein Legostein, gezielt umgeworfen, lässt alle Steine fallen. Ein Erwach-sener, der Emotion als Hass nährt, spricht schlecht über einen anderen und Steine beginnen zu rollen, es wird Streit geben, der sich bis zu einem Krieg der Länderein ausbreiten kann."
„Ja, ich weiß, das alles das ist mir nicht fremd. Aber warum bringen Menschen es seit Urzeiten nicht fertig, endlich Frieden und Respekt vor allem und jedem zu bewahren, was Meinungsverschiedenheiten ja nicht ausschließen soll, aber mit Maß und Ziel?"
„Das ist ja euer Lerngebiet in allen Bereichen, ohne nur einseitig einen Pol zu leben. Es ist wichtig, beide Pole zu leben, ohne Extreme. Ihr, die alle hier auf Erden seid, habt diesen Planeten als Arbeitsstätte für Emotionen zu nutzen. Ihr könntet genauso auf einem Planeten hausen, der sich alleine um die Erschaffung verschiedener Pflanzen kümmert, oder aber um absolute Liebe und Einmaligkeit. Es gibt Einiges, das in diesem Universum Bestand hat, aber ihr kennt nur einen Bruchteil davon."

„Soweit verstehe ich auch das, aber weshalb sind wir so viele verschiedene Geistseelen hier? Die einen, die um Frieden kämpfen, die anderen den Hass nähren und zerstören... oh ich hab's", bemerkte Raphaela erfreut.
„Weil Emotionen ja verschiedenster Natur sind, muss es natürlich diesen

Gegenpol geben, also positiv und negativ. Deshalb ist Atlantis ja ausgelöscht worden.
Einige Geistseelen wollten den Planeten Erde umwandeln in Liebe und Göttlichkeit, nur dafür ist dieser Planet nicht vorgesehen. Er ist praktisch eine Arbeitsstelle, wenn man es so sehen will, auf der Geistseele arbeiten möchte, weil sie eben Emotionen kennen lernen wollen."
„Genau, gehen wir zurück. Wissenschaftler stehen also nun vor einer neuen Aufgabe, die sie gerne lösen wollen. Zum Beispiel, wenn eine Geistseele als Mensch diese Emotion erzeugt und eine andere darauf reagiert... was passiert dann? Haben sie die Erfahrung gemacht, nehmen sie dieselbe Emotion nochmals, nur mit dem Unterschied, dass man nun erfahren möchte, wie jemand reagiert, ändert man die Taktik.
Dies wird so lange getestet, bis man alle Möglichkeiten benutzte, um den größtmöglichen Erfahrungswert zu erhalten, diesen zu speichern, abzuhaken und die nächste Aufgabe zu lösen. Also erneut Emotion, die vielleicht Liebe heißt. Welche Reaktionen werden auf einem niederen Energielevel durch eine bestimmte Emotion hervorgerufen."
„Das verstehe ich auch", sprach Raphaela begeistert. „Also, wenn zum Beispiel in der Liebe, nehmen wir Nicolas, eine Emotion in ihm ist, worauf er die Reaktion von mir haben möchte, dann wird er eine Erfahrung machen, indem ich eben so oder so reagiere. Das bedeutet, wenn man in der Liebe aggressiv ist, reagiert der Partner zum Beispiel erschrocken. Die Reaktion wird also getestet, so lange, bis Nicolas die Aufgabe abhaken kann indem er sagt... ok, meine Emotion lässt mich so handeln und Raphaela reagiert immer gleich. Nun kann er die Aufgabe als erledigt betrachten. Er möchte aber wissen, wie ich reagiere, wenn dieselbe Emotion in ihm ihn anders handeln lässt. Also versucht er zum Beispiel dasselbe Thema der Emotion, die sagen wir mal... Eifersucht heißt, nicht als aggressiv zu zeigen, sondern als unnahbar, damit reagiere ich anders als unter Konfrontation einer Aggression. Er hat also dieselbe Emotion, handelt anders, ich reagiere anders; das wird erneut einige Male getestet, bis er sagen kann... ok, das ist also immer die selbe Reaktion, erledigt abgehakt, gehen wir weiter.
Das kann jetzt so lange gehen, bis Nicolas oder eben eine andere Geistseele alle Emotionen/Reaktionen erprobt hat, abhaken kann und das Aufgabenheft schließt. Test beendet."
„Ganz genau, Raphaela, aber nun ist das ja nicht ganz so einfach... warum?"
„Hmm....", sie musste nachdenken..., „ich weiß; ja, weil nun in diesem Fall ich als Geistseele auch etwas erfahren, testen und lernen will. Sprich, ich sehe nicht zu und erwarte seine Emotion, stehe still und gebe quasi nur Antwort darauf, ich habe ebenfalls wissenschaftlich zu tun, reagiere...

dann wieder werde ich zwischendurch eine Emotion haben, die mich veranlasst zu handeln, worauf er wiederum reagiert.
So ist es nicht: eine Testperson, die brav arbeitet und nur still hält; nein, ich teste auch und damit haben wir Stress.
Kaum, dass einer von uns eine Emotion und Reaktion darauf begreift, haut der andere die nächste Aufgabe ebenfalls vor die Füße, wenn man es so ausdrücken kann. Damit sind wir überfordert, wir müssen quasi unsere eigenen Testergebnisse durchgehen und dann noch die des Gegenübers beantworten.... Deshalb ist eine Partnerschaft so anstrengend. Wir lernen, testen, erkennen, schließen ab, testen neu, usw....."
„Stimmt und das macht ihr in jedem Bereich, deshalb ist...?"
„Die Erde und ihre Bewohner im Chaos und überfordert, erkennt die einfachsten Dinge nicht mehr, wie wir handeln und leben können, Emotionen stauen sich auf, es führt zum Streit bis hin zu Kriegen und das wollen manche Geistseelen eben auch erfahren."
„Ja und nun frage ich dich weshalb - und du hast es schon einmal erkannt - kann es nicht funktionieren, dass Liebe und Harmonie auf Erden ständig erhalten bleiben?"
„Grob gesagt, weil der Planet Erde wissenschaftlichen Zwecken dient und es deshalb Negatives und Positives gibt und geben muss. Deshalb ist es auch völlig sinnlos, sich in der Liebe zu erhoffen, es wäre immer nur schön, immer nur harmonisch, könnten wir in Liebe und ewigen Frieden leben. Harmonie und Ruhe in der Beziehung ist quasi ein Urlaub, bevor die nächste Aufgabe zu erledigen ist, innerhalb derer wir uns gegenseitig mehr oder weniger testen, wie wir auf Situationen reagieren.
Je mehr wir aneinander interessiert sind, desto mehr werden wir uns Themen stellen, von denen wir lernen können, miteinander und dadurch aber auch aneinander zu wachsen. Die sogenannten Urlaube, also harmonischen Zeiten, werden durch diesen Wachstumsprozess aber auch immer öfter verlängert, die Pausen zwischen neuen Emotionen, die wir erfahren wollen, dauern länger an und wir werden ruhiger, können immer mehr und besser mit Stress-Situationen umgehen und... lernen Respekt und Achtung voreinander; aber vor allem stellt sich langsam, sanft und fast unbemerkt Liebe ein... Liebe, die das ist, was wir im Grunde anstreben; reine bedingungslose Liebe zu geben und zu erhalten.
Nur in Harmonie und Ruhe zu leben, dafür müssten wir auf einen anderem Planeten oder einem anderen Energielevel steigen.

Zurück zu dem Untergang von Atlantis:
Dass wir steigen können, haben wir erkannt, oder besser, die Atlantaer; aber sie wollten den kompletten Planeten bewegen, rein und schön zu sein, ohne Streit und Negativität, damit wäre der Planet aus dem

Gleichgewicht gelangt, da aufgestiegen, das ganze Planetensystem auseinander gebrochen. Dieser Planet Erde ist für ein bestimmtes Lernfeld entstanden und zu nichts anderem."

„Ja, du hast es verstanden."

„Gut, dann frage ich Priesterin, geht die Welt unter im Jahr 2012, so wie prophezeit?"

„Wer hat das prophezeit? Doch nur einige, die zu wissen glauben, dass hohe Energie, die ihr anstrebt, die Menschheit aufsteigen lässt, der Planet geht unter und mit ihm die Bösen, so denkt ihr. Aber glaubst du wirklich, dass das Universum, dessen Perfektion in jedem Detail unermesslich präzise ist, tatsächlich wegen ein paar Geistseelen, die sich erheben wollen, den Planet Erde untergehen lässt? Sind da einige nicht etwas hochmütig?"

„Das sehe ich auch so", sprach Raphaela

„Für mich ist es so, einige, die denken, sie sind erleuchtet, sind im Grunde Menschen, die Angst machen wollen und Druck, damit alle Geistseelen oder sagen wir einfach Menschen, sich auf ihre Stufe entwickeln... Im Grunde haben diese Propheten Angst, dass nichts passiert. Also, sobald alle sich hell erheben, ja könnten wir auch quasi steigen, aber dann wäre die Erde nutzlos. Es gibt also keinen Untergang, sondern nur viele, die sich an ihr höheres Bewusstsein erinnern wollen und deshalb eben auch anders auf Emotionen reagieren. Doch im Gegenzug, damit das Gleichgewicht erhalten bleibt und die Erde nicht untergeht, wird es noch mehr Umweltkatastrophen geben, oder neue Krankheiten etc, sonst könnten ja Geistseelen, die ihre Aufgabe noch nicht beendet haben, nichts als erledigt ansehen.

Nebenbei würde bei einem Untergang des Planeten Erde ja der gesamte Kosmos verändert, weil ja Schwingung, Schwingung erzeugt und damit... gäbe es einen Urknall."

„So ist es Raphaela, das Einzige, das sich verändern wird, ist das Bewusstsein vieler Menschen, die sehr wohl besser leben werden, weil sie mit Emotionen umgehen lernen.

Andere werden einfach stecken bleiben, aber das ist eben auch selbst so gewollt. Denn auch diejenigen, die für euch dunkel sind, sind Geistseelen, die eine bestimmte Aufgabe für sich lösen wollen."

„Ich verstehe, das bedeutet... egal, was passiert, alles ist im Grunde lang zuvor ausgemacht, und eine wissenschaftliche Aktion der Seele, Geistseele."

„Ja."

„Gut, dann frage ich jetzt noch, warum kann man das Ganze nicht allen verständlich machen?"

„Wer hindert dich daran?"

„Keiner, aber es werden nicht alle verstehen, haben Sie doch selbst gesagt?!"
„Warum nicht?"
„Weil es eben Geistseelen gibt, die noch nicht soweit sind, da mit zu kommen."
„Was erkennst du für dich selbst daraus, wenn es um deine Aufgaben, deine Berufung, deine Zweifel geht, die du ja auch hast, wenn es um deine Bücher geht?"
„Dass diejenigen, die bisher noch nicht ganz durchgeblickt haben, das Buch lieben werden und diejenigen, die schon weiter sind oder auf dem selben Level, es langweilig finden könnten."
„Was genau ist für dich emotional zu lernen?"
„Dass ich unsicher bin, Angst habe vor Kritik und auch, dass mein Buch untergeht und es keiner lesen will."
„Welche Aufgabe könntest du dir anhand dieser Emotion gestellt haben?"
Raphaela überlegte kurz. „Dass ich das erhalten werde, was ich kennen lernen wollte."
„Und was kennst du schon?"
„Dass mein Buch unter der Masse verschwindet, meinem ersten erging es so."
„Was hat es bewirkt?"
„Enttäuschung, Frust, Ärger aber auch Stolz, weil ich es zu sehen versuchte, dass es eben nur für mich gut war, es zu schreiben."
„Gut und welche Erfahrung möchtest du noch machen?"
„Erfolg haben, ich möchte wissen, wie es sich anfühlt, erfolgreich zu sein und reich ebenso."
„Was glaubst du, wird passieren?"
„Das weiß ich nicht, stimmt nicht... ich weiß... wenn ich Zweifel und Angst habe, nähre ich diese Energie, die ich scheinbar als Test noch nicht abgeschlossen hatte.

Nähre ich jedoch den Wissensdurst, welche Emotion ein unglaublich großer Erfolg und Reichtum haben, dann ist der Energielevel, den ich ausstrahle derart hoch, dass ich es auch anziehe, da ich ja genau das erfahren möchte. Damit habe ich ein neues Aufgabenfeld eröffnet, ich möchte die Emotion „unbändige Freude durch Reichtum und Erfolg erfahren" testen, wie andere reagieren. Also, wenn ich mir alles leisten kann, welche Emotion rufe ich bei anderen hervor. Wenn ich so oder so reagiere, welche Emotion rufe ich dann hervor. Sprich, gebe ich kein Geld für andere? Was passiert dann? Gebe ich es für dies oder jenes - was passiert dann? Wie ist es überhaupt, Erfolg zu haben? Usw."
„Also hast du nun Bedenken, was deine Aufgabe ist, Raphaela?"

„Nein, eigentlich nicht mehr. Das sind zweierlei Dinge: erstens, die eine Aufgabe, meinen Herzenswunsch zu leben, indem ich schreibe; zweitens, andere dadurch leite und führe, indem ich sie durch das Geschriebene erkennen lasse; und drittens, dass ich meine Erfahrungen im Bereich zwischenmenschlicher Beziehungen weitergebe. Denn alles steht miteinander in Beziehung, das bedeutet, wo auch immer Streit oder Unausgewogenheit herrscht, kann ich etwas näher erklären, warum dies so ist und verständlich machen.
Damit können sich Geistseelen, die sich „verrechnet“ haben, wieder neu orientieren.“

Die Priesterin lächelte Raphaela herzlich an... „Ja, mein Kind, genau das ist deine Aufgabe. Doch ist das noch nicht alles. Du selbst hast ebenfalls noch eine Aufgabe, die du für dich persönlich lösen möchtest und erst danach kannst du die Erkenntnis weitergeben.“
„Nicolas, nicht wahr?“
„Weshalb denkst du, es geht um ihn?“
„Ich weiß es nicht, ich ahne einfach, dass er und ich seit vielen Leben verbunden sind. Wir beide haben eine Aufgabe, die nicht nur uns persönlich angeht, sondern auch vielen helfen soll. Ich ahne es, aber wage es nicht auszusprechen.“
„Das brauchst du nicht, ich kann deine Gedanken lesen; und ja, sie sind richtig, es ist eure Aufgabe, genau dies zu erschaffen. Doch vorerst wirst du noch einfache Dinge erledigen müssen, die dir im Grunde schon leicht fallen; es sind nur noch einige dünne Fäden zu durchtrennen, bis das Alte endgültig abgeschlossen ist. Bewahre Geduld, es ist alles auf dem richtigen Weg. Du wirst dich jetzt noch von einigem verabschieden müssen, um in deine gewünschten Emotionen zu kommen, doch danach ist nichts mehr wie es war. Bist du dazu bereit?“
„Ja, ich bin bereit, mit allem was dazu gehört“, stieß Raphaela mit Inbrunst aus, während ein Leuchten über ihr Gesicht huschte.
„Gut, dann würde ich vorschlagen, du begibst dich in die Lichtkugel, denn es werden dir noch Fragen gestellt, bzw. du darfst fragen.
Erwarte ein Wunder, Raphaela, denn du wirst hier Wesen treffen, die du kennst, erschrick nicht...“, lächelnd sah sie die Priesterin an..., „aber da du sehr weit bist, bin ich sicher, es ist dir nicht ungeheuer. Bist du nun bereit?“
„Ja, werde ich auch verjüngt?“, lachte Raphaela.
„Wenn du es wünscht? Dann bitte darum...“

***

Verdutzt, jedoch auch voller erwartungsvoller Freude stellte sich Raphaela vor die Kugel. Sie wusste intuitiv, sie musste nur die Augen schließen, sich konzentrieren und sich führen lassen... und schon fühlte sie sich schwerelos schweben, als sie eine Stimme vernahm, die ihr Fragen zu stellen begann und ihr auftrug, spontan zu antworten, ohne nachzudenken.

„Wir grüßen dich, Tochter des Atabas, sei willkommen in unserer Mitte. Bist du bereit, Antwort zu geben?"
„Ja, das bin ich", antwortete Raphaela in Gedanken.
„Gut, dann beginnen wir..."
„Vertraust du den himmlischen Mächten?"
„Ja, ich vertraue."
„Was möchtest du wirklich leben?"
„Mich."
„Welches ist dein größter Herzenswunsch?"
„Liebe geben und nehmen, zu führen und leiten, sorgenfrei zu leben, um meiner Aufgabe gerecht zu werden."
„Willst du an Wunder glauben?"
„JA, ich glaube daran."
„Welchen Zweifel hegst du immer noch in deinem Herzen?"
„Nicht gut genug zu sein."
„Weißt du es oder glaubst du dies?"
„Ich glaube es manchmal zu wissen."
„Wer entscheidet darüber, an was du glaubst?"
„Ich selbst."
„Lass diesen Irrglauben nun los."
„Ja, ich lasse ihn nun los."
„Was würdest du am liebsten tun, wenn du könntest?"
„Mit dem Mann leben, den ich über alles liebe und mit ihm unsere Aufgabe annehmen."
„Welche Aufgabe siehst du?"
„Menschen vorzuleben, was Liebe bedeutet, sie zu lehren, diejenigen zu schützen, die unseren Schutz benötigen."
„Fühle dich in diese Aufgabe hinein, spüre das Glücksgefühl, das dich durchströmt und sende auch ihm dieses Gefühl der Liebe und Dankbarkeit. Was glaubst du, hindert dich daran, deine Aufgabe anzufangen, unabhängig SEINER Entwicklung?"
„Angst, ihn zu verlieren; Angst, dass mir Himmlisches wichtiger wird als irdisches Leben."
„Gibt es eine Grenze zwischen himmlischem und irdischem Leben?"
„Nein, ich selbst ziehe die Grenze."

„Lass diese Grenze nun fallen, löse sie im kosmischen Licht deiner Seele auf. Wer bist du, Raphaela?"
„Ein Funke des Göttlichen, dessen Licht durch die Gnade des Universums leuchten darf."
„Lass dieses Licht leuchten, nähre es mit deiner Dankbarkeit und lasse zu, dass es weit über alle Grenzen zu erkennen ist."
„Ja, ich bin bereit dazu."
„Wir spüren einen Anflug von Angst, woher kommt dies."

Bilder kamen in Raphaela hoch, die sie als junge Frau in einer anderen Zeit zeigte, mit zerrissenem Kleid und gefesselt am Rande eines Flusses, Menschen, die sie quälten.... dann riss die Stimme in ihr sie wieder fort...

„Lass die Bilder los, sie gehören der Vergangenheit an."
„Es tut weh, es ist demütigend, was ich sehen kann."
„Es ist Stolz, den du siehst."
„Ja und ich trage Verzweiflung in meinem Herzen und Hass. Ich will mich nicht beugen, ich will mich nicht quälen lassen, ich will das nicht..."
„Dein Stolz ist berechtigt, doch konnte dein Stolz dich jemals retten?"
„Nein. Nein, niemals."
„Kann dich dein Stolz ernähren?"
„Nein."
„ Erhält dein Stolz dich mit Freude am Leben?"
„Nein."
„Hat er dich jemals am Leben erhalten?"
„Nein"

Viele verschiedene Bilder zogen in ihrem Innersten vorbei. Kinder, die sie beschimpften als sie klein war, Erwachsene, die sie demütigten, folterten und beschimpften. Hass und Neid waren ihr tägliches Brot. Wieder sah sie sich selbst, schweigend mit erhobenem Haupt, Schmerzen in ihrem Herzen fühlend...

„Stolz ist, sich auch beugen zu können, wenn es Not wendend ist."
„Aber es ist so schwer."
„Wogegen hast du dich immer gewehrt?"
„Sklavin zu sein, mich zu beugen."
„Hast du dich gebeugt?"
„Nein niemals. Nicht so, wie sie es erwartet hatten."
„Hattest du oft das Gefühl, dich beugen zu müssen?"
„Ja, so oft in so vielen Leben."
„Wie hatte es sich angefühlt?"

„Niederlage, Scham."
„Hattest du das Gefühl, gewonnen zu haben wenn du dich nicht beugtest?"
„Nein."
„Welches Gefühl entstand dadurch?"
„Leere, Einsamkeit, Scham, Niederlage."
„Weshalb?"
„Weil ich suchte und nicht fand."
„Was hast du gesucht, Raphaela?"
„Liebe und Anerkennung."
„Was hast du stattdessen bekommen?"
„Abwertung, Hass, Neid, Verbannung."
„Wie fühlst du immer noch, wenn du dich nicht beugen willst."
„Unverstanden, an einem Abgrund stehend, einsam, verlassen."
„Könntest du alles hinter dir lassen und ins Ungewisse springen?"
„Ja."
„Weshalb?"
„Weil ich keinem lange fehlen würde."
„Woher willst du wissen, dass du keinem fehlst?"
„Ich weiß es nicht, es ist ein Gefühl, weil mich keiner festhält vielleicht."
„Willst du den gehalten werden?"
„Ja und nein; ich weiß es nicht genau, ich habe Angst."
„Wovor?"
„Enttäuscht zu werden, Betrug, Falschheit, verlassen werden."
„Wo ist Dein Vertrauen?"
„Im Universum."
„Willst du leben?"
„Ja."
„Dann musst du bereit sein, auch dem Irdischen zu vertrauen, bist du bereit?"
„Es fällt mir schwer."
„Vertraust du deiner Liebe?"
„Ja."
„Vertraust du auch dem Mann, den du liebst?"
„Nein."
„Weshalb glaubst du, musstet ihr euch immer wieder trennen?"
„Weil wir Angst vor Trennung haben."
„Was hat euch die Angst gebracht?"
„Das, wovor wir uns fürchteten."
„Was wäre, wenn all deine Angst eintrifft?"
„Erleichterung."
„Weshalb?"

„Weil ich keine Angst mehr haben müsste."
„Wer entscheidet darüber, ob du Angst hast?"
„Ich selbst durch meine Gedanken."
„Wie fühlt es sich an, Vertrauen in seine Liebe zu haben?"
„Unsicher."
„Weshalb?"
„Weil ich kein Vertrauen in der Liebe kenne."
„Wer entscheidet über den Willen, Vertrauen zu haben?"
„Ich selbst."
„Fühle dich in die Liebe, die dich hier im Jetzt einhüllt. Kannst du sie spüren?"
„Ja, es ist wunderschön."
„Wie fühlst du DICH?"
„Erleichtert, glücklich, voller Licht, sanft und rein."
„Zieh dieses Gefühl in deine Energie, lass sie immer größer werden, dich erfüllen und einhüllen."
„Bist du stolz auf dich?"
„Ja, wenn ich auch nicht weiß weshalb."
„Du darfst stolz sein, du bist ein Teil des Göttlichen und erfüllst seinen Plan, ungehindert dessen, was im Außen geschieht. Wenn du dich jetzt beugen musst, wie ist das Gefühl?"
„Sieg, Freiheit."
„Sieg weshalb?"
„Weil niemand meinen inneren Stolz brechen kann, der mir die Freiheit gibt, zu sein wer ich sein möchte."
„Wie fühlst du dich?"
„Als wäre ich ein Schwert, das durch die Glut des Feuers seine Veredelung bekam."
„Wie wirst du handeln, trachtet ein Wesen danach, dich zu demütigen?"
„Mein Mitgefühl durch ein Lächeln bestätigen und die Situation verlassen."
„Was wird es dir bringen?"
„Freiheit, Ruhe, Glaube, Mut, Stärke, Mitgefühl, Verständnis, Kraft."
„Dann bist du wahrhaft gereift und nichts kann deine Bestimmung mehr aufhalten, keiner deinen Weg mehr verstellen.

Geh nun durch die violette Flamme, die du vor dir siehst, lass alles darin verbrennen, was an dir und in dir an Zorn und Enttäuschung war. Übergib dem heilenden Feuer dein bisheriges Leben der Unbewusstheit.
Geh hindurch, es wird dich kühlen wie das Schwert, nachdem es im Feuer glühte.
Nun wirst du all deine Ziele mühelos erreichen. Bleib dir ab sofort treu, vermeide raue Beziehungen - welcher Art auch immer - meide Menschen

und Situationen, die dir zu nahe kommen, in denen du dich nicht wohl fühlst.
Gönne dir ab nun jeden Tag immer wieder Ruhepausen, ernähre dich besser und lenke deine Aufmerksamkeit immer nur auf das, was du eben tust. Beobachte, wann du beginnst, vieles auf einmal zu tun, dann halte inne und konzentriere dich auf jedes Einzelne gezielt und mit höchster Aufmerksamkeit. Verzeihe dir und anderen, was geschehen ist, es diente deiner Reife.
Bevor du weiter gehst gibt es jemanden, der dir etwas zu sagen hat, höre...

Sie fühlte ihn mehr als sie ihn sehen konnte, er sprach zu ihr, ihr Beschützer und treuer Begleiter...
Ich grüße dich, und lasse dich wissen, du bist mir ebenbürtig, verkörperst das alte Wissen von Atlantis sowie Avalon in dir.
Kündige dir den Aufbruch zu neuen Ufern an und stehe für die Sonnenkraft, die dir inne wohnt.
Ich flüstere dir Botschaften der oberen Welten zu, bleibe treu an deiner Seite und höre den Ruf deiner Seele, um dich zu leiten und zu beschützen.
Ich lehre dich nun den Umgang mit den Kräften des Universums, lasse nichts deiner Sicht entgehen.
Doch sei achtsam, denn ich zeige auf deine und der anderen seelischen Verletzungen, die nachwirken und dich veranlassen, abrupte Wendungen einzuleiten, unerwartet, egozentrisch kannst du zuschlagen und dich im Dunkel verirren.
Dann höre meinen Ruf und folge mir, ich leite dich sicher durch das Gewirr.
So unvermutet, wie ich gekommen bin, so ich auch aber wieder verschwinde, leise und sanft mit den Schwingen in hohen Lüften, so sei dies aber auch ein Hinweis für dich, im Vertrauen und Geduld zu bleiben, deine Intuition zu leben und ihnen zu folgen. Du wirst geführt von der geistigen Welt, es liegt einzig an dir, dem rechten Weg zu folgen. So habe ich die Aufgabe, an deiner Seite zu sein, und werde dem folgen, so wie von jeher geheißen.
Solange du mich in dir weiter leben lässt, solange kann ich über dich wachen. Du darfst dir gewiss sein, ich werde dich immer und überallhin begleiten. Von nun an sei selbstbewusst, doch bleibe in dir mit dem Wissen um die wahre Existenz des Falken, der sich dir ein einziges Mal zeigen wird in seiner menschlichen Gestalt, und du wirst sehen, alsbald sich einiges ändern wird, zum Wohle deiner und die dich begleiten.

In diesem Moment, als sie die letzen Worte vernahm, lichtete sich ein Schleier. Schemenhaft nahm sie einen Falken wahr, dessen Gestallt sich wie aus Zauberhand verwandelte. Sein Körper wuchs, und nahm die Silhouette eines männlichen Körpers an, den sie zu kennen schien. Ihr Atem stockte, nur ein einziger winziger Augenblick genügte um all ihr sehnen wach zu rufen...
„Bleib bei mir, geh nicht weg", rief sie verzweifelt aus.
Doch so, wie er gekommen war, war er verschwunden.
Nur einen kleinen Augenblick lang hatte sie ihn wahrgenommen, „ihn", dessen Name sich in ihre Seele gebrannt hatte..., *„Er", dessen Liebe sie immer und überall hin begleitete... über alle Zeiten hinweg bis zum heutigen Tag.*
Leise und still wie Nebelschwaden an einem Herbstmorgen zogen Bilder an ihr vorbei.

Ein Paar, Hand in Hand, voller Liebe sich zugetan. Immer und immer wieder sah sie in andere Zeiten und andere Welten. Immer und immer wieder vereint voller Liebe und immer wieder getrennt durch Hass und Neid, durch Willen und Unwillen anderer, die sie zerstörten, die ihre Liebe versuchten zu töten. Sie sah die Mächtigen, die ihre Liebe verfluchten, um deren Kraft zu löschen.
Sie sah die beiden eng umschlungen in ihrer Not, hörte ihren Schwur aussprechen, der versprach, über alle Zeiten untrennbar verbunden zu bleiben, sich immer wieder zu finden, gleich, was kommen würde und wohin sie getrieben wurden. Um einst, wenn die Zeit reif war, sich erneut zu finden und ihre gesammelte Kraft zu vereinen, die zu stürzen, die alles zerstörten. Er, den sie so lange suchte und doch nicht fand...

***

Als sie gegen zehn Uhr morgens erwachte, lag sie zusammengekauert unter ihrer warmen Daunendecke. Ihre Augen wanderten durch die dunkle Nacht, ihr Herz schmerzte, sie war aufgewühlt, wie benommen, hatte sie das alles geträumt? Aber sie ging doch gestern...

Sie sprang aus dem Bett und eilte in ihr Vorzimmer, stolperte über ein Paar Schuhe, bevor sie den Lichtschalter neben dem großen gusseisernen Spiegel fand, machte Licht, nahm ihre Stiefel hoch... und sank in die Knie.
Sie spürte den kühlen Holzboden nicht, strich über das weiche Rauleder ihrer Stiefel und bemerkte, dass diese noch feucht waren.
Also musste sie gestern doch bei...

Ihre Gedanken drehten sich im Kreis; sie versuchte, klar zu sehen, aber alles war verschwommen, unklar - dann wieder sah sie kurz Bilder von einem Lichtstrahl, einer Pyramide...

NEIN, SIE MUSSTE DA GEWESEN SEIN!!! Ganz sicher, sie wusste es wieder, ja sicher sogar, ein glückliches Glucksen in ihrer Kehle entfloh ihr... immer ein Zeichen, dass etwas stimmte. Ja, sie war da, sie war bei der Schamanin und die Pyramide, die Visionen - all das hatte sie wirklich erlebt! Der Falke... nein, ihr Geliebter...
Aber die alte Frau? Sie war die Priesterin, die sie einst...?
Nein, wie könnte die alte Frau?... Sie strich sich mit der Hand über die Augen. Nein, soweit konnte das doch nicht wahr gewesen sein, sie musste benebelt gewesen sein, es war doch lachhaft, unmöglich, dass sie tatsächlich... Nein, es konnte nicht sein, sie konnte nicht die Priesterin sein und auch nicht sich plötzlich verjüngt haben und...
Abrupt stand sie auf und eilte zum Spiegel... starrte auf das Bild, das sich ihr bot. Das gab es nicht, das konnte nicht sein, das war nicht sie oder besser: was ihr entgegen sah, war sie vor fünfzehn Jahren. Sie sah aus wie etwa fünfundzwanzig!
Ihre Haut war straffer, ihre Augen glänzten, die kleinen Fältchen um ihre Augen waren verschwunden... Sie fasste sich ungläubig ins Gesicht, strich sanft über ihre Haut.
Sie musste träumen, sicher sogar, das war unmöglich...
„Nichts ist unmöglich“..., vernahm sie von weit her.
Sie drehte sich erschrocken im Kreis, hielt jedoch inne, lief ins Badezimmer, zog sich nervös an, schnappte den Schlüssel und eilte so schnell sie laufen konnte zu dem Haus der Schamanin. Sie musste sich Bestätigung holen jetzt, sofort!

Als sie außer Atem ankam, klopfte sie wild an deren Türe. Doch niemand öffnete. Sie rief nach ihr... nichts
Eine Frau kam des Weges... „Hier wohnt keiner, wen suchen sie denn?“, fragte sie hilfsbereit.
„Die Schamanin, ich suche die Schamanin. Sie wohnt hier, ich kenne sie doch“, rief Raphaela, die eine Gänsehaut überfiel und eine Ahnung hochstieg, die sie nicht als real ansehen konnte.
„Schamanin? Hier wohnte vor Jahren eine alte Frau, aber die ist schon lange tot und seitdem ist die Hütte unbewohnt; nur ab und zu kommt ein Mann vorbei, der scheinbar das Ganze etwas pflegt, keine Ahnung - vielleicht ein Neffe.“
„Das ist nicht möglich“, wisperte sie fassungslos. „Das ist nicht möglich, ich war doch hier, gestern noch und auch mein Freund kam hier oft her.

Die alte Frau, sie ist..."
„Nein, da wohnt keiner, sie müssen sich irren. Ich gehe jeden Tag hier vorbei, sie haben sich geirrt, vielleicht die Gasse verwechselt." Damit ging die Frau mit einem mitleidigen Ausdruck in ihren Augen, weiter. Raphaela stand vor der Türe, schüttelte verwirrt den Kopf, sah sich um. Nein sie war richtig, aber wie...
„Nichts ist wie es scheint, Raphaela...", hörte sie die Stimme der Schamanin
„Nichts ist Wirklichkeit und nichts ist Traum, folge deiner Bestimmung, ich bin bei dir, hab Mut und geh deinen Weg, es wird alles gut."

Raphaela berührte die alte Türe, durch die sie so oft ging. In ihr machte sich eine seltsame Gewissheit breit, die sie nicht kannte. Ein Lächeln huschte über ihr Gesicht. „Ja, ich habe verstanden, ich gehe meinen Weg."
Sie drehte sich um, ging gedankenverloren nach Hause, bereit, das Unfassbare anzunehmen, wie es war.
Sie würde das keinem erklären können, aber sie würde es aufschreiben - für diejenigen, die daran glauben wollten, dass es mehr zwischen Himmel und Erde gab, als sie jemals verstehen konnten.

***

Zur selben Zeit, saß Nicolas immer noch vor seinem Schreibtisch und verlor beinahe den Verstand... Vor ihm lag ein Berg an Papieren mit Aufträgen, die geplatzt waren, storniert wurden, oder abgesagt. Seit Monaten hatte er ein unbestimmtes negatives Gefühl, das ihn jemand hinterrücks abzusägen drohte. Jedoch schalt er sich als überarbeitet und mit diffusen Gedanken bestückt, also zwang er diese weit weg.

Nun aber musste er den Tatsachen ins Auge sehen, er war bankrot. Er hatte keine Ahnung, wie das so plötzlich kommen konnte. Wer oder was hatte es geschafft, ihn hinterrücks derart auszubooten und zu übervorteilen?
Er, der immer einen Riecher für gute Geschäfte hatte und immer eine Nasenlänge voraus war. Er holte sich ein kühles Bier aus dem Kühlschrank, setzte sich wieder an den Schreibtisch und begann nachzudenken.
Wenn er alles aufgab, was würde dann geschehen?
Er wäre erneut vor dem Ende und musste neu anfangen. *„Was wäre daran schlimm?"* Drehte er nun komplett durch? Er vernahm die Stimme der Schamanin, als stünde sie neben ihm.

„Die Niederlage wäre das schlimmste", hörte er sich antworten und fragte sich im selben Atemzug, ob er sich eigenständig in der Klapsmühle anmelden sollte, er sprach mit sich selbst.
„Das ist nicht notwendig, wohl aber ein Ende, um Neues zu beginnen", vernahm er neuerlich.
Schon wieder hörte er die Stimme so klar und deutlich, als stünde die alte Frau neben ihm. Er sprang auf, drehte sich um seine eigene Achse und fragte mehr sich selbst, „Himmel bin ich verrückt?"
„Nein, Nicolas, das bist du nicht, setz dich ruhig wieder. Es gibt keinen Grund zur Aufregung."
Er plumpste in seinen Sessel zurück, schneeweiß im Gesicht und drohte, einen hysterischen Lachanfall zu bekommen. „Ich muss verrückt sein, ich kann Sie hören, wo stecken Sie?"
„In deinen Gedanken", kam es leise lachend zurück.
Schweißperlen entstanden auf seiner Stirne. Er hatte ja schon einiges erlebt, aber dass er Stimmen hörte, war neu für ihn.
„Beruhige dich, ich bin sicher, die Erklärung kann dir Raphaela geben. Sprich einfach und höre auf meine Antworten, denk dir nichts weiter dabei, es ist völlig normal."
„Normal ja?" Er fuhr sich mit der rechten Hand über sein Gesicht, verharrte kurz, schüttelte den Kopf und meinte: „Ja klar weshalb nicht, ich muss das ja keinen erzählen..."
Ein Lachen ertönte. *„Also, was ist so schlimm, wenn du dem Kampf ein Ende machst?"*
„Die Niederlage, wieder von vorne beginnen zu müssen, die ganze Arbeit, die einem Zeit und Nerven kostet."
„Bist du schon einmal auf die Idee gekommen, dich an meine Worte zu erinnern? Dass der Kosmos einschreiten wird, wenn du immer wieder in alte Muster fällst?"
Verdutzt hielt er inne. „Welche alten Muster?" Im Moment hatte er tatsächlich keine Ahnung, von was die Frau sprach. Er war doch wie immer, dachte er im Stillen...
„Genau, du bist wie immer. Deine Entwicklung ließ einiges zu wünschen übrig."
„Wie konnten Sie meine Gedanken lesen, ich hab doch gar nichts gesagt?" Nicolas begriff immer noch nicht, dass die Stimme mehr seinen Gedanken entsprang und nicht einem Wesen, das vor ihm saß.
„Ich lese deine Gedanken Nicolas, die ganze Zeit über; aber kein Grund zur Beunruhigung, die meisten interessieren mich nicht und sind zudem normal, wie es ihr auszudrücken pflegt."
„Aber ich höre sie doch klar und deutlich?" Er kannte sich überhaupt nicht mehr aus.

„Natürlich hörst du mich klar und deutlich; weil du in dich versunken warst, nicht abgelenkt von verschiedenen Lärmpegeln. Du vernimmst meine Stimme in deinem Inneren so klar, als stünde ich vor dir, wie ihr es gewohnt seid, einen Gesprächspartner zu haben. Doch ich darf dir versichern, es ist Energie, Schall, Telepathie, nenne es wie du willst."
„Wow, aber ich kann doch sonst keine Stimmen hören?"
„Weil du dich bisher nicht damit beschäftigt hast. Davon abgesehen, wie glaubst du, ist es möglich, dass du an
Raphaela denkst und sie ruft dich an oder umgekehrt?"
„Hmm, Spaß halber hatte ich das immer Telepathie genannt, aber das war doch nur so daher gesagt."
„Das ist der Jammer mit den meisten unter euch. Ihr plappert ohne zu denken und wundert euch, wenn eure Gedanken sich verselbstständigen. Telepathie könnt ihr eben noch als lustigen Zufall erkennen, aber dass jeder Eurer Gedanken eine Resonanz ergibt, das wollt ihr nicht wahr haben! Ihr wünscht euch ständig tausend Dinge. Alles soll geliefert werden, was ihr anstrebt, nur wenn es um negative Gedanken geht, dann glaubt ihr naiv, dass diese nicht gehört und erfüllt werden."
„Also eigentlich wollte ich nur wissen, weshalb ich Sie hören kann", antwortete Nicolas perplex über die ausführliche Erklärung von der Stimme, die er vernahm.
„Ich weiß aber du warst eben offen, also gab ich dir Informationen, die du abspeicherst, bevor du dich wieder verschließt."
„Aha", war seine nicht eben geistreiche Antwort.
„So, nun von vorne, mein Guter. Hast du dir schon einmal die Mühe gemacht, dein Leben von höherer Warte aus zu sehen?"
„Nein, nicht direkt - oder ja, einmal mit Raphaelas Hilfe aber..."
„Aber zu faul, zu ignorant und zu beschäftigt, nicht wahr?", erklang es erbost, so dass ihm leicht mulmig wurde.
Kleinlaut musste er zugeben, dass dem so war.
„Wie wäre es wenn du deine jetzige Situation als Resonanz deines Hochmuts siehst, um zu erkennen, wie es Raphaela die ganze Zeit über erging. Du würdest ihr in dieser Situation vermutlich sagen, sie soll alles aufgeben und einfach einen anderen Job anannehmen, nicht wahr?"
Räusper, „nun ja, aber es wäre doch das Vernünftigste für sie."
„Schön, dann ist es auch das Vernünftigste für dich, um aus den roten Zahlen zu kommen. An der Tankstelle unweit von hier zum Beispiel oder im Supermarkt wird Hilfe gesucht. Ich bin sicher, weibliche Wesen sind erfreut darüber, einen charmanten Mann an der Kasse zu sehen", sprach sie etwas sarkastisch für seinen Geschmack.
Entrüstet wehrte er sofort entschieden ab. „Ich kann doch nicht irgendetwas tun? Ich war schließlich selbstständig! Ich kann nicht irgendwo als

Angestellter arbeiten, noch dazu in so einem Beruf, da drehe ich durch, der Typ bin ich nicht - ich bin eine Führernatur! An der Kasse! Ich bin doch kein Idiot."
„So, so! Du findest also Menschen, hauptsächlich Frauen, die ja solche Arbeit zumeist verrichten dumm, wenn ich das Wort Idiot so verstanden habe."
„Das habe ich nicht gesagt", brummelte er vor sich hin. Aber ich bin ein Mann, bitte."
„Ach und damit etwas Besseres?"
Er sog die Luft stark ein, bemerkte Groll in sich aufsteigen.
„Du wirst wütend? Mein Lieber, vielleicht denkst du darüber nach woher es kommt, dass du dich über eine Frau stellst. Oder willst du sagen, es gibt für dich Ebenbürtigkeit? Eine Führernatur, sieh mal einer an..."
„Ja, bin ich, zumindest habe ich die Qualität, Raphaela hat das immer bestätigt", sprudelte es nun trotzig aus seinem Mund.
„So, so, Raphaela hat das immer bestätigt", wiederholte sie. *„Seltsam, dass du alles glaubst, was dein Ego nährt, aber dich wehrst, wenn es um andere Dinge geht."*
„Zum Beispiel?"
„Liebe, Vertrauen, Glauben und so einiges mehr, was eure Beziehung angeht."
„Was wird das jetzt, ein Verhör?" Er spürte, dass er gleich hören würde, was er nicht hören wollte.
„Sehr richtig! Du wirst hören, was du nicht willst. Weshalb denkst du, ist deine Existenz am Fallen?"
Er biss an seiner Unterlippe herum, bis er mühsam heraus presste: „Weil ich nicht aufgepasst habe, mich scheinbar jemand ausgebootet hat."
„Ach ja, Ihr Erdlinge müsst aufpassen, dass euch in eurer Arbeit keiner über Bord schmeißt, nicht wahr? Wie ist das mit Beziehungen, kommt es da auch hin und wieder vor, dass man ausgebootet wird?", fragte die Stimme leicht süffisant.
„Ja sicher", brummte Nicolas undeutlich in seinen nicht vorhandenen Bart.
„Wie bitte? Ich habe dich nicht verstanden."
„Ja sicher", schrie er unangenehm berührt.
„Tatsächlich, aber dir würde das vermutlich nicht passieren, nicht wahr? Du weißt ja sicher, dass Raphaela dich liebt und alle Zeit der Welt hat, auf dich zu warten."
Er atmete tief durch... „Nein, weiß ich nicht, ich weiß gar nichts! Ich habe keine Ahnung, was ich tun soll, wohin das alles führt, welcher Weg der richtige ist und ob sich dieses ganze Sch... Leben auszahlt!" Er schrie es Voller Verzweiflung aus. „Verzeihung ich bin... ich habe... ach, was weiß ich."

Einen Moment lang hörte er nichts, war sie weg? „Hallo sind sie noch da?"
„Natürlich, ich bin immer hier."
„Tut mir leid, ich wollte nicht schreien."
„Ich weiß. Aber weißt du nun mehr?"
„Nein, was soll ich denn tun?"
„Eigenartig, das hast du mich vor langer Zeit gefragt, hast du dich an meinen Rat gehalten?"
„Nein."
„Und wie war das mit Raphaela? Hast du dich an ihre Hilfe und ihren Rat gehalten?"
„Nein. Ja, also am Anfang hin und wieder."
„Hast du ihr geglaubt, wenn sie dir gezeigt hat, wo der Weg hinführt - sofern du ihr vertraust?"
„Nein."
„Aber wenn sie dich beweihräuchert und dir bestätigt, wie toll du bist - dann ja, dann glaubst du ihr das, nicht wahr?"
Verschämt merkte er soeben, dass er sich benommen hatte wie ein unreifer Teenager, der nur hören wollte, wie toll er war, aber den Rest als Manipulation eines Erwachsenen ansah, der ihm das Gefühl gab, nicht zu wissen, was gut für ihn ist.
„Es lag ihr fern, dir dieses Gefühl zu vermitteln; es ist dein Gefühl, das du selbst durch deine eigenen Gedanken erzeugt hast, sie trifft also keine Schuld, wenn du dir etwas einbildest."
„Ja, das stimmt wohl," meinte er kleinlaut und erneut verwundert, dass sie alle seine Gedanken lesen konnte, was ihn auch beunruhigte aber nicht ansprechen wollte. Wozu? Scheinbar wusste sie es ohnehin, was er ständig dachte...
„Also noch einmal für etwas kleinkariert denkende Erdlinge."
„Na hören Sie mal, ich dachte..."
„Dass ich nicht fähig bin, dich verbal zu ärgern? Mein Lieber, ich spreche in deiner Sprache, um Missverständnisse auszuschließen, du erlaubst?", fragte sie ohne Widerspruch zu dulden, den er sich ohnehin nicht zu erlauben getraute. Langsam gewann er Gefallen an dem eigenartigen Gespräch, wenn auch mit einem leisen Unbehagen. Es war, als hätte er irgendwie Halt und Stütze gefunden, woher auch immer diese zu kommen schien.
„Nun, wie denkst du wirst du handeln?"
„Arbeitsbedingt? Keine Ahnung. Bevor Sie hier waren, dachte ich noch, ich versuche das Ruder herum zu reißen; aber jetzt bekomme ich das Gefühl nicht los, dass ich alles hinschmeißen sollte um etwas Neues anzufangen. In mir ist seit langem eine Sehnsucht, meinen alten Traum zu erfüllen."

„Welchen?“
„Hmm, das klingt jetzt vielleicht... na ja, ich habe Maurer gelernt und ich wollte immer ein altes Haus kaufen und es neu bauen. Irgendwo im Grünen.“
„Was hält dich davon ab?“
„BIS JETZT DIE Zeit und auch... für wen hätte ich das tun sollen?“
„Bist du niemand?“
Er lachte leise. „Ja schon, aber meine Zeit war gering für solche Projekte.“
„Nun, jetzt wirst du jede Menge Zeit haben. Es ist alleine deine Entscheidung, sie haben zu wollen.“
In ihm keimte Freude auf, er fühlte sich wie ein kleines Kind, das versprochen bekam, einen Baukasten zu erhalten.
„Und wie gedenkst du deine Beziehung zu lösen?“
„Waaas? Ich will sie nicht lösen?“
„Bist du sicher?“
„Ja, natürlich bin ich sicher.“
„Dann hast du eine seltsame Art, sie zu erhalten.“
Verdutzt sah er ein imaginäres Gegenüber an - aber es war nur der leere Raum, in den er starr blickte. „Was genau meinen Sie jetzt?“
„Willst du mir weiß machen, dass du dein Verhalten als Bereicherung innerhalb eurer Beziehung siehst?“
„Jaaaaeeeeeeeeeeeeeein“, kam es unsicher von ihm.
„Denkst du wirklich, Raphaela gehört zu den Frauen, die ewig zusehen und in einer Rolle verhaftet bleiben, die ihr - in diesem Fall von dir - aufgezwungen wurde? Könnte es nicht sein, dass du ausgebootet werden kannst? Soweit ich mich erinnere, hatten wir einmal ein Gespräch über... es fällt mir eben nicht ein, weißt du es?“
Sie wusste es, wollte aber, dass er selbst darauf kam, damit er auch tatsächlich verstand, worum es ging.
„Hmm, es ging um die kosmischen Kräfte, die einschreiten würden, wenn ich nicht fähig wäre, meine Aufgabe anzunehmen und man mich quasi ausmistet, damit jemand nachrückt; derjenige, der dieser Aufgabe gewachsen war.“
„Gut mein Junge, du hast es wohl kapiert.“
Schreck fuhr ihm in die Glieder, als er gleichzeitig fragend ausrief... „Soll das heißen, Raphaela hat einen anderen Partner?“
„Nein, das heißt, sie hat demnächst einen neuen Partner, der mehr Gefühl, Verständnis, Rückgrat und vor allem Mut hat, als du aufbringen möchtest.“
Autsch, diese verbale Aussage saß gewaltig. „Aber ich war doch immer da und ich hab doch Verständnis und Mut? Soll das heißen, ich bin feige?“, rief er entrüstet.

„Frage zurück, soll das heißen, es ist mutig, sich ständig zurückzuziehen und sie alleine zu lassen, wenn ihr einziger kleiner Wunsch an dich ist, deine Nähe als Halt und imaginären Schutz zu genießen?“
Autsch, schon wieder ein verbaler Schlag. Er stand weil aufgesprungen da wie ein Kalb auf der Weide, nicht wissend, was er in der großen Welt nun verloren hatte. „Aber ich habe doch“... Er hielt inne, griff sich entsetzt auf die Stirne, fiel wieder in den Sessel und meinte: „Mir wird schlecht.“
„Tja, kein Wunder, das wäre mir an deiner Stelle auch.“
Sein Magen rebellierte eben gewaltig, als ihm schlagartig klar wurde, dass er Raphaela benutzte, mehr oder weniger. „Furchtbar - ich war da, ja! Aber eigentlich habe ich immer Schutz bei ihr gesucht, wenn es mir schlecht erging; aber sobald sie mich brauchte, bin ich mit tausend Ausreden geflüchtet, hatte ständig etwas zu tun und war für jeden anderen mehr da als für sie.“
„Das ist das eine Gravierende; wobei, was ist schlecht daran, Schutz zu suchen?“
„Nichts, wenn man sich nicht benimmt wie ein Fünfjähriger im Kindergarten. Ich habe sie im Stich gelassen, wenn sie mich am dringendsten brauchte. Ich dachte, ich drück ihr etwas Geld in die Hand oder kauf ihr mal was Hübsches, damit ist die Sache wieder in Ordnung.“ In ihm breitete sich eine tiefe Traurigkeit aus, die ihm die Luft zum Atmen nahm. „Oh mein Gott, was ist jetzt, was sind das für furchtbare Schmerzen, bekomme ich einen Herzinfarkt?“, wurde er panisch, wobei er sich ans Herz griff und sich krümmte. „Oder werde ich wieder krank, Himmel bitte nicht bloß nicht!“
„Nein mein Lieber, du darfst lediglich fühlen, welchen Schmerz du Raphaela ständig beschert hast“, meinte die Stimme ungerührt.
„Waas? Das ist nicht wahr! Sagen Sie, das ist übertrieben, das kann ja kein Mensch aushalten!“
„Tatsächlich? Dein Glück, dass sie kein gewöhnlicher Mensch ist. Ich würde doch vorschlagen, du kümmerst dich umgehend um Verbesserung ihres Zustandes, denn wenn ich nicht irre, hat sie sich mehr als geduldig um den deinen gesorgt. Ich würde meinen, du hast einiges zu erledigen in nächster Zeit.“
Plötzlich war der Schmerz in Nicolas wieder so verschwunden wie er kam. „Wo ist das jetzt hin?“ Er griff seinen Körper verwundert ab, als würde er etwas verlegt haben.
„Ich sagte doch, du darfst fühlen, mehr nicht. Ich denke, das war genug, oder möchtest du noch einmal?“
„Himmel, nein danke... das reicht. Ich habe es schon kapiert“, seufzte er kummervoll.

„Dann ist es ja gut. Noch Fragen oder hast du ausnahmsweise selbst eine Idee, was zu tun ist und zwar in jedem Bereich deines Lebens?“
Er schwieg für einen Augenblick, atmete tief durch und antwortete ruhig und besonnen. „Nein, ich weiß, was ich zu tun habe. Ich werde die Firma abstoßen, mir Urlaub nehmen, danach mit Raphaela Urlaub machen, sie einladen und danach mit ihr gemeinsam überlegen, was sie sich wünscht, was ich mir wünsche, wo wir gemeinsam etwas erschaffen können und vor allem, werde ich meinen Traum erfüllen. Ich habe noch Geld für den Notfall auf einer Schweizer Bank deponiert, das wird reichen, um ein altes Haus zu kaufen und meinen Traum Wirklichkeit werden zu lassen, und wenn sie mich noch will, dann möchte ich, dass sie meinen Traum als unseren ansieht.... wenn sie mich noch will.“
„Dann frage sie doch einfach...“ Die Stimme verblasste unmerklich.
Nicolas war in seinen Gedanken vertieft, die ihm eine schönere Zukunft mit Raphaela vor Augen hielt.
„Bleib auf deinem neuen Weg Nicolas und vertraue deiner inneren Stimme wie auch der Raphaelas; sie wird dich in Liebe begleiten; deine Herrschaft ist nur dann gegeben, wenn du sie als das erkennst, was sie für dich ist...“ Die Stimme war weit weg, doch er bemerkte dies nicht, so versunken wie er war.
„Sie ist meine Königin, die Frau, die ich liebe und niemals mehr missen will...“, flüsterte er leise doch bestimmt.
„Nun bist du auf dem richtigen Weg... vergiss nicht, was du erfahren hast...“
„Hallo? Sind sie noch da...?“
Er drehte sich um, stand auf... „Hallo!“ Sie war weg... einfach so.
Er fuhr sich über die Augen, sah auf die Uhr, die gegenüber des Schreibtisches an der Wand hing, bemerkte, dass sie vor Stunden stehen geblieben war, blickte auf die Armbanduhr, dabei stockte ihm der Atem. Er schob die Schublade auf, in der sich weitere Uhren aus seiner Sammlung befanden... alle zeigten dieselbe Stunde. Das war nicht möglich. Als er das letzte Mal auf die Uhr sah, war es genau zweiundzwanzig Uhr, da vernahm er die Stimme. Es müssen Stunden vergangen sein, es konnte unmöglich immer noch zehn Uhr Abends sein?
Völlig perplex saß er steil aufgerichtet da, fragte sich, ob er ein Burn-out hatte oder doch total verrückt? Aber alles was er hörte und antwortete, entsprach den Tatsachen.... Er brauchte einen Cognac; einen wenigstens, mehr verbat er sich, hatte doch die Stimme ihm deutlich zu verstehen gegeben, dass sein Weg sich bisher kaum geändert hatte..... Er hatte nicht vor, diesmal stecken zu bleiben, aber all das eben... Nein, er schüttelte den Kopf, das war ihm zu hoch, zu gespenstisch. Er musste... bei dem Gedanken an Raphaela wurde ihm warm ums Herz; er lächelte,

wurde ruhiger, beschloss, sie morgen zu besuchen und alles zu besprechen, was sie beide auf dem Herzen hatten. Und diesmal würde er sie spreche lassen, ihr aufmerksam zuhören und ihr endlich all das sagen, was er zuvor nie aussprach. Er liebte sie und auch wenn ihm ein „ich Liebe dich" schwer über die Lippen kam, er wollte es ihr sagen und hoffte, das Leuchten in ihren wunderschönen dunklen Augen wieder zu sehen, so wie anfangs, als er sich noch um sie bemühte. Er wollte alles wieder gut machen, was er ihr an Schmerzen zugefügt hatte. Er wollte sie und keine andere Frau in seinem Leben haben, das wurde ihm in jeder Sekunde bewusster. Sein Herz begann, heftig und aufgeregt zu schlagen. Raphaela, wie sehr ich dich liebe, wie sehr ich dich liebe... Mit diesen Gedanken ließ er die Nacht Einzug halten.

***

Als Raphaela morgens erwachte, fühlte sie sich so ausgeruht wie schon lange nicht mehr. Sie wusste zwar immer noch nicht, wie sie nach dem Besuch bei der Schamanin nach Hause gekommen war, jedoch war das im Moment nicht so wichtig. Was sie nicht verstand - noch immer nicht - war wie es sein konnte, dass sie in diesem Haus so oft zu Besuch war aber keiner darin wohnte? Es war, als wäre sie in einem Zeitloch gewesen... Sie würde es schon herausfinden. Vorerst war ihr viel wichtiger, was sie alles erkannte; vor allem, dass sie all diese negativen Gefühle annehmen konnte und dadurch ein tiefes Mitgefühl mit sich selbst und anderen aufbauen konnte. Dafür war sie unendlich dankbar. Für Raphaela war nun ganz klar, dass sie ihren Weg weiter ging und erneut ausmistete, was sie nicht brauchen konnte in ihrem Leben. Sie wurde geschützt - immer - und dieses Vertrauen hatte sie seit gestern wieder gefunden. Sie hatte plötzlich wieder Kraft zu schreiben, wusste wieder, was sie überhaupt schreiben wollte und auch, dass sie ohne Angst nun alle Arbeiten fallen ließ, die sie bisher glaubte tun zu müssen, um sich selbst rechtfertigen zu können. Die aber eigentlich bisher nichts gebracht hatten, außer den Frust, dass sie nie ganz mit dem vollen Herzen bei der Sache war und deshalb naturgemäß auch keinen Erfolg haben konnte.
Sie wusste nun ganz sicher, dass sie sich immer nur wünschte, schreiben zu dürfen und sich auch immer nur als Autorin sah, die durch ihre Bücher Licht in die Welt brachte. Ab und zu vollbesuchte Seminare hielt und sonst ihrem Garten, den sie sich wünschte, Zeit schenkte, um damit einen Beitrag zur Erhaltung der Natur schenken konnte.

Sie war nicht der Typ, der sich ständig mit den Problemen anderer befassen wollte, weil sie einfach zu offen war für die Schmerzen anderer und sich damit selbst nichts Gutes tat. Sie konnte sich endlich eingestehen, dass dies nicht ihre Aufgabe war, nicht in der Form, die sie bisher versuchte.

Sie war ein Mensch, der gerne unter anderen war, aber eben eher selten; sie brauchte ihren Rückzug, sie brauchte die Stille und die Natur. Das ganze Rambazamba war sie nicht, niemals, wie sie jetzt deutlich zugeben konnte. Sie wusste es zwar immer, war aber immer in dem Zwiespalt zwischen: heilen bedeutet, mit vielen Menschen zusammen zu kommen, zwangsläufig. Alleine das Wort zwangsläufig gab ihr zu denken. Oder aber, lieber für sich selbst zu leben mit dem Mann, den sie liebte und ab und an spontan etwas zu unternehmen, ohne Stress durch andere durcheinander zu kommen, einfach irdisch leben wollen.

Sie musste sich tatsächlich oft dazu zwingen, die Probleme anderer zu lösen, wie also sollten da Menschen den Weg zu ihr finden, wenn ihre eigene Energie im Grunde auf Abstand halten eingestellt war. Wobei das natürlich nicht für alle galt; sie hatte einiges an Klientel, das ihr sehr am Herzen lag; doch waren es diejenigen, die selbst Lichtarbeiter waren und dies manchmal noch gar nicht glauben konnten. Mit denen war sie gerne zusammen, half auch deren eigenes Licht zu entfachen; das war, was sie liebte: wirklich liebevollen Wesen ihr eigenes Licht und ihre Stärken hervorheben zu helfen.

Sie liebte es auch durchaus, manchmal unter verschiedenen Menschen zu sein und auch die Musik zu hören, den verschiedenen Geräuschen zu lauschen. Allerdings hielt sie es meist nur sehr kurz aus.

In ihr waren ständig tausende Gedanken, die sie für ihre Bücher nutzen konnte. Sobald sie zuviel abgelenkt wurde, hatte sie ein Chaos in ihrem Kopf, brauchte Tage, bis sie wieder ruhiger wurde. Die Hektik der Außenwelt war nur bedingt für Raphaela erträglich, was sie mittlerweile auch zugeben konnte ohne Angst, für eigenartig gehalten zu werden. Sie konnte endlich zu sich selbst stehen und dem, was sie nun einmal ausmachte.

Fröhlich hüpfte sie ins Bad, machte sich frisch, stellte Kaffee zu und bemerkte, dass sie für zwei kochte. Lächelnd dachte sie an Nicolas... als in diesem Moment der Gong der Türe zu hören war. Sie lachte, sie wusste, er war es.

„Hallo, darf ich herein kommen, ich... ich, es tut mir so leid, ich bin ich habe, wie ich dich immer behandelt habe, bitte verze...“ Er kam nicht weiter, sie lachte, zog ihn zu sich herab, küsste ihn, zog ihn mit sich in die Küche, wo schon der köstliche Duft frischen Kaffees und Gebäcks auf sie wartete.

„Erwartest du noch jemanden?", fragte er angstvoll, wobei sich das Bild eines großen stattlichen Mann vor seinem inneren Auge auftat, wenn er an das Gespräch mit der Stimme gestern dachte.
„Ich wusste einfach, dass du kommst."
„Na toll, noch eine alte Hexe", grinste er.
„He, Alte hab ich überhört", bemerkte sie leicht beleidigt und fühlte, wie immer bei solchen Bemerkungen seinerseits, einen kleinen Stich im Herzen. Ihr altes Thema, sie hatte Angst, für ihn alt zu sein... verwarf den Gedanken aber wieder.
„Entschuldige, du weißt wie ich das meine."
„Ja, ich weiß immer, was du meinst", grinste sie frech, verdrehte die Augen, nahm zwei Kaffeebecher aus dem Schrank und stellte ihm diese samt Teller und Frühstück vor die Nase.
„Hmm, köstlich danke", er rutschte etwas unsicher auf seinem Stuhl hin und her und begann, die warmen Brötchen mit Butter zu bestreichen, biss herzhaft hinein, nicht ohne sie zu beobachten.
„Also schieß los, es liegt dir doch etwas auf dem Herzen, Liebling?"
„Ähem... ja, also ich, pff ich brauch noch etwas, bitte."
„Was? Nen Schlag mit der Bratpfanne?", lachte sie erneut.
Grinsend antwortete er zwischen kauenden Geräuschen: „Ja, so kann man es nennen. Also erst Frühstück ja?"
„Ok." Damit ließ sie ihn essen, erzählte ihm in der Zwischenzeit, dass sie bei der Schamanin war, etliche Erkenntnisse hatte, etwas Unglaubliches erlebte, das mit reiner Energie zu tun hatte, dass sie nun genau wusste, was sie tun wollte und das auch durchzog, komme was da kommen will. Dass sie nach all den fruchtbaren Gesprächen allerdings gestern das Merkwürdigste erlebte, das ihn umhauen würde und sie nicht sicher wäre, ihm das erzählen zu können; allerdings würde er zwangsläufig ohnehin selbst darauf kommen, sobald er eventuell die Schamanin besuchen wollte, die nun nicht mehr da war.
Er sah sie nur staunend an und bemerkte plötzlich...
„Sag, hab ich einen Augenschaden oder wie? Was hast du mit deiner Haut gemacht? Ich meine, versteh das jetzt bitte nicht falsch, aber du siehst... also du siehst..." Er hatte Angst, sie würde dies nun wieder als Beleidigung auffassen, wo sie doch in letzter Zeit Probleme mit ihrem Alter hatte, was er übrigens nicht nachvollziehen konnte. Für sie war sie wie sie ist und basta.
„Äh, ja also ich, nein..." räusper, „also das ist so." Sie holte tief Luft,... dann wurde ihr bewusst, dass ihre Verjüngung wohl tatsächlich stattgefunden haben musste, wenn Nicolas das ernsthaft bemerkte?
Sie grinste über das ganze Gesicht... echt? Siehst du wirklich tatsächlich eine Veränderung?

„Ja schon, es ist als wärst du plötzlich um die fünfundzwanzig", dabei sah er sie noch genauer an, als hätte er sie unter der Lupe.
„Juhu", rief sie erfreut aus, dabei klatschte sie wie ein Kind in die Hände und fiel ihm um den Hals.
„Bitte, was hast du den gemacht?" Er ließ Brötchen, Brötchen sein und sah sie nur erstaunt an.
„Och, das ist eine lange Geschichte, ich erzähle sie dir. Aber fang mal du an. Ich glaube, du hattest etwas auf dem Herzen, oder?"
So war sie, genau so, sie fragte immer zuerst ihn, was er auf dem Herzen hatte, das fiel ihm heute endgültig auf. An sich wollte er ihr den Vorrang geben, doch in ihm drängte es danach, ihr all das Schöne zu sagen, das er nie ausgesprochen hatte; er wollte sie glücklich sehen; danach sollte sie ihm alles erzählen können, was sie erzählen wollte und er würde sich alle Zeit der Welt nehmen, nahm er sich zumindest für heute vor.
„Mein Buch ist übrigens fast fertig, nur noch ein paar Feinheiten, dann ab zum Verlag."
„Wow, das ist eine gute Nachricht. Ich bewundere dich, weißt du das?"
„Du mich?" Raphaela blieb kurz der Mund offen stehen, das hatte er noch nie zu ihr gesagt. „Und warum?"
„Weil du zu dir stehst und weil du immer wieder fest an das glaubst, was du tun willst, ungehindert deiner schweren finanziellen Situation."
„Ach weißt du, wenn ich mir das so ansehe, dann muss ich sagen, es ist bisher immer wieder irgendwie im Leben weiter gegangen! Auch, wenn es oft hart an der Grenze war, ich hab immer noch ein Dach über dem Kopf und etwas zu essen und die Rechnungen... gut ja, die sind nicht immer pünktlich bezahlt worden. Aber so ist es, ich komm trotzdem zurecht und das wichtigste - ich lebe, bin gesund, hab Freude zu leben und ich liebe die Natur und meine Tiere und die Freunde und... dich."
Er sah sie liebevoll an und sprach... „Ich liebe dich auch, und genau das ist nun mein Problem, weil ich erkannt habe, wie wenig an Gefühlen ich dir gezeigt habe. Du hast so viel für mich getan und ich habe dir gegeben, was ich für mich richtig hielt. Mir war nie klar, dass für dich andere Dinge wichtiger sind oder besser gesagt, du andere Prioritäten hattest als ich."
„Schon gut, du hast ja auch viel für mich getan, eben auf deine Weise, auf eine Art die du gelernt hast."
„Ja habe ich, aber es ist nicht genug: etwas zu tun, was wir gelernt haben; es ist wichtig, sich weiter zu entwickeln und das habe ich wohl ziemlich vermasselt," meinte er mit einem zerknirschten Ausdruck im Gesicht.
„Na ja, so schlimm würde ich das jetzt nicht sehen, du bist eben nicht der Schnellste", kicherte sie.
Grinsend verzog er das Gesicht, spielte den Beleidigten, brachte sie dazu, schallend zu lachen.

„Los rück schon raus“, lächelte sie, du willst mir etwas Bestimmtes sagen oder?
„Na ja, du bist unglaublich; hast immer noch ein Dach über dem Kopf und ich bald keines mehr und nun weiß ich nicht, was ich tun soll...“
„Och, es war zu erwarten, dass es so kommt, wusste ich ohnehin, aber was ist daran schlimm, außer dass dein Stolz sich mächtig angekratzt fühlt?“
„Was heißt, du wusstest das?“ Er saß mit erstauntem Ausdruck im Gesicht vor ihr und verstand gar nichts mehr.
Lächelnd erwiderte sie: „Hast du vergessen, dass ich hellfühlen kann? Es war klar, dass dein Leben einen drastischen Hieb bekommen würde, so wie du dich gegen alles gewehrt hast und dich an Altem festgehalten hattest und nicht auf deinem bestimmten Weg warst. Und damit meinen ganz schön blockiert hattest. Fast hätte ich dich verlassen, wenn ich nicht die Hoffnung gehegt hätte, dass dir ein Geistführer die Augen öffnet.“
Jetzt stand sein Mund offen. „Was ist ein Geistführer?“, fragte er fassungslos.
„Jemand, der dir neue Gedanken eingibt oder sich bei dir verbal meldet. Hat er sich gemeldet?“, kicherte Raphaela. „Wurde auch Zeit!“
Anhand seines Gesichtsausdrucks wusste sie genau, dass Nicolas etwas erlebt haben musste, das ihn etwas durcheinander brachte. Sie musste stark an sich halten, um nicht weiter zu kichern, hielt sich aber zurück, um ihn nicht zu veranlassen, sich in sein typisches Schneckenhaus zurückzuziehen.
„Also schieß los, ich bin neugierig“, dabei biss sie herzhaft in das nächste Brötchen. Sie hatte heute einen Hunger, als wäre sie die Nacht in den Bergen durchgewandert.
„Ich hatte heute Nacht eine Stimme in meinen Räumen. Die Stimme kam von der Schamanin, die mir ganz schön die Leviten gelesen hat.“
„Aha“, war die einfache Antwort... und weiter? Was hast du erkannt?“
„Dass ich wohl ständig der Annerkennung nachgejagt bin und dich dabei vergessen hatte. Dass ich mich benehmen musste wie ein Arschloch, um zu lernen, welche Reaktion das ergibt. Und dass ich so viel getestet habe, bis mir endlich klar wurde, das wichtigste ist Liebe, Zufriedenheit, Freude und das Ganze möglichst durchzogen mit konstruktiven Diskussionen, die uns weiter bringen sollen, aber nicht in Abgründe schleudern.

Und dass alles, was wir beide zusammen fertig bringen und du aufschreiben kannst, für andere auch wichtig ist; und ich dich unterstützen sollte und nicht, dir das Leben mit meiner Launenhaftigkeit und meinem unruhigen Leben zu erschweren. Letzteres habe ich im übrigen vor, positiv zu ändern, wenn du mir hilfst. Ich möchte mit dir leben und ich möchte, dass

du deine Ideen einbringen kannst und ich hab eine Überraschung", grinste er, verriet aber nicht, dass es um ein Haus ging.
„Aha und was wäre das?", sah sie ihn neugierig und beinahe belustigt an...
„Er beugte sich zu ihr, küsste sie... „Lass dich Überraschen, ab jetzt wollen wir alles was schön ist."
Er wunderte sich, denn was er ihr verbal ausbreitete, wurde gestern nicht angesprochen. Wie kam es, dass er nun mit solchen Erkenntnissen um sich schleuderte? Egal, es gingen hier Dinge vor sich, die er sich mit dem Verstand ohnehin nicht im entferntesten erklären konnte, es war eben so wie es war.
Innig küsste sie ihn noch einmal, bemerkte, es wäre wohl an der Zeit, sich alles zu erzählen, was sich zugetragen hat und auch noch einiges mehr, was scheinbar anstand und ausgesprochen werden sollte. Er bejahte dies und so verbrachten sie beide den ganzen Tag damit, sich die Begebenheiten zu schildern, die sie beide erlebten. Beschlossen dabei, sich ab sofort mehr Zeit für ihre Beziehung zunehmen, wobei der Part mehr Nicolas zufiel.

Raphaela ließ ihn nach dem gemeinsamen Abendessen und einem wunderschönen gemeinsam verbrachten Tag ziehen; er brauchte nun auch Ruhe, um sein Leben zu ordnen. Sie selbst wusste, was sie zu tun hatte. Ihre Aufgabe würde sie nun annehmen, sie würde weitere Bücher schreiben, die anderen helfen sollten zu verstehen. Vor allem zu verstehen, sich selbst niemals zu verleugnen, den Partner zu achten und zu schätzen, um seine Liebe zu kämpfen, indem man niemals den Glauben daran aufgibt, aber vorsichtig zu sein, nicht gegen dessen Wünsche zu handeln.
Aber auch zu lernen, den anderen ziehen zu lassen, wenn dieser noch Aufgaben zu erfüllen hat, die zwingen, weggehen zu müssen. Sich zu besinnen, dass wir alle verbunden sind, es keine Trennung gibt, da Geist und Seele eins waren, es sind und immer sein werden. Dass alleine der Körper Grenzen setzt, Raum und Zeit nicht existent sind, wie wir sie zu kennen glauben.

***

Sie ging auf ihre Terrasse, sah in die dunkle Nacht, als sich plötzlich vor ihr im Geäst ein Schatten erhob. Nur vage erkannte sie den großen Vogel, ein Pfeifton entrang seiner Kehle, als er seine mächtigen Flügel schwang und kreisend über dem Baumwipfel flog. Einen Augenblick lang glaubte Raphaela, im silbernen Mondlicht einen Falken zu erkennen.
„Der Falke", flüsterte sie erschauernd, während sie ein erleichterndes Schluchzen übermannte. Tränen rannen über ihr Gesicht und ein un-

glaubliches Glücksgefühl durchströmte sie. Es gab ihn wirklich, ihren Beschützer; sie ahnte es immer, sie suchte nach ihm und doch war es zu unglaublich, zu irrational, zu unfassbar... Sie lächelte. „Ich danke dir, mein treuer Freund, seit Anbeginn der Zeit mein Begleiter, ich danke dir. Wir werden uns wieder sehen, in einem anderen Leben, wenn die Saat aufgegangen ist."
Eine Welle der Dankbarkeit erfüllte sie. Sie war sich nun sicher, dass sie die Fähigkeit besaß, zwischen den Welten zu sehen und zu leben, sich mit den Tieren zu verständigen und sie als das zu erkennen, was sie wahrhaft sind. Verbündete, die mehr als Menschen verstehen, Geistseelen, die sich als stumme Helfer zur Verfügung stellen, damit sie alle lernen konnten.
Vor allem von ihnen lernen konnten, sie ihnen so viel beibrachten, ohne dafür jemals Forderungen zu stellen.

Sie seufzte... Sie würde noch viele Jahre die Erde bewohnen, ihre Aufgaben mit Dankbarkeit erfüllen, so viel Gutes bewirken, wie sie nur konnte. Die Menschen lehren, sich mit den Tieren zu verständigen, sie und Mutter Natur zu achten und zu schützen, auf ihre eigene Intuition zu hören, sich von Macht und Manipulation anderer zu befreien, ihre ureigenste Kraft wieder zu finden, ihr Leben zu so gestallten wie es ihrem Herzen entsprach. Es war Zeit, die Zeichen verständlicher zu machen, den Mut in all denen zu entfachen, die bereit waren, sich über engstirniges, konventionelles Denken zu erheben.
Es gab viel zu tun... Sie war bereit, spürte eine unbändige göttliche Lebenslust, die sie an andere weiter zu geben gedachte. Die Sterne glänzten am Firmament, der Himmel färbte ein seltenes Violettblau in die dunkle Nacht.
Raphaela stand hoch aufgerichtet auf ihrer Terrasse, sah über die Stadt, breitete ihre Arme aus, der Wind zersauste ihr Haar, ihr dünnes Hemdkleidchen umschmiegte ihren Körper. Sie hob die Arme, ihr Gesicht gen Himmel gerichtet, schloss die Augen, fühlte in ihrer Mitte eine eigenartige Kraft, strahlend wie ein Diamant, der sich drehte, schneller und schneller. Eine seltsame warme, kräftige Energie schoss durch jede ihrer Zellen, als würde die Sonne selbst aus ihr strahlen.
„Laschka el scha cha, laschka el ha"..., entrang aus ihrer Kehle.
In Gedanken war sie weit weg in einer längst vergangenen Zeit, die immer schon in ihr weiter existierte. Atlantis war hier, hier mitten in der Gegenwart - wenn man nur bereit war, mit dem herzen zu sehen und zu hören.
„Laschka el scha cha, laschka el ha"...

Und die Erde bebte, Antwort gebend auf ihre Worte, die Heilung brachte über alles Leben…

„Laschka el scha cha, laschka el ha“ …tief in seiner Seele lächelte er, als er sich aufschwang, um endlich in sein Reich zurückzukehren. Die Prophezeiung hatte begonnen, sich zu erfüllen. Durch das Dickicht der Bäume hatte er sie oft beobachtete, fühlte all ihre Regungen, ihre Gedanken, war in ihrer Nähe, jedes ihrer Leben lang, beschützte sie in ihren Träumen, in denen ihre Seele sie so oft warnte, und sie lehrte, begleitete sie über tausende von Jahren, bis wahre Liebe ihrer aller Fluch löste.
Sie hatte längst Liebe gesät, nun würde sie bereit sein, sie zu leben und vielen helfen, diese ebenfalls anzunehmen, um das Geschenk des Universums zu achten, zu schützen und zu bewahren. Sie würde noch viele Abenteuer bestehen, die er mit wachen Sinnen auf der anderen Seite ihrer Träume beobachten würde. Doch nun war es an der Zeit, ihr neue Begleiter zu senden, die sie weiter reifen und wachsen ließen bis ihre Zeit kam, über den Regenbogen zu laufen.
Sie hatte ihn erlöst…. seine Aufgabe war beendet, sein Versprechen eingelöst, nun durfte er seine Liebe wahrhaft leben...
…der Falke

…ist es wahr? Gibt es ihn doch… den Falken? Und wer ist er wirklich?

Es liegt in eurem Ermessen, zu ahnen ohne zu wissen

Raphaela

Epilog

Was auch immer euch veranlasst, nach höherem Wissen zu streben, seid vorsichtig! Denn eure Seele kann sich erheben, über sich selbst hinaus wachsen, doch besteht immer die Gefahr, dass was ihr so dringend wissen und erfahren wollt, weit über die Fassbarkeit eures Verstandes hinaus geht und euch damit zwingt, euch zu beugen. Oder aber der Gefahr zu begegnen verrückt und damit gebeugt zu werden.
Alles zu wissen ist nicht gleich alles zu verstehen. Verstand ist die Summe an Erfahrungen, die wir gemacht haben und vermischt sich nur all zu schnell mit den Erfahrungen, die sich in unserer Seele über Gezeiten gespeichert haben sowie vielen Wünschen, Träumen, angstvollen Gedanken. Ein offener Kanal zu sein bedarf harten, grausamen Erkenntnissen, um die Wahrheit tragen zu können, die nicht immer das ist, was wir uns wünschen DASS sie ist.
Doch was euch immer wichtig sein sollte, ist das Erkennen eurer selbst und der feste tiefe Glaube an die eine wahre Liebe. Liebe, die sich in jeder Person die vorbeikommt zeigen kann, aber doch letztendlich nur in einem und mit einem einzigen Menschen gelebt werden kann, um kraftvoll und rein an und miteinander zu wachsen, ohne fremde verschmutze Energien und deren Emotionen in eure eigene und die Aura eures Partners gezogen zu haben.
Liebe ist rein und wird nur wachsen, wenn ihr bereit seid, über eure eigenen Schatten zu springen. Liebe ist dann rein, wenn man, egal was passierte, dem Partner verzeihen kann und sich selbst.
UND...
Was auch immer ihr Esoteriker tut, gebt acht auf eure eigenen niederen Emotionen, denn nur allzu schnell erhebt man sich hochmütig über andere und meint zu wissen, was anderen gut tut. Nur allzu schnell verfangt ihr euch in Macht und Kontrolle, um selbst das zu bekommen, was ihr so schmerzlich vermisst und durch eure Arbeit versucht, an euch selbst zu heilen.

Ihr könnt Kraft sein, aber ihr könnt nicht für andere handeln.
Ihr könnt Rat sein, aber nicht für andere tun.
Ihr könnt Liebe sein, aber nicht sie dadurch erzwingen.
Ihr könnt alles sein und ihr seid nichts....

Danksagung

Danke an meine kosmischen Helfer, Mentoren und Geistführer und... Nicht zu vergessen meinen Tieren, die mir so vieles beigebracht haben... unter unendlicher Liebe.

Melanie und Manuel
Danke an meine Kinder, die den Sinn meines Lebens bereichern.

Alexander
Danke an dich Alexander, der du mit mehr oder weniger Geduld meine emotionale Hochschaubahn ertragen hast, als ich dieses Buch schrieb. Aber der vor allem so unendlich viel dazu beigetragen hat, gemeinsam durch Höhen und Tiefen geschleudert zu sein, um dadurch das zu lernen, was wie beide zu lernen hatten. Danke, dass du immer hier bist, wenn ich mich in anderen Welten verirre (und mich ziemlich heftig wieder runter holst).
Danke, dass du selbst immer und immer wieder bereit warst und bist, nicht aufzugeben und dadurch über deine Schatten und Ängste springst. Danke, dass ich durch dich an meine Grenzen gestoßen bin, um sie zu durchbrechen! Ich danke dir für all das, was unsere Liebe ausmacht, gleichgültig was andere davon halten!
Ich liebe dich unendlich.

Danke dem Universum, dessen Wege voller Wunder sind.

Danke an meine VERLEGER Bettina und Torsten Peters, die mit Geduld der Fertigstellung meines Mauskript entgegen sahen und mir Mut gaben, es ohne Zeitdruck zu schreiben. Danke, dass ihr mir mit Trost und liebevollen Worten geholfen habt, Lady gehen zu lassen und meiner Hündin den besten Platz schenktet, den sie finden konnte! Danke, dass es euch gibt, ich wünsche euch alles Glück dieses Universums und ein Leben voller Liebe und Erfolg, denn ihr habt es verdient!
Ihr seid wundervolle Menschen. Danke.

Danke an all meine Freunde, die mir Mut gaben, an mich zu glauben und dieses Buch zu schreiben.

Seminare und Vorträge
zu den Themen dieses Buches finden das ganze Jahr über auf Anfrage statt.

Anfragen dazu bitte unter:

E-Mail: andrea.schilles@inode.at
Andrea R. Schilles

Deutschland
www.hierophant-verlag.de
Frau Peters

Niederösterreich
Seminarhaus Fürholz – Frau Eva Maria Klaus
www.fuerholz.at

Weitere Seminare und Einzel-/Gruppen Vorträge in Beziehungsfragen, spiritueller Weiterentwicklung, Bildung der Intuition, Channeling... ebenfalls direkt bei der Autorin Andrea R. Schilles.

Nachsatz

Alle Visionen (bis auf eine) haben uns tatsächlich heimgesucht, uns geholfen vieles zu verstehen und loszulassen. Nicht allen wird dieses Buch geheuer sein. Doch seid versichert, alles ist wie es ist, weder gut noch böse. Es gibt keine Wahrheit, die einzig richtig ist, sondern nur das, was jeder einzelne für sich als richtig empfindet. In uns allen gibt es Schätze, die zu heben von Bedeutung sein könnten. Schätze, die viele aus Scham und Angst in sich verstecken. Jeder von uns hat altes Wissen in sich, doch nur wenige haben Mut, das scheinbar Irrationale als einen Teil einer Realität anzunehmen, die weit über unseren Horizont heraus geht. Realität und Vision, Wunsch und Traum... es gibt keinen Unterschied...

Atlantis ist in allen von uns und kann wieder gelebt werden, besser denn je, wenn jeder versteht, seine hellen wie dunklen Seiten als einen Teil seiner selbst anzuerkennen.
Jegliches Wissen dieser und jeder nachfolgenden hochentwickelten Kultur ist ebenfalls in uns verankert und wartet nur darauf, erkannt und gefördert zu werden.
Es ist nur eine Frage deines Glaubens, deines Mutes, deines Vertrauens, deine eigene Kraft zu entfachen und sie verantwortungsbewusst nutzen zu wollen. Es ist so leicht, viel leichter, als du bisher zu denken vermochtest.
Alles ist in uns, jegliche Macht, die unseren Planeten mit all seinen wunderbaren Geschöpfen Liebe, Heilung, Freude, Glück, Respekt und Achtung entgegenbringt, ist in uns als Geschenk des Himmels verankert. Nutze diese Gabe, denn auch du bist auserwählt!

In Liebe
Andrea „Raphaela" Schilles

Empfehlung von Raphaela

„The Deva Premal und Miten Story“
sowie sämtliche Stücke dieser einmaligen Musiker

Gönne dir diese Musik oder eine der CDs dieser wunderbaren Erdengel... Sie wird dir helfen, in deine innere Welt zu tauchen, deine Gedanken fließen zu lassen, Bilder zu empfangen und zu lernen, in dir zu ruhen.

Wir bedanken uns bei Ihnen, lieber Leser, für den Kauf dieses Buches und hoffen, Sie haben das Lesen genossen.

Bitte fordern Sie unser kostenloses Verlagsprogramm an.

Per Email: bp@hierophant-verlag.de

Per Post:
Hierophant-Verlag
Im Bollerts 4
64646 Heppenheim

Telefonisch: 0 62 52 / 68 78 68

Besuchen Sie uns auch im Internet:

Verlagsseite: http://www.hierophant-verlag.de

Shop: http://www.hierophantshop.de

Angela Moonlight & Meister Kuthumi
Botschaften aus einer anderen Dimension
134 Seiten, hochwertiges Paperback, ISBN13: 978-3-940868-20-6
Die Botschaften von Meister Kuthumi

Dies ist ein Buch für alle Menschen, die auf der Suche sind - auf der Suche nach Antworten. Dies ist auch ein Buch für alle Menschen, die schon angekommen sind. Wir alle sind eine große Seelenfamilie - unser Seelenverband vereint uns.
Dieses Buch spricht die Sprache von Meister Kuthumi mit seiner unnachahmlichen Energie. Einer Energie voller bedingungsloser Liebe zu uns Menschen, schrankenlosem Optimismus, unendlicher Weisheit, gechannelt von Angela Moonlight. Sie, lieber Leser, werden beim Lesen dieses Buches die Wahrheit und Weisheit erkennen.
Alle wichtigen Themen werden abgehandelt: Das Ich Bin, verhaftet sein im Ego, Seele, Aufstieg der Erde, die Energie Geld, Manipulation, Glaubenssätze, kollektives Bewusstsein, Hier und Jetzt, außerkörperliche Erfahrungen, Manipulation, Nahrung und vieles mehr

Angela Moonlight
Wir sehen uns auf der Lichtbrücke Mama
100 Seiten, hochwertiges Paperback, ISBN13: 978-3-940868-19-0
Gechannelter Roman

Adriana und Rouven lernen sich kennen und lieben. Aus ihrer Liebe wird Sahra geboren, ihr Sonnenschein. Kurz nach ihrem ersten Geburtstag stirbt Sahra ganz plötzlich und unvermittelt. Eines Tages hat Adriana eine Begegnung mit Sahra...

Dies ist das erste gechannelte Buch von Angela Moonlight - ein Buch über bedingungslose Liebe und die Wunder, die sie möglich macht. Der Tod ist nicht das Ende, sondern ein Anfang. Dieses einfühlsame und liebevolle Buch ist wie Balsam auf die Wunden von Menschen, die ein geliebtes Wesen verloren haben.

Thomas Fey - Massaf
93 Seiten, hochwertiges Paperback, ISBN13: 978-3-940868-25-1
Gespräch mit Gott und Aphorismen

Massaf - eine Mischung aus empfangenen Texten aus der göttlichen Quelle, Aphorismen, die innere Saiten zum Schwingen bringen und Gesprächen mit Gott.

Gott als bester Freund, mit dem man über alles reden kann - diesen Gott bringt Thomas Fey uns mit seinem wundervollen, inspirierenden und sehr tiefgründigen Buch ins Bewusstsein.

Die Aphorismen regen zum Nachdenken an, inspirieren im Alltag und schwingen das Bewusstsein auf höhere Ebenen.

Siemaja Sue Lane
Angels - Auftrag des Himmels
Band 1 - Ein tiefer Schmerz
118 Seiten, hochwertiges Paperback, ISBN13: 978-3-940868-01-6
Esoterischer Roman

Eines Nachts erscheinen Sandra Gloomy und ihrem Ehemann Jack plötzlich zwei Engel. Diese überbringen eine wichtige Botschaft. Das Ehepaar ist auserwählt, den Menschen bei ihren Problemen zu helfen. Wegweiser werden ihre Träume und Visionen sein. Sandra und Jack nehmen die Aufgabe an und bereits einen Tag später empfängt der Ehemann die erste Vision. Darin sieht er ein blaues Landhaus. Als das Ehepaar Gloomy das Haus endlich ausfindig machen kann, erwartet die beiden dort der erste Auftrag.

Pamela Anna Guggenheim
Ich, die Göttin – Einweihung in die weiblichen Archetypen
490 Seiten, Hardcover, ISBN13: 978-3-940868-38-1
Initiationsroman

Eine Frau begegnet zwölf Göttinnen. Diese nehmen sie mit auf eine Reise und konfrontieren sie mit der Geschichte des Frauseins. Es beginnt eine Reise zum eigenen Ich.
Das Buch handelt von der bewegenden Reise in die Landschaft der weiblichen Seele. Verbunden wird östliche Weisheit mit dem Pragmatismus des Westens. Alte, mystische Geschichten fließen mit der Realität von heute zusammen. Jede der Göttinnen hat auch ihre eigene Geschichte. Diese Mythen, Legenden und Sagen kommen in der Erzählung vor. Ausschlaggebend für das Buch war, dass viele Frauen unter dem gleichen Thema leiden: im patriarchalen System als Frau geboren zu sein.

Pamela Anna Guggenheim
Ich, die Göttin – Übungen und Meditationen
200 Seiten, hochwertiges Paperback, ISBN13: 978-3-940868-39-8
Arbeitsbuch

Das Buch handelt von einer bewegenden Reise in die Landschaft der weiblichen Seele. Verbunden wird die östliche Weisheit mit dem Pragmatismus des Westens. Zu jeder Göttin des Romans gibt es einfühlsame Übungen sowie eine Meditation, so dass die Reise zu sich selbst erfahren werden kann. Ausschlaggebend für das Buch war, dass viele Frauen unter dem gleichen Thema leiden: im patriarchalen System als Frau geboren zu sein.

Angela Moonlight
In Liebe zu Euch – Jesus Christus spricht
200 Seiten, hochwertiges Paperback, ISBN13:978-3-940868-27-5
Channeling

Die Weisheit und die Wahrheit von und über Jesus Christus.

Angela Moonlight
Botschaften der Aufgestiegenen Meister zur Selbstheilung
200 Seiten, hochwertiges Paperback, ISBN13:978-3-940868-28-2
Channeling

Botschaften zur Heilung und Selbstheilung von:
Saint Germain, Grüner Mann- Naturgeist, Hilarion, Kuthumi, El Morya, Mahachohan Ragoczy, Sehrapis Bey, Lady Nada, Babaji, Erzengel Michael sowie Devas